湖南文艺出版社
HUNAN LITERATURE AND ART PUBLISHING HOUSE

他想，
如果真的有佛，
他愿意虔诚奉香，
求她一世周全，
有人疼爱，
肆意地活。

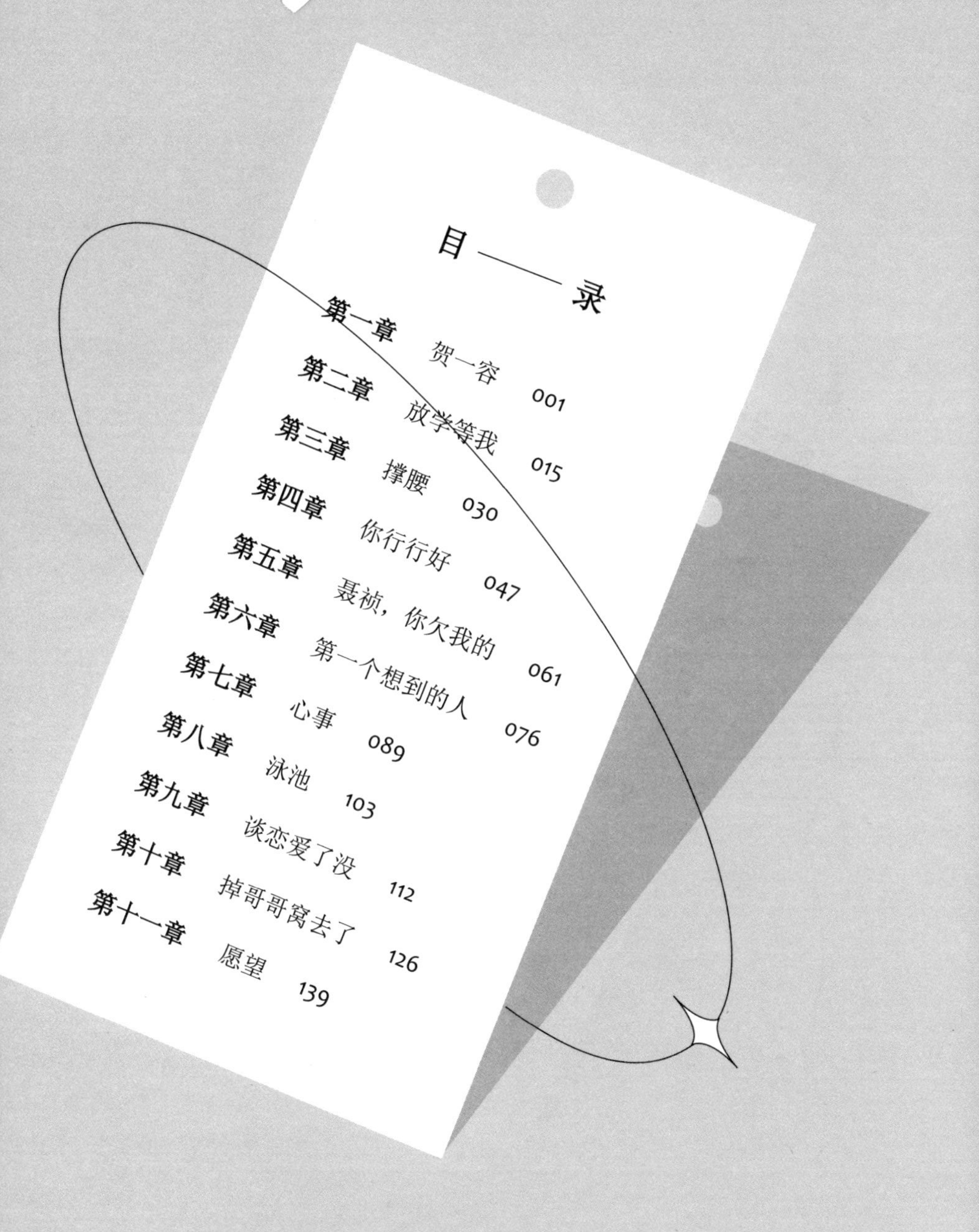

目录

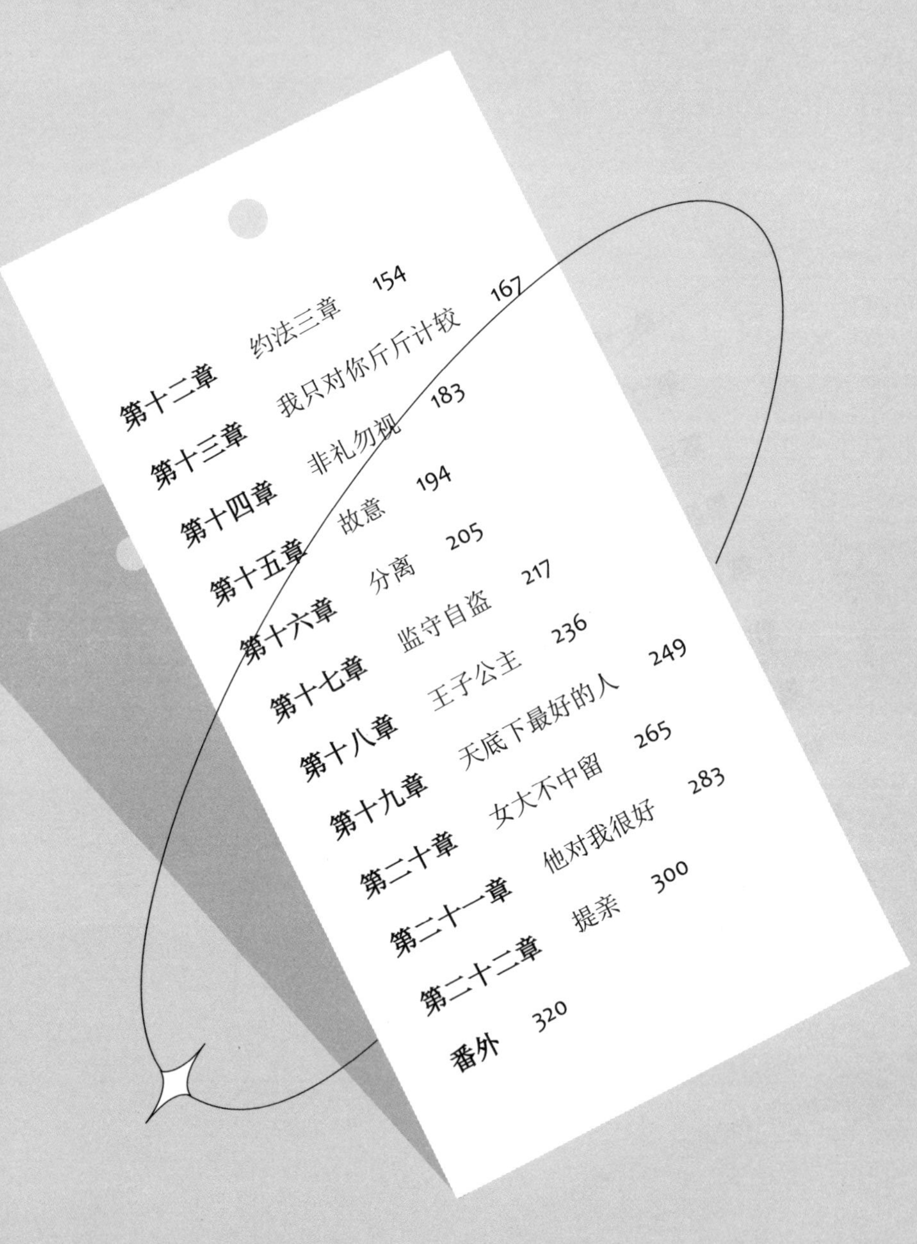

第一章 贺一容

贺一容是在十六岁这年被接回贺家的。

贺毅阳回头只看见小姑娘的头顶，长长的头发软绵绵地耷拉着，左边的头发别在耳后，露出白嫩嫩的耳朵。她的耳朵很像饺子，耳垂圆润饱满，是面相里的大福之相。他倒没想到小姑娘也遗传了父亲的耳垂。

二十九岁，温和有礼、善良正直，各家长辈眼里最完美儿子的典范贺毅阳，第一次有这种不知道该怎么办的时候。他怕太亲近吓到她，又怕太客气让她多心。他轻咳一声，思索着该喊贺一容还是容容，抑或是妹妹。

贺毅阳微微弯下腰，小心翼翼地拉近和小姑娘之间的距离。

“我们现在回家。”

小姑娘闻言抬头，大大的眼睛让贺毅阳想起以前母亲养的那只猫，瞳仁像琉璃珠似的，他听见一声“嗯”，也像小猫呢喃。这是他这几天以来第一次听见她说话。

到达口等着的两个人一见贺毅阳就迎了上来。

“贺董已往家里赶了，毅溯、毅林也都在家等着。”

“嗯，正叔带些人把小丫头的几箱行李送回去。”

感觉到她的视线，贺毅阳才想起来，自己脱口而出叫了“小丫头”。可不是小丫头吗？她瘦瘦小小、安安静静的，他要弯腰才能看到她藏在头发下的脸。

下午五六点的北城正是喧闹的时候，堵车堵了很久。贺毅阳坐在后座右侧，看贺一容倚在靠背上，闭眼歪着头，也不知道是真睡还是假睡。车子经过一个减速带，那圆圆的脑袋猛地一点。

贺一容睁开眼睛，睡眼蒙眬，盯了贺毅阳一会儿才反应过来。贺毅阳拧开一瓶水递过去："没见你吃什么东西，喝点水。"

贺一容接过，道了谢，抿了几口水又将瓶盖拧上将水放一边。

"父亲和老二、老三都在家等着你。"

贺一容眨巴着眼睛点头。

"你的房间是早就备下的，这些年来一直照常打扫，往后不合意的地方慢慢改，有需要添的说一声有人去办，爱吃什么不爱吃什么就说……"

贺毅阳看着小丫头突然抿嘴笑了一下，也微窘。相熟的几家里不是没姑娘，江家的、杨家的他也常见，只是这个同父异母的妹妹，不知怎么养着才好。

贺毅阳太阳穴一跳一跳地疼。

母亲于多年前早逝，十三岁那年，他听说自己多了个妹妹，是父亲与在南边分公司遇到的"绕指柔"所生。他在父亲抽屉里看见过那个女人的照片，她完全不同于北方的女子，温柔似水，生了孩子的人眉眼里却还透出娇俏感。彼时正值父亲从那帮老头子手里抢实权之际。贺家作为已传承近百年的家族，涉足产业颇多，如一艘商业巨轮。而家族里的"老臣们"又有足够的话语权与地位，谁都想趁着换掌权人的时候为自己谋取足够多的利益。牵一发而动全身，局势混乱，父亲只想等着尘埃落定后再将她迎进家门。

那时母亲已去数年，贺毅阳完全理解。谁知，那位生育后一个半月，这边各种势力盘根错节，还年轻的父亲被逼得紧，又不肯妥协，局面一时僵持住。隔壁聂家又突发变故，流言四起，众说纷纭。那阵子天都是灰的，两家保安的数量都比平日多加了两倍，贺毅阳与弟弟们进出都被牢牢护着。

那女人据说有产后抑郁症，又因局势混乱，父亲也忙得朝不见阳，两人联系骤减。女人半年内瘦到皮包骨头，抑郁症也加重，引起一系列并发症，最终在这边稍稍安定下来之前就去了。

那女人娘家是南边有头有脸的徐家，徐老爷子忍不下独女病逝的气，硬是不准父亲将自己的亲生女儿接回。除了父亲仅有的几次赴南城探女之外，更多的时候，贺家的男人们都是通过照片看着这姑娘一点点地长大。

这次徐家老爷子去了，父亲抽了一天时间去吊唁，没时间长待，只把他留在那儿帮着操办丧事，顺便接回这朵开于江南水乡的花。

车子终于在天黑之前回到贺家宅院。平时只有接待重要客人才会打开的大门早早敞开，隐隐露出树木也遮挡不住的金碧辉煌。这座宅子是贺家祖上传下来的，依山傍水，风景秀美，十几年前又被特意扩建过，还移植了许多新奇植物在院内，早就不可用金钱估量其价值。

车在主楼前刚停稳，就有人抢在司机之前将车门打开。

“哥！”贺毅溯把头凑进车内又被大哥打出去，还是不死心地将头往前探。

“先让我下车！”贺毅阳终于忍不住，斥了弟弟一句。

贺毅溯这才嬉笑着让开。

贺一容穿着白裙出来的时候，贺毅溯就在边上盯着她。小姑娘也不露怯，面无表情地回视他，圆圆的、漆黑的眸子像玻璃珠那样发亮。

贺毅溯倒是觉得有趣。

贺一容抬头，看见立在门口慈爱地看着她的父亲贺增建，和父亲身后抱臂倚在门框上看不清表情的少年。

众人进门，贺增建在沙发上坐下，看了一眼贺一容臂膀上的黑色袖章。

“小容，我事情多没过去你别生气。”在外呼风唤雨的贺增建只在女儿面前才如此低声细语。

“我晓得的，爸爸。”

贺毅溯用手臂捣捣老三——这声音软绵绵的，像好欺负的小绵羊。

“大哥你见过了，这是二哥贺毅溯。”

贺毅溯笑道：“一容妹妹。”

贺一容看得出来这位哥哥对她很感兴趣，像家里来了个小宠物那样兴奋，于是甜甜地打招呼：“二哥。”

“贺毅林，你三哥。”

贺毅林耐着性子低头：“一容……”他艰难地吐出两个字，“妹妹。”

“三哥。”小姑娘乖巧得不行。

用完饭，贺毅溯张罗着带贺一容去她房间，话没停过：“我们和陈姨平时都住在主楼，边上小楼住着正叔他们，照顾院子的师傅们住在外面。你的房间在三楼，和老三一边，我和大哥在另一边，离得也不远，有事喊楼下的陈姨或者找我也行。”他好像又想起什么似的，改口道，“轻易别找我，找大哥吧，找爸也行，但他不怎么在家，老三不理人你就别指望了……”

贺增建在楼下和贺毅阳谈事，听到这话吼了一句：“你敢不管容容的事我打断你的腿！”

贺毅溯忙回：“不敢不敢。”他朝身后的老三撇撇嘴。

贺毅溯做样子给父亲看，强添几分虚假热情，献宝似的打开房门：“看喜不喜欢！”他懒洋洋地倚在门框上等着贺一容进去。

房间的主色调是粉色，入门便是一个小小的会客空间，铺了纯白地毯，显眼处摆着鲜花，再往后有隔断隔出更私密的衣帽间和卧室。贺一容只站在门口瞧了一眼，没走进去。刚要道谢，回头却见贺毅林靠在走廊的栏杆上，贺毅溯还在门口，两人都不走。贺一容想了一下，往房门那儿走了两步：“谢谢，我很喜欢。”声音不大不小，却刚好能让楼下的贺增建听见。

她话音一落，贺毅林便转身回房。贺毅溯冲她笑笑：“好好休息。”他替她关上了房门。

待贺毅溯的脚步声消失于走廊上，楼下传来北边的关门声。贺增建抬头看了一眼，对着自己的大儿子道：“让你们对她好是难为你们了，只是不仅对她，对她妈妈我也是歉疚万分的。只想着接来了能好好养大，让她平平安安、无忧无虑的。”

贺毅阳点头。

“小容见了我也没几句话，但是个乖巧懂事的孩子。我不怎么着家，老大你多看着点家里。再怎么样，也是妹妹。”低叹了一口气，贺增建拿起茶杯，又想起什么似的强调，“徐老爷子虽然去了，徐家老二还在南边红火着呢，可别让小丫头哭哭啼啼地跑回去找舅舅！”

前面是温情脉脉，后边这段可就是威胁了。贺毅阳笑笑，应了下来。

第二天一早，贺增建着实等了一会儿才见闺女下来。他挂着满脸的笑迎上去：“小容睡得还好吗？”

早在餐桌旁等着的贺毅溯白了他一眼：这慈父当的。自从贺增建真正坐上贺家掌权人的位子，就很少有时间在家里吃早餐了。

贺一容早在看到贺增建抬手招呼她的时候就小跑着过来了，答道："挺好的，爸爸。"

沙发上盘腿打游戏的贺毅林手下动作顿了一下，他半夜两点钟下来倒水喝的时候，她房间的灯还是亮着的。他边飞速操作游戏手柄边抬眼看了一下贺一容——一副乖巧模样，任谁也不会怀疑她说假话。

贺增建怜爱地摸了摸女儿的头顶："爸爸忙，不陪你吃饭了，小容和哥哥们一块儿用早饭。"

贺一容在徐家向来是睡到自然醒，今天刻意早起了却没想到还是迟了。她不自在地将手背在身后，两根食指钩在一起："好的，我知道了，爸爸您慢走。"

贺增建也笑，他是真开心，他早就发现了小姑娘叫"爸爸"很好听。女儿说话习惯性地拖尾音，叫"爸爸"的时候第二个音节又挑起，可爱极了。他以前总是听电话里她叫"爸爸、爸爸"，再烦的事一听娇娇俏俏的声音就烟消云散了。贺增建没忍住又摸了摸女儿的头，一步三回头，开开心心地走了。

"小容过来吃饭。"贺毅阳坐在餐桌旁看报，父亲一出门，便得他担当起长兄的角色。

贺毅林噼里啪啦操控着游戏手柄，一局结束将其扔在沙发上，大步过来也不落座，端起碗站着喝了两口粥就放下："我睡去了。"

他还没走两步就被贺毅阳叫住："我等会儿要出门，毅溯上课去，你去睡了扔小容一个人在这儿？"

贺毅林下意识地就想反驳——哪里就一个人了？陈姨、正叔都在，外面负责打扫庭院的、采买物品的，一双手都数不清。话没出口他自己也意识到，不一样。他用脚踢开凳子，不情愿写了满脸，但还是落座了。

饭后，贺毅阳、贺毅溯依次出门。贺毅溯出门的时候还扬着笑脸和贺一容道别。只剩下年龄相近的兄妹俩在沙发上坐着，一个坐北边，一个坐南边。

贺毅林捡起游戏机又继续埋头玩游戏，完全没有要和新来的小妹妹交流的意思。贺一容也就随手抽了本杂志翻着。贺毅林打完一局游戏，放下游戏机动动脖子，在一个略显诡异的角度突然定住，颈侧青筋拉得又长又直。

小姑娘歪在沙发上睡着了，侧脸对着他。贺毅林仔细看了一下，额头、鼻尖、下巴完美的三点一线，轮廓分明。他也闭眼靠在沙发上，几秒后又睁开眼睛，看了看小姑娘裸露的小腿和胳膊，纤细雪白。扫视一圈没发现空调遥控器的踪影，他也懒得喊人，又把自己摔进沙发里。

贺毅溯回来的时候就看到弟弟和新来的小妹妹各自占据了沙发的一头睡觉，笑得不行。

晚间贺增建又破天荒地赶回来吃饭，贺毅阳也只得把工作放一边，天黑前就回家来。席上贺一容连打了两个喷嚏，贺增建皱眉："家里空调温度开高一点，小姑娘家家的和你们能一样吗？"

陈姨边去调高空调温度边说："小子们从小就怕热，每年都是没入夏就开冷气的。"

贺一容听了这话咀嚼的动作慢了下来，把食物咽下去才笑着对贺增建道："爸爸，是我贪凉穿得少了。"

第二日贺一容下楼时，只有贺毅溯在楼下。

"一容妹妹早。"

贺一容鼻尖红红的，声音也哑哑的："二哥早。"

贺毅溯只见她进厨房绕了一圈，什么也没拿就出来了："二哥，我再上去睡会儿。"

贺毅溯只当是小孩贪睡，也没多想，点点头随她去了。贺毅阳回家没见到贺一容，问了陈姨一句才知道这孩子一天没下来。

三兄弟面面相觑。

陈姨犹豫了一下："早上让我送杯凉水上去，说要多放冰。"

贺毅阳冷眼瞧了陈姨一眼，迈步上楼，敲了几下门没人应，便道："小容，我进去了。"

一股热气直冲出来，房间空调温度打得很高。走过会客区域就是她的衣帽间和梳妆台，贺毅阳又喊了一声还是没动静，这才径直走向卧室。

刚走近一看，小姑娘缩在被子里，额头上盖着块毛巾，边上床头柜上一片狼藉，都是水渍和纸巾。他刚拿起纸巾要扔掉，才发现下面藏着胶囊壳。

贺毅阳微弯腰，探了下她的额头，滚烫滚烫。他稍稍扯开被子试了下，她肩背处又是凉的。贺毅溯也走了进来，知道事情不妙："我去叫李医生来。"

还没走远，他就被贺毅阳叫住："老李军医出身，用药猛，我去聂家请白老先生。"

贺家和聂家关系近、感情好，当初建这院子的时候就将主楼盖成了连排的房子。贺家的宅院大门向北开，聂家的向南，两幢建筑背向而立，仅有半步的空隙。相接的院子里另有一道小门隔开，平日里从未关过，权当摆设。

没多久贺毅阳便带着白老先生来了，七十多的人鹤发童颜，走路轻快，见人便笑。

"贺家老三又高了！

"贺老二你最近又是夜夜笙歌吧！"

贺毅阳瞪了贺毅溯一眼，贺老二缩缩脖子抢先带路。

贺毅林见白老身后还跟着一个人，探头去看，不免觉得惊奇："聂祯，你来干什么？"

贺毅林记得他说要忙什么事，约他打游戏约了好几次都被无情拒绝。

那少年是个瘦高个儿，他道："看看虐待现场。"

贺毅林跳过去搂着他的脖子就要打："体弱怪谁？"

白老声音传来："知道人体弱还开冷空调！我进来还以为是什么冰洞呢，你家都是糙爷们儿，但小姑娘金贵！"

贺毅林被堵得没话说。

聂祯问："真这么金贵？"

贺毅林白眼翻上天："就求瞒得住我家那位慈父。"

白老先生不多时便开了药，捋着胡子笑："好姑娘，又乖又俏。"

贺一容生病的事到底没有瞒得住贺增建，白老先生说贺一容是从南到北气候乍变又内心不安，被空调一吹才冻出了病来，早发出来早好。贺增建也就没怪罪别人，虽然忙得不着家，也一天两三个电话地问。而贺毅林这个正在放暑假最闲的，成了那个被命令悉心照顾妹妹的人。

贺一容发烧反复，精神好了会下楼，贺毅林便和她一人占一头沙发，一个看书一个打游戏。更多时候她都烧得晕乎乎地睡在床上。

陈姨会按时送药，床头的水也没断过，贺一容醒了便能喝，贺毅林觉得自己的责任只是：看着她睡觉、看着她看书。但三四日下来还不见好，贺毅林强按着的耐心便没了。

刚好贺增建晚饭时说了一句："毅林尽点心看着，这么烧下去不是个事。"

贺毅林火大，又不敢摔碗摔凳子，犟嘴回了一句："我又不是医生！"

白老先生又被请来看了一次病，仔仔细细把了脉："她以前有过什么病根吗？"

贺毅阳忙去电问徐家，徐二爷的夫人接的电话："小容病了？"

贺毅阳不敢瞒，一五一十地说烧了几日不见好。谁料想徐二爷在边上，气得哼哼，大喊大叫说要把人接回去。徐二夫人离他远了才继续说："小容是早产出来的，胎里带的气血不足，但身体也没出过什么毛病，这孩子懂事又叫人省心。"顿了片刻她轻笑，斥了一句，"娇娇囡囡！您看看是不是偷着倒药了，她最怕苦。"

贺毅阳细查了一番，这才知晓——贺一容房间阳台上的吊兰已经枯黄了，他翻了翻土，果然一股药味。

贺毅阳哭笑不得，原是想着女孩娇气，中药养着好一些才去请的白老先生。白老也气，揪着胡子开了西药："这药吃下去，保管一顿退烧了！看她吃胶囊还怕不怕苦！"

贺毅阳也不管会不会用药猛了，只想让这小丫头退了烧大家万事大吉。事后他和父亲提起，贺增建也又气又笑，只是不免训了贺毅林一顿，怪贺毅林不细心。好在当晚贺一容就退烧了，又蔫了几日才彻底好了，却谁也没说她倒药被发现的事。

贺毅溯起坏，特意让厨房炒了苦瓜、茼蒿，亲自夹了放在贺一容碗里："小容身体刚好，吃些清淡的，苦瓜和茼蒿都对身体好。"眼看着小姑娘苦着脸又不好拒绝的样子，他却还端着体贴的姿态。

贺一容觉得自己表情够可怜了，却不知道贺毅溯干吗捉弄她，只得眨巴着眼盯着贺毅林。贺毅林有些惊讶，只不过看着她几天，自己在她心里就变成了可以求助的人。他冷着脸当没瞧见。

还是贺毅阳出来解的围："不爱吃就不吃，你二哥逗你玩的。"

眼见着酷暑就要过去了，贺一容的入学手续也下来了。红星一中，大半个北城有头有脸的人家的孩子都窝在那儿，但更多的是按户籍制度分配进去的学生。

北城最显赫的姓氏中，赵、贺、聂、江家的儿女也都在红星一中。

贺毅林休学了一年，仍在高三。

贺一容小时候身体不好，外公心疼她，上学比别人晚了一年。这年高一，正巧与新生一起入学。

开学这天贺增建的司机开车将贺一容送去学校。贺毅林更是被耳提面命地叮嘱：照顾好贺一容。

贺毅林将校服外套搭在胳膊上，懒洋洋地带着贺一容往前走。走了没几步，他遥遥一指："喏，那边红色的楼都是你们高一的。"他也不管贺一容听没听清楚，转身就走。

虽然贺一容在家的大多数时间，除了陈姨、正叔就只能见到这位冷面三哥，但两个月的暑假两个人说话没有超过十句。贺一容最会察言观色，知道这位三哥喜欢忙自己的事，不只不太愿搭理自己，二哥跟在他屁股后面唠叨也不见他回几个字。虽然内心很是忐忑，但她也不好麻烦这位冷面三哥，只好自己往那个方向去了。好在她很顺利地找到了教室。

有老师站在门口，见她来了笑脸相迎："是贺一容吧？"

贺一容甜甜笑着："您好，老师，我是今天新转来的贺一容。"她正经地鞠了个躬，倒把老师吓了一跳。这帮公子哥儿娇小姐，哪个不是嚣张倨傲的？难得来了个懂礼貌的。

老师想起自己先前打听来的八卦消息，心里想着倒也难怪。她点点头把贺一容带进教室，教室里静了下来。

嘿，生面孔。

老师扫视一圈，看底下的学生们都被吸引了注意力，才慢悠悠地开口："来，自我介绍下。"

贺一容又规规矩矩鞠了一躬："大家好，我是贺一容。"

不带北城腔调的口音倒是让同学们好奇起来。

“南方的！”

“不是北城的！”

“哈哈！南方人说话是这个样子啊！”

这话惹得贺一容红了脸。她小时候舅妈老夸她声音软，是典型的南方囡囡，舅舅家的表哥们也总喜欢逗她说话，求着她多说几句好听的话给他们听。她从没觉得自己说话语调有问题，明明之前在外公家，大家都是很喜欢听她说话的呀。

老师把她安排在中间靠窗的位置。同桌是个扎着双马尾辫的女孩，见到她甜甜地笑了一下。却没想她刚落座，凳子就被后面的人踢了两下。贺一容回头看，是个胖乎乎的圆脸男生。

“贺家的？”

贺一容点头，这不是废话吗？

男生看她明显没懂自己的意思，往前趴在桌上，凑近了问：“我说是亚新路上的贺家吗？贺毅溯是你哥？”

贺一容这才懂他想问的：“是，他是我二哥。”

男孩大大咧咧地坐回凳子上，往后大声传话：“江晨，是那个贺家的私生女！”

教室里静了下来，被唤江晨的回话：“长得还挺好看！”

两人隔空一起笑起来。

贺一容的同桌似乎被吓到了，瞪大眼睛盯着贺一容看。贺一容冲她笑笑，转过头收拾书包。她手有点不受控制地在抖，私生女，她什么时候成了私生女？是了，母亲还没正式嫁过来就去世了，自己又一直养在外公家。现在她有三个同父异母的哥哥，他们才是正经的贺家人，自己最多算半个。

似乎大家对她私生女的身份很是好奇，课间她也能听见小声的议论，察觉到不加掩饰的打量。贺一容只当没听到没看到，头埋在胳膊里假寐。

她好容易挨过了发课本和班会，老师又让大家大扫除。贺一容分配到的任务是擦玻璃。她和她的同桌一个在里一个在外，两面擦拭，却有个明显的污渍怎么用力也擦不掉。同桌敲敲窗子，往玻璃上哈了一口气，示意贺一容跟着学。

于是两人隔着一块玻璃面对面哈气。白雾瞬间蒙上玻璃又快速消散，露出两个姑娘的笑脸。

同桌很快跑进来：“我叫于瑷瑷，你叫我瑷瑷就好啦！”

贺一容笑着回话：“我叫贺一容，家里人叫我小容。”

于瑷瑷挽上她的胳膊：“小容，你坐几路车回家啊？我们一会儿一起去公交车站。”

贺一容面有尴尬之色：“我等会儿有人接。”

于瑷瑷这才想起来，这位新同桌是贺家的姑娘。

贺一容看于瑷瑷好像不太高兴，忙说：“那我明天再和你一起去公交车站。”

于瑷瑷知道像贺一容这样家庭出身的人，都是家里派车来接，她之前还见过几次长得像电影里保镖一样的人接送同学呢。她亲昵地摇摇贺一容的胳膊：“我知道的啦，你们那儿也不通公交车啊。”

贺一容和于瑷瑷在校门口道别。她等了半天也没见着贺毅林的影子，正不知道如何自处，一辆小车停在面前。后车窗落下，和贺毅林差不多年纪的少年淡淡瞥过来一眼。他身形干瘦，稍微抬高下巴，喉结处就和小山丘似的凸起。贺一容看见他搭在窗框上的手，白皙的指节弯着，手指像鬼爪一样的又长又细。

“你哥走了，让我捎你回去。”

贺一容不知道为什么见到这少年就想到“阴暗”两个字，再加上心里有基本的陌生人防范意识，她后退了两步。她眼尖地看到少年的眉毛皱起，正在想拔腿狂奔的话能不能追上于瑷瑷，却见司机绕过车头，到她面前微微鞠躬。

“贺小姐，我家是贺家隔壁的聂家，我家少爷聂祯和您的哥哥们都是一起长大的。”

贺一容看了看他胸前的家族徽章，确实是聂家的徽章没错，衣服样式也与在贺家工作的人穿得差不多，但她还是不敢放松警惕。

那司机放柔了声，哄小孩似的道：“您上次生病，您哥哥还来我家请白老先生呢。”

贺一容仍不作声。后座的男生不耐烦地看了她一眼，好像斥了一声“麻烦”，手指飞快地按起手机，拨了个电话。

“你妹妹怕我拐卖她。”

修长的手伸出来，递手机给贺一容。她接过手机，耳边是贺毅林的声音伴着噼里啪啦敲打键盘的声音：“我没空和你一起回去，以后都坐聂祯的车！”

贺一容疑惑道：“以后？”

那边的人顿了一下，杂音渐小，贺毅林的声音也缓下来：“别让爸和大哥知道，在学校有事就找聂祯。”

贺一容握着手机的手紧了紧，和陌生人在一起，她宁愿坐公交车回家。

车门打开，聂祯从她耳边拿过手机，不知贺毅林又和他说了什么，贺一容只听他怒气冲冲地道：“贺三，你找死吗？”挂了电话后，他把手机拿在手里转了几圈，垂眼看贺一容，浑身的阴森气息更重了。

没错，真的是阴森森，直把贺一容吓得缩了脖子。

“麻烦！”

这次是听得真切的“麻烦”。

“上车！”

贺一容缩在车门边，恨不得离聂祯十米远的样子引来他发自鼻孔的一声嗤笑。好在那人没再理她，扯了校服盖在头上，苍白的手臂被黑T恤衬得更白，显出青色的血管。贺一容悄悄地看了一眼没再敢看，却把自己的手臂抬起，想着自己与他谁更白些。

车进了院子却七拐八拐，一直开到隐在林子后的两层小楼前。和贺家的奢华气派不一样，这半边要安静许多，连打扫的人都没有几个。聂祯自左边下了车，走了两步见身后没动静，才不耐烦地又走回来，敲了两下车窗。贺一容有点怕他，收了书包打开车门。

他好像比贺毅林还要高些，贺一容完全被他的影子罩住。她终于鼓足勇气：“这是哪儿？”

“以后你下午放学就跟着我在这儿吃饭。”聂祯一句多余的话也懒得说，撂下这句话就转身走了。

贺一容又有了被抛弃的感觉。为什么说“又”呢？舅舅告诉她，她要去北城，和一年见面一两次，其实根本不太熟悉的爸爸生活时，她第一次产生被抛弃的感觉。而这次，她又觉得被贺家抛弃了，她同父异母的哥哥们，不过是看爸爸对她还算疼爱所以才对她照顾一些。

她扯了扯书包带，在原地低头站了好一阵子，树影下，她撇了撇嘴。

司机停好车走过来，迟疑地叫了声："贺小姐？"

她抬起头，司机看到一张天真烂漫又软弱无害的笑脸。

贺一容被贺家司机引着进门，一脸福相的白奶奶迎上来："哟，这就是贺家姑娘吧？"

她亲热地捧起贺一容的手，拉着她往里走，边走边说："我听我家老白讲了，果然又娇又俏！祯小子你可别吓着人家。"

她又转过头笑着对贺一容说："哦，我家老头子就是上次你发烧给你看病的老白。"说完她又想起什么似的，"小姑娘家家怕苦，下次含颗糖在嘴里，可别偷着倒药啦。"

贺一容这才知道，自己倒药的事大家都知道了，一时间羞红了脸，不敢说话。

好在白奶奶倒没再调笑她，领着她进了饭厅。

五六点钟斑驳的阳光透过窗户射进来，竟难得地给聂祯身上添了一丝真实的人间生气。贺一容坐在聂祯对面，听着白奶奶边端碗碟边絮絮叨叨。

"祯小子身子骨不好，你也体虚，正好凑一块儿补咯！

"奶奶做的是药膳，不苦的，容容别怕。"

鸡丝粥里细细的鸡丝和着香米，煮得软糯，入口即化；清蒸鲈鱼稍微带点贺一容也说不出名字的药香；清炒时蔬又不加过重的调味料。挑食如贺一容，也难得地吃完了一大碗粥。

她吃好了抬头，才见对面的人早就吃完，正抱臂靠在椅背上看着她。

聂祯边上的白奶奶也一脸慈笑："小姑娘吃饭真好看！"

聂祯嗤笑一声低头玩手机不再看贺一容。

白奶奶又继续说："以后在奶奶这儿吃饭都要吃得这样香才好！"

吃完饭出来天已半黑，贺一容跟在聂祯后面三步远慢悠悠地踱步往主楼走。她脚步轻快极了，自从来北城后，很久没有吃到这么合口味的饭菜了，似乎饱了口腹之欲后，心情都变好很多。

聂祯中途接了个电话，脚步慢下来。

贺一容也跟着他慢下来。风声送来断断续续的“吃完了”“贺三你真的找死”，再多的她也没听清了。

贺一容又低头悄悄撇嘴。冷面贺老三，不是个好东西！

虽然贺家、聂家连在一起，只有几步路远，但聂祯还是多走了几步把贺一容送到门口。可浑身的不情愿一点不加掩饰，他似乎恨不得用自己的坏态度把贺一容吓跑。

贺一容转过头，低声说了句：“谢谢。”

聂祯低头看了一眼那浑圆的脑袋，不耐烦地转过头，终究是兄弟情义重——

“先别卖你哥，这几天先跟着我。”

第二章 放学等我

贺家男人到底都是大忙人。贺一容回到家发现家里只有陈姨，听贺一容说她吃过了陈姨也没多问。

先到家的还是贺毅林。他蹑手蹑脚地悄声进屋，见贺一容一人在沙发上坐着。他又在门口张望了下，见屋里没别人才松了口气似的把书包甩在鞋柜上，“咚”的一声像是打招呼。

“陈姨，倒杯水给我！”贺毅林难得这么大声讲话。

贺一容装作在翻书，但眼角瞟到这位哥哥坐在了沙发的另一边。依旧是两人各自最爱的位置。

玻璃杯和茶几碰撞，发出清脆的“铛”声。贺一容心里冷哼，这个贺毅林心虚得也太明显了。她故意不理会他，沉下心翻着书。

贺毅林此时心里却着实有点七上八下，开学第一天就扔下爸爸的心头宝不管了，若是这个妹妹告状，他这层皮不知够扒几回。他等了半天也没等到贺一容的动静，既没有委屈哭诉，也没有小声地讨好他说会按照他安排的来。她不是惯会讨好人的吗？

“喀，我最近忙，没空管你。”

见贺一容没出声，贺毅林难得地有点内疚起来。小姑娘说到底是自己的妹妹，与自己有着一半血缘关系的。他知道自己这事做得说不过去。

“聂祯……我们自小玩到大的，跟你亲哥哥一样。你先跟着他，他欺负你你告诉我，我和大哥都不会放过他的。白奶奶一手好厨艺，那药膳你吃着有好处。”

他打量着贺一容的神色，生怕她拒绝。要是贺一容每天一个人回家吃晚饭的事被爸爸或者大哥知道了，他肯定会吃不了兜着走。他干脆就做出他带着贺一容在外面吃完了才回家的假象。

贺毅林心里正忐忑，只听小姑娘软软地开口，一点威胁性也无："那你告诉我你干吗去了，不然我告诉爸爸你丢下我不管。"

贺毅林松了一口气，站起来居高临下地看着她，自觉哥哥架势很足的样子："小丫头片子也敢管你哥的事！"别的不说，做哥哥这种感觉还挺不错的。自小被两位哥哥压一头的贺毅林，难得地扬眉吐气一回。

贺一容却一点也不买账："那我在这儿等着爸爸。"

两人一个笑眯眯的，一个敢怒不敢言。

贺毅林这才明白这丫头不是个好惹的主。

贺一容当然不会多嘴到爸爸那里去告状，她只是壮着胆子试一下贺毅林对自己的态度。好在，贺毅林不会对自己不管不问。

第二天一早，贺毅林亲自送贺一容去聂家。

聂祯已经在车上等着了，还是穿着一件黑T恤，胳膊搭在车窗上。看到贺毅林领着贺一容过来，他皱起眉头，敲了敲窗框催促。

贺毅林绕到另一边，给贺一容开门。贺一容拉着他的书包带。

贺毅林有点惊讶，但也没挣脱。他一只手撑着车门，低着头和聂祯说话："你帮我看着她。"

聂祯转过头去，理都没理他。

"出了什么事，我家老头子要找我的话我可就直说是你看着的。"

聂祯这才恶狠狠地凶他："贺老三你活腻了！"他又看了一眼贺一容，她躲在贺毅林身后低着头，"快解决你的破事！"

贺毅林耸耸肩，让开车门示意贺一容进去："有事找他。"说完，他头也不回地走了。

聂祯踢了一脚副驾驶座椅背，贺一容吓了一跳，坐得离他更远了。

贺一容倒是没想到，聂家的车竟直接开进了学校大门。车子一路畅通无阻，稳稳地停在高一教学楼下时，贺一容眼尖地发现大家都在偷偷打量他们。

“放了学去高三教学楼等我。”

贺一容乖乖点头，下车。

那些打量的眼神更加明显了。

语文课上于瑗瑗躲在课本后面问：“你早上坐聂祯的车来学校的啊？”

贺一容点头。

“他看起来好凶，可是他家以前是……”于瑗瑗不敢再说下去。

贺一容慢慢坐低了些，把课本立起来，躲在课本后问于瑗瑗：“他家以前是什么呀？”

于瑗瑗看一眼正在写板书的老师，也学着贺一容坐低些，立起课本。两颗脑袋躲在课本后讲话。

“哎呀，你不知道吗？他爸爸以前是很厉害的大人物，就是后来出车祸死掉了的那个呀。”

贺一容想起来，小时候看过这个新闻，外公抱着自己长吁短叹的。她还记得外公说“做生意的都心狠”，还和她说她的爸爸也是个狠心的人。贺一容不知道常常寄礼物给她的爸爸是不是狠心的人，只是外公和舅舅都不喜欢他。

于瑗瑗又坐低了些，声音几不可闻：“大家都说是赵恩宇的爸爸害死了聂祯的爸爸妈妈。”

她缩了缩脖子，生怕后座的赵恩宇听见。

贺一容也缩了缩脖子——赵恩宇就坐在她的后面。如果是真的，她和杀人凶手的孩子是同学，就算赵恩宇再乱说她是私生女，她也不敢生气了。

于瑗瑗被挑起了话头，想拉着贺一容聊天。

“你怎么会不知道呢？你哥哥和聂祯不是好朋友吗？”

贺一容尴尬地笑笑，她该怎么说呢？说自己几乎见不到大哥、二哥，三哥和她根本没话说？

于瑗瑗见贺一容不说话，心里有了猜想，有些怜悯地看着贺一容，同情贺一容是个私生女。于瑗瑗是个单纯的小姑娘，根本不会隐藏情绪，说话也直爽。她在课桌下拉起贺一容的手，语气认真地道：“我和你做好朋友。”

贺一容有些感动，她喜欢这个同桌。

后座的赵恩宇突然举手："老师，贺一容和于瑗瑗在讲悄悄话。"

正和于瑗瑗笑着对视的贺一容吓得一只手稳不住书，书脊重重地砸在课桌上，印证了她根本没听课的事实。贺一容将腰背挺直了，脸颊瞬间变得通红，后背都冒出汗来。老师把她和于瑗瑗叫起来罚站。于瑗瑗冲她吐舌头，拉着她就站起来，还不忘瞪赵恩宇一眼。

贺一容站起来也听不进课，脑子里嗡嗡的，自己都能感觉到脸颊滚烫。感觉大家都看到了她红透了的脸，她更加窘迫了。

站了十分钟，老师才许她们坐下。

贺一容却一屁股摔到地上，一只手臂抵到凳子腿上，正巧撞到又尖又硬的拐角。先于痛意而来的是冲到脸上的热气，她羞极了。赵恩宇起头，带着大家哈哈大笑。泪涌进眼眶，贺一容死咬着唇不让自己哭出来，鼻尖又酸又胀，她把头死死低下去，希望头发能挡住自己狼狈的面容。

于瑗瑗跺着脚，气道："老师！赵恩宇故意钩走一容的凳子！"

老师敲了敲讲桌，让大家安静下来。她看了一眼，见贺一容已经默默地把凳子扶起坐了下来。能息事宁人最好，她可不敢得罪这位赵家公子哥。

"赵恩宇，以后不可以再开这样的玩笑了。"

于瑗瑗觉得不公，还想再讲话，却被贺一容拉着袖子拦下来。贺一容眼里都是泪光，却异常平静，甚至还微笑着安抚于瑗瑗，冲她摇头。

贺一容忍着忍着，痛意也就过去了。她安安静静地上完了一天的课。赵恩宇在课桌下踢她的凳子，用笔戳她的后背，拉她的头发，她都没有理会他。赵恩宇玩久了也觉得没趣，又猛踢她的凳子一下才作罢。

高三比他们迟放学半个小时，贺一容就站在花园边，捡了片树叶在手里玩。她穿着学校今年新出的，仅发给高一学生的新校服在这儿本来就打眼，人又乖乖巧巧的，路过的人都朝她看，还有人吹口哨。贺一容不习惯这种注视，低着头盯着自己的脚尖，心里祈祷着聂祯快点出现。

直到整栋楼的人快走光了，聂祯才踩着夕阳斜光出现。贺一容撇撇嘴，心里埋怨一句"他怎么这么慢"。

聂祯居高临下地看她一眼，以为小姑娘红红的脸颊是被晒的，转过身带着她就走。

贺一容紧跟两步又停下来，还是走在他身后踩着他的影子。她没打算把赵恩宇欺负她的事告诉聂祯，自己的哥哥都不太管她，更何况聂祯呢?

贺一容从小就心思敏感，她知道自己和别人不一样，虽然舅舅舅妈疼她，可她终究是寄人篱下。她惯会讨好别人，不会给人添麻烦。她知道，在这里她更需要小心翼翼。

聂祯看见贺一容校服外套手肘处有红印子，又仔细看了两眼，分辨出来是血迹。血迹已经变成深红色，洇透了校服布料。他转过头盯着贺一容，那颗脑袋越来越低，恨不得缩到衣领里面去。聂祯哼了一声，难得地撇撇嘴角。

这痕迹却躲不过白奶奶的眼睛，白奶奶本以为是蹭到什么了，拉过贺一容笑着拍了拍她的手肘。贺一容忍痛没出声。贺一容瞬间发白的脸和手下血迹干了后硬硬的触感让白奶奶有些犹疑。

白奶奶扯过她的袖子迎着光，这一看就变了声调:“哎呀，怎么流血了?”

贺一容想糊弄过去，不想因为自己让白奶奶大费周章：“没事的白奶奶，我自己不小心磕着了。”

聂祯正仰头喝着水，两口灌下去，玻璃杯被重重地放下。

贺一容瞥见他似笑非笑地看了一眼自己，好像在明明白白地说:你在说谎。

白奶奶却觉得小姑娘都是娇贵的，就算只破了皮在她眼里也是大事。她小心翼翼地脱下贺一容的校服外套，生怕布料蹭着她的伤口。贺一容有些躲闪，又被白奶奶拽过去，白奶奶不赞同地看着她。等外套脱下来，白奶奶扯着嗓子喊自家老头：“老白，你快过来！”

聂祯也走过来，手插着兜弯腰看了一眼——伤口已经不流血了，血都凝在上面，看起来血红一片挺惨的，似乎翻出些皮肉，伤得不轻。

“告诉你哥吗？”

贺一容忙摆手：“不用不用，过两天就好了。”

聂祯抬眼看她，她的瞳仁挺大的，黑乎乎、亮晶晶，看人的时候直勾勾的，情绪都在眼里。聂祯看出她有些慌张和小心，点点头离开。

白老先生板着个脸给贺一容清洗伤口，生理盐水抹上去时，她禁不住哆嗦一下，又立马挂着个笑脸，好像根本不疼不痒。

白老瞪她一眼，放轻动作，嘴上不停：“你这丫头什么话都不肯说，上次发烧也是，这次摔着也是，你不说发烧就好了？你不说这伤口明天就长齐全了？”

贺一容被训得低了头，她知道自己性格有缺陷，胆小又怯懦。她小时候只敢在外公面前撒欢捣乱，在舅舅舅妈面前都收敛很多。外公去世之前还拉着她的手说：“外公放心不下你啊小容，你太乖了，不要害怕，你舅舅舅妈都疼你……”老爷子去世时都没合眼，他太担心这个外孙女了。

贺一容低着头想念外公，她根本不想来北城，她想待在湖边上的三层小楼里住一辈子。可是外公去了，那是舅舅舅妈家。

一滴泪无声掉落，贺一容侧过头，擦了擦眼睛。

白老还在絮絮叨叨：“小丫头任性一点可爱，你太乖了，不要怕事，你有三个哥哥，谁还能让你受欺负？再不济还有祯小子。”

被点到名的聂祯拿着筷子敲敲桌边：“不关我的事。”

白老骂他一句：“别拿筷子敲，要饭呢？”

那边白奶奶又从厨房端出个砂锅：“菜里都放了酱油，我又重烧了个白菜粉丝豆腐煲，今天容容先将就吃点。”

贺一容笑着道谢，白老趁着她分神之际把药按上去，她几乎痛得要跳起来。她小兽似的叫了一声，又委屈巴巴地垂下头去。

白老哈哈大笑：“对嘛！这样才可爱。”

饭后白奶奶拉着贺一容叮嘱：“不要碰水，不要吃辛辣的食物和海鲜。”直到聂祯不耐烦了，她才放两人走。

伤口被药粉刺激得麻木，几乎没有痛意了，贺一容蹦蹦跳跳地踩着聂祯的影子跟着他。在拐弯处聂祯忽然停下，贺一容没收住脚步，差一点撞上他。她忙后退两步，扯着书包带子看着他。

聂祯眼睛垂下去，他长着一双桃花眼，睫毛又密又长，单看眼睛又温柔又风流。

“自己摔的？”

贺一容看着他的下半张脸——嘴角似嘲讽地弯起，下巴线条流畅分明。她又退后一步："是的。"

聂祯冷笑一声，盯得她不安才转过身。

那他就不管了，可这丫头实在是蠢，白奶奶问起来的时候立马就说"我自己不小心磕着了"，此地无银三百两。

贺一容心思敏感又太会审时度势。如于瑗瑗所说，赵恩宇的爸爸是个心狠手辣的，赵恩宇又那样狂妄，她看得出来老师都不敢说他什么。如果让家里人知道了，肯定会找上赵恩宇。那还是敬而远之的好，多一事不如少一事，她躲着赵恩宇就好了。可有些难办的是，赵恩宇似乎对她这个"贺家私生女"很感兴趣。

贺一容小跑两步上前，在快到家门口的时候扯住聂祯的书包。

聂祯回头，不解地看她。她眨巴着眼睛，小心翼翼地讨好着："能不能不要告诉我哥？"

聂祯不理她，转头就进了自家院子。

贺一容一直等到晚上九点多，贺家的男人们才陆续回来。

第一个到的总是贺毅林，他根本不敢让父亲和大哥发现自己在照顾妹妹这件事上"玩忽职守"。他蹑手蹑脚地进了屋，看见屋里果然只有贺一容和陈姨。

贺一容感到心虚，主动上前给他拿书包、拿拖鞋。贺毅林心里打鼓，他不知道这便宜妹妹在玩什么花样。

贺一容又接过陈姨端过来的水递给贺毅林，贺毅林没敢接："有事就说。"

贺一容这才确信聂祯没有告诉他自己受伤的事，眼珠子一转，先发制人道："你都在忙什么？为什么不上课？"

贺一容只有在面对贺毅林时才敢显出些这个年纪的小女孩该有的心性。虽然两人交流少，但整个暑假与这位抬头不见低头见的，她多少也生出些熟悉感。

贺毅林不理她，她反而觉得抓到了把柄，更大胆起来。她跟在他后面，像复读机一样地问："你在忙什么？"

偏贺毅林又是个平日里三棍子打不出一个屁的人。得不到回答她也不生气，笑眯眯地继续问。直到贺毅林不耐烦了，摔上冰箱门回头盯着她，她才低着头抿嘴，露出嘴角浅浅的梨涡来。

贺毅阳适时回来，贺一容赶紧又端起乖巧可爱的妹妹模样，安安静静待在一旁降低存在感。

贺毅林以极慢的速度转动着脑袋，嘴巴无声地张了张。这个丫头变脸倒是快，在大哥面前乖巧得像小白兔，却能胆大包天地作弄他。

贺一容第二天上课的时候，特意把外套脱下来，胳膊上包了厚厚的纱布，很是打眼。赵恩宇趴在桌子上往前看，知道贺一容手肘上的伤拜他所赐，“喂”了两声贺一容也没理他，便自讨没趣地回位子上乖乖坐着了，之后一整天也没再欺负贺一容。

下午第二节课是排球活动，大家自行组队，于瑗瑗拉着贺一容在一队。她人缘好，很快队伍就组好了，还多出一个替补位。大家围成一圈，七嘴八舌地讨论着队员位置，有个女孩主动说：“我来大姨妈了，不想打，我做替补就好了。”

主攻、副攻位置很快被确定，于瑗瑗问贺一容：“小容，你打二传行吗？”

贺一容腼腆地笑着：“可以，但我不太会打。”

有个个子小小的姑娘盯着贺一容看，“扑哧”一声笑出来：“你有梨涡啊，好可爱。”

大家都盯着贺一容瞧，仔细端详着这位贺家的转学生，贺一容被看得有些不好意思，但仍浅浅笑着。

她们抽签抽中与一支身高明显高于她们的六人队伍比赛。

于瑗瑗小声说了句：“晦气。”

贺一容不解，遥遥看过去，只见一个腿长手长的女孩领头，扎着高高紧紧的马尾辫，没有穿校服，穿着短短的上衣，稍微动作一下就露出精瘦的腰。

她周围的女孩们都是一副不好惹的模样。

高个女孩似乎很不屑地看了她们一眼，重重地拍打着手里的排球。

贺一容没见过这样的女孩，她们很张狂，根本不会因为成为大家的视线焦点而不安，好像越多人看她们才越开心，还总喜欢用眼角看人。她觉得新奇又多看了几眼，却和她们队伍里的一个人撞了视线，那人笑着和身边的人说了什么，两三个女孩就都朝她看过来。

贺一容不露怯，直视着她们扬起一个笑脸。

比赛开始后，贺一容这队很明显处于劣势，被压着打。渐渐地，对面没有了胜负心，玩一样地把球砸过来，却总是对着贺一容的后排方向。

贺一容勉强连接了好几个球，手肘来回动作有些痛。

球又从中线飞来，贺一容和另一个二传都跑去接，却都没接到，贺一容还一个踉跄单膝跪在地上。

对面的人大笑起来，那个为首的女孩大声喊道："喂，因为你是私生女所以没遗传到你爷爷的英勇吗？"

贺一容的爷爷曾为北城做出过不少贡献。

她声音又尖又细，能刺破耳膜一样尖厉。旁边球场上的人的目光也被吸引过来，周围霎时静下来，排球在地面上小幅度跳动后归于无声。

贺一容拍拍手站起来，以于瑷瑷为首的女孩们担忧地看向她。她却一点没生气，向前走两步到网前，情绪平稳，语气平淡："我妈妈和爸爸领了证，只是没办婚礼，所以我不是私生女。"她扫视一圈，看向那个女孩，"我爷爷当然英勇，不然你今天也不能在这儿安稳地读书。"

那女孩嗫嚅着，想反驳些什么，却被遥遥飞来的排球打到背，往前扑到网上，跌坐在地上。

赵恩宇手插着裤兜走过来，他个子明明还没有这帮女生高，欺负人时气势却丝毫不弱。

"我当是什么玩意儿，认识几个不上学的混混就当自己是个人物了？"

赵恩宇蹲下来，与那个跌坐在地上的女生平视，上下打量她几眼，狠狠地推了她一把。那女生手肘撑地才没碰到头。这么多人看着，她屈辱感顿生，恶狠狠地盯着赵恩宇，还没来得及说些什么，赵恩宇就啐了一口。

边上的江晨也走过来，站在贺一容边上抱臂看着，冷笑一声。

"真是山中无老虎，阿猫阿狗也敢称大王。"她挽住贺一容的胳膊，"你也敢欺负她？"

这帮女生在外面当大姐大当惯了，但在学校里从来都是避着这帮出身名门的人，只敢在普通学生堆里耀武扬威。她们好像觉得不穿校服、走路跩一些、说话声音大一点、不听老师的话、抽烟喝酒、男男女女混成一团就是很厉害的事情。大概是听说了贺一容的私生女身份，她们竟狂妄起来，觉得贺一容也不算什么——私生女罢了。她们却忘了，就算是私生女，那也是贺家的人，她们也招惹不起。

放学时江晨要拉着贺一容一起走，贺一容为难道："我哥哥让我坐聂祯的车回去。"

江晨立马退后两步："你怎么敢跟他待在一起？他现在好可怕，我都不敢和他说话。"

贺一容却觉得聂祯除了性子冷了些，也没什么奇怪的。

聂祯下来时贺一容正在练习垫球的动作，她不喜欢被人压着打的感觉。聂祯走到她身边她都没发觉，手腕处肿得高高的，她好像也没发觉，表情严肃认真，重复着手腕上抬的动作。

聂祯扔下一句话就走。贺一容赶紧捡起书包跟上他，脑子慢半拍才接收到刚刚那句话的信息。

他说："先长高再说。"

一个学期很快就过去了，贺一容渐渐地习惯了贺家的冷清氛围。不同于在南城舅舅家那般热闹，她多数时候都是一个人待在家里，就算贺毅林有时在家，一天也不会与她说几句话。

贺一容最熟悉的人反而是送她上下学的聂祯。她知道聂祯有多少件看似一样的黑T恤，知道他胳膊上有颗小小的痣，知道他不爱吃蔬菜，知道他数学很好……

冬去春来，贺增建和贺毅阳忙着开年后的各种事情，直接住在离公司更近的地方不回家，贺增建还特意打电话回来叮嘱贺毅溯看顾弟弟妹妹的生活和学习。

贺毅溯电话一撂，伸了个大懒腰，站起来扭着屁股跳舞，转过身冲贺一容打了个响指："又到了快乐的春天。"

四月份会公布集团财报，父亲和大哥起码大半个月不会归家，他才不愿意窝在家里，收拾了东西就跑得不见踪影，临走时扔下一句："你们俩好好学习啊。"

贺毅林盘腿坐在沙发上，在笔记本电脑上不停地敲打键盘，紧盯着屏幕手指飞快动作。贺一容翻完一本杂志，正要上楼洗澡休息。几乎把她视为空气的贺毅林开口道：“我明天要出去，半个月。”

他一句解释都没有。

贺一容突然明白过来，他们都是早就算好了时间的。她有些气愤，嘴巴嘟着，两腮鼓起，手紧紧握成拳。她深吸了一口气，又倏地松开拳头。

“好的。”

贺毅林合上笔记本电脑，看了一眼站立的小妹妹——她没有任何不高兴。

“往年这个时候，我们都不在家，所以陈姨也会……”他有些犹疑，往常这个时候，陈姨应该也会回老家，主楼会空半个多月，只有日常维护院子和打扫卫生的人在。可今年，多了个贺一容。

他低下头盘算了一会儿，贺一容按着心中的火气，笑眯眯地等他说话。

“这样吧，你这段时间待在聂祯家。”

小丫头一个人住这儿有些空荡荡的，恐怕她会害怕。

贺一容走到电话边，拨打父亲办公室的电话。贺毅林刚听前几个音就觉得熟悉，看她按下后面的数字，果然。心中警铃大作，他赶紧按住挂机键。

贺一容拿着听筒，歪着头看他，一副无辜样。贺毅林也不说话，按住挂机键不松。急促的“嘟嘟”声通过听筒传出来，增加了一丝紧张气氛。兄妹俩就这样僵持着。良久，贺毅林败下阵来，似乎有求饶的意思：“我要参加比赛，团队等我好久了。”

聂祯踢了鞋走进来，手里转着个白色药瓶，看见这兄妹俩在电话前无声对峙。他离他们两步远把药瓶扔在沙发上：“白老给你换药用的。”

他省去了几个字，白老的原话是“祯小子去给小容换药”。

可他才懒得管，他难以理解贺一容是有怎样差劲的运动细胞，体育课长跑都能摔跤。有一次体育课正好和贺一容他们班同时上，聂祯老远就看到排球场上笨拙地垫球的身影，极易分辨，像只摇摇晃晃的小企鹅。

被贺毅林喊住，聂祯难得地在他脸上看出点焦虑的情绪。

“你告诉她我是不是有比赛。”

“是。”

“我为这个比赛准备半年多了。”

聂祯点头：“是。”

贺一容的目光在两人之间转了转，终于放下听筒。贺毅林赶紧抢过听筒放好，就差把电话抱在怀里。

聂祯望了一圈没看到贺毅溯，明白过来。开春了，贺叔和贺毅阳会直接住在二环内，贺家又要变得空荡了。他耸耸肩要走，心想才不自找麻烦，贺毅林紧走两步跟上把他拽住。

聂祯头也不回：“贺三，放开我。”

贺毅林死死拽着他的胳膊：“贺一容，快过来叫聂祯哥哥。”

贺一容翻了个白眼不理他。

聂祯气得牙痒痒：“贺三，你别打我主意。”

“小容长得喜庆，人也乖。”

聂祯无动于衷。

“你忍心吗？”

聂祯冷笑一声，反问他：“你忍心吗？”

贺一容皱着眉在想，长得喜庆是什么样，是看上去就很滑稽可笑吗？

最终，贺毅林亲自把贺一容的东西打包，连人带行李扔到隔壁聂家，附带一箱自己收藏的经典影片。聂祯没什么特别爱好，只对看电影有兴趣。但他这个人又懒极了，资源懒得找，也懒得出门买，除了家里的光盘翻来覆去地看，就只能从贺毅林这儿搜刮一些。

聂祯接过箱子打开看了下，满意极了。除了国内的港片，还有欧美片、日韩片，甚至印度片都有。贺毅林这是把压箱底的都送过来了。他嗤笑一声才毫不客气地对贺毅林说：“滚。”

贺毅林千恩万谢地走了，又听聂祯喊：“迟一天就撕票！”

贺一容抱紧胳膊，打了个寒战，离聂祯三步远。

聂祯的爷爷转着轮椅出来，看着乖巧可爱的贺一容，脸上笑出花来：“贺家的乖丫头好像长高了。”

白老跟在后面笑着：“您看错眼了，她没长高，倒变胖了。”

贺一容吐吐舌头，把包放在地上就迎上来，恭恭敬敬地说：“聂爷爷好。”

聂老拉过她的手在手心拍着，连说了好几个“好”。

“我家里没人，这段时间就叨扰聂爷爷了。”

聂老和白老相视一笑：“好丫头，还知道叨扰，像个小大人似的。”

贺一容有些尴尬，扮懂事扮得过头了。她实话实说道：“跟在我外公边上学来的。”

聂老点头：“好丫头。”他指指上面，“你就住祯小子边上的屋吧，晚上也不会害怕。”

聂祯对爷爷最是孝顺，就算心里不大乐意也没说什么。聂老又“哎呀”一声，对着白老说道：“也没养过小丫头，连玩具都没有。”

白老笑着推轮椅，贺一容跟上来换白老。

白老瞅一眼贺一容：“您放心，这丫头省心。”

聂家不同于贺家，人少冷清，就连保姆都是另住在偏楼。贺一容临睡前想倒杯水喝，轻手轻脚地出门，看隔壁聂祯的房间没开灯，对面却隐隐有光亮和声音。她扶着墙走过去，声音越来越清晰。

门开了条缝，她悄悄推开。

一面墙那么大的屏幕上，画面是两个主角对视着逐渐靠近。画面唯美动人，背景音乐也引人入胜，下面会发生什么不言而喻。

在舅舅家看电视时，贺一容也看见过这样的画面，但有长辈在场，她只能低头装傻或是起身拿饮料，躲开这样的情节。

她一知半解，大概知道是怎么回事，却从没有完整地看过。不知是好奇心作祟，还是电影主角的演绎实在吸引人，她的脚被悄无声息地钉在原地。

男主角手捧住女主角的侧脸，镜头放大他湛蓝色的眼睛，蓝蓝的眼比大海还神秘。女主角的心跳声被放大，贺一容却觉得自己的心跳声比她的还要慌乱。她浑身的血液都冲到脑袋里，嗡嗡的，像是有无数只小虫子飞来飞去，把她的思绪搅乱。她像个呆滞的木偶一样站在原地，等待着、期待着接下来的画面。

她看到聂祯坐在地板上，懒洋洋地倚着背后的懒人沙发。他的表情如此冷淡，手里拿着遥控器。在主角即将接吻的时候，他突然按下快进键。本该动人的接吻画面以诡异的速度被略过，背景音乐都被加速成行军进行曲一样。聂祯扔了遥控器，遥控器跌在地板上发出“啪”的一声。

贺一容吓出一声“呃”。她赶紧捂住嘴巴，幸好聂祯没听见。

他伸手在箱子里翻了几下，拿出游戏机和游戏卡，把卡插入后低着头操作，偶尔抬起头看两眼大屏幕。

不知道过了多久，贺一容才慢慢“捡回脑子”。她刚想离开，却发现脚好像麻了。聂祯转过头，忍不住笑着说：“你打算看多久？”

贺 容在那个晚上落荒而逃，第二天隔五米远见到聂祯都要脸红。

白老过来照顾聂爷爷吃药，皱着眉把贺一容拦下，粗糙温暖的手盖住她的额头：“丫头不烧啊，脸怎么这样红？”

贺一容下意识看向聂祯，他正仰头喝水，嘴角歪了歪。贺一容赶忙低下头去躲开白老的掌心：“刚刚晒了会儿太阳。”

两个人之间有了些小秘密，微妙的联系让贺一容觉得聂祯也没那么冷漠。两人视线一对上，贺一容就跟小兔子受惊似的赶紧移开目光，再也没有眨巴着圆溜溜的眼睛，直要看到人心底去的魄力。

好在聂祯似乎很快就忘记了这件事。这让贺一容觉得聂祯是个很好相处的人，才不像舅舅家的哥哥们一样，揪着她一点错就笑话她大半年，直到现在也会经常提起贺一容小时候被鸭子追得边哭边跑的糗事。

贺一容在家里也听陈姨念叨过几句：“隔壁聂家小子啊，可惜了，小时候是个多活泼的孩子！”

各种碎片信息东拼西凑在一起，她在心里勾画出一个因为父母去世而性情大变的少年形象。

她想起了小时候捡到的那条流浪狗，它躲在围墙角落的杂草堆里，毛湿漉漉、乱糟糟地贴在一起，她一靠近它就拱起腰背，恶狠狠地盯着她，一副随时要进攻的样子。

贺一容又一次大发善心，她完全忘记了自己手上到现在还有一道浅浅的疤。

她觉得聂祯比她、比那条狗都要可怜。

她还有爸爸、同父异母的哥哥、疼她的舅舅舅妈。

可聂祯，只有年迈的爷爷了。

她直勾勾地盯着聂祯，面露悲悯，眼神柔和。

聂祯放下水杯，正要催她快些出门，却碰上她用看小动物的眼神看他。

他觉得浑身不舒服，瞪了贺一容一眼就走开了。贺一容心想：他真是和那条小狗一样呢，虚张声势。

第三章 撑腰

贺一容总是听不进去数学课，那些公式对她来说像催眠曲，听得脑袋一点一点的。她半梦半醒间梦到，当她小心翼翼地靠近小狗的时候，被小狗恶狠狠地咬住手不放。痛感明显，把她从浅梦中揪出来。

后座的赵恩宇又在用笔戳她，原来痛感来源于这里。她有些烦躁，回过头去有些不客气地道：“干吗？”

赵恩宇没想到她会发脾气，愣了一愣，趴上前来神神秘秘地道：“你不要和聂祯玩，我讨厌他。”

贺一容不解地看他，觉得这个人好奇怪。

赵恩宇急了：“你跟我玩，没人敢欺负你。”

贺一容回过头去，不再理他。

赵恩宇又扔了字条过来，上面歪七扭八地写着：我不喜欢聂祯，你和他玩我也就不喜欢你。

贺一容一笔一画地认真写着：我要和聂祯玩。

想了想，她又补充一句：他人其实很好的。

赵恩宇气得踢了一下桌子，桌沿撞到贺一容的后背。老师听到动静往这边看，贺一容赶紧坐直了装作认真听课。

课间吵吵嚷嚷的，贺一容趴在桌子上昏昏欲睡，于瑷瑷看她这样只能去找别人说话。有女生从外面风风火火地跑进来，挤到自己的小圈子里去：“公告栏贴了告示，贺毅林要代表学校参加信息学奥林匹克竞赛。”

边上有男生听到，哼了一声："他整天不上课玩游戏，哪能参加什么竞赛？"

有人反驳道："我听说他真的会写代码，好像很厉害的。"

男生根本不相信："喂，贺一容，你哥哥真的会写代码吗？"

贺一容本就在竖着耳朵听着，被点名了当然不再装睡。她慢吞吞坐直了，斟酌着措辞："嗯，他一直在准备比赛。"

那女生捧着脸"啊"一声，转过头和刚刚一脸不屑的男生对峙："我就说他很厉害吧。"

贺一容也有些自豪，她没想到贺毅林能代表学校参加竞赛。

有女生大着胆子趁机向贺一容打听聂祯，人群渐渐在她桌边围成个圈。

"贺一容，你天天和聂祯一起上学放学呀？"

"嗯，因为我哥哥在准备比赛，所以就让聂祯带着我了。"

她有意把"准备比赛"这几个字咬重，心里有些开心，原来贺毅林真的是因为有很重要的比赛才会把她丢到聂家。小女生总有些慕强，她对这位哥哥的好感又多了几分。可大家现在的兴趣都在聂祯身上，根本没人再打听贺毅林。

"聂祯长得好帅啊，他的睫毛是真的吗？他好白，他是不是偷偷化妆啊？"

"大家都说聂祯身上有香味，他是喷了香水还是真的自带体香啊？"

这些人一个个都盯着贺一容瞧，她们对聂祯的好奇和热情的态度让她惊讶。

聂祯这个比贺毅林还要闷的人，怎么会这么受女生欢迎？

她回答不出来，只能说："我不知道，我问问他吧。"

众人七嘴八舌，又提出了好几个问题。有女生临走前还拍拍贺一容的肩膀："一容，交给你了啊，一定帮我们问问！"

贺一容怎么也没想到，她的随口一说被同学们当真了。

借着哥哥和聂祯终于与大家熟了一点的贺一容，害怕失去这份难得的同学情谊，在充满期待的眼神中，缓慢而艰难地点下了头。

放学后聂祯发现贺一容一直一副欲言又止的样子。他以为贺一容只是因为昨晚的事感到尴尬，可他根本没放在心上。他也能理解，毕竟小姑娘脸皮薄又好面子。

洗完澡想起来裤兜里装了游戏卡还没拿出来的聂祯，在洗衣房门口呆住——

贺一容拿着他本来放在脏衣篓里的T恤在闻，甚至还闭着眼猛吸了几下。她穿着白色睡裙半蹲在脏衣篓前，裙摆的镂空花边落在地上。明明是朵纯洁无瑕的小白花，竟然会有这样大胆的举动。

聂祯眯眼看着她。身形瘦小，稚气未脱，一副未长开的模样。只是，现在的小孩儿早熟，高一的女孩会对男生产生好奇心也不奇怪。是因为这样，她才会对电影里的亲热画面感兴趣，也对……他感兴趣吗？

他本以为昨晚的事只是小姑娘无意间撞见的，可如今看来……聂祯觉得有必要遏止她的想法，踌躇再三，敲了敲门。

贺一容吓得尖叫，脸先是白得像张白纸，又涨红成番茄一样。

T恤被她丢在脚边，聂祯将其捡起来："你在闻什么？"

贺一容后退两步，脑子发蒙根本说不出话。聂祯面无表情地盯着她，她更加慌张了。可聂祯摆明了一副在等她回答的样子，耐心十足。她想装傻充愣也不行，只得硬着头皮实话实说，可底气实在不足，声音低得像蚊蚋之声。

"班上好多女同学对你感到好奇，她们问我你身上的香味是喷了香水还是体香，我不敢问你，所以……"

聂祯听不清，只得弯腰靠近。小姑娘极薄的面皮在他的眼下越来越红，要渗出血似的鲜艳。

好歹听清几个关键词，聂祯挑眉——这么说来是其他人对他感兴趣。他仍然弯着腰，贺一容抬头看了他一眼就慌慌张张地躲避，他的眼睛像无波的深潭，她根本不敢与他对视。

"所以不是你对我感兴趣？"

贺一容两只手在空中挥着，聂祯怀疑她是不是想把脚也抬起来挥动。她否认的态度如此激烈，倒显得自己自作多情。

聂祯哼了一声，直起腰来，看了一眼那圆乎乎的脑袋瓜，半天说出一句："无趣。"

这晚，贺一容辗转难眠，想了半天也没想出来聂祯是说她无趣还是说这件事无趣。

在又被大家围住的时候，贺一容学聪明了，端着浅浅的笑似是而非地道：

“没有化妆，睫毛也是真的。应该没有喷香水吧，我没闻过这款的。”

她学来聂祯那副神秘莫测、对事情满不在乎的态度，心中窃喜着，觉得自己回答得真是巧妙。更何况她从小就喜欢香喷喷的东西，不知道买了多少香水和香氛，外公的酒柜都被她“征用”，摆满了瓶瓶罐罐。以她五六年的闻香经验来看，确实没有一款香水是聂祯身上那种味道，带着清凉又悠远的意味，像是雨后从古木林的最深处隐隐飘来的味道，深沉而有故事感。

众人正感叹着：“果然是聂祯，天生丽质才对。”

有女生抱臂冷笑一声。贺一容循声望去，心里打着鼓——难道被人识破了?

那女生长着细长的眼睛和薄薄的嘴唇，鼻子高挺，下巴尖尖，有着超出年龄的成熟长相。贺一容觉得这个女生不好相处，果不其然，她尖细的声音直戳要点。

“什么叫你没闻过这款的？什么叫‘吧’？你根本没问是不是？贺一容，你和聂祯根本不熟吧？都是你的猜测吗？”

贺一容立即反驳，小心思被戳破，她再做不出从容样，说话也不似刚刚那般干脆：“不是，我闻了他的衣服，没有香水味。”

她言语中的漏洞立马被女孩捕捉：“所以你根本没问他。”

贺一容涨红了脸，却仍旧盯着那女孩，一步不退。于瑗瑗上前解围：“林菱，你够了啊，一容不是说衣服上没有香水味吗？”

有人附和着：“是啊，没香水味就说明没喷香水啊，一容又没说错。”

林菱不依不饶，坚持道：“可她就是没有问！”

她轻蔑地笑着：“和聂祯一起上学放学又怎样，还不是和我们一样和他说不上话？”

贺一容这才明白，林菱是有些嫉妒所以才会这么咄咄逼人。

想明白了这点，贺一容一点也不生气，也不再与她争论什么，笑了下便转过头去与其他人说话。能够被陌生的同学接纳，在这个还陌生的地方拥有一些稀少又珍贵的情谊，贺一容已经很知足了。她懒得与因为聂祯而对她怀抱敌意的女生纠缠，心里却忍不住想着林菱把聂祯想得如天神一般完美，这般态度能换回什么。聂祯那样的人，似乎什么人、什么事都不能让他提起兴趣。

下午放学时，贺一容意外地在高三的教学楼下看见了林菱。林菱看见她就高傲地转过头，贺一容也就装不认识，只是后退一步，贴着花坛边的阴影处站着。林菱出现在这儿肯定是为了聂祯，她要识趣些，让出点时间与空间。

聂祯总是在整栋楼的人快走光的时候才会出现，所以每天贺一容都会经受一番男同学的目光洗礼。她在这种明晃晃的注视下总是有些不安，他们的目光张狂恣肆。贺一容的性格中有些改不掉的怯弱，可周围根本没地方让她躲，她只能站在小花坛前面，迎来一股又一股的人潮经过。好在她身后没路，人根本走不到她面前。

可今天，有男生大大咧咧地走过来，故意用肩膀撞她一下，才貌似无意般笑嘻嘻地说："小学妹，不好意思啊。"

他边上的男生也跟着笑。

"喂！"声音清晰具有足够的威慑力，他们应声抬头。

聂祯站在三楼楼道往下看，漫不经心又傲慢至极："离她远点。"

贺一容身边刚刚还一脸调笑意味的男生灰溜溜地飞快溜走，后面三三两两的人也不敢再肆无忌惮地看着贺一容了。

贺一容看向站在楼梯口的林菱。林菱虽有些局促，但仍是在年龄明显长自己几岁的男生的目光中微仰着头，甚至还能与他们对视。在聂祯出声替贺一容解围的时候，她的脸色瞬间难看起来。她隔着距离盯了贺一容一会儿才转过头。可在聂祯下来的时候，她那略带高傲之意的眼神瞬间变了。贺一容听不见她和聂祯讲了什么，只看到聂祯脚步不停，她追上去，脚步焦急又慌乱。

他们终于到贺一容面前，聂祯头也没转："哦？那关你什么事？"

他又是以那个姿势看着贺一容——手插着兜，腰弯下来。

"你以后到我教室门口等我。"

贺一容点头，撞见林菱尴尬又受伤的神色，一时不知是该走还是该装傻不动。

聂祯拍拍她的头，贺一容觉得他把自己当成了皮球。

"走啊，愣着干吗？"

她揪着书包带，跟了上去，走出两步才想起林菱，脚步放慢却终究没有回过头去。这种时候，装瞎装哑不让林菱更尴尬才是最佳选择。

车子驶进院子里时，聂祯突然开口。

他很少主动和贺一容说话，贺一容瞬间坐直了身体。

“那女生在我面前告状，说你偷闻我衣服。”

他稍微挪动一下，身子向贺一容这边靠过来。贺一容觉得自己汗毛都立起了，忍不住往边上躲了躲。

聂祯看到她的反应，嗤笑一声。

贺一容等了半天也听不见他下一句话。没头没尾的，他突然说这句话是什么意思？贺一容又皱着眉想了半天，觉得聂祯这个人真是奇怪。

贺一容从来都是想什么脸上就清清楚楚地写着什么，吃饭的时候白老太太笑了半天。

“小容，有什么想问祯小子的就问啊，他看着性子冷了些，人很可爱的。”

聂祯不满道：“谁可爱了？”

贺一容偷偷地笑，却也不再乱想了，头埋得低低的，安静地吃饭。

这晚贺一容洗完澡，正在房间里哼着歌擦着身体乳，房门被敲响。她光着脚去开门，拉开门才后知后觉，这个时候除了聂祯还能有谁来敲她的门？

聂祯面无表情地站在那儿，手指屈起，不耐烦地敲了敲门框。这两声“咚咚”像是谈话的开端。他语气生硬：“你哥哥让我和你说，你是贺家女儿，别人不能欺负你。”

言简意赅。

他只字不提电话那边的贺毅林是怎样求爷爷告奶奶，求他对自己妹妹稍稍上点心的。末了贺毅林甚至威胁他：“喂，她要真被人欺负了我就说是你对她不管不顾的。我是有错，你也一样等着挨骂。”

聂祯极少说这么长的句子，说完又沉默半天。

“有什么想问的就问我，别憋得跟鸵鸟似的。”

他不得不承认，贺毅林的妹妹不像其他女孩那样自矜矫情。她很懂得不给别人添麻烦，知进退也知分寸，从不多话。这样很好。

那他也愿意给好友几分面子，看顾她一二。

等了半天却没听见贺一容出声，聂祯这才将不知放在何处只能落在她身后的目光转回到她脸上。只见贺一容笑盈盈地说："白奶奶说得对，你是挺可爱的。"

聂祯抬手就想赏她一个栗暴，最后在她额前对着空气虚弹一下当作威胁后转身就走。

聂祯亲自送了一次贺一容去教室，似乎在给她撑腰。

几天后，林菱对贺一容的态度明显好了起来，在她面前再也不讲些酸言酸语了，又是送饮料又是送小蛋糕的。

于瑷瑷忍不住嘲了句："现在知道曲线救国了？"

林菱也不生气，只当没听见，笑着约贺一容有空一起玩。

聂祯也一改以往的习惯，下了课就出来，带上乖乖在教室门口等他的贺一容，先于放学高峰离开。贺一容这个心思敏捷的，当然瞧得出来聂祯对她态度变好，不再当她是空气了。

贺一容千般万般好，但有一点不好——容易蹬鼻子上脸。

她对着聂祯越发大胆起来。

聂祯不爱吃菜，白老太太总是变着法儿地给他补充维生素，有时候在饺子里包进去剁碎了的小青菜，有时候又费尽心思把茄子煮成鸡肉味。聂祯总是能吃出来，面无表情地咀嚼，再面无表情地吐掉，不埋怨也不生气。白老太太是一点办法也没有。

这天，贺一容月考语文得了班里第一，高兴得脚都不沾地，整个人陀螺似的跑来跑去。聂老拿着她的卷子翻来覆去地瞧，贺一容在他边上叽叽喳喳怎么也掩不住得意之色。老爷子皱纹里都堆着笑，还不忘敲打聂祯："你看看小容的字写得多工整。"

聂祯斜着眼瞧了瞧："工整又不是好看。"

聂祯看到贺一容嘟了嘟嘴，白了他一眼。

吃饭时贺一容故意夹了一筷子时蔬给聂祯，聂祯先是慢悠悠地抬起头看她，盯得她心里发毛，才轻蔑地一哼，将菜又夹回她碗里。贺一容只得乖乖吃掉。

贺一容某个周末早上下楼，稍稍弓着背，又以奇怪的姿势向右歪斜。白老正好端着药从厨房出来，皱着眉正要纠正她的走路姿势，见晨跑回来的聂祯与贺一容迎面碰上。在白老出声之前，聂祯大手拍过去："别驼背。"

贺一容立时挺直了腰背，却也轻呼一声，不知是聂祯拍得重了还是怎么，只听她小声嘟囔："不是驼背。床太硬了，昨晚睡觉姿势不好，起来后背就有些痛。"

聂祯似乎也不需要听什么解释，头也不回地去冰箱前大口灌水喝。

贺一容突然想起来，提高了音量："你不是也整天驼背?!"

水呛在嗓子眼，聂祯弯腰弓背捶着胸口咳了半天。他好容易缓了过来，却看见贺一容和白老一老一少笑作一团。

贺毅林赶在三月下旬回了家。他拉着贺一容转了两圈，见她面色红润有光泽，似乎还长高了些，心里稍安，好歹不会落一个照顾妹妹不周的罪名。

贺一容甩开他的手，快跑两步坐在离聂祯半臂远的地方。

贺毅林失笑，心想：这丫头跟着聂祯不到一个月就不认亲哥哥了。

贺毅林坐在聂祯的另一边揽住他的脖子，下一秒就被聂祯躲开。他也不在意，捶了下聂祯的肩膀："谢了。"

聂祯点点头算是回应，将面前茶几上剩了半杯的牛奶推到贺一容面前，催促道："一杯牛奶喝了半天还没喝完。"

贺一容端起杯子嘟囔着"这个味道有点腥，没之前买的那个好喝"，却还是仰着头一鼓作气喝完。

贺毅林在边上看着，只觉得他们两个才像亲兄妹。

聂老也转着轮椅过来叹息道："丫头惹人疼，虽然就隔着一堵墙吧，我也不想她回家去呢。"

贺一容赶忙卖乖，跑到聂老边上去半蹲下来给老人家捶腿："我每天都来瞧您。"

聂祯看她一眼，这才想起贺毅林似的，也给了他一拳算是打了招呼，才似笑非笑地说："你这妹妹，呵呵。"这声"呵呵"意味深长。

贺一容有聂老倚仗，一点也不怕聂祯，她最烦他有话不好好说的样子，似乎多说几个字就会委屈他尊贵的嘴。在老人面前她又不敢凶，细声细气地表达不满："呵呵什么呀？你说清楚啊聂祯。"

贺毅林和聂祯都转过来，一个一副皱着眉要训人的样子，一个抱臂看戏。

贺毅林终于逮住机会端起哥哥的架子："贺一容你没大没小，叫哥哥。"

聂祯半转过去脸，嘴角忍不住翘起来。他看着贺一容的反应，似乎收拾了半天的情绪才又恢复一张面无表情的脸，严肃地道："嗯，叫哥哥。"

贺一容根本不会让自己吃亏，嘟着嘴委屈巴巴地看一眼聂老才说："叫哥哥你就要对我好。"

聂祯觉得不划算，瞪了一眼贺毅林。

贺毅林眉眼弯弯，摆出一副"我妹妹厉害吧"的样子瞅着聂祯。

聂老也点头："对，哥哥不是白叫的。"

有了老人家的金口玉言，贺一容还不等聂祯说话，就跑到他面前乖巧地叫了声："聂祯哥哥。"

那笑容纯真可爱，她眨巴着小鹿眼似的明眸，看着纯洁无害，实则狡黠透顶。在聂老看不见的角度，她还故意做了个鬼脸。

聂祯忍了又忍，才没有转身就走。

贺一容歪着头，貌似有点委屈："你叫我叫哥哥的呀。"

聂祯没好气地道："你有三个哥哥！"

她眼珠子一转，先给人戴高帽："可你对我好呀。"

聂祯睁大了眼，难以置信："我什么时候对你好了？"

贺一容低头掰着手指头："你怕同学欺负我，送我到教室门口；你觉得高年级那些男生老看我，让我去你教室门口等；你还让我有什么话就问你，不要憋着；你怕我长不高，每天盯着我喝牛奶；你自己挑食，还不让我挑食；我说床板硬，你就让人去定制新的。"

别说聂祯的爷爷了，就连贺毅林都打量着聂祯。

聂祯性情古怪，难得他会对贺一容这样细心。

贺毅林心下感动，聂祯果然是与自己穿一条裤子长大的铁杆兄弟，为着自己对自己妹妹这么上心。

聂祯似乎被堵住了嘴，解释不清。他在自己爷爷一副"不错不错""小祯长大了"的赞扬神色里，艰难地长呼一口气。

从这天开始，贺一容见到聂祯就“聂祯哥哥”“聂祯哥哥”地叫个不停。也不管他答不答应，她每一句话都带个“聂祯哥哥”。贺毅林有时候瞧着心里不是滋味，冷着脸把贺一容揪过去训：“怎么没见你天天叫我哥哥呢？”

不得不说，小丫头软声软语地叫“哥哥”很好听，贺毅林终于理解严肃的父亲为什么一听她叫“爸爸”就变为宠爱幼女的慈父了。

贺一容捂着嘴悄声说：“你不觉得逗他很好玩吗？”

贺毅林看一眼聂祯黑着脸垂着头，又无可奈何的样子，也扯开嘴角。他搂住贺一容的肩，带着她一起走到聂祯面前：“小容，你的聂祯哥哥怎么一副不太高兴的样子？”

贺一容乖乖巧巧：“是呀，聂祯哥哥，你怎么不高兴？”

第二天一大早，贺一容就像个小兔子似的蹦跳着闯进聂家。她直奔冰箱，拉开来果然看见里面囤满了一层的水牛奶，当即笑弯了眼：“聂祯哥哥，我在楼上看到有人送过来了，就赶紧跑来喝。”

聂祯走过来拿过她手里拧了半天也没拧开的牛奶，拧开盖后又递过去：“你家里能少了你牛奶喝？”

贺一容慢吞吞喝了一口牛奶，才抬眼看着聂祯，笑了下又不好意思似的低头：“我不喜欢喝那种，陈姨说家里一直都是买那个牌子的，哥哥们从小喝到大。你不要说出去啊，聂祯哥哥。”

聂祯当然没有说出去，他深知贺一容不喜欢多事的心理，于是打了个电话让人以后定期送贺一容爱喝的水牛奶。

在贺毅林又把贺一容扔给聂祯的一个周末的下午，聂祯被耳边不停的“聂祯哥哥”“聂祯哥哥”吵得心烦意乱。他怒目而视，却见贺一容小心思得逞般捂着嘴笑，这才知道她叫他哥哥是假，捉弄他是真。

于是他扯住贺一容的胳膊往楼上去，说要带她看电影。

聂祯挑挑拣拣了半天，找出一张光盘放进去。是一部爱情电影，刚看了开头贺一容就要跑，聂祯按住她的手不让动，逼着她听完电影里女人捏着嗓子喊“哥哥”“哥哥”。贺一容脸上都要滴出血来。她大着胆子看了一眼，那女人依偎在男人怀里，嘴里不停地喊“哥哥”。聂祯把进度调回去，又逼着她听了一遍开头，这才又是威胁又觉好笑地问：“还喊不喊了？”

贺一容想抽回自己发烫的手，手心里都是汗，身体里像下了场暴雨，劈头盖脸地将她打晕，她实在是难堪得很。

“不喊了。”

贺增建忙完开年的琐事后已经是三月最后一天，他满怀歉疚地要给贺一容补办生日，贺家几个哥哥这才知道这位小妹妹是三月生的白羊座。

贺毅溯叫嚷着：“一点也不像白羊座，我们小容这么乖巧可爱。”

贺一容坐在边上笑：“我早产一个月，可能本来不应该是白羊座？”

贺一容觉得不用那么大张旗鼓，都过去几天了还特意费事去补办一个生日，搞得自己真成了什么难伺候难相处的人一样。

贺增建却很坚持，他既懊悔又自责，听见贺一容提起早产的事，心里更不是滋味。他不得不承认自己竟然忙忘了小女儿的生日。往年这个时候都是早早就把生日礼物寄过去了，今年人在身边，他却忘了日子。他心疼她小小年纪，不声不响地把生日那天当作普通日子一样地过，更生怜爱。

他嘴上说着“怪我，都没打个电话回来”，转过头又没理由地骂起贺毅溯和贺毅林来：“把妹妹交给你们俩，你们竟然生日也不给她过一个！”

贺毅溯翻了个白眼转过头，侧脸冲着老父亲。迎上贺一容抱歉的讪笑，他竟对着贺一容吐舌头。

贺一容上前给贺毅溯和贺毅林解围：“我刚到这边，二哥三哥都不知道我的生日，爸爸不要怪他们了。”她一字不提那半个月她孤身一人的处境，心脏提到嗓子眼的两兄弟这才安心。

贺毅林看着贺一容又瘦又小的身形，第一次认真打量她。她根本没有这个年纪的女孩会有的骄纵习气，大多数时间都是乖乖巧巧地扮猫，但有时候又伸出爪子凶两下，让人也不会真的随意对待她。她超出年龄的细致心思让贺毅林再次在心里下了定论——贺一容不是个好惹的主。

贺毅林和聂祯提起这件事的时候，聂祯只说：“你那便宜妹妹，扮猫吃老虎呢。”却忽然想到，自从上次逼着贺一容和他一起看电影后，正巧遇上清明节假期，连着周末一共三天。这个假期竟然没见到贺一容。

贺一容的生日宴还是大张旗鼓地办了，贺增建说要让家里往来的长辈们都见见贺一容，顺便也能让她结交些同龄的朋友。

一番殷殷慈父心意，贺一容再不能推辞。

除了贺一容听哥哥们提过的几家，贺家又请了些和贺增建关系很好的朋友，在北城酒家的牡丹厅摆了三四桌酒席。

贺一容从小就跟在外公身边见过各种往来的长辈，席间大大方方，举止得体，虽有些微娇怯也是年纪还小的缘故。有人夸："这丫头长得有灵气，不愧是南边长大的，就是和我们这儿的姑娘不一样。"

贺一容下意识就以为别人又在说她的口音，她已经刻意改了，甚至还学着说在她听来有些滑稽的儿化音。她又忍不住暗自猜测这"不一样"到底是好的还是不好的。她看得出来很多人眼神中带着探究，似乎大家都想从她身上看出些与他们从未谋面的自己妈妈的影子。

贺一容隐约知道，在爸爸的圈子里，妈妈是特殊的。就像因为她才聚在一起吃饭的这帮人，没有一个人是妈妈那样的柔软性子，他们的身上都带着些傲气。这是独属于他们这里的特质，他们在自己的领域里掌握至高权力，谈话间都是大事。

酒席过半，大人们还谈笑风生，小辈们却都坐不住了，一桌子人几乎跑光。贺一容跟着爸爸去给各个长辈敬完酒后，小辈们那桌只剩下对面的聂祯，连贺毅林都不知道去哪儿了。

贺一容没吃饱就被抓去敬酒，此刻面对着满是残羹剩饭的餐桌，即使饥肠辘辘也下不去筷子。她皱着眉举着筷子，迟迟没有动。餐盘转动，转过来一碗面，聂祯微抬下巴示意："一人一份，那是你的。"

大概是她今天笑了太多次，说了好多话，劳心费力的，一碗面下肚也没见饱。她意犹未尽地放下筷子，眼尖地发现聂祯面前还有一碗面，看那个样子似乎没动。她神色复杂地盯着那碗面，聂祯拿起筷子挑了上面的一根面，慢条斯理地咀嚼后抬头看她："我不喜欢吃这种面，所以吃一根也算祝福。"

贺一容还未思考这句话的深层意思，只听到他说不喜欢吃面，急道："那剩下的可以给我吃吗？”

聂祯这才明白她刚刚那副为难的表情不是因为他没吃她的生日面，而是她想吃。他没说什么，把碗放到转盘上转过去。

又一碗面下肚后，贺一容心满意足了。她观察着四周，后知后觉地发现她似乎处于一种尴尬的境地。作为今天的小主人公，她需要招呼好客人，可面前只有一个她此刻并不想有过多交集的聂祯。

自从上次被聂祯抓住看电影后，贺一容已经许久没往聂家去。上学放学路上她都坐得离他远远的，一句话不多说。此时与聂祯面对面坐着，贺一容忍不住想起一些难堪的回忆。

那时他手心微凉，被他按住的她的手却是汗湿了。在那之前，她从来没想过，“哥哥”还有另一层意思。

似乎远离和遗忘，她就能当作之前的一些事情没发生过。

此时离开又显得过于刻意，贺一容决定维持这份诡异的沉默，反正向来是她不主动说话，聂祯就很少主动开口的。

酒足饭饱的大人们相继离席，有人经过这桌看到聂祯，打趣道：“之前寺庙的师父说小祯今年运势会变好，今年小祯的生日一定要大办一场才对。”

聂祯冷冷地看过去，面对着长辈他也丝毫不客气，目光冰冷锐利。

那半醉的人这才想起来，当初大师的批命虽是十八岁时转运，安稳过一生，但前一句是说聂祯克双亲。

贺毅林忙完了一个比赛又有接二连三的各种比赛，他上学总是三天打鱼两天晒网，家里专送他们上学的司机正叔又疼他，从不告到贺增建那里去。

贺一容多数时候还是被贺毅林丢给聂祯的。

最近学校里流行交笔友，贺一容总会接到些女生七拐八拐求到她这里请她帮忙递给聂祯的信。她其实不太想管这些，可似乎大家都拿捏了她的性子，知道她与于瑷瑷关系好，总是托瑷瑷来请她帮忙。

人数多了于瑷瑷也不好意思求贺一容，于是两人想出个法子，把信封不漂亮、信封上字迹不工整的首先筛掉，每次送到聂祯那里的都是她们精挑细选后觉得用心又诚意十足的。

也有胆大的当面送信给聂祯，可聂祯被堵了路也理都不理，转个弯就继续走自己的。偷偷塞到他书桌的信都会被他当着全班同学的面扔进垃圾桶。

久而久之，连高二、高三的学姐都知道贺一容这里能够转接送给聂祯的信，托她转交，自己的信起码不会被无视或者被丢掉。

聂祯一开始也不当回事，贺一容给他一沓他就扔进书包一沓，反正看也不看，都是一样的。后来一沓信渐渐变厚，聂祯冷着眼瞧贺一容，把她盯得缩到车门边，才冷嘲热讽一句："贺一容，你闲得慌吗？"

贺一容决定提高标准，根据信的质量和送信本人的颜值来进行筛选。

她总是和于瑷瑷两人讨论谁长得好看，可五官一般的她们觉得性格可爱，身材一般的她们又觉得气质不错。讨论来讨论去，两人课没听多少，手里堆积的信却是越来越多。

她转变思路，决定根据聂祯的喜好来判定。她直接问："这么多女生想跟你交朋友，你觉得谁不错啊？"

聂祯理都不理，他敲敲两人中间的扶手，头也不抬："贺一容，我刚刚看见你数学试卷不及格。"

贺一容气鼓鼓地看着他，收回趴在扶手上的身子，大动作地抬起屁股往边上坐，用力宣泄她的不满，半天才回击道："也不知道她们都觉得你哪里好！"

她虽然嘴上这么说，心里却不得不承认，聂祯越发帅气了。

他在白奶奶的有意调养下，在他雷打不动每日晨跑锻炼的努力下，身形不像以前那样瘦削，多了股健康的少年感，脸颊也圆润了些，比起骨骼明显的时候少了些骇人的攻击性，外表看起来不再有拒人于千里之外的感觉。他面容清秀，更偏女相，气质又冷冷的，成绩好像还很不错，不知多少女生欣赏他这一类型。可他真是可恶，自己不过是在车上整理一下书包，把试卷拿出来叠了一下，他都能看见不及格的分数，简直是个阴险小人。

贺一容晚上到家和于瑷瑷煲电话粥，于瑷瑷在那边犯愁道："他根本不当回事，我们怎么压力这么大呢？"

贺一容也想不明白，只能说是因为她们肩负着许多少女的真心。

她觉得真心最为贵重。

于瑷瑷突发奇想："也不知道聂祯有没有荧幕'女神'，有的话，就很容易找到他喜欢哪一类型的人。就像班里许多男生因为某部青春爱情电影，喜欢里面的女主角一样。"

她喋喋不休，言语里竟然也带着对聂祯的崇拜："可是聂祯这种人，看起来就是清冷贵公子，只可远观不可亵玩，谁能入他的眼？"

贺一容在心里冷笑着：他才不是清冷贵公子。

但于瑷瑷好歹也算是给贺一容指了一条明路。

贺一容悄悄摸到聂家，转了两圈也没见着聂祯，乖巧至极地在白老身边打下手。伺候聂爷爷洗漱后，她说是来书房找本书，前天在这儿看没看完。

聂老笑着说："你这孩子，找书就直接上去找呗，还过来忙活一场，你还把这儿当别人家呢？"贺一容嘴巴一抿，头一歪，又是她惯有的撒娇样子。"我来和您说晚安嘛。"

她甚至脱了拖鞋，光脚踩着楼梯上楼，轻手轻脚屏住呼吸，像演默剧一样打开书房的门。书架上有些什么书贺一容门儿清，可书架边上的柜子里摆了许多光盘，贺一容却没有细细看过。

刚打开柜门，一张没放好的光盘落下来，贺一容赶忙去捡，却看见脚边有一个黑色的箱子。也许是做贼心虚，贺一容都能听见自己的心跳声。她捂住胸口，长呼一口气才打开盖子。满满一箱子的光盘，各种题材的影片都有。

她仔细寻找着以爱情为主题的影片，一张张地看过去，自己也不由得面红耳热。可她几乎很难辨别出来，这些光盘似乎都很新，有的拆封胶还贴在上面，仅有的几张拆封的，女主角又长得完全不是一个类型。

贺一容将它们在地毯上摆开，犯了难。

贺一容看着光盘封面上的几个女人，或丰腴或娇瘦，无一例外的是身材都很好，被男主搂在怀中时，曲线尽显。

十七岁的女孩正处在发育期，贺一容时常感觉胸部胀胀的、硬硬的，六年级的时候胸就有些弧度，近两年更是发育明显。她有时候也会悄悄对镜观察自己的身体，看胸前的衣肤被小巧可爱的圆弧越撑越紧。

贺一容扯紧了衣服，低头观察，和光盘上的女人比起来，她这实在是小得可怜。亏她还因为睡觉时压着胸觉得酸痛，怕影响发育，生生改了小时候趴着睡觉的习惯。可人家这都是“天赋异禀”，她恐怕是比不上的。

可真要贺一容天天挂着那么大的“球”行走，她也是不愿意的。

当贺一容正在暗暗比对自己的胸部时，聂祯不知何时站在了门口。他抱臂倚着门框，似乎已经站了许久。不知为何他正好也光着脚，脚步陷在柔软的地毯上化为无声。

他走到贺一容身后，手插兜弯下身去，看贺一容一手一张光盘表情纠结。

“喜欢吗？”

贺一容惊叫一声跳起来，聂祯稍微后撤，她还是撞到了头。

她捂着头跌坐下去，傻傻地看着聂祯，手里的光盘掉落在地上。聂祯也蹲下来，捡起一张光盘，想了半天才抬头看着缩成一团的贺一容。

“想看哪一张，陪你看？嗯，这张男主角好像挺帅。”

聂祯小时候爱恶作剧的性子又被挑起。他已经许多年没有这样的心情，忍不住想使坏。似乎逗弄小姑娘比小时候恶作剧更有趣。她像只受惊的小鹿，慌张的心思都从她又黑又大的瞳仁里溢出来。她永远都是这样直勾勾地盯着人看，从不退缩，就算她现在有些不知所措。

聂祯知道，只有心思坦荡、性子纯洁的人才会这样看人。而他早已没有她这般清澈的心境。

贺一容的心跳几乎停止，这会儿她才找回思绪。她不会说谎，嗫嚅着实话实说：“想看看你喜欢哪一种。”

羞到极致后生出些怒火，她捡起手边的光盘就砸向聂祯：“都怪你，问你你不说我只能自己找了。”她又先发制人，“你进来怎么没声音啊？做鬼呢？”

她就算发火声音也不大，像小猫耍狠。

聂祯接住她又扔过来的一张光盘，有些无奈：“那你研究这个也没用啊。”

她怎么会蠢到通过对影片的喜好来判断他的喜好呢？

贺一容不管不顾，双手一摊撑在身后，腿往前踢成大字形。她竟撒起泼来：“我不管，反正你今天要告诉我。”虽然脸还是红扑扑的，但仿佛她越无理取闹就越能掩盖住她此刻羞怯的心情。

聂祯难得见她这个样子，摞好了光盘抱着手臂站起来，居高临下地一扯嘴角，嘲笑意味明显："谁教你的，这么乐于助人？"

贺一容被问住了，她也实在不愿意替他收那些信，书包又重又沉的，可她对着朋友却怎么也说不出"不"字。

聂祯突然笑了，心情意外地好。他伸出手揉乱贺一容的头发，她不满地躲开，用手指理顺。

"那些信你想收就收吧，不用给我了，反正我也不看。你这么热心你就好人做到底，帮我看了。"

贺一容不答，继续问："你喜欢什么样的女生？"

聂祯瞥一眼箱子里的光盘，随口应付："丰满的？"

贺一容站起来，也学他的神情睨着半蹲下来的他，嘲笑他："果然庸俗。"

后来，贺一容对着成堆的信来者不拒，也再没有心理压力。她与于瑷瑷的乐趣转变成在一有时间就品评信的内容。

她甚至闻出有女生在信上喷了香水。情真意切的字句，让她读了都感动。可她不免也有些奇怪，这些人几乎都没和聂祯说过话，最多只是看过他的脸，怎么就能有如此真挚的情感呢？

大哥沉稳、二哥幽默、三哥寡言，赵恩宇嚣张却也不算讨厌，聂祯看起来有些冷漠但其实人还不错，就是偶尔说话难听。

贺一容根本无暇关心数学题，她也想知道什么样的人才会让她产生好奇心，她以后又会被什么样的人吸引。

第四章 你行行好

忙碌的贺增建终于想起来关心贺毅林和贺一容的学习成绩。

贺毅林还好，虽然不怎么上课却总能保持班级前十。贺一容曾经待在他身后看过他写代码，被他头也不回地嘲笑：“看得懂吗？”

他的数学和英语基础很好，贺一容只能鼓鼓嘴不说话。

贺增建看着小女儿的数学卷子实在是头疼，几个儿子的学习他都没操过心，此刻对着玩着手指头偷看他神色的贺一容，实在是一筹莫展。

可这次次不及格的数学分数，怎么也说不过去。

他和颜悦色地道：“是不是老师讲的听不懂啊？”

贺一容咬咬嘴唇不好意思地笑，嘴角梨涡浅浅地显出来，表情和她妈妈撒娇时一模一样，眼珠一转机灵劲十足。小女儿的娇俏模样让贺增建瞬间没了要求，什么数学成绩？不学也罢！

贺一容顺势坐在地毯上，将手搭上父亲的膝盖，鼓着嘴把下巴垫在手背上：“我听不进去呢，一到数学课就犯困。学数学好无趣。”

边上的贺毅林转过头：“那是你没脑子。”在他看来，数学才是最有意思的学科。

贺增建先是瞪了贺毅林一眼，又拍拍贺一容的脑袋：“小容还是要努努力，数学成绩好了才可以在高考中拿到不错的分数。”

贺增建的心里有些矛盾，他觉得女儿不喜欢的就不管它算了，又觉得她是顶好的，样样都好才对。他决定把难题交给贺毅林：“你给你妹妹补课，你讲给她听说不定她还能听进去点。”

贺毅林觉得父亲简直偏爱妹妹没边了，在被父亲发现逃学后，自己被克扣了零花钱不说，更是挨了一顿不轻的骂。还是学校老师说情，表明贺毅林在计算机竞赛方面确实成绩优秀，父亲才勉强放过他。

贺毅林没好气道：“我有比赛。”他忙得焦头烂额的，怎么不见父亲心疼他？

顿了顿，贺毅林又一次习惯性地想到聂祯：“让聂祯补吧，他数学好。”

贺增建略一思索，聂家小子确实比自己的儿子更靠谱些，亲自去了隔壁找聂祯帮忙。

聂祯看了一眼乖乖站在父亲身边的贺一容，她趁人不注意竟冲着他连眨了几下眼睛，也不知道在盘算什么。

“那贺叔可就欠我一个人情了。”

贺增建大笑，实在没什么人敢在他面前提要求：“你小子！只要小容下次月考数学成绩有进步，我欠你一个人情。”他又暗有所指地拍拍聂祯的肩，“你求我的，我都会尽力而为。”

贺一容本来只想做做样子，躲过这阵就算了，反正爸爸也忙，恐怕过几天就想不起来这回事了，没想到两个人竟正儿八经地击掌为盟。

接下来聂祯负责的态度让贺一容担心爸爸是不是做了赔本买卖，他肯定想换到什么好处，才这么费心费力。

贺一容叫苦不迭，哪有周末都不让她休息，从早到晚，完全按照学校的作息来学习的呢？她在学校还能开小差，还有其他课程，可面对着聂祯，一天八个课时，全是数学。

她本就不愿配合，被聂祯练兵一样地操练，怨气冲天，直接甩了笔，不顾形象地趴在桌上。聂祯用书脊敲敲桌面，语气生硬：“贺一容，坐好了！”

她充耳不闻，盯着书柜上第一排的书看，数一共有多少本。聂祯从她头下抽走她的习题本，看了两眼竟气笑了，深吸一口气才没有扭头就走。

“贺一容，这个函数与反函数讲了三次了，为什么还不会做？”

她有一堆理由，头枕在胳膊上念叨着：“很奇怪啊，为什么抛物线要有向上向下的呢？为什么对称轴一会儿在这边一会儿在那边？”她终于转过头来面对着聂祯，颇有理地道，“它等式既然成立了不就好了吗？为什么要解一个数呢？”

聂祯长呼一口气，经过几天的补课，他明白贺一容的脑子构造和其他人的根本不一样，她根本就没有数学思维。

“这是规定。”

“为什么要这样规定呢？”

贺一容看聂祯咬紧了牙关，下颌线更加分明，不由得声音渐小，似乎也没了底气。可她还是想不明白，手做扇状在聂祯身前扇动，以免他火气过大伤及自身。她边观察着他的脸色边讨好着小心翼翼地问：“都是谁规定的呢？数学家规定一堆规矩，然后自己给自己出难题吗？他们为什么这么闲？”

聂祯艰难地把自己体内叫嚣的情绪按下去，嫌弃地推开她的头，把习题本砸在她面前。

“没有为什么，照做就行。”

贺一容苦恼道：“可我就想知道为什么呀。”

聂祯终于转过头，不得不面对这个让他最近觉得很难搞的小姑娘。她穿着浅黄色的贴身针织衫，曲线微现，本来就白嫩的脸被衣服衬得极有光泽。她刚来时还是瘦瘦小小的小孩，大半年间就突然长成了让人忽略不掉的明媚少女。

聂祯只看了一眼，就快速而僵硬地移开视线。他又有些懊悔，自己下意识的动作太过明显，反而让她觉得尴尬。好在她浑然未觉，仍用一双带着天真困惑之意的明眸看着他。

聂祯这才发现，她的面容也变了许多，一颦一笑眼波流转间，也有了少女独有的、不张狂却能明明白白展现出来的诱惑，像雨后湛蓝平静的天空上飘着的浮云，漂亮惹眼，清纯透明。

他踢开凳子走出书房，贺一容还以为聂祯终于拿她没办法被她气走了，晃着脑袋在他身后嘻嘻地笑着。谁料聂祯不多时又回来了，手里拿着一件他的外套，远远地扔向贺一容，把她连人带头都罩住。

“我要开空调了，你先穿上。”

贺一容手臂乱挥，才把衣服扯开，露出一颗圆滚滚、乱糟糟的头。

“聂祯你有病啊，这天气就开空调。”

聂祯没理她，打开空调开关，心里想着，她才有病，身边都是男性亲属，但她好像根本没有性别观念。

聂祯终于认识到，对着贺一容讲不清原理。她总有无数个为什么等着他。在别人看来理所当然的事，她却怎么也理解不了。聂祯没了耐性，直接丢给她厚厚的习题册，一个知识点十几道题。

“没有为什么，你就按照这个方法做。”

蠢人就按蠢方法来，亏他还费心思想着讲清一个知识点，就能举一反三提高效率，也给她减轻些负担。可贺一容的脑子不知道是什么构造，白费了他的一番苦心。

贺一容拿起习题册看了一眼，张口就问：“为什……”

聂祯转过头去，面无表情地盯着她，似乎只等着她说出下一个字，就要拧她的脖子，威胁性十足。贺一容缩缩脖子，挪挪屁股，离他远了些。过了好久，贺一容手里的笔都被握热了，她才小心翼翼地打量起聂祯的表情。

“干什么？”他头也不抬，贺一容腹诽：这人头顶也长眼了。

她委屈巴巴的：“好困，做完这个能睡一会儿吗？”

贺一容看到聂祯那颗尊贵的头缓缓地点了下。

贺一容好不容易依葫芦画瓢做了两题，越想越不对劲。她用手肘捣捣聂祯，降低了音量，神秘兮兮地道：“你是想求我爸爸帮你什么忙啊？”

聂祯放下书看她一眼，神色自然地道：“还没想好。”

贺一容摇头，一脸不信，眼里透着狡黠之意。

“你告诉我呢，说不定我能帮你求他。凭我们的交情，你信我，我一定不说出去，还能轻而易举帮你把事给办了。”

那么，他不用费心给她补课，她也不用周末还在这儿做题。

聂祯不说话，他在想自己的目的那么明显吗，贺一容都瞧出来了。

贺一容见聂祯不为所动，有些骄傲地道：“真的呀，我爸爸对我可好了，我求他什么他都一定会答应的。”

她倒是很清楚自己在贺增建那儿说话的分量，明白因为幼年丧母就已经够让父亲心疼她，父亲对她母亲也有多年的歉疚之情。爱不知还有多少，可这歉疚也足够沉重，这些沉重的情感全部转移到她身上，所以只要自己向父亲开口，父亲无有不应。贺一容从未想着用这点来要求什么，她明白父亲也不好过，她不可以把他的伤痛当作她的筹码。现在她却想要借着父亲对自己的怜爱之情来帮一帮聂祯。

聂祯绕这么大一圈，耐着性子给她补习，一定是所求之事不容易解决。

聂祯可怜，父亲可怜。大家都觉得她贺一容也可怜，可贺一容觉得自己挺幸福，她是知好歹的人，她活得蛮好。父亲真心怜爱她，几个哥哥也算疼她，并没有因为同父异母的关系给她脸色看，舅舅舅妈也挂念她，每个月雷打不动地给她打电话和送各种礼物。说起来与她毫无关系的聂祯，也真的一直在照顾她，比她的哥哥们更像哥哥。

她突然就有些心酸，她贺一容凭什么就能被这么多人疼爱看顾呢？仅仅是因为母亲早逝她就可怜吗？

这么说来，聂祯不是更可怜？她有那么多大家时不时给的关心，就算不是满满当当的爱，加在一起的分量也足够多。贺一容很知足。可这些，聂祯都没有。

她想把围绕在她身边的爱分一些给他。

聂祯的手背上突然有了温暖的触感，他疑惑着抬起头，贺一容的悲悯神色怎么也藏不住。

“你不用帮我补习，我去帮你说。”

她勉强想让自己的表情自然一些，可看起来更奇怪了。

聂祯受够了这种神色，最开始的几年人人看他时都这样。他猛地抽回手，贺一容的手心打在桌面上，发出“吧嗒”一声。

“不关你的事，做你的题。”

真是好笑，她以为什么事都能够以亲情为由得到允准吗？

亲情和爱，才是最大的枷锁。

聂祯已经很久没有用这种又嫌弃又冷漠的语气和贺一容说话了。十个多月的时间，他与贺一容在一起的时间比贺家几个人与她在一起的时间加起来都多。

在这儿，贺一容最熟悉的人就是聂祯。她知道他有多少件一模一样的黑T

恤、黑裤子；知道他不爱吃蔬菜但最近终于在白奶奶的威逼利诱下接受了黄瓜的味道；知道他在刻意增重锻炼身体；知道他坐着的时候喜欢把身体重心都放在左边；知道他晚上入睡困难，乘车上学和放学时才是他的最佳补觉时间。

冷不防地被聂祯斥了一句，贺一容刚刚迸发的同情与怜爱都瞬间泯灭。她又有些委屈，她好心好意想帮他，他不领情就算了，那副嫌弃又厌恶的样子又是什么？

贺一容呼吸都变重，不自觉地用力握紧了笔杆，呼吸的沉重感传到笔尖上，力道重得似乎要划破那张纸。

聂祯听到她小动物喘息一样鼻子哼哼不停，知道她大概是因为被他凶了一句而闹脾气了。可他也懒得管她的情绪，自顾自地沉浸在越坠越深的坏心情中。所有人都喜欢表现出自己的怜悯之意与善意，好像这样便能积善得福似的，根本不管这些莫名其妙的善意是不是会压得他喘不过气。

他受够了那种太过明显的小心翼翼。除了季家的季哥和贺家的人，几乎没有人把他聂祯当正常人，面对他时总是悄声哀叹，生怕他记不住认不清降临在他身上的不幸。旁人便也罢了，总之是无关的人，可贺一容怎么也……

聂祯闭上了眼，强压着汹涌的情绪，可起身时还是踢了下凳子，才大步离开。

贺一容拿着笔又画出几道墨痕后瞬间脱力一样头砸在桌面上。她红了眼睛咬着唇，气急了也说不出什么恶毒的话。她好久才伸腿去够被聂祯踢歪了的凳子，奋力踢了一脚泄气："你真讨厌。"

聂祯再回来时见贺一容已经趴在桌上睡着了，头发松散着盖住大半张脸，手握成拳抵在嘴边，脸颊被手背挤得鼓了起来。

她还是安静的时候才可爱点，像她喜欢的那些人形娃娃似的乖巧美丽。

聂祯关掉空调后在那儿站了半天，终于伸出手去拍拍她的头。

贺一容迷糊着睁开眼，看了一下又闭上。

"干什么呀？"睡梦中，她竟是完全想不起刚刚还在和他生气。

他语气僵硬："到床上睡去。"

贺一容这才坐起来闭着眼答话，可亏她还记得："我睡的那张床不是扔了吗？"

自从她上次念叨过一句床垫硬了睡着不舒服后，聂祯第二天就让人定做了新的床垫，瑞典那边手工制作的，还没有送到。前一阵他打电话确认进度的时候，聂老听见要换床垫，干脆大手一挥，叫人把床也扔了，买张给小姑娘睡的公主床。

聂祯这时才想起来，贺一容之前暂住的那屋已经搬空了，可眼下都把人喊醒了，他犹豫着："你睡我的床吧。"

贺一容毫不客气，半眯着眼就去了，一副困得不行的样子。她像是用心做了一下午的功课似的，可她明明才做了几道题。聂祯虽然有些恨铁不成钢，但大概是刚刚凶完她心存愧疚，竟也难得地随着她去了。

贺一容却只觉得睡着了数学题还在眼前晃，怎么都躲不过去，头昏脑涨得难受。

聂祯沉着脸跟在她后面，看她扶着墙眯着眼也能准确无误地找到自己的卧室，脚步踉跄身形摇晃，不像是装的，倒像是真的累极了，不由得心软下来。她还是个完全没长大的小姑娘，他和她闹什么脾气呢？

算了，她也可怜。她随时都绷紧了全身的神经面对周围，察言观色小心翼翼的，偶尔透出点小机灵都后怕，怕别人看出来她的小心思后不喜欢她了。可别人的喜不喜欢又有什么重要的呢？

贺一容直接踢了鞋子就往床上爬，扯过被子盖住小腹，头一歪就闭起眼睛。聂祯那句"换一套床上用品给你"憋在嗓子眼。

贺毅林忙完了过来聂家散步，他是个无要事大门不出二门不迈的，一墙之隔的聂家就是他散步的地方。这里明明和自己家是相同的构造格局，也不知道他怎么就能当成散步的地方。

探头进来看到贺一容躺在床上睡得沉，他摇头道："聂祯，你就惯着她吧。"

聂祯十分惊讶，做口型不出声："我惯着她？"

这人说的什么奇怪的话？这又不是他妹妹。

他拉着贺毅林出去，轻轻带上门："你这妹妹，没长脑子。"不知想起什么，他边叹边轻笑，"讲不通的。"

贺毅林也笑，他早知道贺一容数学不好，看过她的卷子后也讲过一两句，被她诸多的“为什么”吓得节节败退，再也不主动凑上去给自己找难题。

“管她呢，谁也没指望她能做些什么大事。”

贺毅林把手肘搭在栏杆上，淡淡地道：“好好长大，找个好人家嫁了，安稳过一生，我爸也就放心了。”

他又转过头，只有对着聂祯时话才多些：“你是想求我爸帮你那个忙才认真做这事的吗？”

聂祯点头，过了一会儿又自嘲般地扯了下嘴角：“我不能安稳过一生。”

聂祯醒来的时候吓了一跳，身上闷出了一身黏黏的汗。

他本来只是无所事事靠在床边假寐一会儿，不知什么时候就睡着了。他吓得屏息，真切地感受到身上越来越多的汗，额头上滚下一滴落到耳朵上，又痒又难受，他也不敢动。

贺一容不知何时滚到了床边。她均匀的呼吸轻飘飘地浮在他的掌心，一次又一次，温柔地吹拂着他的掌心，扬起一股又一股细密而真实的暖意。

聂祯沉默了半天，终于慢悠悠地直起身来，胳膊以一个诡异的姿势压在床沿。他浑身都绷紧了，生怕贺一容会在此时突然醒来。

明明利索地将手抽开就行，可聂祯自己也不知道为什么如此心虚。

没想到贺一容突然动了一下，呢喃一声，唇触到聂祯的大鱼际肌。

聂祯的呼吸急了一拍，乱了几秒后才恢复正常。他想起生物课上的内容，大鱼际肌与呼吸器官关系密切。

他艰难地张开五指又收紧，这才发现手掌早已无知觉，麻意慢半拍汹涌而至，他忍不住攥紧手指。贺一容眉头皱皱，又动了一下。

聂祯看着她缓慢地从睡梦中睁开眼睛，她大概以为还在梦里，看清了面前的人，呢喃一句“聂祯”，软乎乎的，像小猫娇哼。

一直到天欲黑，贺一容才缓缓醒来。她坐起身来看了一眼窗外，不好意思地说：“我睡了这么久啊。”

聂祯终于夺回床的使用权，翻身上床，枕着胳膊假寐，根本不答话。

贺一容跪在床上趴过来，看着他的睫毛感叹着：“聂祯，你的睫毛真长呀，又黑又密。”

他怎么长得这么漂亮呢？此刻脸颊还隐隐透着粉色，像小姑娘一样。

聂祯转过身，拉起被子盖住脸，声音闷在不透气的棉絮中：“你回去吧，我要睡一会儿。”

贺一容笑嘻嘻地跳下床，开心于自己躲过了一下午的习题轰炸，想着聂祯还是有些人情味的，任由自己睡到天黑。

聂祯把被子拉高，整个人都被盖住，困意却早已不见。他猛地又翻身下床来到书房。一下午的习题计划，贺一容竟然只做了一题半，唯一做出来的一题，答案还是错的。

聂祯把习题册合起来扔到一边，忍不住骂了一句：“蠢死了。”

他心里却想着，再也不能对她心软。她又蠢又懒，由着她睡觉她只会把时间都睡过去。

贺一容再也逃不过周一到周五的每日补习和周末恶补。就算她再装可怜撒娇，聂祯也视若无睹，只会敲着她的脑袋说：“快写，写完还有。时间紧任务重。”

实在没办法时贺一容又想故技重施，打了个哈欠耷拉着脑袋，可怜巴巴地说：“我困了。”

这话倒也不假，她本就是喜欢睡觉的人，又正是长身体的时候，睡眠需求比别人更高。她常常边打哈欠到流泪边做题，有时实在忍不住，便一声不吭转过脸去，让聂祯看她因为打哈欠而不停流下来的泪水。

聂祯不为所动。

她便一直叨叨：“真的好困好困。聂祯我好困呀，就睡一会儿。”

聂祯再不上当，装没听见没看见。

贺一容便把头伸过来，猛地将脸塞到聂祯的脸下，非要聂祯看到她那双扑闪着诚挚的黑眸，软着声音哀求：“我真困了，你行行好。”

而聂祯早已被她突然靠近的动作吓得后退，见怎么也拗不过她时才合起课本，大发慈悲：“十分钟。”

而贺一容做题时也不会太老实，总是要做一会儿题便自己给自己休息时间放松，聂祯稍不注意她便不知心思飘哪儿去了，对着空气发呆。聂祯一开始是用手指敲桌，用笔杆子敲桌，被贺一容抗议后渐渐变成猛一通揉乱她的头发。贺一容一次又一次地甩开他的手再理顺头发。

“你不要弄我的头发啦。”

题海战术对于弄不懂原理的贺一容来说总算是有效一点了，她做题的正确率渐渐地高了很多。她对套公式，按步骤来做题很拿手，可聂祯稍微提高一点难度，给她出一道转了个小弯的题，她就又一筹莫展。几次尝试后，聂祯也放弃了：“算了，能把基础的都做对已经能拿高分了。”

好在接下来暑假前的最后一次月考，贺一容进步明显，虽然还不能拿高分，但数学成绩已经能排在班级中游水平。她语文和英语又不错，总分也能排进班级前二十。

她一得意就忘形，周五晚上当着聂祯的面没敢说，睡前打了个电话通知他：“这周末我不上课。”说完她就挂了电话，根本不给聂祯拒绝的机会。

聂祯倒是知道如何捏住贺一容的命门——她要做最乖巧的小女儿。

于是第二天一早，八点刚过一刻，贺一容床头的电话响起，她接起来一听，是贺增建那对着她才独有的细声慢语：“小容是不是没去祯小子那儿补课啊？刚有了进步可不能掉以轻心，要坚持才会有成绩。”

贺一容红了脸。她不想给父亲留下不乖、有了点进步就得意忘形的印象，立马从床上跳起来，赶走困意，尽量让自己的声音显得清醒一些，让自己不像是在睡懒觉的人：“爸爸，我早上睡过头了，正打算过去呢。”

贺增建“呵呵”笑着：“那就好那就好，我就知道小容最懂事了。”

贺一容几乎是把书包甩在聂祯面前的。她在人面前都是懂事乖巧的，几乎从不发脾气，也不知道怎么了，在聂祯面前却越来越任性。

大概是她欺熟。

她站在书桌对面叉着腰道：“你说，你到底要求我爸爸什么？”

聂祯不接招，疑惑道：“是贺叔请我帮你补数学的。”

这么说也没错，是贺增建主动找上聂祯，才让他有了换个人情的机会。

贺一容再怎么样也不会违背父亲的意愿，她希望在父亲眼里，她永远是不需要让他操心的乖巧女儿。于是只能认命一般坐下来，继续面对越来越多的题目，翻开试卷前还不忘白聂祯一眼：“你最近越来越狠心了。”

五月底，天气渐热，太阳都炽烈得刺人眼。贺一容为躲太阳跑着上车，躁动的心在坐在聂祯身边的时候沉静下来，像一块冰被慢慢地放进一直冒小泡泡的接近沸腾的水里一样，一下子变得无声无息。

聂祯也很不喜欢阳光，最近脾气越来越坏，话也越来越少，贺一容刚上车他便抢过她手里的卷子盖在脸上。

贺一容“哎”了一声，刚想抢回来又慢吞吞地收回手，忍不住又看他一眼。她突然就明白为什么就算聂祯多数时间板着脸，和人说话的时候极少看着对方，却还是有那么多人喜欢他。

他长得是真的好看，有种超出性别的美。他的嘴唇比女生的都要红，薄薄的但又不会显得刻薄，下巴上还有个浅浅的小窝。贺一容回忆着他的眼睛，内双桃花眼，眼皮从瞳仁上方分开成两层，越到眼尾处越宽。

直到车驶进院子，聂祯才将僵尸式的四仰八叉的坐姿收起，拿起试卷略略看了一眼，将试卷卷成筒状，不轻不重地敲了下贺一容的脑袋。他言语依旧犀利：“最后一题不会做就算了，倒数第二题你上个星期才做过类似的。别人长脑袋是用来思考的，你的呢？”

这不是依旧犀利，而是更犀利了。

贺一容照例跟着聂祯写作业，写完了还要做聂祯扔给她的习题。她刚瞧他一眼，聂祯就不耐烦地把课本砸在桌面上：“看什么？快做题！”

她顿觉委屈，这几天看着聂祯心情不好，她已经很让着他了，怎么什么也没做就被无缘由地训斥呢？

贺一容站起来，将手握成拳头放在身侧，大口呼吸几次，就算眼圈红红，也没说一句话，安安静静地收拾书包：“我回去做。”

出了聂家的门贺一容就越走越快，几乎是跑进了家里。贺毅林正打算喝水，看到她的样子把人叫住。

他走到贺一容面前：“怎么了？才六点。”

贺一容委委屈屈地抬头，已经糊了满脸的泪。又有两行泪不受控制地滚下来，她还没说什么，贺毅林已经明白过来。他拉过贺一容，带着她坐下，手里的水一口没喝，递到她手上："聂祯那小子给你气受了是吗？"

贺毅林拿了边上陈姨听见动静递过来的纸，耐心地给她擦眼泪，难得有个哥哥样儿。他笨拙地哄着："小容是个好姑娘，不和他生气。"

有了人安慰，贺一容的眼泪反而更多了，她"哇"的一声放声哭起来，眼泪决堤似的流不尽："我让着他了……他……他还这样。我……不要他补课了。"

贺毅林没哄过女孩，见她这样子，不知所措，和陈姨面面相觑。

贺一容哭了半天，眼泪也流光了，眼皮都肿得核桃大，她才止住哭声。

一直默默陪在她身边的贺毅林这才开口解释："你别往心里去，一到这时候他就这样。过几天，是他爸妈的忌日。"

贺一容吸鼻子的声音也停了，她怔怔地坐在那儿，过了一会儿又慌乱起来，下意识地看向贺毅林。贺毅林也在出神，他的思绪被拉远，远到聂祯还是个人见人爱的"小可爱"的时候。

记忆太过模糊了，那时候的聂祯像从来没存在过一样，他只能想起些破碎的片段，他与聂祯闹在一起哭着笑着，他们玩累了往前跑到聂祯妈妈的怀里，她总是蹲下来一手一个地搂住他们。

贺毅林的心头也有些堵，他拍拍妹妹的手背，重复道："你别往心里去。"

贺一容的鼻子又开始发酸，泪珠在眼圈里聚成好大一颗才砸下来。水汽糊了眼，眼睛失焦，她小声道："我知道。"

她想起来前几天聂祯忽然不去上学，连补课都停了两天。她当时还以为聂祯生病了，去探望了好几次他都闭门不见。聂爷爷拉着她的手虽然是笑着的，可话也没有往日多，身子骨突然就弱下去，整个人没了光彩。他往日虽然不算康健，但好歹是精神的。

这些被忽略的细节现在再回想起来，贺一容只觉得心痛。她无法体会忽然之间失去至亲的悲痛感受，可就算只在边上看着他们，看他们陷在无边的苦痛中，沾染到的些微情绪也足够让人难过。

贺一容虽然也是早早地没了妈妈，可她对于妈妈没有记忆，妈妈对她来说只是一个称呼。哥哥们虽然也是母亲早逝，可那个过程是缓慢的，病痛是一日日吞噬掉母亲的生命的。而对于聂祯，那是一夜之间，父母双亡。

大概是高考的日子渐进，聂祯只歇了两天就继续上学，也照常给贺一容补课。他多数时候只是面无表情，也不说话，上车后就用外套挡住脸，整个人与世界割裂开来。

知道了缘由的贺一容本想提出再停一阵子的补课，可聂祯只斥了她一句“别想偷懒”，照常看着贺一容写作业，一如既往地严厉。

贺一容既替他难过，也怕触他霉头。小心翼翼、高度紧张的精神下她做题的正确率奇高，聂祯更省去了很多废话。

一直到高考前几天，贺毅林才装作什么也不知道的样子，过来拉着聂祯打了一下午游戏。贺一容做题的时候悄悄去看过，想知道他们在玩什么游戏，竟闹出那么大动静，拆家一样。结果这两人在玩《拳皇》，都一声不吭地盯着屏幕，手下操作得飞快。贺一容都担心他们手里的游戏手柄会被掰断。

一潭死水一样的聂宅，这才有颗小石子投进来，有了荡漾的水波，有了活气。

晚上贺毅林也难得和他们坐在一起吃饭，他输了比赛话却多：“难怪小容长胖了，白奶奶的手艺就是好。”

白奶奶被夸得合不拢嘴：“你家都是大忙人，十天有五天不开伙，陈姨的好手艺都糟蹋了，我这都是练出来的。”

贺一容转过脸去对着聂老：“聂爷爷，您说我胖些可爱的。”

聂老哈哈大笑，捏捏贺一容明显圆润起来的脸蛋，睁眼说瞎话：“毅林小子胡说八道，我们小容哪儿长胖了？我看着还是苗条呢。”

贺一容却当真话听，更放肆地吃了许多。

高考前最后一天去学校，聂祯眼尖地发现贺一容夏季校服的裙子比正常的短了些，坐在车子上几乎都要盖不住大腿。他凑过去扯开她的校服外套，果不其然，裙子卷了两圈堆在腰间。

贺一容打开他的手：“干什么啊？”

小心思被人戳穿，她还是有些不自然，把外套往下拽了拽。聂祯哼了一声，坐了回去。本不该他管的，忍了半天他还是憋不住：“提那么高干什么？

干脆别穿。”

贺一容转过身去不理他，装没听见。往窗外瞧发现于瑷瑷在马路边，她降下车窗探出身子，向路边招着手喊了一声：“瑷瑷！”

聂祯伸着胳膊把她拉扯回来，绷着个脸。贺一容从下往上看去只看到他冒着胡楂的下巴，浅青色一片。

“坐好了！”

贺一容弱弱地说：“我想下去和瑷瑷一起走。”

聂祯看了一眼路，就差几步到校门口了。他白她一眼：“现在不怕晒了？”

他却也没拦着她。司机早就在贺一容喊人的时候缓缓停下了车。

小姑娘总是青春靓丽的，更何况她那露出来的大半截腿晃着人眼。她一蹦一跳间，裙摆调皮地扬起又落下，虽然是裤裙设计，但一有风吹来还是会露出些“春光”。聂祯心里数着，这是第八个男生走过去又回头冲她看了。她长得倒是快，个子拔高了许多，胖了些腿上也多了点肉，不再是树枝一样的干瘪，高高的马尾辫甩在身后，还真有些青春美少女的感觉。

司机也一直盯着后视镜，担忧道：“小祯，要不要把一容叫回来？”

他一直都是将车开到教学楼楼下，现在往人堆里这么一瞧，贺一容跟朵花似的娇嫩显眼，也不怪那些毛头小子盯着看。

聂祯收回视线，冷笑一声：“随她去。”

不然她白卷那两圈裙子了。

放学的时候贺一容就把裙子放下来了，聂祯看到也不戳破。就得让她去人堆里走一圈，等觉得老有人看她，感到不自在了，才会乖乖地把裙子放下。其他女生或许喜欢在这个年纪被男生的目光围绕，但贺一容不一样。她是会真心实意地给舞台上的人鼓掌，但自己不想要站上舞台的孩子，她不喜太打眼。贺一容的出身已经让她在学校里足够受瞩目，她想降低自己的存在感都来不及。

可贺一容自己不知道，她的身形像抽条的小树，一日日地舒展开了。就算她不声不响地站在那儿，也是夺目的。

第五章 聂祯，你欠我的

因为要为高考腾出考场，需要提前布置，所以高一和高二年级这几天都是不到下午四点就放学了，聂祯提前和贺一容说了让她在教室等他。

一下课大家就一窝蜂散了，只剩下做值日的人在走廊里来回。

贺一容埋头叠着“小星星”，班里最近流行起来把心愿写在纸上叠成“小星星”，说叠满九百九十九颗就能心想事成。贺一容不信能心想事成，可她觉得叠满了九百九十九颗“星星”是一件很有成就感的事。

班里最先叠满“星星”的女生把它们装在一个大的透明玻璃罐里，五颜六色的很好看。贺一容也想要把“星星”装在玻璃罐里，摆在书架的最上排。

有恣肆的笑声闯进安静的教学楼。听声音像是从上往下而来，一帮人正在吵吵闹闹地下楼梯，大概是喜欢把天台当作聚集地的那帮人才散了聚会。班里那几个最喜惹人注意的女生也是常混在其中。

贺一容听见有女生说话的声音，很像之前打排球时故意针对她的那个领头的女孩，现在她知道那个女生的名字叫明珠。手下动作变慢，贺一容留意着外面的动静。他们应该不会走到这边来吧？她并不想与他们有接触，平时远远看见了都是和于瑗瑗一起避着走的。

明珠的声音渐近：“我去教室拿个东西。”

贺一容忽然紧张起来，她知道他们这帮子人里有几个男生，每次过来教室门口找明珠等人的时候，总会探头探脑地看她。有一次在走廊里遇见，那几个男生故意挡她去路，她往左他们便往右，她往右他们便往左。来回两次后贺一容转身回教室，他们却在身后张狂地笑着。

有一次于瑷瑷直接站起来凶他们：“看什么看？有病吗？”

他们被骂了也高兴，笑成一团，领头的平头男生还吹了个口哨：“看漂亮姑娘！”

“没有病啊，有病了还怎么看漂亮姑娘呢？”

他们言语粗俗，举止轻佻，贺一容只看上一眼就觉得浑身不舒服。怎么会有这种把低俗当趣味四处炫耀的人存在？

贺一容看了一眼表，离聂祯下课的时间还有十五分钟，她提前过去等着也不是不行。只是她现在出去会不会正好就碰上他们？犹豫了下，贺一容还是安安静静地坐下来叠“星星”，她想明珠应该只是一个人过来教室。

脚步声沉缓杂乱，贺一容怎么也没想到，他们行动如此一致，不知道的人还以为是什么编制军，行动时缺一不可。她不由得紧张起来，手里的一个“星星”半天也没叠好，纸被揉软了，根本立不起来，她只能再换一张。

“哟，小公主在。”

明珠也没想到贺一容会在教室，本来要开灯的手停了下来。她回头喝止住要拥进来的一堆人：“你们别进来，我们班教室刚大扫除过，后天就考试了。”

平头男生理都不理，直接大步迈进来，推开贺一容面前的桌子，金属的碰撞声尖厉扰人，他提过凳子坐在贺一容面前：“嘿，小公主。”

见贺一容低着头不理他，他越发放肆，手肘搭在贺一容的桌子上，脸搭上去。他几乎要把头塞到贺一容脸下，从下往上地看着贺一容。

贺一容直起身来，还是不看他。他捏起贺一容面前的“小星星”，放柔了口气，尽量让自己显得温柔些：“叠‘星星’呢，写了什么愿望啊？”

贺一容这才瞥他一眼，冷静又疏离地道：“我不认识你。”

他也坐直了，食指和中指在桌面上走路似的向前，在贺一容缩回手之前一下子抓住她的手：“说说话就认识了。”

贺一容甩不开他汗津津的手，脸“噌”地红成一片，屈辱、愤怒、害怕，各种情绪翻涌。边上的人起哄着、笑嚷着。那平头男生握着她的手越握越紧。她咬紧了牙关，强行让自己镇定：“我不想认识你，请你放开。”

明珠在边上看了半天，也终于走上来制止：“你别这样。”

平头男生瞪她一眼，明显他才是这帮人里的核心人物，狂傲如明珠也不敢再说什么。他难得逮住机会，一只手握住贺一容的手，一只手要去摸她的头。

贺一容开口，几乎是喊出来的：“你别碰我！”

她的脸涨红了，眼睛瞪圆了，她明明在生气，可那个平头男生视若无睹，竟笑了起来。

“生气也这么可爱，和我做朋友好不好？”

贺一容狠狠地往前踢了下桌子，撞到他的胸腹处，另一只手猛地打开他放在自己额边的手。平头男生明显没想到贺一容也会发脾气，用力拽了一下她被自己握住的手。贺一容一个不稳，上身往前扑，下巴磕到桌面上。

明珠也吓到了，叫喊着：“王屹，你疯了，她姓贺！”

王屹根本不理睬明珠，姓贺又怎样？

贺一容努力忽视手上的触感，挣脱不开也就不再费劲。她抬起眼帘，眼里竟没有一丝慌乱之色：“你再这样下去，信不信明天在学校就见不到你了？”

面上不显紧张，心里却不停打鼓，她贺一容也会威胁别人了。可她又怕威胁会更刺激到这个叛逆少年。

贺一容看着教室前方的钟表，秒针嘀嗒转动，她只想转得快点再快点，聂祯等不到她一定会来教室找她。她渐渐平静下来，不自觉间模仿起聂祯看人的眼神，高深莫测，不带情绪。

王屹想了一会儿，根本不当回事：“不上学换你做我朋友也值了。”

他轻佻地抬起贺一容的下巴，皱着眉：“啧啧，跌红了呢。”

贺一容向后躲着，后脑勺却被他扶住，他一脸爱怜，似乎想要用拇指擦去那刺眼的红痕：“你乖一点也不会摔着。”

贺一容只觉得恶心，怎么其他男生竟是这个样子？她又急又气，用尽浑身力量努力躲着他的拇指：“拿开你的脏手！”

小猫耍狠一样，对王屹来说一点威胁力也没有。那王屹反而觉得有趣，笑着回头和边上的人说：“生气了。”

他将手指换为手掌，要抚上去。

贺一容紧闭着眼，屈辱感顿生，强装的镇定也快崩裂。她咬紧了唇，不想在这帮人面前掉眼泪。

“我看看是哪个不长眼的。”赵恩宇的声音传来。

贺一容刚一睁眼就看见赵恩宇踢开教室的门，手里还拿着篮球，T恤被汗湿透，紧贴着略显肥胖的身躯。对了，赵恩宇放学后总喜欢打一会儿球再回家。

贺一容的一颗心这会儿才从嗓子眼落下去，那些关于赵恩宇的传言不知真假，可之前在排球场那次赵恩宇替她出头是真，在她生日宴上真情实意地祝福她也是真——他当着一众长辈的面拍胸脯说：“小容在我们班，我护着的，贺叔您就放心。”

他胖嘟嘟的竟也完全不输气势，三步并作两步，过来就打掉王屹的手：“你小子脑子坏了？”他站在桌子上，又矮又胖，却活像个小霸王。

王屹退了两步，也不敢和赵恩宇对着来，却也不肯放过这大好的机会，讨好着：“宇哥，我觉得贺一容人不错，正求她做我朋友呢。”

赵恩宇像听见什么难以置信的笑话一样，把他从头打量到脚，毫不掩饰对他的鄙夷：“隔壁班的人去篮球场告诉我的时候，我还在想是哪个活腻了的，你也不看看自己什么样？”

他把篮球重重拍下，球在王屹面前跳了几下：“你也配？”

王屹被赵恩宇当着自己一众小弟的面下了面子，自然怒不可遏，可面对赵恩宇这么个在学校横着走的货真价实的太子爷，他也不敢放肆，只挡在贺一容面前，一步不让，与赵恩宇僵持着。

聂祯手插着兜从后门进来，先是慢条斯理地扫视一圈，冷笑了一声。

贺一容随着众人的目光转头望过去，刚一看到他，就嘴巴一撇鼻头一皱，像是要哭出来：“聂祯……”

他歪歪头，似乎嫌弃她说话的语气——可怜巴巴的像个什么样？

赵恩宇站在桌子上，居高临下：“你现在来有什么用？”他一副“哥已经清理好战场”的样子。

聂祯没理他，更没看围在贺一容桌边的那圈人，径直走上前去，恨铁不成钢似的轻推一下贺一容的脑门，又捏起她的下巴，弯下腰去左看看右看看。贺一容破天荒地没有用她黑漆漆的眸子回视过去，低下头闪躲开。

聂祯没再坚持，直起身来。桌子被他猛地踢开，连着凳子一起撞到王屹身上。

王屹连动也没敢动。

赵恩宇虽然难搞，却也是与王屹同龄。聂祯大他们两届，个子高出他们一头，又是传说中最阴郁古怪的人，到他面前的人还没说话就先主动灭了自己的威风。王屹不是不知道贺一容都是和聂祯一起上学放学的，他们一定关系匪浅。但今天好不容易撞见她落单，难得的大好机会，他就算有些顾虑也想试一把。

王屹的膝盖骨被撞到了，他忍着疼一步不挪。他听见聂祯问："叫什么名字？"

没得到回答，聂祯又转过头，面无表情却让人心生怯意地盯着他。

"问你叫什么名字。"他语气淡淡的，说着再平常不过的话。

王屹却不敢回答。赵恩宇白了他一眼，从桌上跳下来："他叫王屹。"

聂祯点点头，看看王屹边上的几个男生："他们呢？"

那几个男生却吓得腿软，摇着头摆着手："不关我们的事。"

聂祯和赵恩宇都回头看向贺一容，她仔细想了下，也怪不到他们头上。

"不关他们的事。"

"嗯。"

等教训了王屹一顿，人都灰溜溜地散了，赵恩宇才一脸倨傲地对着聂祯说："聂祯，你得谢我。"

"嗯，谢谢你。"

赵恩宇张大了嘴，无话可说，半天才跺了下脚跑了。

聂祯把贺一容的桌子拉回来摆正，地上散落了一地的"星星"。他看了一眼，不以为意，见贺一容似乎受了惊吓，难得声音温柔下来："走吧？"

她指着地面委屈得不行："星星。"好些个"星星"被桌椅和脚步弄散弄乱了。

聂祯疑惑地看她一眼，又看向地面四处都是的"星星"，心里想的是：她要是把叠"星星"的时间都用在做数学题上，分数应该能再高一些。

贺一容"哇"的一声哭出来。聂祯站在那儿无动于衷，见她越哭越伤心，才无奈地摸摸她的头："不哭了。"

贺一容胡乱地抹了把脸，蹲下身去捡起那些还算完好的“星星”，吸气声还有些不顺畅，可再也没流出一滴泪，脸倒是越来越红。她只觉得自己今天可算是把脸丢大了，竟当着聂祯的面哭鼻子。

聂祯也随着她蹲下来捡“星星”，边捡边感叹小女生真有耐心，怎么能折出这么多个，视线却被桌脚边几个散开的“星星”吸引过去，纸内侧似乎有字迹。他伸手去拿：“怎么还有字？”

他难以理解，十分疑惑。贺一容却惊叫一声扑过来，上半身压在聂祯的胳膊上，强行止住聂祯的动作。此刻羞愤之意、泪水都没了，只剩强行伪装出的镇静，她紧盯着聂祯的脸，生怕错过他一丝的表情变化。

“没什么。你没看到吧？”

聂祯摇头，只盯着自己被她上半身压住的胳膊，一时动弹不得。他再一次担忧起来：贺一容是真的完全没有男女之别的概念。

贺一容这才慌忙低下头去，将聂祯手下几个散开的“星星”胡乱抓在手里。手心的汗濡湿了薄薄的纸，紧张的心情如被认真折叠出的皱褶一样，怎么也抚不平。和偷偷写进“星星”里的字句一样，这是旁人永远无法得知的、藏在心底的秘密。

为了庆祝聂祯和贺毅林高考结束，以前小时候常玩在一处的一帮人在白奶奶的院子里聚齐了。

大概是许久没见到这帮孩子聚到一起，白奶奶也很开心，忙前忙后的。一帮人好像又回到他们小时候，一个个不愿回家，都窝在这院子里疯玩。

贺一容第一次见到哥哥们常提起的季青林，季青林和贺毅溯一般的年纪，气势却强，往那儿一站就自动成为人群中心。

贺毅溯拉着季青林非要给贺一容讨个见面礼，回头冲着贺一容坏笑：“小容，这是个财主。”

季青林身体稍微一转，轻轻松松躲开贺毅溯的钳制，拍拍聂祯的肩膀算是打招呼：“想好了？”

聂祯点头，又下巴一抬看向贺一容的位置：“是该给个见面礼。”

季青林无奈，大步迈过来弯着腰笑着看贺一容。她精致得像个橱窗摆件，白白嫩嫩的，琉璃珠似的眼珠子像嵌进去的一样，乖巧又透着机灵劲。

有人撑腰她一点也不怕生，抿着嘴唇甜甜一笑，叫了声“季哥”，双手一摊：“谢谢季哥的见面礼。”

季青林也被逗乐了，难怪她招人喜欢，都帮着她掏自己腰包呢。

“季哥没准备，回头给你补上。”

聂祯听到这话走过来，拍拍贺一容的头，替她记着。

“他回头不给你，就找你二哥。”

季青林多看他一眼，早就听说聂祯身后多了个跟屁虫，他一开始还半信半疑，聂祯性子古怪，不把小姑娘吓哭就不错了。

贺一容侧了侧头，聂祯只抓到她的发丝。他转脸看见她嘴巴一鼓，不知道嘟囔了句什么就跑开了。

季青林打趣他：“捡了个便宜妹妹就卖了我？”

小时候就他和聂祯是独生子，两人凑在一起和亲兄弟一样，聂祯一直向着他，现在却向着个小丫头。

聂祯歪歪嘴角，只说一句“她乖巧省事”。

大家在忙着烤串的时候聂祯躲得远远的，搬了把椅子坐在门前。简单的黑T恤也被他穿出贵气，他看着树下烟熏火燎的，嫌弃地皱了皱鼻头。贺一容跑过来，一脸严肃，看到聂祯这大爷样子就知道他个洁癖鬼在躲那烧烤味呢。

他抬眼：“怎么了？”

贺一容看了下四周没人，才小声道：“能不能不要摸我头了？”

聂祯手掌下意识抬起，五指张开。

贺一容鼓着嘴，平时也没觉得有什么，刚刚被他当着别人的面摸头，觉得浑身不自在，好像被他当成了小动物。

聂祯一下子明白过来，突然感觉惆怅，甚至觉得有些尴尬，后背像有刺一样戳着不舒服，他再难直视她。

终于，她也知道了男女之防，想要避嫌。

也对，过了这个夏天她就高二了。

小姑娘长得快，乍一望去出落得亭亭玉立，也算是大姑娘了。只是被她郑重其事这么一提，他手心好像有些痒痒。

聂祯张开的手掌握住了扶手："知道了，拿根烤好的肉串给我。"

贺一容在聂祯帮忙补习的情况下，在高二的分班考试中拿了个不错的分数，她不出所有人意料地选了文科。填表的那天她还炫耀一般地把意向表拿到聂祯面前晃了晃："哼，我再也不用学那么难的数学了。"

聂祯头也不抬："文科的数学卷对你来说还是有点难。"

聂老也坐着轮椅亲自过来送了开学礼物，顺便带来了聂祯送的《哈利·波特》全套书。

贺一容按住心里的欣喜，行为矜持，不露声色。

《哈利·波特》全套也没什么特别的。只是聂祯早就答应过，贺一容分班考试成绩在前三百名内会送她《哈利·波特》全套书，可她最后只考了四百名左右。

"谢谢聂爷爷。"她当着老人的面拆开盒子，是套精致的天使娃娃，她窗台上放着一整排。

贺一容一时百感交集，感动与愧疚的情绪冲击着她的内心，快九十岁的老爷爷怎么会懂得这个？

"问了祯小子，他说你喜欢这个。"老人笑着，脸上的皮都皱到一起，稀疏的牙露出来。他明明说话都不太清晰了，却还特意为她准备了礼物。

贺一容突然就想起自己的外公，她抱住聂老，真心实意地又说了句："谢谢爷爷。"

她抹去眼角的热意，坐在聂老脚边陪他聊天。最后，她还是没忍住问了句："聂祯什么时候回来呀？"

聂祯走了有十多天，不知做什么去了，只是临走前叮嘱贺一容要好好学习，高中课程紧，不能掉以轻心。贺毅林又三天两头出去，他好像最近搞了个工作室，高考结束了却越发忙了。

贺一容觉得自己是世界上最闲的人了。夏天的闷热天气又吓得她一步不敢出去，她不知暗骂了聂祯多少句，爸爸的“人情”一讨到手就扔了她。

他过河拆桥，卸磨杀驴。

贺一容与家里人难得地围坐成一圈吃晚饭时，心不在焉，食之无味。她心思都飘到一墙之隔的那个房子里去了——听说聂祯回来了。

大概是过去的一年时间真的成了他的跟屁虫，半个多月不见，贺一容不得不承认自己怪想他的，就算他偶尔刻薄又讨厌。可就算是一起打闹久了的小猫小狗也会有感情，更何况聂祯对她真的算不错。

贺一容感激他，她初到这个安静严肃的院子里，惴惴不安。在对不算熟悉的爸爸、陌生的哥哥们也小心翼翼时，聂祯在这个陌生的环境里给了她一些能抓得住的安全感。

最开始的时候，贺一容并不觉得自己比失去了双亲的聂祯多了什么依靠，大概是自觉能共情聂祯的孤苦感受，所以她对着他会放松警惕，与他相处反而觉得更舒服些，就算他多数时候当她是空气。

可渐渐地，贺一容把他也当作一个依靠。

她最擅长的就是让人喜欢上她，再发自真心地爱护她。而她，会小心翼翼地珍藏好每一份来之不易的喜欢，用心呵护，妥善保存在心上。

她从小就明白，没有人会无缘无故对她好。

耳朵竖起的贺一容突然听见隔壁传来动静，“哐当”一声，像是摔了什么东西。她慢慢地放下筷子。两幢楼房背向而立，隔音还算不错，可就算如此，贺一容还是听清楚聂爷爷吼了一句：“你不孝！”

大家都停了动作，隔壁又安静下来。

贺增建擦了擦嘴，抬头看见儿女们神色各异，只贺毅林低着头吃饭，似乎早就预料到会发生什么。他冲贺一容宽慰地笑笑：“先吃饭，我去看看。”

贺一容等了好久也没见父亲回来。她浑身火烧似的坐不住，很想过去瞧瞧，又知道此时不合适。贺毅林在一边气定神闲，终于受不了贺一容陀螺似的在眼前转。

“你操个什么心？坐下。”

贺一容白了他一眼，并不理会，走到墙边几乎要把耳朵贴在墙上了。

过了一会儿，贺毅林叹了口气，把她揪回沙发上坐着：“你不如去后面找白奶奶拿点药。”

贺一容呆住了，微张着嘴傻傻地盯着贺毅林。

“少不了一顿打，所以先拿点药去。”

她慌张起来，一时不知该做何反应，转头看到贺毅溯，于是嘴巴一撇，面露愁容：“二哥……”

贺毅溯站起来揽住她，揉揉她的头当安慰。

贺一容突然就想哭，聂祯也总喜欢这样揉乱她的头发。

“乖，我陪你去。”

又过了大半个小时贺增建才回来，看着小女儿捧着满手的药，大概是没放下来过，一见他回来就从沙发上跳起来，他本来严肃的表情瞬间消散于无形：“没事，你们睡去吧。”

贺一容哪里睡得着？可已经深夜十一点多，她也没理由去敲隔壁的门。她藏在被子里第一次拨通聂祯的电话，可响了半天也没人应。

贺一容想起来自己的阳台隔壁就是聂祯家三楼书房的阳台，只是两个阳台并没有连着，中间隔着半米的空隙。她只要爬过阳台，就可以从书房出去找到聂祯。

贺一容提着药，趴在阳台上往下看了下高度，有些退缩。

万一她掉下去了……

可聂祯要是真的被打了……

终于，贺一容觉得无论从革命情谊还是人道主义上来说，她都不能不管不顾。她闭着眼睛，止不住颤抖，爬上阳台栏杆边的高台。她先将手里的药扔过去，小心翼翼迈过一条腿，好在距离比她想象的短一些。她不敢往下看，手指紧紧扒着墙，另一条腿紧跟着跨过来。她深呼一口气，跨过栏杆。

落地的那一瞬间她就腿软了，坐在地上平复了半天的情绪才能站起来。她又气又忧，念叨一句：“聂祯，你欠我的。”

整个聂家黑漆漆的一片，她沿着墙摸到聂祯房间，推开门就被眼前的一幕震惊到。

聂祯正跪在地上，裸着上身，背后是几道紫红的伤痕，有一道肩上的伤口隐隐冒着血珠。他听见动静回头，也不免感到惊讶："你怎么来了？"

一楼的入户门已经关上了，她怎么上来的?

贺一容努力控制着情绪，让自己显得冷静些，脚却又千斤重似的抬不起来，声音也止不住颤抖。

"我……来看看你。"

手里提着药的袋子落在地上，她赶紧手忙脚乱地又捡起来，手一直在抖，拿不稳东西，药瓶又掉下往前滚。

聂祯看她一眼，她脸上惨白一片，嘴唇都是灰白色。

他心里叹口气：吓着她了。

"爷爷罚我跪着，你自己进来吧。"

贺一容关了门就跪坐到聂祯背后，捡起滚到他身边的药瓶，手指根本不敢碰到伤口。担忧的心放下了，又被这满背的伤口刺激到，情绪大起大落间，她呜咽两声就哭了出来。

聂祯顿了顿，跪着转过身，似乎是很不能理解——被打的是他，又疼不到她身上。盯着她的脑袋半天他才不耐烦地道："你哭什么？"

语气虽然不好，手却不自觉地揉上她圆滚滚、毛茸茸的脑袋。

贺一容不敢哭太大声，眼泪流个不停，泪眼汪汪地抬头看他一眼。

聂祯僵住，一动不动，皱眉想着自己该怎么安慰她。

贺一容哭了好久也不停，她怕被聂爷爷听见，又不敢放声哭，捂住嘴巴小兽似的呜咽。哭得久了，鬓角的头发都被汗打湿。

聂祯觉得这种憋着的哭声扰人得不行，一脸无奈："被打的是我，罚跪的也是我。"

怎么她倒跪在地上哭得惨，眼睛红成兔子眼似的?

他绷着脸故意凶她："贺一容！"

贺一容沉浸在自己的情绪里，置若罔闻。

聂祯跪坐在脚上，静静地盯着贺一容看，直到把她看得不好意思，自己站起来抽了纸擦去眼泪，又不避嫌地擦了鼻涕。她转过头哑着嗓子，抽了一张纸揉成团砸在聂祯身上：“都怪你。”

也不知道她怪他什么。

聂祯终于又直起了背，没人看着他也自觉，罚跪就正经跪着，一点不作假。

贺一容拿起药走到他身后，在他没受伤的那个肩膀上拍了一掌。虽听了响，落在聂祯身上却一点都不痛。

“你做什么坏事了？”

聂祯不答，揶揄她：“怎么你会算卦，早先备好了药？”

贺一容吸吸鼻子，推他一把，让他把背弓起：“我三哥说的，说你免不了一顿打。”

聂祯骂了一句，又说：“就是他咒的。”

贺一容认真观察他后背上的伤痕，长长的四五道，手指头宽。她又觉得眼酸鼻热要流泪似的，赶紧转过头去拧药瓶上的盖子。

碘伏刚涂上去，聂祯还是忍不住皮肉颤抖了一下。不过就那一下，而后他就握着拳安安静静地让她擦药。

刺激的痛感后是短暂的麻意，聂祯感觉到伤口处痒痒的，像羽毛轻柔拂过。那股子麻意过了，他才意识到贺一容正在用嘴巴吹气。

聂祯有些想笑，她把他当小孩呢？他小时候跌伤了、碰着了，撒着娇跑到妈妈跟前，三分疼也要嚷成十分疼，妈妈会对着伤口吹气，边吹边说：“呼呼就不疼了。”

他已经多久没有被人这样细心温柔地当小孩对待了？

聂祯有些不自在，扭了扭身子躲开：“不疼。”

贺一容刚想说他嘴硬装样子，就瞥见他红透了的耳后根，连着脖子上都透出点红。她又用手指蘸了药膏，对着伤痕一点点地抹上去，温柔又耐心。

等后背都被上了药，聂祯转动肩膀。

贺一容呆呆地看着因为他的动作而凸显出来的肌肉——又长又深的背沟，肩胛处还有两个窝，整个后背呈倒三角状。

贺一容脸颊飞速涨红，还一本正经地眨巴着红通通的眼睛看他，手里举着药瓶强装镇定。

他心里发笑。

贺一容手往前一伸："剩下的自己擦！"

聂祯轻咳一声："知道了，你回去吧。"

提起这个他才想起来贺一容是怎么来的。想到唯一的可能性，他有些不敢相信："爬阳台过来的？"

贺一容诚实地点点头，此刻一副后怕的样子。怎么办，她刚刚是担心聂祯才有了一腔孤勇，现在难道也爬回去吗？

聂祯拍了下她的脑袋，没收着劲，贺一容捂着头撇嘴瞪他。

聂祯没好气地道："平时没见你这么大的胆子。"

三楼，起码十米的高度，如果一不小心滑了脚，真正受伤的会是她贺一容。

聂祯让贺一容走大门回去，悄悄地回，爷爷也不会被惊醒。可贺一容忘了带钥匙，根本不可能从大门进入家里。要是叫人开门的话，所有人就都会知道她因为担心聂祯担心到爬阳台了。

权衡利弊，她壮士断腕般给自己鼓劲："没事，我再爬回去。"

聂祯拉住她的胳膊："算了，你睡床上吧。"反正他被爷爷罚跪一夜。

"你家陈姨醒得早，天亮了你再悄悄溜回去。"

贺一容在聂祯大学录取通知书下来的时候，隐约地知道了一些关于聂祯被打的内幕。他没有按照爷爷所想的那样学医，瞒着老人报了经济管理相关专业。

贺一容回想起这几年听过的一些消息，很容易就猜测到聂老大概是因为唯一的儿子接管聂家生意后，死于商业斗争，所以不愿意聂祯也踏上这条路。

她很能理解老人希望孙子安稳过一生的想法。

她听大哥无意中提起，似乎最后是聂老点头同意聂祯去学校报到，还有父亲在里面说话的缘故。

贺毅林如愿以偿，凭借各种参赛经历和获奖证书，成功被计算机类王牌学校录取。只是他与聂祯，一个在城北一个在城南。

聂祯有洁癖，贺毅林不爱上学，两人都决定不住学校。而聂祯去学校的路上，必定经过红星一中，怎么绕也绕不过去。

贺增建本来大手一挥，要给贺一容、贺毅林一人配一辆车上下学，还是聂祯拦了下来，说再招一个司机不知底细，反而不太方便。

贺增建正在忙着收购一家公司，确实树敌颇多，又因聂家当年的意外事件一直心有余悸，所以觉得聂祯说得很有道理。

反正是顺路的事，聂祯便主动揽了顺路接送贺一容的差事。

贺增建觉得又欠了个人情，这次不用聂祯提，他主动就说："欠你一次。"

贺一容在边上思索良久，打开导航软件看了又看，觉得这实在是顺得不能再顺的路，聂祯几乎是白得了一个"人情"。

开学的时候聂祯穿着刚发下来的军训服，挺括的衣服衬得他宽肩窄腰，身姿挺拔。贺一容几乎看呆了，穿上军训服的聂祯一扫阴郁之气，英姿飒爽、意气风发，整个人透着蓬勃的鲜活劲。

这是贺一容不认识的聂祯。

直到聂祯快走到跟前，贺一容才低下头，心里波涛汹涌，浪打到天上去，把天也搅得风云骤起，她面上却一点也不显。帅就帅呗，又不能当饭吃。

聂祯走到车身左边，在车门处停了一下，又走回车尾处歪着身子看一眼贺一容。"你是又长高了还是改裙子了？"

她只是提一下书包，那点布料就要盖不住大腿根。

他知道贺一容长了一双好腿，又长又直，恰到好处的肉感，小腿曲线极美。

聂祯没等她回答就打开车门上了车。她这才多大年纪就知道刻意打扮自己？没见她学习用功，心思都用在这上头了。明明高中校服是一套裤装一套裙装，她非穿着这裙子露出一双腿来招人眼，幸好不是他的亲妹妹，不然他腿都给她打断。

贺一容钻进车里来，没好气地道："我暑假长高了三厘米！"

聂祯玩着手机不理她，直到贺一容快下车时才悠悠说了一句："女孩到十七岁就不长个了。"

贺一容正要开门的动作僵住，气鼓鼓地回头瞪着他。

他头也不抬："高二知识杂课程紧，你不把心思全放在学习上，只怕一星期就跟不上了。"

哪有开学第一天就给人泼冷水的？贺一容觉得今天的聂祯极其讨厌。

"你怎么穿上军训服就教训人啊？"

贺一容下车离开。

聂祯看着贺一容的背影，那双长腿在眼里逐渐变得模糊，变成春天树上刚抽芽的细枝，又直又白。他又一次想起贺一容爬阳台去给他上药的那晚。

她絮絮叨叨地和他说话，讲陈姨做的饭没有白奶奶做的好吃，不合她胃口，可她吃得少了还总会被陈姨唠叨；讲他走了十几天她很无聊，二哥又谈了个新女朋友；讲《哈利·波特》全套书她看完了，又一个人把电影看了一遍；而后埋怨着聂祯说好了要陪她一起看电影的……

聂祯听完了他离开这阵子她身边发生的大大小小的事。

后来她就趴在床上，撑着头问他："你这样跪着累不累啊？歇一会儿呗，我又不告状。"

他拒绝后贺一容就不再说话了，用一种困惑又掺杂着些同情的眼神看着他。

她终于撑不住睡了，侧着身，一条腿伸直，另一条腿搭在上面曲膝弯着。他伸长了胳膊去够被子给她盖上，过一会儿被子就被她踢开。

聂祯跪在床尾处，抬眼就是她圆润的脚趾，缩在一起十分可爱。她脚小小的，却长了一双长腿。顺着脚踝往上，是一道极美的小圆弧。

聂祯闭着眼睛，跪了三四个小时，膝盖和小腿早已没了知觉。忽然睁开眼，他十分无奈，猛地站起来走到床边，扯了被子把她从头到脚整个人盖好。

空调调低了两度，她就没再踢被子了。

麻意这才从脚底攀爬进心里，聂祯浑身紧绷，弯着腰扶住床沿差点站不住。

贺一容让他歇会儿别跪了的时候他是怎么答的？

哦，他说："做错了事该罚，一分一秒也不能少。"

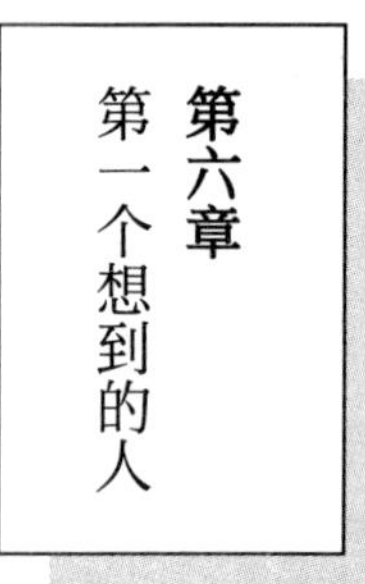

贺一容直到高三这年才收到了人生的第一封信。

上完体育课回来看到桌子里的信封，她心里既紧张又期待，怕被周围同学看出端倪，她一点不敢表现出来，装作没看见一样拿出课本。可她一下午脑子都晕乎乎的，恨不得桌子上有个洞能让她悄悄看信。

放学了她几乎是蹦跳着过来，脚底生风，裙摆也在她身后高高鼓起。

聂祯皱着眉看她上车，算了，反正不是他的妹妹，裙子再短他也管不着。只是为什么她上了高三还长个，一日日的，小树抽条似的。

贺一容自觉和聂祯革命情谊深厚，一点不瞒着他，压低了声音贼兮兮地道："有人今天趁上体育课悄悄往我桌子里塞了一封信。"

她有些不好意思，嘴巴一抿梨涡就藏不住。

聂祯"哦"了一声。

贺一容郑重地从书包里抽出信，摆在膝上抚平。进入高中后于瑗瑗都收到两三封信了，就她，从来没有收到过。

贺一容平复了心情，实在等不到回家再看，刚想打开信封，手里的信就被聂祯轻飘飘夺去。

"喂。"她伸手去抢。

聂祯身子一转，手抬高："你的首要任务是好好学习，本来脑子就不够用……"

话没说全，但看他那欲言又止的样子和斜眼瞧她的眼神，贺一容都能想象到他后一句话是什么。

校门口车多人多，车子行出去一两米就要停下。车窗挡不住外面的吵吵嚷嚷。贺一容突然就有些不想再坐聂祯的顺风车了。他最近越来越爱管她了，张口闭口“学习”，一遍遍地强调高三不轻松，她脑子不够用。她懒得理他，也懒得和他起争执，急着想看信的兴致也突然没了。她转身在自己的位子上坐好，一句话不说，头靠在车窗上看外面梧桐树投在地上的影子。

北城的梧桐树远没有南城的多，长得也不如南城的繁盛。贺一容抬头看树顶，想着要是在南城的话，树荫一定会把这条路遮满的。

聂祯知道贺一容不开心，可就算她不开心他也不想把信还给她。

她一言不发的，聂祯也有些不自在。

车又以龟速驶出去几米，聂祯终于开口：“喂。”

贺一容还是不说话。

他身体侧过去：“你以前帮我收着那么多信，我现在也帮你收信。”想了想他又补充一句，“高考后就还给你。”

贺一容蔫蔫的，像外面被晒干了的树叶：“那我现在还你啊。”

回去后贺一容还真的搬了个箱子，把以前帮聂祯收着的信全放了进去。有的都有些发黄了，贺一容边整理边觉得聂祯真不是个东西。

整理好后，贺一容正想打电话叫聂祯自己过来搬，聂祯已换了鞋进来。

贺毅林走过去，想问聂祯知不知道贺一容为什么心情不好，一回来就耷拉个脑袋不说话，结果还没开口聂祯就绕过了他。

贺毅林看着聂祯走到妹妹身边，也学着她的样子蹲在地毯上，把一摞书放在两人中间。

《哈利·波特》英文原版。

哦，原来是聂祯惹得她不高兴了。

贺一容不讲话，把面前的箱子推过去。聂祯看也没看：“白奶奶煮了鱼汤，让你过去喝。”

鱼汤不难煮，却费工夫。大概是因为麻烦，白奶奶很少煮，每次都要提前两三个小时处理鱼肉，把腥味去了，才煮出一锅一点腥味都没有的、鲜美至极的鱼汤。贺一容很爱喝，每次都能喝掉小半锅。

贺毅林看到贺一容的脊背松弛下来。她转过脸，先是面无表情地盯着聂祯看了一会儿，才不情不愿地道：“你以后不要教训我了。”

语气里尽是不满，嘴巴还是鼓着的。

聂祯笑着低头，用鼻尖蹭蹭手腕，才说：“好。”

贺毅林觉得贺一容对聂祯越来越亲近了，比对他这个哥哥还要亲近。她可从来没有在他面前耍过性子发过脾气。

贺一容与聂祯的矛盾最后以一锅鱼汤都进了贺一容的肚子而不声不响地宣告结束。两人再也没有提过信的事。

三月下旬，临近贺一容的生日，大概是因为今年贺一容的舅舅舅妈要来，贺增建提前一个星期就叨叨着：“小容生日今年办大点，十九岁了，大姑娘了……”他似乎还想找个什么由头，嗫嚅了半天，“古时候早就嫁人了，哈哈哈哈哈。”

贺毅溯向来不给他面子，不搭理他。贺增建灌了一口水，喝得急了呛起来，贺一容递过去两张纸。

贺毅溯只听见小妹妹细声细语地道：“都听爸爸的。”

他不由得多看了贺一容两眼，这丫头情商高，说话做事滴水不漏的，不知道有没有早恋。

贺一容放暑假时，贺毅溯不小心撞见过一次她穿着睡衣下楼，看到小丫头身形渐成，大概在学校也是个香饽饽。毕竟是血脉相通的妹妹，她又性格乖巧，接过来后过了几年还真挺招人喜欢，贺毅溯不想自家妹妹被毛头小子缠上。他决定抽时间和她谈一些男女问题。

贺一容的舅舅舅妈在她生日的前三天就到了。贺一容特地请了半天的假，却被舅舅再三勒令不许去机场接，说他们自己过来就行。

下午两点半飞机才落地，两点钟贺一容就站在门口望。她一点也不嫌累，踮着脚直着腰往外面看。贺毅林看不下去：“你又不是不知道，一有车进来门口保安的电话就会打过来。”

她做些什么无用功？

贺一容头也不回地道："你不知道。"

他不知道她是在舅舅膝上、舅妈怀里长大的。

贺一容曾经以为，自己会在湖边的那三层楼里过一辈子。

车开过来的时候，贺一容如小鸟出笼一样奔出去。贺家兄弟从未见过她这般模样。她扑到从车里出来的两人身上，先是笑，后又睁圆了眼努力不让泪水流出，却不知道越是这样越让人看了就心生爱怜。

贺毅阳在边上看着，等了一会儿才笑着道："舅舅舅妈，进去说。"

徐道载看他一眼。之前老爷子去世的时候，贺毅阳过去接贺一容，那时候还客客气气地叫"徐总""徐夫人"，现在却按着贺一容的身份来叫他"舅舅"，遂心下宽慰许多，明白贺一容已被他们接纳。

他们带了一整个后备厢的礼物来，餐桌上都摆不下，贺增建和贺家兄弟的，一份不落。

贺一容找了半天，仰着头问："舅妈，我让您多准备的呢？"

徐夫人从餐桌边上找出来："这儿呢，你交代的哪里能忘？"

贺一容笑嘻嘻地倚在她身上，撒娇道："还是舅妈身上香。"

徐夫人点点她的脑袋："囡囡长不大！"

徐夫人是苏城人，一直叫贺一容囡囡，语气轻轻的，两个音连在一起，尽显宠爱。贺家兄弟今天才明白，贺一容那种软和婉转的语调，全是受徐夫人影响。

贺一容趁大人谈话的时候，提着大包小包偷偷溜去隔壁。转了一圈没看到聂老，她猜测他大概是被白老先生推去院子里遛弯儿了。

她在影音室找到聂祯，刚推开门，聂祯就飞速看了她一眼，手下按了遥控器。虽然动作快速，贺一容还是逮住了他那一瞬的慌乱之色。

她往屏幕上看去，已经变灰屏了。

"你又看什么不良的东西呢？"

聂祯觉得好笑："贺一容，我二十了。"更何况他并没有在看什么不好的东西。

贺一容不信，走过来抢他手里的遥控器。聂祯哪里肯松手？

"你在看什么？"

“关你什么事？”

贺一容的好奇心被勾起来，她非要逮住他看不良影片的罪证。明明力气不如聂祯，她也不认输，他一只手就把她的两只手腕捏住。

贺一容扭来扭去，甚至头钻到他胳膊底下，也挣脱不了。后来干脆手脚并用，手指费力弯曲起来想要用指甲去挠他逼他松手，脚也胡乱踢着。

贺一容非要抢到遥控器。她渐渐身子向前，动作越来越激烈。

聂祯一直绷着神经注意控制好分寸。在贺一容膝行到面前时，他再也没耐心考虑会不会伤着她，用了力气一下子将她撂倒在地，俯下身控制住她。

贺一容再也动弹不得。此时才意识到只要聂祯来真格的，她是一点招架之力都没有的。

第一次如此清楚地意识到男女力气之别，她刚想说什么，抬头看他的眼睛，却没来由地紧张起来，刚刚那股蛮横劲不见了，声音变小，脖子缩起来。

聂祯稍稍离远了些，但不知道她还会不会抢遥控器，仍把她的手往上压着。

“你来干什么？”她舅舅舅妈不是来了吗？

贺一容小声道：“我让舅妈多准备了两份礼物给你和聂爷爷。”她强调着，“你的那份最大。”

聂祯弹她的脑门：“贺一容，人家林黛玉是拿自家的东西到处分。你怎么讨要舅家的东西到处分呢？”

贺家极少做南方的吃食，大概是为着徐道载夫妇，贺一容第一次在家里的饭桌上看到了南方菜。她拍着手惊喜地道：“原来陈阿姨会做南方菜！早知道我就不用老跟着聂祯去白奶奶那儿蹭饭了。”

陈姨讪讪，打量着各人神色：“我做得不好，不如白老太手艺好。今天这是壮着胆子献丑了。”

徐夫人本来拿起的筷子又放下，拉着贺一容的手旁若无人地问道：“囡囡在这儿吃不惯是吗？”

贺一容还没回答，徐道载就从鼻子里发出一声冷笑：“小容就是什么事都不肯麻烦人，觉得委屈了也憋在心里不肯说。早和舅舅说，我就送几个厨子过来，免得你吃不惯。”

贺一容这才意识到自己不小心说错话了，脸色“唰”地变白了，她难得地感到慌张：“没有，我……”

贺增建截住她的话，给徐道载斟了酒，笑道：“都怪我平时不着家，这几个小子都随便对付，小容、毅林和边上聂家小子玩得好，总喜欢凑一块儿在他家吃饭。”

他又使眼色让陈姨下去，徐道载才话中有话，提高音量说：“我们小容是个懂事的，容易受欺负。”

一顿饭吃得贺一容食不下咽，她提起十二分的精神听着大人讲话，每一句话都放到心里揉碎了再咀嚼一番。她担心因为她让两家人生出什么嫌隙。或许是她神色过于紧张，贺毅溯挡住嘴在贺一容能看见的角度冲她做了个鬼脸。贺一容鼻子一皱，瞪他一眼。什么啊，他没看到长辈们正在暗中交锋吗？

送走了舅舅舅妈，贺一容肩膀立即就垂下来了。为什么和长辈吃饭这么累？

贺增建喝得半醉，一把搂住贺一容：“小容，大胆点，有你爸爸我给你撑腰呢。”他指指外面已经看不见的车尾灯，“你看，你还有舅舅舅妈。”他又点了点贺家兄弟：“三个哥哥。没什么可怕的。”

贺一容只点头，想着她也没怕过什么啊。

贺毅阳扶着他去睡觉，比着口型无声对贺一容道：“喝多了。”

贺毅溯逮住贺一容，他也喝了些酒，明显脚步发飘：“来，我问你话。”

贺一容头都大了，她整个晚饭时间都精神紧张，现在还要应付一个两个酒鬼。

“谈恋爱了吗？”

刚坐下的贺一容吓得差点蹦起来。贺毅溯按住她的肩膀，盯着她的眼睛：“说实话。”

贺一容推开他，他也没力气，顺势跌坐在沙发上。

“什么样的男生？”

贺一容无语，该怎么对付酒鬼？她一字一字地道：“没有谈恋爱。”

贺毅溯斜着眼，手指虚虚点着她：“长得可爱，嗯……没谈就好，好好学习知道吗？”

贺一容刚点了头，他突然用力一拍沙发，快速出击：“说出你心里想到的男生的名字。一、二、三。”

贺一容真的上了当，乖乖道：“聂祯！”

贺毅溯拍手笑道：“原来是聂祯啊。”

他身子往后仰着，像是放下心来：“那你应该没说谎，居然只能想到那小子。”

贺一容于内心翻了个白眼，懒得再理他。贺毅溯伸出食指在脸前晃着，头也跟着摇，哼着小调离开了。

身正不怕影子斜，贺一容暗暗叹了口气。

脱口而出“聂祯”是因为她最熟悉他，所以第一个就想到他的名字。就算不加那个“男生”的限定，让她立马说一个想到的名字，大概率也是“聂祯”。可是聂祯第一个想到的人名也会是她的吗？贺一容并没有这个自信，如果聂祯脱口而出的不是她的名字，岂不是显得有些不公平？

贺一容跃跃欲试，想要证实在聂祯心里她也是同等重要。她终于拨了电话，嘟声一断，他刚“喂”了一声，她就急切道：“说一个你立马想到的名字。”她不给他反应时间，也不加限定。不管男生女生，他第一个想到的都要是她的名字才公平。

“贺一容，你闲的吗？”

贺一容被他一斥也微窘，没有不依不饶，立马转了话题：“一顿饭吃得我累死了。”她叨叨个不停，将自己不小心说错话，饭桌上大人的暗中交锋，一五一十地讲给聂祯听，直说得嗓子眼发干、声音发哑，才被聂祯截住话头。

“你去喝口水再说。”

贺一容“哦”了声，不经大脑思考乖乖照做，然后又接起刚刚的话：“我知道舅舅舅妈担心我过得不好，爸爸又因为妈妈的事总觉得对不起我和舅舅，所以在舅舅面前总是忍让，但……”

聂祯冷不防地打断她：“贺一容，长辈的事你不用管，你好好做你自己的事就行。他们之间怎么样，和还是不和，都与你无关。一边是你爸爸，一边是你舅舅舅妈，你不用和他们吃饭还要察言观色，揣几十个心眼儿。就算你不懂事……”

“我要懂事的。”

聂祯愣住，没太听清楚，于是又问了一句：“什么？”

贺一容的声音通过话筒清晰传来，声小而有力量，还带有她永远也放不下的惴惴不安：“我要懂事，懂事才有人喜欢。”

聂祯沉默良久，在贺一容说“晚安”要挂电话的时候，一改往常做派地变得温柔，自己也不明白怎么今晚竟会化身耐心十足的知心大哥哥。

“你刚来的时候我也没觉得你懂事，只觉得你麻烦。所以就算你不懂事也……算了，晚安。”

挂了电话的贺一容却久久没睡着，心里想的竟然都是：根本不公平。

她第一个想到的人就是聂祯，可在聂祯心里，她不是同等重要。就算她十九岁了，他还是把她当什么都不懂的小孩儿。

一大早贺家主楼门前就吵吵嚷嚷，聂祯坐在车里等着贺一容。他见她被陈姨拉住说了两句话，陈姨指着一排人，似乎让她挑。她耷拉着脑袋，兴致缺缺地看了两眼就往车边来。她明显情绪低落，也不知道怎么大早上就不开心。

“哪来这么多人？”

贺一容看也不看他：“在给我挑会做南方菜的厨子。”

聂祯点头，笑道：“你舅舅是来给你出气了？”

他也见过几次陈姨对贺一容的态度，比不上对贺家兄弟那样亲热恭敬。陈姨对着贺一容客客气气、疏离淡漠，对她的生活起居肯定也不怎么上心。

贺一容不知道出于什么想法，呛了一句：“我舅舅说要把我接回去呢。”话一出口她也觉得自己莫名其妙，说这话的目的是什么？聂祯似笑非笑地瞅她一眼。

等了半天聂祯也没反应，贺一容那点歉疚不安感全都转化成怒气。让他说一个最先想到的名字，他说不出口；说舅舅要把自己接回去了，他还是没反应。到头来只有自己把他当回事。

不过是常一起上学放学，不过是常在一张桌上吃饭，不过是他有时候对自己挺照顾的，她怎么就觉得聂祯和别人不一样了？

快到学校时，聂祯才貌似忽然想起：“我晚上有事，赶不上你放学。你哥来接你。”

贺一容突然就有些生气，她不仅需要会做南方菜的厨子，也需要一辆专门送她上下学的车。

一直到贺一容生日这天她才见到两天没见的聂祯。

她穿着大领口的嫩黄色小裙子，露出一字形锁骨和大片肌肤，腰身收得紧紧的，裙摆鼓鼓，将将盖住大腿根。黄色裙子在她身上更衬得她皮肤透亮，她化了个淡妆，整个人透着青涩的甜美感，少女独有的韵味在她身上尽显。

徐夫人拉着她看了半天，直说：“囡囡长大了，真漂亮。”

她远远看见聂祯，见他只淡淡瞥她一眼就转过身和贺毅林讲话。

贺一容本来是想穿长长的公主裙，可她想起聂祯一见她穿短裙就阴阳怪气，所以故意挑了这件几乎压箱底的裙子。这裙子一上身，她也舍不得再脱下来，自己对镜照了半天，掐腰扭臀地转来转去，也要赞一句自己真的漂亮。

她一直嫌自己的脸有些婴儿肥，肩颈全露出来后拉长了线条，扎了高高圆圆的丸子头，那点婴儿肥在脸上竟恰到好处，可爱极了。还是贺毅溯故意使坏，把聂祯拉到贺一容面前：“小祯，我妹妹是不是长开了？”

他退后两步看着贺一容，赞道：“小容啊，你真是出落得亭亭玉立了，尤其是大长腿，继承了咱家的优良基因。小祯，你说是不是？”

聂祯低下头只看了一眼就快速将视线转到她脸上去。人家是亲兄妹，他却要避嫌，哪有盯着小姑娘腿看的道理？贺毅溯实在是不着调。

聂祯走近了两步弯下腰打量她：“涂口红了？”

真是姑娘大了。他嘴角一弯，顺手又要摸上她的头，像做了无数次那样。贺一容却第一次躲开。

“你不要老摸我的头。”

她心里隐隐觉得，这是很亲近的关系才可以做的动作。

聂祯耸耸肩，用拇指搓了搓手心，将手塞回兜里。他还真不习惯啊。被她这么刻意提出来有些尴尬，两人相对无言，聂祯也觉得无趣，说了句“生日快乐”就要离开。贺一容忍不住，想问他这两天干吗去了，出口却是：“我的生日礼物呢？”

聂祯放在裤兜里的手又搓了搓手心，他实话实说："本来是准备了英文版的《哈利·波特》做礼物的，前一阵子你生气提前给了，我一时想不到……"

他还没说完，贺一容就鼓着嘴道："谁生气了？"

"你？"

"我什么时候生气了？"

"之前那次，现在也在生气。"

贺一容瞪着他半天，"扑哧"笑出声来，彻底没了脾气。见贺毅溯不知何时已经离开，她上前两步扯着聂祯的袖子："你这两天干吗去了？"

他闪烁其词："有些事。你想要什么？"

贺一容歪着头想了想，发现也没什么特别想要的，却非要从聂祯这儿讨到什么才开心。

"先欠着，我想起来再说。"她嘟着嘴巴，饱满的唇上涂了点唇蜜，亮亮的。

聂祯突然伸手把她的头绳捋下，她头发散开盖住肩头和前胸。

"你干吗？"贺一容踮着脚去够头绳。

聂祯往边上看了看，拉着她走到柱子后。贺一容还是攀着他的胳膊去抢头绳。聂祯把她的手别在她背后，用一只手就握住她的两个手腕，想都没想，另一只手擦去她唇上的光亮，怎么看怎么不顺心。

"别涂这些东西。"

聂祯吃了根生日面后和爷爷打了个招呼就躲进影音室。

贺一容的舅舅舅妈来了后，她说话语气更加软和，嗲得不行。好容易改了的一些语气助词都回来了，她开口"啊"闭口"呀"的，时不时眨着眼睛看你一眼，"哎呀"一声。她这副腔调，让人根本没法冷脸对着她，教训的话也说不出口。他本来想说，她是脑子坏掉了才穿那条裙子。这么多人，露着一双白腿像什么样子？到最后他竟是提都没提。

聂祯翻出珍藏的影片，上次贺毅林给他的还有一半没看完。

两个小时的电影，他快进后四十分钟就看完了。聂祯面无表情地又换了一部电影，腹诽着贺毅林这是什么品味，挑的影片都没什么意思，他闭着眼都能猜到之后是什么情节。他又挑了一部最近很火的电影，正期待着情节能有些新意，能让他全身心投入地观看时，手机振动，在地板上稍微转偏了点方向。

贺一容的电话。

聂祯并不想接，他现在不想听她的声音，娇娇嗲嗲，惹人心烦。

手机光亮刺眼，嗡嗡响个不停。聂祯把手机屏幕反过去扣在地上，调大了影片音量。又是快进看完一部影片，他彻底没了兴致。

聂祯没来由地觉得身心疲惫。他看了下手机，贺一容只打了一个电话，看来不是什么重要的事。外面“砰”的一声，亮光涌进，照得整个房间亮如白昼。聂祯挡了下眼睛。

“啪—— ”五彩缤纷、轰轰烈烈。隔壁在放烟花吧。聂祯突然想：自己有多久没看过烟花了？五年？六年？

自从父母去世后，他也再没过过生日了。他和爷爷，一个刚成年的小子，一个耄耋老头，各种节都提不起兴致，真的要特意去过一些节日，又不免让人觉得冷清，这还有什么意思？

他是个家破人亡的人，生活早就没了意思。还好，贺一容有舅舅舅妈，有亲生爸爸，有三个哥哥，没落得他这般境地。

聂祯早早洗完澡上床，贺家好像只放了个二十响的烟花，噼里啪啦一阵就歇了。他觉得有些好笑，贺一容来了两年多，就今年过生日放烟花庆祝了，多半是因为她舅舅舅妈在吧。

小姑娘在都是男性的家里，也算是凑合过着。不过听说贺毅阳要定亲了，家里多个女主人，不知道贺一容会过得好些还是差些。

聂祯盯着天花板发愣，躺了许久才起身去卫生间，出来时意外地看到贺一容在他房间里。他神色紧张：“你怎么来了？”

她皱着鼻子：“刚进来，你这屋什么味啊？”

他背过身套上T恤，想着幸好穿好了裤子才出来。她怎么现在不打招呼就旁若无人地进出他的房间？明明她自己也意识到男女有别了。

聂祯转过身，刚要训斥她怎么能招呼都不打就随便进男性的房间，忽然神情僵住，视线定格在微弱的光亮里。

贺一容举起手里的烟花棒，一脸灿烂的笑，好像眼里也有烟花绽放："来点烟花棒给你看呀。"

聂祯忽然就病了，学校也去不成。聂家的车照常等在那儿，司机说是聂祯让他送贺一容去学校。

贺一容站在家门口，迟迟不下那几级台阶，盯着地上那些砸得稀碎的雨珠。凌晨开始就下起了大雨，几个小时也不见停，她隔着哗啦啦的雨幕，扯着嗓子问聂家司机："聂祯怎么病了？什么病？"

聂家司机撑着把大伞走到门前接她。

"发烧，早起白老先生来看说是着凉了。小祯让我送您去学校。"

贺一容皱着眉头，退后一步。砸到地上的硕大雨滴，珍珠一般碎开，溅到她的腿上。好烦，她不喜欢雨水带起的潮意。聂祯昨晚不想看烟花的，是她非要拉着他出去，那阵子外面已经起了大风，也难怪他着凉了。这么大的雨，她走两步鞋子就要湿了，又脏又烦人。

贺毅林走出来，把一只脚伸出去冲凉。他对贺家司机说："你回去吧，万一去医院要用车，我今天不去学校，家里有空车送她。"

贺家司机看向贺一容，点点头撑着伞走了。

下大雨，贺毅林又有借口逃课了。他总有无数理由，心情不好、懒得动、天气热、天气凉，什么都是不想上课的理由。贺一容也不想去。结果贺一容刚要开口，就被贺毅林推下一级台阶，要不是立马稳住脚，再下去一级她就要被从头到脚淋湿。

"别以为我不知道你在想什么，好好上你的学。"贺毅林白了她一眼，"你就算想逃课也得有我这脑子。"

贺一容心不甘情不愿，几乎是被贺毅林塞上车的。这个季节明明不热，她非要正叔把温度调低，冻得她脸色发白，连打了好几个喷嚏。

"我有些不舒服，拐弯回去吧。"

浑身起鸡皮疙瘩，身体止不住发抖——她大概也发烧了。

正叔忍不住歪起嘴角，却也不好说什么，还是拐弯回去了。

贺毅林揪着她的马尾辫，几乎是把她摔进沙发里："来，你量体温。"

要是没发高烧，他非得把贺一容扔雨地里去。

进屋前故意淋湿了些头发的贺一容抹了一把脸，水珠还是顺着发丝流下来，显得她有些许狼狈，十分委屈："三哥……阿嚏！"

半真半假的喷嚏，贺毅林也无奈，摔了体温计在她手边。

"量完体温上去躺着去。"

体温当然是正常的，只是贺一容实在不想上学。她想去看看聂祯，都是她非要他下楼放烟花棒的。

聂祯是真的发烧了，却不是因为看烟花棒着了凉。

夜里又做了梦，他醒来后浑身是汗，口干舌燥。他灌了一大杯冰过的水，甚至开了冷气，才勉强去了身体里的燥热之感。他脱光了衣服，裸着身子躺着，再醒来时外面大雨滂沱，房间里温度很低。陌生的身体反应让聂祯明白自己大概率是发烧了。

脑子昏昏沉沉的，聂祯睁着眼睛抵抗困意。他不想睡觉，干脆坐在楼下看雨，噼里啪啦的，听久了也有一番韵味。

还好不是昨天下雨，不然贺一容的生日就会过得不开心，她也看不成烟花了。她看着什么都好，藏着的小性子却多，又不喜欢大太阳又不喜欢下雨。

有人撑着伞踏进雨幕，短短的校服裙，藕节般光滑洁白的腿。雨水砸在她的伞上，顺着伞沿落在她身边，更加密集有力地落在地上再高高地弹起。大概她的鞋已经湿了。

聂祯安安静静地看着她一步一步走近。她收了伞放在门边，鞋子也脱在门边，嘟着嘴扯下袜子，埋怨道："果然走两步路鞋就湿了。"

聂祯想，她就像这大雨，他避无可避。

她站在玄关处，光着脚皱眉看他："你发烧了怎么还不睡觉？"

聂祯转头看看挂钟上的时间，也问她："下雨了你就不去上学？"

贺一容捂住鼻子，适时打出一个喷嚏。她抬眼看聂祯，一副她有理的样子："我都出门了呀，在路上觉得不舒服又掉头回来了。你昨晚着凉了，大概我昨晚也着凉了吧。"

聂祯侧过头去，无奈地垂了眼帘——她着的哪门子凉？

第七章 心事

自从家里有了专门给贺一容请的会做南方菜的厨子后，贺一容已经很久没有喝到白老太太做的鱼汤了。

贺一容饭饱汤足，打了两个满口鲜香的嗝，跟在聂祯身后，脚正好踩住他影子的头。她隔着距离看聂祯的背影。自从上了大学，聂祯锻炼得更勤了，皮肤晒成发亮的红黑色，整个人明显地挺拔起来。他以前走路总喜欢插兜弓腰，现在却习惯抬头挺胸。她喜欢这样的聂祯，看起来很有力量感和向上的积极性。以前的聂祯，死气沉沉。

他还是喜欢穿宽大的T恤，风从他身后吹过，衣服贴在身上，背后的肌肉轮廓完全露了出来。贺一容看见他肩膀宽厚，腰间瘦而有力，他稍微转一下身体，那道背沟就越发深。

“贺一容。”他的脸藏在树影下，她只看到高挺的鼻和分明的下颌线。

她又打了个嗝。聂祯轻笑：“你怎么这么馋？一锅汤我一口也没喝。”

贺一容有些不好意思，踢踢脚尖：“我又没有不让你喝。”

聂祯转过身，贺一容下意识缩紧自己的小肚子。她的肚子鼓得像个球。目光扫过，聂祯当作没发现她的小动作，眼底却都是笑意。

“走快点，怎么还像小时候似的跟在我后面？”

他又插兜，稍稍弯腰。贺一容不算矮，可他一弯腰，她还是被他的影子罩得牢牢的。贺一容退了一步，走出他影子的笼罩范围。她突然没有预兆地问：“你谈恋爱了吗？”

二哥上大学开始就女朋友不断，她那天听到贺毅林也接了个女生的电话。聂祯呢？他身边是不是也有女生出现？

这些事情随着年龄增长，会自然而然地发生。

这个星期，聂祯又有两天没去接她放学，他的时间不再是她一个人的。

聂祯上前两步，走到她面前。贺一容终于低下头，她不敢近距离地与他视线相接。聂祯按住她的头，胡乱揉了揉："你还小，问这些做什么？"

做什么呢？贺一容也不知道。她只是第一次清楚地意识到，聂祯是个二十岁的正常男生。他该有情感需求。这是再正常不过的事情，她不应该有现在这样难过的心情。

但贺一容却实实在在地感觉到有些难过，她可以依靠的聂祯，也要远离她了吗？贺一容晃晃脑袋，额前乱了的头发就顺了，她透过几根长长的、遮掩住眼睛的发丝，看到聂祯在笑，却看不懂他的眼神。

她避而不答，却说："你再不来接我要提前和我请假。"

贺一容迷上了烘焙，但面包总会被她烤得硬邦邦的，饼干不香不甜，吃起来掉满嘴的渣。

贺毅林吃了一次就不尝第二口，贺毅溯鼓励她："熟能生巧，小容很有天赋。"

贺一容信以为真，以天赋为名，为了提高熟练度，半个月用掉一整袋面粉。贺一容动辄花费两三个小时烤出来一盘饼干，自己吃起来，混了汗水与辛勤的味道，感动万分。她总是吃刚出炉的第一口，就算不香甜，也是热腾腾的看着喜人，所以自己从不觉得难以下口。

她练了一阵子就将自己的劳动果实包起来带给聂祯做早餐。隔了夜的面包，水分大大流失，咬起来干巴无味，聂祯咬一口再喝一口牛奶才能咽下去。可边上的贺一容目光灼灼，露出一副等待夸奖的样子看着他吃。聂祯只能硬着头皮吞咽。

贺一容在边上笑眯眯地看着他吃完，满怀期待："还行吧？二哥说我有天赋。"

聂祯想：贺毅溯那个人对着两百斤的胖子都能夸人家胖得可爱，还有什么话是他说不出来的呢？

贺一容眉眼弯弯，离得近的时候，黑漆漆的瞳仁亮得像玛瑙。她总是直勾勾地盯着人瞧，不给人留一点余地。

聂祯又灌下去一大口牛奶，把食道里的黏糊感带下去：“还行。”

贺一容更开心了：“你不是要增重吗？不吃早饭不行，以后我每天都带给你，在车上吃也不浪费时间。这个牛奶味道也还不错吧？”

聂祯拿着牛奶瓶子转过来，看商品名称和配料表。他觉得有些甜了，大概不是纯牛奶。贺一容趴在中间扶手上，身子靠过来指给他看：“香蕉牛奶，我最近很喜欢喝。”

聂祯那句“有点甜了”也没说出口。难怪家里的水牛奶最近没有变少，原来是她又找到新的好喝的了。

小姑娘的心思多变，今天喜欢这个明天喜欢那个。高一的时候她还爱看些日本动漫，到了高三却迷上了韩剧。聂祯想，等她上了大学……结交各类朋友，有了自己的社交活动，到时候自己对她来说也只是邻居哥哥而已。

聂祯推开她，手心里感觉毛茸茸的，她的头发怎么像小动物的毛呢？

“贺一容，不要离我这么近。”

她用手撑住下巴，还是趴在扶手上，听见这话眉头皱起来：“你又不是别人。”她根本不在意聂祯说了什么，转眼又仰着下巴，非要他也喜欢她喜欢的牛奶，不依不饶，“好喝吗？”

聂祯转过头不与她对视，视线凝在摸过她头发的指尖上：“好喝。”

聂家翻修，家具大部分换了新，之前贺一容短暂住过的房间内家具却没换，还添了个梳妆台。师傅们翻修三楼书房的时候，聂祯站在阳台上看了半天，打量着和隔壁贺一容房间的阳台之间隔出的半米多空隙。

“这栏杆拆了吧，空隙也填起来，和隔壁连一起。”

有个师傅多问一句：“那要不要和隔壁人家说一声？”

“不用。”

她抱怨过好几次，有时候想去找他玩，陈姨总会嘟囔：“又去聂家啊？大姑娘了，又不是小时候，总去别人家不好。”

她说过，哥哥们彻夜不归陈姨也不会多问一句，她出门几步陈姨就会抻长了脖子瞧，要是阳台连在一起就好了，她去找他也不用听陈姨唠叨了。

贺一容发现的时候果然乐了半天，她找聂祯再也不走正门，从自己房间的阳台出去，走两步就能找到他。次数多了，她得了些趣味。

家里人以为她在房间的时候，她在找聂祯理自己乱成一团的项链。金链子、银链子，以及坠着玉的红绳，全部缠在一起。她手拖着腮趴在聂祯房间的地板上，看聂祯细细地替她解开项链，不由得迷了眼。

“你手指真长呀，真好看。”

她说要拼乐高，抱着盒子去了聂祯房间，小心翼翼捧出成品摆回来，贺毅林看到还夸了一句：“不错啊，速度变快了。”

聂祯在打游戏，她就在边上看着，突然说出一句：“你猜他们知不知道我不在房间？”

聂祯手下动作停了一下，操作的人物被杀，画面变灰。他也没想到，贺一容会这么不把自己当外人，一天找他八十次。他没说话，人物复活，继续操作。

“我们这样好像特务接头。”

聂祯鼠标一歪，画面又变灰。他整理好鼠标线，把鼠标一摔，头也没回：“别说话。”

她缩缩脖子，抱着冰激凌桶又舀了一勺冰激凌，一口塞进嘴里，脸都皱成一团。她又张大嘴用力呼气，不顾形象。

贺一容拿着笨重的铁勺子用力舀：“自己菜还怪别人。”

聂祯噼里啪啦敲着键盘：“再死一次你就滚回去。”

贺一容撇撇嘴，心里骂着聂祯玩游戏菜还脾气大，突然意识到——五月了。

他今年情绪如此正常，让她几乎都忘了，又到了五月。

正常吗？也许不正常吧。他往常打这个游戏不会这么暴躁，不会不顾策略直直冲上去，越塔也要杀人。

贺一容连着几天没找聂祯，在厨房里潜心研究怎么做蛋糕。陈姨在边上看了半天，忍不住夸她：“小容做蛋糕像模像样。”

贺一容翘起了嘴角，也有些得意，她大概真的有些天赋。她拿着专用的装饰笔一笔一画勾勒出一个游戏英雄形象。

陈姨凑上来看：“哎呀，画得好呢，给毅林的吗？”

贺一容还没答，陈姨就揣着手说：“毅林不喜欢吃甜的。”

贺一容把蛋糕转了一圈，认为这是她这几天来做得最完美的一个。她把蛋糕装盒，打了个漂亮的蝴蝶结，这才回答陈姨的话：“拍照用，我回房间了。”

一点红光微亮，白烟轻轻绕在那个人的身上。

贺一容两手端着蛋糕在阳台上站了许久，不忍打搅他。她看到他抬手，抖落一缕飞灰，又猛吸了一口烟，悠悠吐出，白烟在他面前打着转消失。他把烟头摁灭在手边烟灰缸里，“刺刺”声伴着红光一起泯灭。

聂祯转过身来，看到贺一容，走了两步打开阳台的灯：“你——”

“做了蛋糕，给你尝尝。”

红茶栗子蛋糕，点缀了些干果和枯树叶。浅茶色的奶油，抹面并不平整，和装饰摆放得一样随意。

干果、枯叶、栗子、茶色，明明都是秋天的元素，聂祯却根本不觉得萧瑟。他伸出手指，直接蘸了一些奶油，在贺一容反应过来之前就塞进嘴里。

“嗯……甜度正好。”他回味一下，扯开嘴角笑了，“还有茶香。”

蛋糕顶上缺了一块奶油，凌乱又讲究的美感被他随手破坏。贺一容有些不开心：“你怎么用手吃啊？”

聂祯晃了一下身体，弯着腰看她：“那怎么吃？又没勺子。”

他的眼睛像浸在一汪清潭里，平静深沉。

扑面而来的酒气喷了贺一容一脸。她退后一步，有些难以置信：“聂祯，你怎么又抽烟又喝酒？”

他逼近一步，手臂越过她，把她身后的门关上：“嗯？”

贺一容整张脸都皱起来，长长地呼出一口气。

聂祯不看她，直接端过她手里的蛋糕，盘腿坐在床前，用手指挖了一块就塞进嘴里。

贺一容几乎要跳脚：“聂祯，你的手刚夹过烟！”

他似乎是真醉了，被施了什么魔法一样，完全不像平日那样。他转过头，笑得甚至露出牙齿：“是呀。”他又突然端起脸教训她，“贺一容你站好了，歪歪扭扭的像个什么样子？”

贺一容这才发现他醉得不轻，玩心起来，也盘腿坐到聂祯面前，进行逼供：“聂祯，你谈恋爱了吗？”

他愣了好久，手指上的奶油慢慢滑落下去。

贺一容接住奶油，捧到他面前，好像一朵雪花绽放在她手里。

她低声引诱：“聂祯，你谈恋爱……”

“没有。”他终于给她一个答案。

贺一容刚升高三时还排得进班级前十名，结果二模考试时，成绩却游荡在中游。贺增建为此烦恼了大半个月。这天，他难得地板起脸，看了一眼站在边上头垂得低低的贺一容。她捏着手指，指尖发白，在贺增建眼里，小女儿就是那雨后塘里娇弱的荷，风稍微大一些就能断了枝。他终究是说不出重话：“小容呀，成绩有些下降了。还是弱在数学上，给你找个补习老师突击一下吧？”

贺一容本来一声不吭，听了这话抬头，想都没想就问：“聂祯呢？”补习的话找聂祯不就好了？

贺增建本来是担心聂祯上了大学事情多，不想麻烦他，却见贺一容张口就是“聂祯”，也忍不住笑了：“接送你上下学就够麻烦他的了……”

贺一容不以为意，下意识就反驳：“聂祯他又不是别人。”

贺增建哈哈大笑，除了聂祯，也没见她把其他人这样不当外人。

贺一容到了夏天就犯懒，一步也不想迈出去，补课都央着聂祯过来自己家里。聂祯不走通起来的阳台，走两家大门绕一圈。贺一容搞不明白他为什么非要晒一晒太阳。

她数学题错得越发离谱，完全搞不清基本定义就胡做一通。聂祯从最基本的定义给她讲起，她听得昏昏欲睡却还强打着精神。灵魂抽离躯体，飘在空中，偶尔被聂祯一句“懂了吗”吓回神，她点着脑袋一本正经地道：“懂了懂了。”

聂祯冷冷瞧她一眼：“你复述一遍。”

她憋了半天也憋不出话来，只抿着嘴露出梨涡，一副笑脸对着聂祯。

伸手不打笑脸人。

贺一容第七次在补课时睡着，醒来天已经黑了。和天一样黑的，还有聂祯的脸色。

房间里没开灯，他几乎与自己身上的T恤融为一体。贺一容欲哭无泪，她也不想，只是实在不受控制，瞌睡比数学题更先一步进入她的大脑。聂祯之前说过很多次高三课业重，但她也没想到会是这样睡眠不足的重。她举手发誓，要多可怜有多可怜："我一定不会……"

聂祯面无表情地打断她："贺一容，你已经连说三天'一定'了。"

贺一容仰靠在椅背上，破罐子破摔："可我就是忍不住啊，平时就缺觉，本来都只靠着周末补觉的。"

她又坐起身来，指责聂祯："我不是让你叫醒我了吗？你干吗不叫我？"

聂祯摔了笔，忍住破口大骂的情绪："贺一容，你讲不讲理？"

最终，聂祯决定将补课时间改为早上。

可下午的贺一容只是昏昏欲睡，挣扎一番再彻底睡去，早上的贺一容却是完全醒不过来。

聂祯发了狠，让陈姨做了两大杯咖啡送上来，逼着她喝下去，边看她喝边嘲笑："为什么一到周末你身体里某一部分的开关就关闭了？"

贺一容白他一眼，猛灌下最后一口咖啡，拿开杯子："聂老师，我们开始吧。"

喝了咖啡后的补习效果显著，可聂祯万万没想到，用药过猛的后果是这个人晚上也睡不着。她睡不着就抱着枕头于夜深人静时爬阳台，神出鬼没地出现在他的房间。

他洗完澡出来，看见贺一容抱着枕头蹲在他的床边，就差给她点根火柴让她扮演卖火柴的小姑娘了。

她眨巴着眼，可怜兮兮："我睡不着。"

聂祯翻出一件T恤穿上，忍了又忍，还是出言提醒："贺一容，我们男女有别。你也长大了……"

他话还没说完，她就一副"我知道但我就不改"的样子，仰着头："所以呢？”

“所以，你不能大半夜跑来我的房间，还……”他把被子扔过去，盖住她整个身子和头。她不用一会儿就从被子里露出毛茸茸的脑袋。“还穿着睡衣。”

贺一容歪头一笑：“可你不是别人呀。”

聂祯想，在她心里什么人才是别人呢？他换了种说法，用心良苦：“如果我洗完澡后没穿衣服出来呢？”

贺一容果然不说话了。聂祯以为终于能够制止她这种不打一声招呼就突然出现的行为，她却笑嘻嘻地说：“那我以后不在你洗澡的时候过来，反正你洗澡总是这个时间。”

这个时候她倒会换角度思考问题了。

“而且你光着上半身我见过好几次了啊。”

她说得无比自然，聂祯却脸上挂不住，转过头装作喝水。

她问：“聂祯，你上大学辛苦吗？”

他后背一紧：“不辛苦。”

贺一容拉拉他的手腕，他转过身来，她拽着他，他不得不弯腰。

“你变黑了好多，而且……”她看向他的手指，“你最近是不是又抽烟了？”

他虽然身子弓着，脸却向上抬起，姿势很是奇怪。可聂祯不想低头看她。

大家都说聂祯长相清秀偏女气，可她知道，聂祯的喉结很突出，他的手臂虽然瘦弱却很有力，青筋凸起，非常有力量感。聂祯，一点也不女气。

她听见聂祯说：“黑了就黑了。”

贺一容放开他，目光转向四周，忽然想起来似的：“我的那封信你收在哪里了？”

聂祯这才低头，神色淡淡：“怎么？”

她神秘一笑，不说话。聂祯冷哼一声，弹了一下她的脑门。

只有他愿意的时候，他才会主动弓身，将脸凑到她面前。

“贺一容，你数学成绩这么差，还有空想其他的？”

“那又怎样？聂祯，我成年了，而且马上要高中毕业了。”

聂祯推开她，贺一容跌坐在床上。他拿起枕头盖住她的脸：“你毕业再说。”

三模成绩下来的时候，贺一容自己都不敢相信，拿着成绩单翻来覆去地看。

聂祯和贺毅林都还没开学，坐着自家车子放学回来的贺一容，刚下车就直接穿过院子里摆设似的小门往聂家而去。

“聂祯、聂祯。”她忍不住心底的欢欣，小鸟一样奔进来。

聂老正在晒太阳，老远就听见声音，笑呵呵地从躺椅上起来：“小容来了。”

贺一容停住要往楼上跑的脚步，乖乖地到聂老面前打招呼。

聂祯推开门，站在廊上往下看了一眼。贺一容正好抬头，向他招手。

聂祯走到贺一容面前才发现她今天戴着根细细的项链，玫瑰金的，极衬她肤色，坠了颗会跳动的钻，菱形的，镶在个圆环里，此时项链还在晃动。不久前这根项链还在他手上，他费了半天的工夫才把乱成一团的链子解开。他盯着贺一容脖子下解开的两颗纽扣，不知道她是要露出锁骨来还是要露这根项链。

“怎么了？”

她身上还背着书包，这是根本没回家就直接跑他这儿来了。聂祯心里有些说不清的感觉，她确实与他亲近，只是好像过于亲近了。她笑得得意，眼眉弯弯，牙齿都露了出来。她从来都是这样，情绪让人一眼便看到底。聂祯没发现自己也扬起了嘴角，什么事能让她这么开心？

贺一容当着聂老的面就拉起他的手腕，两只手握着左摇右晃，并不是像撒娇似的小幅度地晃动，像讨要糖果的无赖小孩。

“聂祯，你好厉害！三模我考了第八名！”

聂祯手又痒了，手指在手心里搓了搓，也笑道：“嗯，奖励你。”

贺一容一跳一跳地回家时，贺毅林百忙中抬头看她一眼，哼了一声：“隔壁那是你亲哥？”

贺一容眼珠子一转，把成绩单拿出来捧到他面前：“亲哥，我考了第八名，亲哥有奖励吗？”

贺毅林看了一眼她的数学成绩，也笑了：“聂祯还真有两下子。”

贺一容点头：“聂祯可厉害了，数学题里的弯弯绕绕，他看一眼就懂。”

“之后我给你补，看看我和聂祯谁厉害。”

贺一容立马又摇头，想都没想：“不要！”

贺毅林转过脸看她，成绩单打在她头上："我高考的数学分数比聂祯高。"

贺一容抢过成绩单，用杯子压住放在茶几上，仔仔细细捋平了，又把成绩单转了个角度面向门的方向。她背着贺毅林，不由自主地软着声音道："杀鸡焉用牛刀，你是要参加各种比赛拿奖的人。"

贺毅林本来也就是随口一提，他才没有聂祯那种耐心。

晚上贺增建回来，果然第一眼就看到茶几上的成绩单。贺一容听到车的声音就从房间跑下来，贺增建轻打一下成绩单，"哗啦"一声："祯小子这人情，爸爸我还不上了。"

贺一容歪着头："没事，我讨回来。"

贺增建觉得好笑，她怎么会知道自己与聂祯达成了什么约定？小姑娘，可爱就可爱在单纯无知上。贺增建牵着女儿的手上楼："哦？小容用什么讨回来？"

"聂祯说要奖励我的。"

贺增建哈哈大笑："对，是该讨回来，狠狠宰他一通才不亏。"

聂祯明令禁止贺一容不打招呼就进出他的房间。她拿着手机发消息过去打招呼：现在能去找你吗？

聂祯很快回过来：加一条，晚上十点以后不许来找我。

贺一容气得扔了手机。什么人？不许不打招呼去他房间，不许穿睡衣去他房间，现在又不许晚上十点以后去他房间。那他还把阳台打通做什么？

贺一容参加高考前的一个星期，她舅舅舅妈的礼物就已经送到。她特意挑了个周末，坐在那儿放着歌，一份一份地把礼物拆开。

她很享受这种拆盲盒的快感，并不知道下一个盒子里装的是什么，只是接连的欣喜情绪就让人足够幸福。

聂祯突然打开阳台的门，拉开半遮的窗帘，正午热烈的阳光一下子涌进来，贺一容吓了一跳。她不满地看着聂祯，挪挪屁股缩到身后的阴影处："你怎么不打招呼就过来？你想来就来，我想去你那儿却要经过你同意。不公平。"其实她想问的是他怎么走阳台过来了，外面的阳台打通后，这是聂祯第一次走阳台过来。

聂祯将手握成拳，抵在嘴边轻咳一声，左手从裤兜里掏出个小盒子，盒子离贺一容老远，她伸直了胳膊也够不着的距离："奖励。"

贺一容看了一眼，只看到是个方方正正的蓝色小盒子，她跟着音乐哼起来，低下头："奖励我要别的，这个做祝我高考顺利的礼物吧。"

聂祯还是举着那小盒子："高考的礼物到时再送你，这是答应你的奖励。"

"刺啦"一声，贺一容拉开手下的盒子，并没有立即把里面的东西拿出来。聂祯看见她咬了咬唇，似乎下定什么决心，抬起头来直直地看着他，黑白分明的眼睛里满是认真之色。

"聂祯，奖励我想好了。"

聂祯把手里的小盒子放在手边书桌上："嗯，你要什么？"

管她要什么，他再去准备就是了。

贺一容又低下头去，从盒子里拿出礼物，似乎是化妆品，粉色的长方体盒子："我以后再告诉你。"

聂祯挑眉，这是什么意思？算了，随她去，反正是给她的奖励，她要什么就是什么。

"知道了。"他插着兜，满不在乎地说，"项链，不喜欢的话就放着吧。"

贺一容"啊"的一声跳起来，也不管脚下还有一堆没拆的礼物，蹦到他身边，先是笑眯眯地看他一眼，才打开盒子。

蝴蝶结项链，缎带表面交替铺排着圆形、长阶梯形的钻石，蝴蝶结下方还垂着大颗粒的水滴形钻石。阳光打在上面，亮闪闪一片。手心里无法忽视的重量，让贺一容有些惊讶："我还小……"这对于现在的她来说，有些贵重。

聂祯淡淡瞥一眼，项链光是在她手里捧着就很好看了。

"马上就是准大学生了。"

贺一容却觉得手心里的钻石千斤重一般。她去年终于听酒后的二哥说了过去的事。聂祯父亲去世后，聂老年迈又身体一年不如一年，公司的大权旁落，又被旁系亲戚瓜分，聂家现在只能吃些分红，虽然经年的财富积累依旧丰厚，但到底是不如以前了。

只是一个奖励，聂祯就这样大手笔。

贺一容参加高考前，家里人一起吃了顿“壮行酒”。吃完面，贺增建让贺一容过去聂家送蛋糕。

“去吧，聂老以前最喜欢吃甜的，现在也就这样值得庆祝的日子他才有机会破例吃上两口了。”

贺毅阳也笑：“估计聂爷爷已经等半天了。”

贺一容陪着聂老吃了半块蛋糕，就拦住不让他再吃：“吃一半，留一半，明年才有另一半。”

聂老笑着要打她，骂道：“胡诌什么？你这丫头哪儿会说什么顺口溜？”

贺一容收了盘子，吐吐舌头：“反正您不能吃了。”她端起另一块蛋糕，“这是给聂祯的，您不许抢。”说完她就跑上楼，生怕聂老追上去似的。

聂老在身后叹气：“多吃一口也不会死，你们都欺负我老头子。”

聂祯在贺一容刚要转动扶手的时候就打开了门，贺一容一只手捧着蛋糕，一只手伸在前方，又弯着腰，姿势有些滑稽。

“你怎么知道……”

话还没说完，聂祯就侧身让她进去：“你走路的声音三里外都能听见。”

贺一容撇撇嘴，他又在拐着弯嫌弃她走路脚跟不着地了。

聂祯不像他爷爷，并不喜甜食，但在贺一容期待的眼神里，他还是勉强吃完了一整块甜腻的蛋糕。贺一容凑上前来：“我做的，好吃吗？”

聂祯敷衍着点头。

“有上次的好吃吗？”

聂祯有些想不起来，他只记得那天贺一容送了蛋糕过来，他还吃了许多。可味道和样子，他完全想不起来。他转过头，糊弄着：“差不多吧。”似乎觉得这样不算夸奖，他又添了一句，“有进步。”

贺一容不依不饶，非要问出个究竟：“进步在哪些方面呢？”

聂祯低头收拾着盘子，没有回答。贺一容将身子撤回去，聂祯以为终于躲过了盘问。

她幽幽地说：“你忘了那个蛋糕的味道是吗？”

聂祯根本不敢看她，他能怎么说呢？说他根本记不清蛋糕的模样和味道？

聂祯有些不耐烦，语气冲了些：“半年了，谁能记得一个蛋糕的味道？”

贺一容没再讲话，聂祯收拾好盘子叉子，摆放在一旁，对上她又黑又亮的瞳仁，他下意识就想逃避。

“聂祯——”

聂祯猛地站起来，狠了心不看她：“你该回去了。”

贺一容低着头，喃喃道：“为什么呢？还不到十点。”

“回去吧。”

贺一容也站起来，向前一步，头差一点就抵在聂祯的下巴上。一双眼睛望着他，他从里面看见无尽的委屈意味。

“先回去好不好？”他的声音也轻柔温暖，哄着，“贺一容，先回去好不好？”

贺一容奋力推他一把，小声发着脾气：“回去就回去！”

第二天早上还没睡的贺毅林，意外地发现聂祯家的车和聂祯本人等在自家门口。他端着杯冰过的水走出去：“你不是最近要去南边分公司实习吗？”

之前他说过了，高考这几天就让自家的司机送贺一容去考场。

聂祯打量贺毅林的脸：“你这黑眼圈真是有碍观瞻。”

贺毅林给他一拳，聂祯下意识做出防护姿势，及时收住了手才没把那一拳砸在贺毅林肩头。贺毅林也被吓住，退后一步冷笑着：“行啊小子，现在真不一样了啊。”

他又忍不住打了个哈欠：“我最近不上学，正叔有空送小丫头。”

聂祯皱眉：“这么大了，怎么还叫小丫头？”

贺毅林耸耸肩，倒没想到聂祯会注意到这个，也是，小丫头出落成大姑娘了，确实不能再叫小丫头了。

“行了，你回家待着去吧，送她还要绕一大圈。”

聂祯扳过贺毅林的肩，推他回屋：“行了，你回家待着睡觉去吧，我没事，就绕一圈也不耽误。”

贺一容出来正好看见两人哥俩好地扭作一团，她白了他们一眼，背着书包走下来："怎么，你送我？"

贺一容语气不好，聂祯摸摸鼻子。怎么她还在生气？

他无声点点头，抢了两步给贺一容打开车门。贺一容嗤笑一声。

聂祯时不时地打量着贺一容的神色，见晨光照进来，她皱了下眉。他伸手过去拉起她那边的遮光帘。贺一容没忍住，闭着眼睛也弯起嘴角。聂祯也笑，用了力按住她的头，故意揉乱前面的头发。

贺一容这才睁开眼睛，气愤地说："聂祯！"

她发起脾气来像小猫耍狠，只威胁一下就收起爪子。

这次没等贺一容自己整理头发，聂祯张开手，用手指梳顺她的刘海。他表情认真，似乎在做一项精细的活儿，细致温柔地给她理顺每一缕被他揉乱的发丝。

"高考加油。"

第八章 泳池

贺一容高考完，贺毅阳的婚事也定了下来，对方是海市有名的朱家的女儿。朱家大女儿名叫声声，名校毕业，又去国外读了硕士，说是“海市熙凤”，也长着双漂亮的丹凤眼，伶牙俐齿不说，做事也八面玲珑。毕了业她就在家族企业里做事，做了几个大项目。一般人家配不上她的家庭，配得上的家庭她又瞧不上那些只会胡吃海喝，混迹于各个声色场所的阿斗，所以三十多岁了婚事才定下来。

贺增建说，是贺毅阳运气好捡了漏。

贺一容咬着筷子看大哥，他只笑着：“是我运气好。”

贺一容有些担心，如果真是像王熙凤那样厉害的人，大哥这么温和的性格，他们会不会合不来？她很喜欢大哥，一身正气，不说话时稍显严肃，可只有熟悉的人才知道他是多么温和细致。

话题突然又转到贺一容身上，她放下筷子。

“小容有个嫂子了，终于也有人照顾你了，不然爸爸我总不放心。”

贺一容只抿抿嘴，心里却想着，她十九岁了，已经不是需要人照顾的年纪了。

她痛经痛得厉害，以前来例假的时候不好意思麻烦人，半夜在床上打滚，一直忍到天亮，听见陈姨起了的声音，才脸色惨白地去找陈姨，让陈姨煮碗红糖姜茶。现在的贺一容，总会在经期第一天就吞下一颗止疼药。

贺一容悄悄找到贺毅阳，严肃又认真：“大哥，你喜欢她吗？”

贺毅阳先是笑了一下，考虑良久，给了贺一容同样认真的答案：“小容，我三十多了，不需要喜欢，合适就好了。她很合适，能照顾好这个家，也能照顾好你。”

贺一容拉起他的袖子，她很少和贺毅阳这么亲近，贺毅阳也吃了一惊。她摇着头，表情慌张：“大哥，我不需要人照顾，我长大了。”

为什么爸爸这样说，大哥也这样说？

可她并不需要一个合适的嫂子来照顾她，她想要大哥也能找到真心喜欢的人。喜欢才是最重要的。

贺毅阳那样好的人，像是一汪澄澈见底的清泉，静静地从下往上涌，波纹却是那样柔和。他蕴含着在土地下积攒的力量，却不似大海般波涛汹涌。

他轻轻地拍拍贺一容的肩膀，像安慰也像娇宠：“可这个家需要一个女主人。”

贺一容回了房间，怎么也拼不好贺毅林刚给她买的乐高。她打了电话给聂祯，打开扬声器，手机放在地上，盯着通话计时的数字出神。

“聂祯。”她忘了刚刚想打电话给他是要说什么，心里头只盘旋着一件事，“聂祯，我大哥要订婚了。”

“嗯，我知道。”

她拿起一个零件，按在手指上按出红印子，却找不到安装的位置。

“大哥说他不需要喜欢，合适就好了。”

为什么呢，喜欢不是最重要的吗？十九岁的贺一容理解不了。

聂祯笑了：“贺一容，不是每个人都那么幸运可以遇到喜欢的人，也不是每个人都可以和自己喜欢的人在一起。”

贺一容心烦意乱，收起剩下的一堆零件和不成样子的半成品。

“为什么呢？”聂祯还没回答，她又紧接着问，“那你呢？”

他顿了顿，不回答：“贺一容，你快睡觉。”

这年的夏天特别长，暑气聚成一团罩着整座城，迟迟不散。

贺一容越发懒散，整日蔫蔫的提不起劲。去学校参加毕业典礼，她软着声音求聂祯把车开到教学楼下去，她就懒得走那几步路。

“你看太阳多大，会晒化的。”

聂祯斜她一眼：“你是冰做的？”

毕业典礼结束的时候贺一容带了同学过来，聂祯见过，是她唯一的好朋友。

“你们要出去玩？”

贺一容放下书包，把聂祯赶到副驾驶座上，把中间的扶手也收起来，和于瑷瑷贴在一起坐着。

“先去买泳衣，然后回家，我们想学游泳。”

她像小狗一样吐着舌头，手还在边上扇着风散热。

“这天气太热了，去泳池里泡着才舒服。”

聂祯抓住重点，问：“你是想泡着还是想学游泳？”

贺一容一脚踢上副驾驶座的椅背：“关你什么事？”

贺一容买泳衣的时候聂祯在边上看着，她拿起一件比基尼，聂祯伸手拿过放了回去。她又拿起一件分体的，上身是胸衣状，下身是条小裙子，聂祯又把衣服放了回去。贺一容转头看着他：“你挑？”

聂祯离开，决定眼不见为净。现在的泳装怎么都只有那么可怜的几块布？

贺一容最后穿着吊带连体泳衣出来的时候，聂祯想，还不如让她买那个分体的了。

贺一容不会游泳，刚走进泳池迈了一级台阶下去，就回头找聂祯，远远地冲他招手，歪着头求救。明明身上套着游泳圈，她一口水都不会喝到。

聂祯没动。

隔得远，聂祯也能看见贺一容嘟着嘴，明显等得不耐烦了。他不想迈步出去，站在阴凉下，出去一步就是万丈阳光，还有扮猫吃老虎的女孩，软着声音，用一双漆黑的大眼睛看他，执着地要把他拉下去。

他还是走了出来。怎么办？他总不能不管她。

他总会在她的眼神里败下阵来。

聂祯走到池边，单手脱掉身上的T恤，穿着裤子就踏进水池，向贺一容伸出手：“来。”

水立马沿着布料浸上来，一直涌到他的大腿处，裤子贴在他腿上，勾勒出明显的线条。贺一容低头看着，笑了："聂祯，你变壮了些。"

不只是腿，上身也是，肩膀变得宽厚，胸肌也鼓了点，只是腰身还是精瘦，肌肉更加明显了，竖着的几道腹肌隐在裤腰里。

"贺一容。"他声音低沉，浑身不自在。她怎么能随意点评他的身体？聂祯觉得自己虽然待在水池里，下半身凉，上半身却如火烧。

于瑷瑷早下了水，套着个游泳圈艰难地向这边靠近："一容，你下来啊。"

贺一容伸出手去，搭上聂祯等了半天的手，瞬间抓紧。

聂祯看着她逐渐向自己靠近，身体慢慢进入水池。他转过脸去，用力拉贺一容一把，贺一容惊叫一声，跌入水池，瞬间被泳圈的浮力又抬起。她抹了一把溅到脸上的水珠："聂祯！"

聂祯低着头不看她："先感受一下水，你不怕水了才能游。"

她两只脚够不着底，胡乱地在水里摆着。

"聂祯，我有点怕。"她似乎是真的怕。

聂祯回头看一眼，见于瑷瑷离得远，在水池另一边扒着池沿慢慢游动。

"你朋友都不怕。人在水里有浮力，淹不死的，而且这个池深应该只到你肩膀。"

贺一容不信，她明明脚不沾地。

"泳圈浮力大，把你整个人抬高了。你不信把泳圈拿掉试试？"

贺一容半信半疑，见水深确实只到聂祯胸部，那按高度来说自己应该也淹不死。她鼓足勇气，还不忘提醒聂祯："你要救我。"

她深呼一口气把泳圈拿掉，身体瞬间下坠，脚还没触底就闭着眼睛尖叫："啊啊啊——抓住我！"

聂祯在她拿掉泳圈的同时手就虚虚扶着她的腰。他吐出一口气，尽量语气正常："你试着站起来。"

贺一容闭着眼睛，脚去够池底，感觉跨越了好长一段距离后，终于踩到池底。水似乎真没有那么深，她"嘿嘿"笑了。

聂祯不动声色地往后撤，只把肩膀借给她攀着。

他带着贺一容在水里走了两圈后，她终于没那么怕水了，兴致勃勃地要他教她游泳。

聂祯犹豫了一下："你就泡着吧，以后再学。"

可是以后又是谁教她呢？学校体育课也有游泳课的选项，男生们聚在一起讨论起来，总是玩笑着说体育课不容易抢到。

贺一容却在兴头上："不要，现在就学。"

嗯。确实该在她上大学前就教会她游泳。

她一耍起无赖来就像小孩，不达目的誓不罢休。她的头发湿了些，贴在她的前额上，睫毛也湿漉漉的，把她的瞳仁衬得更加引人注目。

于瑷瑷这时过来道别，说自己该回家了。池子里只剩他们两个。

他终于放弃挣扎："我扶着你，不要怕。"

聂祯上前一步，扶住贺一容的腰，想让她整个人横躺着。让她放松的话还没说出口，贺一容就又一次尖叫起来。

脚一旦离了池底，她就没了安全感。

"你说扶着我的。"她声音婉转，一撒起娇来就这个调调，又嗲又娇。

聂祯想把她往后推一些，稍一用力她就不同意。

"你干吗，要淹死我啊？"她抓着他的手臂。

聂祯的太阳穴都在一鼓一鼓地跳动，他气得咬牙切齿："贺一容，你放手！"

大院里树多，鸟也多，一到傍晚就啼声不停。泳池藏在大院最后面，后面是废弃的某部队训练场。树影重重，遮了太阳，满眼都是绿油油一片。鸟在空中飞过几趟，聂祯叹了口气。

贺一容感觉到他胸腔颤动。

聂祯扶着她站稳了，水波轻轻荡在她肩头。他眼明手快地抓住她又要攀上来的手臂，没好气地道："淹死你了？"

他似乎很烦躁，手不停地拨水，哗啦啦的，似乎恨不得那是有重量的，都打在贺一容身上才好。他打水的速度越来越快，水花溅起来，离水面十厘米又落下，"吧嗒"一声碎开，细细的水珠落在贺一容的脸上。

"你烦死了，贺一容。"

她却一点都不生气，昂着头哼一声："那你别理我呀。"

两人就这样在泳池中闹了许久，聂祯才催促着贺一容回家。

离开游泳池时，聂祯突然叫住贺一容。他的眸光深沉，不知道在想些什么。

“过几天，等你的好消息，奖励……随你说。”

这是他对她许下的承诺。

贺一容眼睛亮晶晶的，她点了下头，跟于瑗瑗告别后，裹着浴巾，风一般地跑回家。

贺一容脚不沾地往自己房间跑，贺毅阳拦住她倒了杯姜茶：“回来听说你游泳去了就让陈姨煮了姜茶，先喝了免得着凉。”

她抱着杯子，抬眼看向贺毅阳：“谢谢大哥。”

贺毅阳觉得贺一容有一些变化，却也说不出来哪里变了，只是拍拍她的头：“小容长大了。”

晚上贺一容蜷着腿，躲在被子里拿起手机给聂祯发信息：我准备连夜拜各路神仙。

聂祯很快回过来：神仙觉得吵死了。

贺一容撇撇嘴，在手机上搜各种据说会带来好运的教程。

她翻箱倒柜找出编织绳，按照教程给自己编了条好运手链，立马拍给聂祯看：网上学的，据说很灵验，很漂亮吧。我送过去给你看看。

聂祯回：漂亮，不用过来。

贺一容才不理会他的拒绝，悄悄走过阳台，打开书房的门，外面漆黑一片。她扶着墙，往尽头处聂祯的房间走，从门缝里透出些光亮。她转动门把手，竟然没打开。贺一容又使了些力，却还是打不开。

门后有声音响起，聂祯走过来，隔着门道：“你回去。”

贺一容踢了一下门：“你竟然锁门？”

聂祯盯着门锁，他知道不能放她进来，她还不懂事，只为着好玩，怎么高兴怎么来。他却不行。他知道在这个时候，有些事情不能做，他必须做那个知道分寸的人。

“你先回去。”

他知道她肯定会生气。

果不其然，她狠狠踢了一脚门："聂祯，真有你的。"

第二天学校有关于填报志愿的讲座，聂祯送贺一容出门的时候，把后排座位中间的扶手收了起来。贺一容气还没消，白了他一眼。

聂祯早早地发了信息给贺毅林：你妹妹闹着要去看电影，你带去看吧。

他当然知道贺毅林没空。

贺毅林转了个红包过来：烦劳。

聂祯面无表情：不够。

贺毅林又转了个同等数额的红包过来，聂祯这才收下，还装出勉为其难的样子：没有下次。

聂祯挑了一部科幻爱情片，选座时犹豫了下，选了倒数第二排中间的位子。

工作日下午五点多的场次，根本没几个人买票。

贺一容知道要去看电影的时候，嘟着嘴凑上来："你家不是有影音室吗？"

还没等聂祯回答，她就捂住嘴："你该不会只有那种……"

聂祯弹她手背，她又笑嘻嘻地凑过来。她趁司机没注意，贴在他耳边说："聂祯，我今天听讲座超认真的。"

贺一容说完就冲着他笑，聂祯也笑。他也很高兴，很久很久没有这样高兴了。自从父母去世以后，这几乎是他第一次主动走到人群中。

入场后只有最中间的位置有一对情侣，聂祯带着贺一容坐下来。她果然探着头往后瞧，打开手机购票软件，发现除了四个红色锁票位子，其他位子都是空的。

贺一容晃晃聂祯的胳膊："我们坐后面去吧。"

最后一排是中间没有间隔的情侣座。聂祯有点为难，贺一容举起手机："没有人买这场的票了。"

聂祯这才点头。

看电影时贺一容总是不老实，一会儿用手肘捣他，一会儿又凑过去说话。

"摄像头后面的人能看到我们。"

贺一容抬头，摄像头在他们正上方。她撇撇嘴，不以为意："所以呢？"

聂祯强调道："注意影响。"

贺一容这才作罢，安安静静地看起电影来。男女主角接吻的时候她低下头，手指揪着裤子上的横条。

聂祯目光乱晃，看到影厅正中间位子的情侣旁若无人地隔着中间的扶手在接吻。

聂祯低下头来，正巧迎上贺一容不知何时落在他脸上的目光。

贺一容只看见他目光深深，似乎有什么要溢出来。可他只是伸出手来，将她的脑袋扳正，正对着银幕。

“看电影。”

贺一容看见他胳膊上的汗毛都竖起了。她觉得奇怪，又捣捣聂祯的胳膊：“聂祯。”

聂祯抓住自己的膝盖，后悔没有仔细挑选，随手选了这部电影。

贺一容突然觉得没有心思再看电影了：“聂祯，我想去车里睡觉。”

聂祯瞬间挺直了脊背，他年前考了驾照，司机已经回去了。

钥匙正在他的口袋里，因为重量坠下来，正卡在他的腿侧，又凉又硬。

“看完了回家睡好不好？”

他沉溺在此刻奇怪又不适的氛围中，不想离开。他像哄小孩一样用温柔又纵容的态度哄着她，一点说服力也没有。

贺一容恃宠生骄，仗着他温柔就要无赖。

“不要，我现在就想睡觉。”

聂祯最后看了一眼银幕，男女主角又在亲吻，他们背后有一张很大的床，接下去的情节，怕是会让人不自在。他终于不再犹豫，牵着贺一容的衣袖，在黑暗里离场。

贺一容快走两步紧跟着，在聂祯身边念叨：“聂祯、聂祯。”

非要等到聂祯一声回应，她才肯继续说下去。

“我好高兴。”她拉长了尾音，每一个字都说得极其认真，“下个星期再来看电影吧。”

聂祯反拽着她走进电梯，毫不犹豫地拒绝。

“分数出来以后，你想看多少看多少。”

聂祯远远地按了车钥匙上的解锁键，车身的灯闪了两下。

贺一容先他两步快走过去，嘟囔一句：“你怎么什么都推到以后？”

她垂下肩膀，看起来真是有些疲累的样子。

聂祯赶上去，给她拉开后座车门，有些后悔带她来看电影，看她眼下乌青和浮肿的眼皮就知道她昨晚没睡好。

没睡好的又岂止她一人?

“你在后座躺着，我开车回去。”他有些心疼。

贺一容坐进车里，伸出手来拽着聂祯：“不要，你进来陪我躺一会儿，我躺一会儿就好。”

聂祯想着，那么点地方怎么陪她躺一会儿?

贺一容坐到了里面的位子，探着身子不耐烦地拍拍座椅。

她只要眉头稍微一皱，嘴巴轻轻一鼓，聂祯就拿她没办法，也弯腰坐了进来。

贺一容心满意足，仰着脸嘻嘻一笑，躺下。她腿蜷着，身体缩得小小的。饶是这样，她的头顶还是抵着聂祯的大腿外侧。

他突然想起，两年前，贺一容有一次放学回家也困得不行，直接枕在他的大腿上睡觉。那时候，他是毫无顾忌的。现在他却再也无法自我欺骗了。因为此刻他小腹紧缩，一动也不敢动，后背挺直了往后仰。

在私密的空间里，情绪变化是自律如聂祯都无法隐藏的。

聂祯闭上了眼。

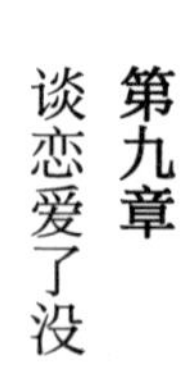

聂祯怎么也没想到，两个小时前才与他分开的贺一容，会在鸟语已歇的漏夜时分出现在他的房门口。他本想去看部电影再睡，门是虚掩着的，她轻轻一推，就把夏夜凉风带了进来。

他们在车里互道了晚安，此刻，她又出现在他面前。

她穿着到膝盖的白色睡裙，裙边绕了圈蕾丝，头发松散地绾着，碎发落在肩头耳鬓。她两只手弱弱地交叠在身前，手指头轻轻互钩着，怯怯地看他一眼，叫了一声“聂祯”。

声音轻盈又脆弱。

聂祯走上前，带她进来。他没有问她为什么这个时候过来，也没有问她为什么过来。

他问：“过会儿再回去？”

贺一容拽住他的手，垂着头并不看他：“我在你这儿睡，明早我再回去可以吗？”

聂祯久久不答，他明知道不合适，却说不出个“不”字。

贺一容当然没有真的在聂祯这里留宿。她只是越来越依恋他，越来越爱黏着他。明知道聂祯大概率会把她当空气，她也愿意坐在他身边，似乎只要在他身边，虚度时光也变得有意义。

夏日的蝉鸣又长又急，聂祯装作无意间走到贺家。贺毅林抱着笔记本电脑坐在沙发上，抬头看他一眼就继续埋头工作。

“怎么一早上没见贺一容？”

贺毅林睨他一眼，觉得奇怪，聂祯怎么会主动问别人的事？他也没多想：“睡着呢，懒死了，睡这么久。”

聂祯却皱起眉头：“蝉这么吵能睡着吗？”

贺毅林完成工作，合起笔记本电脑：“那怎么办，你也搞个粘蝉竿去？”

大概是因为熬得太晚，贺一容这一觉睡得特别沉。她醒来的时候发现床前有个身影。

聂祯坐在床边的地板上，逆着从纱帘透进来的日光，显得十分温柔。他安安静静，正在拼她前几日拼了一半就撂在一旁的乐高。

聂祯忽然转头，日光在他眼里闪烁。

贺一容有些不好意思：“你怎么来了？”

聂祯看了下时间，似乎也没想到快到十一点了。

“来看看你怎么睡这么久。你有想学的专业吗？”

他还没说完，贺一容又钻进薄被子里，蒙住头叫苦不迭：“放了我吧聂老师，我现在只想玩，不想考虑这些让人头痛的事。”

聂祯站了起来，毫不留情地掀开被子，却知分寸地只将被子掀开至她脖颈处，威胁道：“你高考分数不理想的话，答应你的奖励什么都不算数了。”

贺一容明知道不能改变什么，却还是揪着被角撒娇耍赖。

聂祯看向门口的方向：“你三哥刚刚就说要来揪你起床。”

他用手指拨开挡在贺一容眼前的几根凌乱发丝，语气温柔：“你快去吃饭，我下午过来和你一起研究各个学校的录取分数线和专业问题。”

贺一容蹦跶着下楼，不免又被贺毅林说了一通。说她越大越懒，前几年还乖乖巧巧的，现在越来越会耍滑头。

贺一容撇撇嘴只当没听见。

贺毅林冷不防道：“喂，谈恋爱了没？”

贺一容吓得挺直背脊，一口水差点呛在嗓子里。

她咳了两声，脸颊滚烫。她紧紧握住玻璃杯，头也没回：“说什么呢？”

贺毅林只是嗤笑一声："我看你将来谈恋爱了还会不会睡到大中午的。"

贺一容又灌了一口水，把身体里咕噜咕噜冒上来的热气都压下去。她心里想着，谈恋爱和睡懒觉好像并不冲突。

贺一容刚吃完午饭，手机一振。聂祯发来的消息，说下午有事要出去一趟。贺一容上弯的嘴角瞬间垂下，说好了来和她一起研究报志愿的。她筷子一甩，贺毅溯和贺毅林都看了过来。

贺一容推开面前的鱼汤："这什么汤啊？一点都不好喝。"

贺毅溯尝了一口，也笑："我喝着还行，就你嘴刁。"

贺毅林冷哼一声："你是不是就爱喝聂祯家白老太煮的汤？"

陈姨收走贺一容面前的碗筷，她现在对贺一容尊重了许多。

"要不再换个厨子？"

贺一容摆摆手，没骨头似的瘫在椅子里。

聂祯来到睿升科技顶楼，有些事情他要与季青林当面商量。

他直接推门而入，季青林转过头来皱了眉："大夏天的穿一身黑你也不嫌热。"

聂祯指指他身上的长袖衬衫与西装裤，虽没说话，意思却明显。

季青林把手里的笔帽扔过去："你小子。"

他不喜欢看到聂祯总是四季一身黑，死气沉沉的，像在无限期延长自己的孝期。

季青林觉得，聂祯总是要走出来的。不只是他这样想，还有贺家的几个兄弟，当初一起长大的这帮人，大家都做出过努力，都想要拉聂祯出来。再到后来，只有他和贺家兄弟还记得聂祯。

最近几年，聂祯身边多了个跟屁虫。

季青林打量聂祯，虽然还是瘦，却壮实了许多，皮肤也变得黑了些。现在的聂祯才有点人样。

季青林重重捶了一下聂祯的肩头，聂祯竟然都没晃动。

他大笑："好小子，谈恋爱了没？"

他端起了老大哥关心弟弟的姿态。

聂祯动了下肩，躲开老大哥的手掌，有些不耐烦："别说这些有的没的。"

季青林挑挑眉，这不是聂祯往常的说话风格。要是在以前，聂祯只会白他一眼，理都不理。

季青林转了一圈坐到聂祯对面，扔给他一瓶水才沉声开口。

"你要是非要深挖当年的事，这是场硬仗。

"当年的事情确实很蹊跷，聂叔不是那么容易冒进的人。但这事要真是赵天泽设计的，一定会露出马脚。"

聂祯将拳头握得死死的，半天才咬牙切齿地道："他怎么敢？"

季青林站起来，踱步到窗边。

"可是小祯，你想好了，西部的市场这几年基本都被赵天泽吃下来了。他多年苦心经营，当地势力盘根错节，只怕你很难撕开一个口子。万一……"

他话没说完，但聂祯清楚他的担心。

聂祯却笑了："你忘了，他一直想要我当他儿子，只怕舍不得弄死我。"

季青林回过身来，脸藏在阴影里。

"小祯，你爷爷只想要你安安稳稳的。我……"

他还没说完，聂祯就打断他的话。

"季哥，别人不知道，你是知道的。前几年我夜不能寐。"

两人都沉默下来，高层寂静无声，气氛有些压抑。

贺一容刚收到聂祯说"回来了"的信息，半分钟不到就出现在了他的房间里。没有一点女孩的矜持，她也不以为意。

聂祯似乎在下面和聂老说了一会儿话，她静静等着，想着待会儿聂祯看到她会是什么表情。

聂祯进屋时明显没想到贺一容会在房间。外面的灯光也随着他泻进来，他的脸色一点点明亮起来。他按下手边灯的开关，关上房门，两人对视一会儿，他才走到贺一容面前。

贺一容抄着手："聂祯，你去哪儿了？"

她跳下床来兴师问罪："我把去年的、前年的，北城各个学校的分数都研究了。”

聂祯挠挠头，确实是自己失约在先。安抚性地揉揉她的脑袋，他突然就觉得，贺一容“聂祯、聂祯”地叫着，太不亲近。

“去了季哥那儿一趟。”他踌躇了下，还是说，“为什么叫我全名？”

贺一容疑惑，脑袋从他胸前抬起：“那叫你什么？”

她眼睛一转，戳戳他的胸口：“你也叫我名字呀。”

可是聂祯想，他在心里喊过她很亲昵的称呼。

两人没怎么说话，聂祯大概是身上出了汗，身上的味道被热气蒸腾着，贺一容隔着半臂远的距离也能闻到。那股悠远的古木林味道，藏在体温里，更显厚重。贺一容皱着鼻头闻着，聂祯被逗笑，用力捏住她的鼻子：“闻什么呢？你属小狗的啊。”

她摇头，认真地看着他，露出写满了坏心思的笑：“闻你身上的味道，你身上是很香的。”

聂祯一下子耳朵通红。

“晚安。”她逃也似的奔上走廊，消失在尽头。

聂祯倚门站着，盯着黑暗的走廊尽头看了许久。他拿起手机编辑消息：晚安，明天带你去捉萤火虫。

他突发奇想，只是因为看到她黑夜里也闪亮的眸子，想起了小时候自己总会翻到后面废弃大院的树林里，看能照亮一整片林子的星星点点。他想把自己觉得好的，都带她体验一番。

贺一容拿着手机在床上打滚，说着自己也明知道没道理的胡话：“现在就想捉。”

于瑷瑷约贺一容去吃最近很火的一家店的甜品。

贺一容也见过同学们发的那些图片，捧在手心的小巧杯子，顶部裹了栗子奶油，点缀两颗黄灿灿的栗子仁。她曾经很喜欢吃冒着热气的栗子，一个人能一次吃掉二三十颗，从裂开的壳里剥出一颗颗光滑的栗子仁，攒到手心里捧不下，再一颗颗吃掉。她很享受那种慢悠悠地剥壳，再细细扯掉偶尔沾在栗子仁上的皮的感觉。可吃多了栗子会胀气，舅妈就不让她再多吃。她向来听话，就算再怎么喜欢也忍住了。不多吃变成不吃，渐渐地她也就没了念头。

于瑷瑷这么突然一提要去吃这个栗子甜品，倒勾起她藏了多年的馋虫。

商场在学校附近，平时的客流主要也是学校的学生和附近的住户。不出意料，于瑷瑷碰到了许多熟人，从进门开始就几步一个招呼。

贺一容只站在边上，轻轻抿唇，露出嘴角下两个梨涡来，不刻意亲近，也不明显疏离。总有人边和于瑷瑷说话边瞄于瑷瑷身边的贺一容，关于她的传言太多，可与她有来往的同学也就于瑷瑷这么一个。

这么个身上有许多真真假假故事的漂亮女生，总是引人注意的。

排队买到了栗子杯，两人分食一杯，贺一容尝了一口，觉得有些腻，没有一丝栗子本来的香甜味。失望之余，她看到于瑷瑷又吃了第二口，将不太满意的话藏到心底。

结果于瑷瑷眉头一皱："太甜了。"

贺一容"扑哧"一笑："我刚吃第一口就觉得。"

赵恩宇从排队的人群里冒出来，他长高了许多，似乎高考后又刻意减了肥，此时穿着白衬衫乍一看还有些清俊。只是他一开口又是那副狂傲自大的样子："哎！贺一容，你今天怎么没跟着聂祯？"

贺一容却忽然想，聂祯穿白衬衫会是什么样子？

赵恩宇与聂祯不合，一方面是从小就知道自己爸爸喜欢聂祯的妈妈，如今他与聂祯之间又多了个贺一容，他更是明令禁止自己的跟班们提起聂祯这个人。

贺一容娇娇小小的，乍一见她的时候，年少的赵恩宇当真关注过一段时间。只是一个好姑娘和聂祯整天进进出出的，他再怎么感兴趣也退避三舍了。但遇见了她，他还是会心痒痒，好像不说些什么，不故意惹恼她，心里就不太痛快。

高考完，女孩们穿衣打扮好像都与以前不一样了。贺一容穿着件短T恤配了花苞裙，显得腿又长又直。她本来就白，往人群里这么一站，更显得亭亭玉立。

贺一容与赵恩宇高一时在一个班，抬头不见低头见的，也算熟悉，后来两人却渐行渐远了。在学校里两人遇见时，赵恩宇总是言语挑衅，所以她向来都是躲着赵恩宇的。此时，她挽着于瑗瑗就要走，却被赵恩宇堵了路。

赵恩宇语气轻佻："哎，看见我就躲，就这么不给我脸啊？"

赵恩宇已经高出贺一容半个头，微微弯腰看她，靠得近了些贺一容就有些窘迫。见此，赵恩宇更来劲，又走近一步，非要贺一容给他个好脸色才作罢。

于瑗瑗挡了下却被赵恩宇推开，他的暴戾性子显现出来。他说话的声音低低的，威胁满满："小容，就这么不乐意见到我？"

贺一容转过脸，避免与他脸贴脸靠得太近。

虽然成长环境里几乎都是男性，但贺一容实在不懂和男性相处的方法。面对赵恩宇这样霸道又不讲理的人，她第一反应是躲避，第二反应还是躲避，完完全全束手无策。

赵恩宇还要往前凑的时候，贺一容向后退了一步："你别这样。"

她慌张地左右看，恨不得聂祯或者贺毅林、贺毅溯能从天而降。

她还真的看见个身影，一身黑衣，与周围环境格格不入。

他走得急，到她面前时发丝还在她眼前晃动。

贺一容听见他说："赵恩宇，我是不是和你说过离她远点？"

他说得漫不经心，赵恩宇却收了手。

赵恩宇耸耸肩膀，目光在他们俩身上转了一圈："呵，被你近水楼台了。"

聂祯也不避着他，还看着他，话却是对贺一容说的："逛了这么久不回去，打电话给你也不接，你还看不看萤火虫？"

贺一容急忙从口袋里掏出手机，才发现不知什么时候误触到了静音键。

屏幕上有三个未接来电，都是聂祯打来的。

聂祯真的带着贺一容去捉萤火虫。

明明绕一圈可以从大门进去，他却拉着贺一容去爬他小时候挖出来的那个缺口，这一截墙明显比边上的墙矮了一点。缺口前面还堆着些废旧砖头。

聂祯也被眼前一幕勾起许多童年记忆，他转过头："你要是小时候过来就好了。"

贺一容却想，如果真的小时候就与聂祯在一处玩，他们不一定会是现在这样。经历了现在经历的一切，贺一容才能与聂祯共情，才能看到他温柔与坚毅的一面。她并不为没有参与他的过去而感到遗憾，反而更珍惜现在的聂祯。

聂祯看着荒废的院子却有些头痛，昨夜突然兴起，却完全忘了十几年过去，生态环境早已不同。以前到处都是的萤火虫现在却不见了。看着到处都是杂草和胡乱生长、无人修剪的树枝，聂祯回头制止正兴致勃勃要往深处探寻一番的贺一容。

“待在这儿别动。”

贺一容便真的收回脚立在原地，只是疑惑地看着聂祯。如水的月光照进聂祯心底去，在他心里也流成一条河，他从没有像现在一样有这样温和宁静的心情。世间万物，眼前脚下，只剩一个漂亮到让他移不开眼的小女孩，他此刻最重要的事就是捉萤火虫给她看。他硬着头皮决定去碰碰运气，将贺一容身上的他的衬衫的纽扣一粒粒扣上：“你容易招蚊子，待在这儿别动，我进去找找。”

贺一容笑弯了眼，乖乖点头。

大概是心诚，聂祯还真的在树林深处捉住了几只萤火虫。他用手捂住，小心翼翼地护着，又怕贺一容等急了，又怕走得快了一不留神萤火虫从指间缝隙溜走。他一心二用，匆忙间竟然被树根绊倒。膝盖半跪在地上，但他也没忘了捂紧手里的萤火虫。

聂祯被自己的窘样逗笑，此刻竟真的活回去了，无忧无虑，和小时候一样满心只有捉住萤火虫这一个愿望。

聂祯缓缓打开手掌，光亮从他掌心飞起。他将睁大了眼捂住嘴不敢呼吸的贺一容刻进脑子里，她的笑颜那样纯粹。如他所想的那样，她的眸子也闪亮如星。

聂祯再一次在心里埋怨，为什么贺家没有早点把她接回来？

那样的话，他就可以更早一步认识她。

出高考分数的那天，聂祯本来担心贺一容紧张，问要不要他来查。可贺一容坚定地拒绝了。

登入网站，输入准考证号……

点击进入的那一秒，页面白了一瞬，贺一容的嗓子眼仿佛都被扼紧。

语文123，数学120，外语129，历史92，政治94，地理90。总分648。

分数不算很高。她轻呼一口气，但没发挥失常就很满意了。

贺一容很快穿过阳台来到聂家，开门的动作都比平时慢了许多。聂祯早就在这儿等着，见她怯生生地看了自己一眼，又低下头去，嘴角垂着。

“我……”人都像霜打了的茄子似的。

聂祯没说话，贺一容偷偷抬眼看他，却见聂祯摊开手掌放在她额前，似乎在犹豫是抚摸她的头发还是额头。

视线忽然相撞，他手掌颇用力地按上她的头顶，乱揉一通：“没考好也没事，准备出国也还来得及。”

却不料贺一容退后半步，音量陡然拔高：“为什么要出国？你不想和我待在一起吗？我考了648分！虽然不是很高，但也算满意了！”

她话刚说完，头上就被赏了一记栗暴。

“你很好，故意装模作样骗我。”

聂祯倾身上前，似乎还要教训一下贺一容。她弯腰从他胳膊下灵巧地躲开，拉开门笑着跑走：“我还没和家里人说呢！”

这次的开门动作倒是很干脆。

聂祯笑看着她欢快的背影，不经意瞥见她刚刚带过来随手放在桌角的东西，嘴角慢慢垂了下来。

红蓝底的校徽图案，他无比熟悉。

是他们学校的招生宣传册，里面还夹着几张白纸。他走过去抽出来，看着被黄黄绿绿的荧光笔标记的地方，心里更是五味杂陈。

她竟然早在分数出来之前就开始收集他们学校的相关资料了，准备的也都是和他同院系的专业介绍。

似乎她早就想好，要和他上同一个学校，和他学同一个专业。

可不该是这样的，她与他不一样，她要去学她真正喜欢的东西，与许多漂亮的女孩一样，经历最鲜活最难忘的大学生活。

他忍不住皱起眉，贺一容对他的依赖似乎太严重了。

他们终究有各自的人生路要走。

而且，她要奔向的目标，怎么能是他这样阴郁又偏执的人呢？

为了贺一容报志愿的事，贺增建也特意抽出了一天时间。贺一容参加完同学聚会回来，就看到沙发上坐了一圈的人。

父亲、大哥、二哥、三哥，竟然都在。聂祯也靠着柱子站在一边，见她回来只抬眼看了一下，眼神复杂，神情严肃。

贺一容的心一沉。

贺毅阳温声道："回来啦，先喝杯水？"

贺一容看见茶几上除了父亲喝的茶，只有两杯准备好的水。这架势，像是他们早就在等着她了。

她看向父亲，见他垂着头一声不吭，只拿着杯盖一下一下地碰着茶杯。热气轻飘飘地飘出，慢悠悠地散开。

还是贺毅林先开的口，他也不免有些小心翼翼："怎么了？"

贺毅溯招呼着贺一容："小容过来坐。"他还以为多大的事，连着三通电话叫他回家。

贺一容这个没胆的，一进门就吓得白了脸。

"小容啊。"贺增建开口，贺一容便坐直了身子，"我想知道你对于选学校和专业的想法。"

贺一容心头的大石落了地。她低着头，不知为何，没敢说实话，低声道："我也不知道。"

贺增建点点头，年纪小的时候很难有明确的想法，更别说是关乎人生选择这种事情。他尽量让语气温和些，不想给贺一容造成太大的心理负担。

"之前和你高三的老师也有过联系，她说你文科成绩一直优异稳定，英语很好。小容愿意学英语专业吗？将来出国也方便些。爸爸太忙了，平时疏忽了你的学习，今天趁家里人都在，小容，你说说，自己是什么想法呢？"

他把选择权给贺一容，却没想到贺一容斩钉截铁地道："我不出国。"

她语气坚定，显然是早就考虑过的。她装作不经意地看向聂祯，却见他听见自己这句话的时候侧过了头。

贺一容没多想："爸爸，我会好好学习，我不会给你丢脸的。"

贺增建听见这话眼睛都笑弯了，没想到贺一容有这样好的心性，却还是犹豫起来："小容，你英语不错，出国也是个好的选择，而且你三哥明年就要去Y国读研究生，你跟着一起去的话也有人照应你。"

却不料贺一容抬起头来，双眼含泪："爸爸，我不想出国。"

她早就想过这个问题，因为江晨高二刚分科时就说过她要出国，他们这种家庭出身，是不会允许孩子上个普通学校的。他们在国内成绩不理想，就会在高中时就早做准备，选择国外的学校。

当时于瑗瑗问了她一句，是不是大学也要去国外读。

贺一容从没有动过出国的念头，她想象中的未来，她已在心里勾画了无数次。她要考个北城的学校，学个喜欢的专业，空余时间还可以和聂祯一起看电影、吃饭、散步，做许许多多温馨而普通的事。两人与现在一般互相陪伴，或许会更亲近些。

这些细碎平淡的一切，于她来说就是世间最幸福的生活。但一切一切的前提是，与现在一般，他们之间仍都是伸手就能够得着的距离。

此刻，贺一容却慌了。

当着这么多人的面，她真的流下眼泪来。她半蹲下来，隔着贺毅阳，拉住贺增建的胳膊，强调道："爸爸，我……高考考得还行，我上大学后也会好好学习，不会给您和家里丢脸……"

两句话的时间泪就糊了满脸，她声音哽咽："不要把我送出去，我会好好学习，以后的简历不会比江晨她们的差。"

贺毅阳看了一眼父亲，拉起贺一容，温柔地给她擦着泪："没说一定要出国，哭什么？"

她眼泪还是不停地流，她刚刚又急着说话，竟打了个响亮的嗝。

气氛缓解，贺毅溯笑了出来。

贺毅阳招呼陈姨端出一盘栗子，笑着说："下午聂祯特意让人给小容买的炒栗子，还没吃呢就先打起嗝了。"

贺增建端过给贺一容准备的水，挥挥手将贺毅阳赶到一边，自己靠着女儿坐。他一脸慈爱："就算考不好也没什么，考不好了我们再想办法，哭什么？

爸爸又没怪你。”

贺一容慌张的心情被羞愧情绪代替。

贺增建接着说：“我也不想把你送出去，所以刚刚在你回来之前就找了祯小子，我想和他再换个人情，他竟然不做了。

“小容，你来和他说，让他帮你研究学校和专业。

“你二哥说老三也帮你看了，但都没耐心，还是祯小子合适。之前给你补课，效果都很好嘛，你也能听进去他的话。”

贺增建故作严肃地道：“祯小子，你是不是翅膀硬了，不需要求我什么了？”

他说的话暗示意味明显，聂祯也不接招。

“贺叔疼我，不欠这个人情您也会帮我的。”

贺增建拍拍贺一容的头：“小容你说，你还要不要这个老师？”

他摆出一副只要贺一容说“要”，他绑也要把聂祯绑来的独裁样子。

可聂祯只是笑着摇头，回避着贺一容的目光：“贺叔，您也知道我最近有事要忙。”

他说着说着低下头去，声音也似被风吹过，起了旁人不知的涟漪。

“怕是有心无力，顾不上她。”

再抬头时他已神态坚定，话语中多了几分确定意味：“还是给她找个专业的吧，最近很多人专门替人做高考报志愿这方面的研究，比我更好些。”

贺一容半坐在贺增建腿前的地毯上，听见这话难以置信地瞪大了眼睛，一滴泪悬在眼睫上，好半天才落下。她想站起来，当着大家的面走到他面前，认认真真地问一句：“为什么？”

可她身子都在轻微发抖，根本没力气站起来。

贺增建点头，聂祯给贺一容补习也有两三年了，贺一容的数学成绩提高了很多，只是偶尔不稳。

只怕比起自家几个小子来，聂祯才真的是她称职的哥哥。于是他半真半假地说一句：“专业人员肯定要请的，但祯小子你也算她哥哥，你不对小容好，小心我不答应你。”

贺一容呆坐在桌前看着之前试卷上聂祯留下的字迹。他不厌其烦，从解题思路、定理到公式，每一个步骤都细细拆解给她听。

一定是自己让他失望了。明明数学卷的最后两道大题都是他讲过的。她完全可以考一个更高的分数。

泪水落在试卷上，模糊了聂祯写下的红色字迹。贺一容慌忙擦去，可眼泪不受控制地一颗颗接连落下。

手机屏幕亮起，是聂祯发来消息：到阳台来。

隔着半步的距离，聂祯没有越过中间的那条线，也并不看她。贺一容不知道他的目光停留在黑夜里的哪一个角落。

风吹在身上有些凉。原来他们之间也是有距离的。只要他不走过来，他们就没有那么亲密无间。

许久，风都停了，只有几不可闻的呼吸声逐渐清晰。他终于开口，一如晚上在贺家时的那般坚定、冷漠。

“我知道你想考个北城的学校，你大概是想离我近一些……

“可是贺一容，你是你，我是我，不要太早把我放进你的未来。

“我不值得。

“你也不该这么天真。”

他转过头来，目光似有不忍。

贺一容低着头不看他，却看见他放在腿边的手握起又松开，又再次握紧。

“且愚蠢。”

他用了重话。

如他所愿，贺一容的心被击碎。她脑袋嗡嗡的，竟笨嘴拙舌到无法用伤人的话回击。

“贺一容，我以为你分得清什么才是最重要的。

“就像教你做题一样，所有事情，都有个最优解。”

在聂祯再也没力气握紧拳之前，他听见贺一容说：“不只是因为你，我只是不想到陌生的环境里去。考个北城或者南城的学校，我自在一些。”

聂祯听见这句话，终于背脊一松。

“嗯。该怎样就怎样，只是做决定时不要带情绪。”

许久之后的贺一容想：“我怎么会不带情绪呢？我怎么会像你一样什么都能分得清楚？”

六月底报志愿的时候，贺一容只和贺增建给她找的专业人员在书房研究了一下午，在网站开放第一天就干脆地填报了志愿。

她瞒得很紧，贺毅溯旁敲侧击了半天也没得到一点有用的消息，贺增建知道后笑着夸她：“小容这点像她妈妈，是有个性的。”

贺一容与聂祯的这场冷战，就连贺毅林都瞧了出来。

正是小暑，聂祯过来送白奶奶包的饺子，顺便等贺增建回来。可从聂祯进门开始，贺一容便一声不吭。贺毅林悄悄捣捣聂祯的胳膊，故意让贺一容听见自己的声音：“你怎么惹她了？”

这很明显的，聂祯时不时瞧一眼贺一容，贺一容却装作浑然不知。

聂祯扭了下脖子，似乎有些尴尬：“没事。”他很快转了话题，“贺叔怎么还不回来？”

贺毅林随口应着：“快了吧。”他又突然抬头，“你最近和我爸交流好多，你们在谈什么呢？”

聂祯又一次看向贺一容，见她仍是把自己当空气。不知心里怎么想的，他竟编了个谎话：“谈实习的事。”

第十章 掉哥哥窝去了

八月份，贺增建难得有休息时间，也要在世锦赛开幕的这天去凑热闹。他还嚷嚷着要去广场上看升旗仪式。

贺毅溯和贺毅林根本不想去，贺毅溯眼睛一转："小容说她不想去，现在还睡着呢。"

贺一容从厨房冒出头来："我想去，我早就起了！"

贺增建放下筷子，板着脸无声地看着二儿子。

他教训的话还没说出口，贺毅溯就连声道："去去去。"

贺毅溯说完与贺毅林交换眼神——不是说小容没起的吗？他以为贺一容没起，才敢拿她做理由。贺毅林手一摊，他也没想到一年四季喜欢赖床的贺一容今天竟然这么积极地早起。

车子刚驶入广场前门，贺家人就看见路边有执勤的官兵。乌泱泱的人群中还有五步一个的穿着红马甲、很是显眼的志愿者们。

贺一容生怕看漏，扒着车窗眼睛都盯酸了，可只能看见模糊的身影，根本看不清脸。

贺毅溯坐在后面突然问了一句："小祯今天是不是在这儿做志愿者呢？"

贺毅阳边开车边回答："是，他大概在路边，广场里面是武警，他们在外围维持排队秩序，注意看看说不定能看见他。"

贺毅溯笑了一声："又不是没看过他，费那事干吗？"

他转过头，却见贺一容一直面向窗外，抿着嘴神情严肃又认真。

“小容，你找聂祯呢？”

不只是贺毅溯，贺增建也从副驾驶位上回头看过来。

贺一容坐直了身体：“不是，我第一次来看升旗，有些好奇。”

心里又焦急又担心，她怕万一不巧，就这个空当错过了聂祯。

好在贺增建没多想，点点头对着贺一容说：“怪我，之前没带你们来看过，你好好瞧瞧，说不定真能看到祯小子。”

贺一容这才舒了口气，更加放心大胆地盯着窗外看，不放过一草一木、一人一物。期待与失望并存，她眼睛过于用力，渐渐有些发酸，水汽凝聚在眼眶里。快到停车场了，可她还没见到聂祯的身影。

车子拐个弯，开进停车场，贺一容撇着嘴垂头丧气，准备在位子上坐好放弃寻找。拐弯处，她看见了熟悉的人。他穿着略显滑稽的鲜红色马甲，戴着同色的帽子，明明乍一眼看去与广场上到处都是的“红马甲”们并没有太大不同，只是比旁人更高些、更挺拔些罢了，可她还是一眼就认出了他。

他边有条不紊地指引着游客们，边低头听着一个阿姨的问话，看上去是那样可靠。不知何时他身上褪去了少年气，变得沉稳，有了男人的气概。

聂祯回答完阿姨的问题，刚抬头就认出贺家的七座车，正觉诧异，看见面前掠过贺一容的脸庞。隔着车玻璃，她泪凝于睫，小脸皱成一团。

聂祯有些苦恼，不明白贺一容为什么一见他就哭。

八月中旬，聂祯忙完回家。他先去爷爷那儿露了个脸，老爷子又哼哼：“大夏天的你去找闲事，放我老头子一个人在家！”

聂祯笑着拉上门，白老捋着胡子冲他挥挥手，也不说破老爷子这几天把新闻翻来覆去地看，戴着老花镜凑到屏幕前，在一堆分不清谁是谁的后脑壳里找着聂祯。

聂祯三步并作两步爬上楼，想着要赶紧洗个澡去找贺一容。那天放完烟花棒他就匆匆走了，就怕她还在生着气不愿意搭理自己。

他一推开门，先于热气而来的是一股香味。贺一容坐在窗边地毯上，回过头来，手里拿着根火柴，火苗快速烧着短短的木枝。

“喂！”聂祯吼了一声，浑身气质陡然一冷。

贺一容被他吼得吓了一跳，手一松，火苗在烧到她手指之前落地。地毯瞬间被烧焦了一小团，聂祯直接将手掌盖上去灭掉微小的火苗。

“点火做什么？”他半跪在贺一容面前，面色极冷，眼神凶狠，生起气来鼻孔都微张。

贺一容呆呆的：“试一款香。

“前调是柏树、当归，中调是生姜、广藿香、愈疮木，后调我还在调，乍一闻很像你身上的味道了。”

聂祯眼里怒气还没消，她撇撇嘴，顿感委屈：“我坐在你房间等你，你突然开门，我……”

聂祯倾身向前，保持着跪着的姿势靠近她。

鼻尖有地毯被火燎的焦香味，贺一容突然就想到后调该怎么调了。

聂祯擦去她鼻尖上凝固的蜡滴，十分不解：“为什么会弄到脸上去？我身上是什么味道？”

贺一容抬眼，眼前是他细腻到看不见毛孔的皮肤。她闭上眼，呢喃着：“就是你的味道。”

聂祯用目光描画她的眼眉：“你又诓我。”

贺一容抓住他的手腕，想起过来等他的主要目的。她眉眼一垂，聂祯就下意识地向后退，她一定又有什么坏心思。

果不其然，贺一容可怜兮兮地道：“我才知道我报的学校还是要学高数，前两天大哥给我找了两个家教，都试了课，但是……”

她故意把话停在这儿，欲言又止地抬眼看聂祯。见他不为所动。她又垂下头去，好不委屈：“我真的听不下去，他们的授课方式和你的完全不一样，高数又那么难，我适应不了。”

许久，聂祯都没有再讲话。

贺一容心里叹了口气，心想他果然是下定了决心，他果然铁石心肠。

聂祯幽幽开口：“不用找家教了，上大学了我也继续给你补课。”

在贺一容高兴得跳起来之前，他又公事公办地补了一句：“但约法三章。”

贺一容此时没有不应的，聂祯见她高兴成这个样子，也忍不住笑了。

“算了，等你开学再说。”

暑假转眼就快过去，贺一容早早就与聂祯说好了，要趁暑假一起出去玩。

地点定的南城，贺一容长大的地方。她有一个爱好，喜欢吃的东西想要让身边的人都尝个味，喜欢的地方也想要带在意的人看个遍。她想要分享所有她喜欢的东西给聂祯。

而且在她眼里聂祯是个好说话的，只有聂祯和她两个人，她肯定玩得开心自在。

聂祯倒没二话，只是睨着贺一容道：“贺叔会让我带你出去玩吗？”

补课、顺路接送上学什么的都好说，反正两家走得近，同气连枝的。但让她和聂祯一起单独出行，贺家人不见得会同意。

贺一容却眨眨眼睛，一脸狡黠：“我有办法。”

她在饭桌上提起这件事，咬着唇故作小心姿态：“爸爸，我想舅舅舅妈了，暑假想去南城过一阵子。”

贺增建不做他想，稍一考虑就同意了：“行，我让阿正送你去。”

贺一容连忙摇头，调皮一笑：“不用麻烦正叔，聂祯正好想去南城玩，我就顺便带他一起，也算报答他的照顾了。”

贺增建渐渐收起慈爱的笑容，贺一容年岁渐大，聂祯虽然和自家孩子一样，但贺一容这个年纪，该分男女亲疏了。他犹豫着，怕说得太明白又会让贺一容多心：“聂祯是个妥当孩子，但还是和阿正一起我放心点。”

话说得委婉，贺一容只装听不懂，心里却是紧张的，没想到爸爸会在这件事上坚持。

本来聂祯说的时候她还没当真，以为只要搬出个正当理由就能顺顺利利。她嘟了嘴，故意做出些不满的神态：“我就是回舅舅家啊，坐个飞机的事……”

贺增建犯了难，又不想让小女儿伤心。

贺毅林此时像刚听到似的，稍显惊讶：“去南城？什么时候去？”

“就……这周？”

贺毅林点头："哦，我这个月在南城也有比赛。"

贺增建一拍掌："这正好，你带着妹妹去，我也放心。"

贺一容腹诽着：到底和聂祯在一起有什么不放心的？

贺毅林却说："我比赛在下周——"

他话没说完就被贺增建打断，贺增建冷冷看过去一眼："怎么？提前几天过去不行吗？一点做哥哥的样子都没有。"

贺一容刚想为贺毅林说话，说贺毅林很有做哥哥的样子，不需要提前过去，贺增建却拍了板。她无声努努嘴，也行，反正贺毅林这个人只知道敲键盘写代码，有他没他没区别。

聂祯听说这个安排后却笑贺一容。

"正叔和我们一起的话，把你送到了他就回来了。贺三和我们一起，除了比赛的时候，肯定是天天和我们在一起的。"

贺一容这才恍然大悟，做了赔本生意，懊悔不迭。

聂祯却在考虑，贺叔既然已经开始注意他和贺一容之间的分寸感，那他们以后是不是该稍微保持点距离？

北城飞南城的大型机，头等舱是鱼骨式座位，左边右边各一个单独座位，中间是两个座位连着，与边上的座位稍微前后错开一点位置。

贺一容悄悄扯了下聂祯的衣摆。

贺三讨厌阳光，也讨厌座位边上有人，但有照顾妹妹的任务在身，聂祯不知道贺三会不会和贺一容坐在一起，虽然两个连着的座位中间仍有明显隔断，根本互不打扰。他抢在贺毅林前面，坐到了三个座位最中间的那个位子上。右手边是靠着舷窗的单独座位，比他的座位稍微往前一些，而左手边是与自己的座位连在一起的位子。

贺毅林看了一眼，总不能让贺一容一个人隔着过道坐靠着舷窗的位置。他装作勉为其难，拍拍聂祯的肩："你看好她。"

聂祯皱眉："贺三，你妹妹还是我妹妹？"

贺毅林坐下来就戴上眼罩，头也不回地朝聂祯这边挥挥手："和你妹妹也差不多。"

贺一容藏着笑，坐到聂祯身边的位子上。虽然两人中间有宽宽的扶手挡着，但总比隔了一个走道来得亲近。

贺一容摊开掌心，送到聂祯面前。

聂祯扬眉不解，她悄声道："我要吃那个饼干。"

聂祯不明白她说话为什么这么小声，又见她不停打量贺毅林所在的位置，于是他也抬眼看过去。从他这个角度看过去，只能看到座位隔板，将人挡了个干净。可贺毅林回头看的话，视线并不受阻。

聂祯也禁不住小声道："你为什么故意小声说话？"

吃个饼干，像是他们俩在做什么见不得人的事。

他们下了飞机，刚到出站口徐家的两个小子就迎了上来。大的那个叫徐名度，小的那个叫徐知度。

许久未见，贺一容的喜悦之情也溢于言表，一见到徐家兄弟，她就离了聂祯和贺毅林，蹦跳着上前去。她亲亲热热地挽住徐名度的胳膊，再娇滴滴地喊一声"大表哥"，徐知度把她的脸颊捏住往两边一拽，她咧着嘴皱了眉："二表哥！"

贺毅林走上前两步，回头朝着聂祯小声催道："你冷着个脸干什么？快点过来。"

徐家那两兄弟已经在用眼神与他们打招呼了，在人家的地盘上可不能失了礼数。贺毅林觉得聂祯莫名其妙，也没招他惹他，怎么就平白无故被他瞪了一眼？他在徐家两兄弟看不见的角度捣了聂祯一拳，碰到结实的后腰，吃惊于聂祯现在竟长得这么壮实。

万年"冰山脸"的贺毅林艰难地扯出一抹笑："麻烦了。"

那徐名度是个大大咧咧又热情的性子："哪里的话，家里都安排好了，我爸可是给我下了死命令，要把你们招待好。"

这个"你们"当然不包括贺一容。

贺一容仍旧挽着徐名度的胳膊，与徐名度、徐知度站在一处，面对着贺毅林与聂祯，她笑眯眯的："舅舅说让你们都住家里呢。"

聂祯侧过头，看着阳光投射在建筑物上落下的明暗分界线，心想贺一容也是块焐不热的石头，恐怕徐家的这两个表哥才是她心里亲近的人。刚到南城，徐家就是她的“家里”了。她与徐家两兄弟站在一处，乍看之下还真像感情要好的兄妹。呵呵，哥哥倒是多，一个两个三个的，都是她亲亲热热的好哥哥，掉哥哥窝去了。

贺毅林看向聂祯，他是不愿意住在徐家的，在别人家里多有不便，可这徐家兄弟的热情他又招架不住。徐知度已经拿过他的箱子要往车上搬了，社交经验匮乏的贺毅林无所适从。

贺毅林向聂祯求救，他若不要脸些还能随着贺一容叫徐家二爷一声“舅舅”，可聂祯是个彻头彻尾的外人，聂祯一定比他更不愿意住在徐家。谁料聂祯作壁上观，一副任人安排的样子。

一个摆出无所谓的态度，一个是社交小白，对上徐家两兄弟不容拒绝的热情，两人竟真的坐上了车，径直往徐家宅子去。

贺一容扒着车窗看外面熟悉的街道，叽叽喳喳个不停：“我要吃水塔糕，明天早饭要吃乌饭团……”

徐名度开着车，副驾驶座上的徐知度侧着身子坐着往后瞧，一脸笑意：“好好好。”

贺一容说了许久才后知后觉，聂祯许久没说话了。七座的商务车，聂祯坐在最后排，她扭着头往后瞧，聂祯闭着眼睛，身子坐得直。

贺一容明知道聂祯没睡着，只是在假寐，他却一动不动。

见聂祯一直不理她，恶作剧的心思起来，她伸出手去戳聂祯的腿，聂祯受不住这挠痒痒般的触碰，闭着眼打开她的手，毫不客气。

贺一容轻轻叫了一声，徐知度立即关心道：“怎么了？”

贺一容收回手，露出乖巧笑容：“没事，手不小心打到了座位。”

徐知度笑着：“还是和小时候一样冒失。”

聂祯想：是吗？他可不知道贺一容是个冒失的人，她最会察言观色，做什么事都挑不出错来，贺叔不知道夸过她多少次乖巧懂事。

贺一容当然察觉到聂祯的情绪不高，可她一到徐家就被围住，舅妈张罗了一桌菜，招呼着贺毅林和聂祯。当着众人的面，她也不好说什么，只是把聂祯面前的蔬菜换成了牛肉。

“舅妈，聂祯可讨厌吃蔬菜了，白老太太把菜剁碎了包进饺子里他都能吃出来。”

她竖起手指，强调着：“就放了一点点的菜。”

她毫不在意地将证明他们相熟至深的细节摊开在众人面前。

众人笑着，聂祯也转着筷子抿着嘴笑，好歹心里舒畅了些。

徐夫人站起来：“早知道就不做这些蔬菜了，我想着大夏天的吃点爽口的。王阿姨，把广城那边送过来的腊肠切一盘来。”

聂祯站起来：“阿姨不用费心，桌上的菜够我吃了。”

徐夫人绕了一圈把他按在座位上。

“叫什么阿姨？生疏，跟着小容叫舅妈就行了。我知道你们家和小容家亲如一家，你和她哥哥是一样的。

“平时没少麻烦你照顾小容了，说起来你奶奶和我家母亲还是手帕交呢。她听说你来，特意打了电话吩咐我照顾好你，好好坐着，这广城的腊肠好吃。”

贺一容冲聂祯眨眨眼睛，聂祯假装没看到。

“舅妈，我三哥平时忙，就让他住书房那边的客房吧，安静些。我边上那间房给聂祯住。”

徐夫人端了腊肠出来：“小容想得周到，我本来想着你三哥住你边上方便互相照应，那就换过来吧，反正小祯和你哥也是一样的。”

徐知度本来安排了夜游南城河的活动，贺毅林和聂祯还没说话，贺一容就哼了一声，替他们拒绝了。

“我知道你是想喝酒了，他们可不喝酒，不去不去。”

聂祯睨她一眼没说话。

徐知度心思被戳破，也不觉尴尬，手指屈起在贺一容脑袋上弹了一下：“提起喝酒你就这样，明天去烧个香，愿你以后的男朋友也不喝酒。”

徐名度、徐知度和贺毅林的房间都在二楼。贺一容带着聂祯往三楼走去，两人一前一后，一路无话。

上了楼梯拐向东侧，贺一容指指房门：“你的房间。”

也不等聂祯说些什么，她就径直走向自己住了十几年的房间。她刚打开门，聂祯就挤了进来。走廊上没开灯，她被突然袭来的气息吓了一跳，捂住嘴没让自己尖叫出声。她的声音憋在聂祯胸前：“你干吗啊？”

聂祯手按着她的肩，不轻不重一捏。

“哪来这么多哥哥？有了大表哥和二表哥就不理我了？”

贺一容忍不住翘起嘴角，猜了一天这个人在闹什么情绪，怎么也没想到是这个原因。她“扑哧”一笑，感叹：“你怎么这么可爱啊？”

聂祯顿住，这是什么形容词？

贺一容抬起手来，手指轻轻戳他。聂祯仅剩的那点不痛快的情绪一下就没有了。他又加大力道拍了一下贺一容的脑袋，一一数来她今天的过错。

“看到你那两个表哥就把我扔在后头了？贺一容，你当我死的啊？现在没事求我了，大表哥、二表哥就是最好的。等有事求我了……”

他差一点脱口而出——我才是你的好哥哥？

贺一容只是笑着，聂祯越说越气，她嘴越咧越开。

天气变化得快，第二天贺一容醒来时，黑云压城，风呼呼地刮过。徐知度从外面回来：“不巧了，要有雷暴，今天一天的计划都行不通了。”

徐知度本来安排了带聂祯和贺毅林逛逛几个景点，贺一容眼尖地瞥见贺毅林的嘴角歪了歪，他肯定暗自庆幸呢。贺一容昂着头：“雷暴怎么了？正好人少。”

一听这话贺毅林拉下了脸，徐名度笑了，睨着贺一容：“也不知道是谁从小最怕打雷、最讨厌下雨的。”

聂祯突然就想起之前有一次下暴雨，贺一容撑着伞走向他。他知道她喜欢玩烟花棒，却不知道她讨厌下雨。

贺毅林头歪向聂祯，小声道：“小容蔫儿坏的，她明知道我不想去逛那些地方。”

聂祯点头：“嗯，是你家的人。”

徐名度抬出一箱子东西：“来来来，出不去了就玩游戏，正好人多。”

贺毅林打了个长长的哈欠，还没来得及说话，贺一容就手指着他：“你别想跑，别说你困了，你一天睡三四个小时就睡饱了的。”

他想好的理由已经被她戳穿，手也被聂祯按住。

那边徐名度正在张罗着，贺毅林把不满都发泄到聂祯身上：“小容是跟你学坏的，我家没这样的人。”

徐名度要玩炸金花，聂祯和贺毅林没玩过，贺一容兴冲冲地要教他们。

她低头理着牌：“豹子最大，同花顺第二，然后是同花、顺子、对子和杂牌，一人三张牌，比大小，你小牌可以装大牌，把其他人吓得下场……”

规则简单，贺一容解释得虽然不全，聂祯和贺毅林也一听就会。

徐名度说先不算筹码玩一局当试水，让两人熟悉一下。

贺一容抓到牌跟了两轮，就灰溜溜地下场了，嘟囔着：“你们牌都这么大吗？”

第三轮贺毅林和徐名度比了下牌，贺毅林也下场了。

徐知度见此摇摇头：“不和你们玩了。”他也撂下了牌。

贺一容哼一声：“大表哥肯定又装大牌呢，你最会了。”

徐知度笑笑，不置可否。剩聂祯和徐名度两人“厮杀”，三轮过去两人都不肯先认输。徐名度又翻了番，聂祯神色不动，继续跟上。

徐名度叹口气撂下了牌：“你不会是豹子吧？豹子可是要吃喜钱的。”

试水局却是聂祯这个新手赢了，贺一容好奇，非要看他的牌。

徐名度拦着：“唉，小容，你知道规矩的，结束了也不能看牌。”

她撇撇嘴撤了手，趁徐名度洗牌的时候拉拉聂祯的衣摆：“真的是豹子啊？”

聂祯轻咳一声，手抵住嘴巴做遮掩：“5、9、K。”

贺一容大惊失色，又意识到会被人发现，夸张地大声道：“啊！”

徐知度拍手笑道：“看来聂祯真是豹子，幸好我下场早，不像名度那样鲁莽。”

试水局结束，几人围坐成一圈正式开始玩牌。贺一容最胆小，被别人的气势一吓就早早下场，除了真靠运气拿到了几次大牌，其他几场几乎全是输，最后输得最惨。贺毅林稳妥，不冒进也不胆小，算下来不输不赢。徐名度见好就收，徐知度喜欢“厮杀”的快感，常常留到最后一轮，或输或赢。聂祯最让人摸不着头脑，一会儿用杂牌充大牌，一会儿又小心翼翼的，东一出西一出地赢得最多。贺毅林上了瘾，非要玩到翻盘，几人吵吵嚷嚷的，连外面暴雨已停也没注意。

徐夫人从外面推门进来，开了灯，他们一直处于亢奋状态的脑子才随着灯亮沉静下来。

“又是名度带你们不学好，小容七八岁时你就教她这些。”

徐名度边洗着牌边笑：“七八岁就学会了也没用，每次都输得最惨。”

徐夫人招手：“小容，来，别和他们玩了，你妈妈坟前的花肯定被雨打坏了，得去换两盆新的，你来。”

贺一容应了一声，记忆被拉长。

最开始的时候，是外公在妈妈坟前垦了地，种了一圈的花。一到下雨天，外公就带着贺一容去用塑料布把花给罩上。贺一容小时候不懂事，只觉得穿着雨衣雨鞋，在下雨天出去踩水很好玩。再后来外公也去了，再也没人冒着雨去给花盖塑料布。

舅舅舅妈也不会侍弄花花草草，干脆就摆了花盆在坟前，让人定期去浇水施肥，死了就换一盆新的，倒也省事。

贺一容对妈妈没有记忆，只是从外公、舅舅的口中知道她很喜欢花，不像别人那样有钟爱的一种，她是玫瑰、月季、百合、郁金香、绣球……什么都喜欢。

舅舅总说她不仅长得像妈妈，爱好也像，妈妈喜欢花，她喜欢香水，都是爱香物的。

大概是她沉默的时间太长，在别人眼中像是想念妈妈的样子。

徐名度收了牌，故意大声嚷嚷：“不玩了不玩了，再输下去我就要金盆洗手了。”

他们都是席地而坐，贺一容的手撑在身侧。聂祯在别人看不见的角度，悄悄挠了挠她的手。她转过脸去，抿嘴一笑：“等会儿找来我妈妈的照片给你看，外公和舅舅说我长得可像妈妈了。”

贺毅林不动声色地皱皱眉，心想她对聂祯倒是比对他这个亲哥哥还亲近些。

开车半个小时的路程，只有贺毅林、聂祯和贺一容一起来了。

到墓园门口时贺毅林却犹豫了下：“聂祯陪着小容去吧。”

贺一容心思敏捷，当然知道贺毅林在想什么，笑笑也不在意。换位思考，清明时他们去给自己母亲扫墓的时候，贺一容也是一个人待在家的。

聂祯点头，主动拿过两盆绣球，一紫一粉，开得硕大饱满。贺一容抱着瓶白酒，这是给外公准备的。

雨后空气清新，地上的尘土都被冲刷干净了，显得这地方很宁静，贺一容的脚步都轻下来，再不像平时那样蹦跳着走路。

贺一容熟门熟路，拐上小道来到那片墓地前，外公、外婆、妈妈和曾外祖都葬在这里。

她先放下白酒，拿过聂祯手里的花盆，一左一右摆在墓碑边，那玫瑰果然被雨打得可怜，遍地花瓣，都折了枝。她小心地理了理挡住花瓣的叶子："妈妈，我回南城过暑假了，这绣球花是舅妈去挑的，要不是她提醒，我都忘了这回事，你不会怪我吧？"

她又低声说了什么，聂祯站得离她一步远，没听清。只看她蹲在那儿，小小一个，头埋在花前，圆滚滚的。

墓碑上照片里的人温柔娴静，也长了对小梨涡，母女俩确实是像的，只是气质不同。

贺一容没待多久就到了徐老爷子墓前，此刻她的悲伤情绪才显出来。嘴巴一撇眼泪就掉下来，把聂祯吓了一跳，手忙脚乱，发现身上根本没带纸。

贺一容用手胡乱擦着，边擦边不停地流眼泪。听她委委屈屈地喊了一声"外公"，聂祯侧过头吐了口气，心像被揪着似的。他又不能在老人家墓前让她别哭，只觉煎熬难耐。他退了两步，站得远了还是能听见她的抽泣声。

等斟了酒，又絮絮叨叨说了好些话，贺一容突然说了一句："这是聂祯。"

聂祯吓得直起身子，几乎是正步向前，鞠了一躬："外公。"

贺一容和外公说了好久的话，聂祯在边上听着。叙家常似的唠叨也让他听得难受，她像棵被雨打烂了叶子的小草，柔弱得可怜。

他听到她说："外公，我在那儿过得挺好的。爸爸虽然忙，但对我很好，他是个好人，您就别怪他了。"

"哥哥们对我也都好。"她顿了一下，脸上挂着泪笑了，"但没有聂祯对我好。”

“我考上大学了。”

回去的路上贺一容不说话，偶尔有鸟飞过，也不忍出声打扰这宁静的地方。聂祯随着她的步伐，静静陪着。

贺一容忽然拽住他。聂祯回头，看见她脸上狡黠的笑，不免疑惑。

“嗯？”

她甩甩他的胳膊：“你怎么叫外公啊？那是我外公。”

聂祯这才想起来，自己刚刚脱口而出，随着贺一容叫了。他掩下尴尬神色：“你舅舅舅妈都让我随着你叫，外公就不能随着你叫了？”

贺一容咕哝着：“那不一样！”

带聂祯见外公，想要外公看看她在意的人，他老人家在世的话也一定会喜欢聂祯的。

贺一容拉起聂祯的小拇指，不经他同意就拉钩“盖章”：“我外公喜欢喝酒，你下次来要带瓶好酒给他。”

聂祯低头看着她一本正经的样子，没忍住弹了她脑瓜一下。

“贺一容，你几岁了还拉钩？”

她还钩着小拇指，声音不由自主低下来，明显底气不足：“反正我和外公拉的钩都是算数的。”

聂祯转身继续走，风吹来他漫不经心的一句话：“你和我说的都算数，不用拉钩。”

贺一容笑了，快走了两步跟上去。

第十一章 愿望

贺一容和聂祯拐个弯就碰见了贺毅林。

贺毅林竟下了车在小门处等着。

贺一容和聂祯都没意识到，她一直拉着他的衣袖。

贺一容见聂祯突然停下，才松开聂祯的衣袖。聂祯嫌弃似的甩甩胳膊，路过贺毅林时说了句话——“雨天小路滑，你妹妹非要牵着我走。真被你家宠成公主了。”

贺毅林听了这话皱了眉。他也没理贺一容，追了两步揽住聂祯的肩。

“我可没宠，我看你才是宠她，她要牵你就让她牵啊？我叫你背你背不背？”

贺一容看见聂祯极轻巧地一个转身，就从贺毅林的胳膊下逃出来，反手把他的胳膊拧在背上。贺毅林叫着：“你小子，学了两招来对付我？有本事游戏里论输赢。”

聂祯理都不理他，放开手又拍灰尘似的拍了拍手心，目光落在贺一容身上。他也不知道是和谁说话：“走了。”

来时聂祯开车，回时他却犯了懒，直接拉开后排车门就坐了上去，美其名曰给贺毅林机会练练车技。

贺一容盘算再三，觉得她还是坐在副驾驶位好一点，却被聂祯拦了下来。他踢踢驾驶座的椅子，面无表情地嘲笑：“他拿了驾照就没上过两次路，你也敢坐副驾驶位？出事了那可是最危险的位置。”

贺毅林也明显紧张起来，谨慎地调着座椅，头也不回地说：“小容坐后面去。”

贺一容憋着笑，圆圆的眼睛看向聂祯，她总觉得他是故意的。

回去正好赶上晚饭，徐夫人特意端出一小碗红枣银耳汤。贺一容一看那描金边的瓷碗就笑了：“还留着呢？”

精致的碗碟配着小金勺放在贺一容面前，徐夫人似是感慨：“你不在家我这手艺也生疏了，你尝尝是不是从前的味道？”

贺一容拿起小勺子搅了搅银耳汤，夸赞道：“一点不生疏，您熬得最出胶了。”

徐夫人笑道：“回去让你家阿姨也煮给你喝，女孩喝银耳汤好，美容养颜。”

饭后暴雨又起，贺一容陪着徐夫人说了好一会儿的话，她也小女儿情态，搂着徐夫人的胳膊靠在她身边。徐夫人摸着她的头发，叹了一声：“早听你外公的，生下来姓徐就好了，那你爸爸也没办法把你接去。”

贺一容把下午在外公墓前说的话又说了一遍，她强调大家对她都好。

徐夫人哪里不知道这孩子从小就是最懂事、最让人省心的？她心思又敏感又细腻，就算贺家真的如她所说那样对她好，她自己心里也是时常提着小心，不会肆意过活的。

当初贺一容妈妈突然病逝，徐夫人自己也曾一筹莫展。老话都说舅妈是三不亲，对毫无血缘关系的婴孩，她又能生出什么真情？

好在贺一容是真的懂事乖巧。大概是小小年纪就明白自己不是徐家人不是徐家姓，揣着小心长大，这么个漂亮姑娘天天在眼前晃着，徐夫人又怎能不真的心疼怜爱？

贺一容要是个大大咧咧的性子，什么事都糊里糊涂的倒还真能过得不错，只是她一直就太过敏感。徐夫人藏起担忧，也不再说什么，毕竟不是自家孩子，话也不能说太重。

暴雨过后，天空也不再灰蒙蒙的，厚厚的云彩遮着太阳，阳光柔和。

贺一容几乎喝了一小盆的美龄粥，看她吃得开心，一勺一勺地往嘴里送，聂祯和贺毅林也忍不住尝了些。

这粥口感清润香甜，热腾腾的气散了，是正好入口的温度，沁人心脾。贺毅林也喜欢，又盛了一小碗。贺一容伸手护着自己面前的砂锅，有些舍不得：“你不许再喝了。”

徐夫人笑着打她一下:“囡囡怎么小气了?你哥哥没喝过,让他多喝才对。”

贺毅林不理贺一容，对着徐夫人道：“家里也请了个苏菜厨师，也做过美龄粥，味道不如舅妈这儿的。”

贺一容头也没抬，嘴快地道：“他做得不正宗，美龄粥不放百合还叫什么美龄粥？”

贺毅林看一眼她圆溜溜的脑壳，有些气贺一容在家里什么话都不说，却在这儿抱怨。家里专门为她请的厨子，做的菜也没见她能多吃几口。这几天在徐家，他才知道贺一容原来也是个嘴馋的。他冷哼一声：“不正宗就换一个，平时也没见你说。”

贺一容因为开心，将在桌下跷着的腿慢慢放下。她还没开口，聂祯却替她说了。

“你让她和谁说，和你家陈姨说？平时也没见你家哪个能对她上点心。陈姨是你妈妈带过来的，你觉得她能真的像照顾你们一样照顾小容？”

他这话说得不客气，贺毅林被呛了，脸上也有些挂不住。

徐夫人脸上的笑也落下来，她也不好接话，转了话题。

“今天要带着你二表哥去烧灶香，天气好，你们一起吗？”她前半句话是对着贺一容说的，后半句话是对着聂祯和贺毅林说的。

贺毅林当然不想去，可他又不知道怎样拒绝才合适。聂祯看他一眼，故意气他：“去，正好贺毅林要比赛了，烧灶香求个吉利。”

聂祯被贺毅林狠狠踩了一脚,仍面不改色,一副觉得徐夫人这个提议很好的样子。

徐知度最会哄人开心，特意穿了一身米黄色的粗布衣服下来，松松垮垮的板型，配上他极精神的寸头，乍一看还真有些方外人的感觉。

聂祯转过头去，看见贺一容也换了衣服下来。她极少穿牛仔裤，身上这条裤子修身，把她的腿包裹得又细又长。

他有些不解，进佛寺不能穿裙子就能穿这样紧身的牛仔裤吗?

寺庙在山上，停了车还有一段距离，他们要走过去。

传说这庙求姻缘最灵，所以女香客众多。徐知度扶着徐夫人在前面走着，多少姑娘路过都悄悄看他。

聂祯低着头虽然不显眼，贺一容还是走到他外侧，高昂着头垫高了脚走路，希望能挡住一些看向聂祯的视线。

徐知度在和徐夫人说笑着，突然提起："最近好多人说这寺庙邪乎，情侣不是正缘的话，一起来之后就会分手。"

徐夫人轻拍他的手背："都是你们年轻人胡说。"

贺一容下意识看向聂祯，她也听过这种说法。

聂祯并不看她。

贺一容忽然就笑了："你知道吗？我在这儿许的愿很灵。"

聂祯侧头听她讲。

"本来我十五岁的时候，医生就说要给外公准备后事了，我清晨四点钟来这儿烧香，许了愿，外公就多活了一年。"

她突然又想起什么，没继续说下去，肩膀也沉下去了。

舅妈爱烧香，她从小就常跟着舅妈来这儿请灯烧香。舅妈说不能向佛奢求什么，世间万事都是公平的，许的愿要和佛做交换才能成真。

于是贺一容从小便奉行这条准则，小到盲盒娃娃希望抽到某一款，大到求外公身体康健多活一些时日，她都会拿出交换条件。也许是她不贪心，又也许是佛真的灵验，她许的愿望都实现了。

那年她希望得到某一款限定的盲盒娃娃，给出的交换条件是，期末可以不要三好学生奖状，结果娃娃拿到了，奖状也确实没有了。

她希望外公能活得久一些，说自己一辈子没人爱也可以。

她和佛做的交易一向公平且灵验。

贺毅林和聂祯不讲究，只领了免费的赠香。

徐夫人带着徐知度和贺一容请了香烛。

聂祯点香时看向贺一容，正巧她也正在看他。带着香气的烟雾缭绕中，周边刹那间静下来，僧侣吟诵的声音就在耳边。聂祯想，如果真的有佛，他愿意虔诚奉香，求她一世周全，有人疼爱，肆意地活。

手背上突然有滚烫的蜡液落下，聂祯缩了下手。

徐夫人看到动静望过来，笑了：“小祯的愿望一定能实现。”

聂祯藏下愿望的最后一句话——不是他也可以。

聂祯插好香，看贺一容神色凛然，态度恭敬，闭目许愿许久，才在一片烟雾缭绕中睁开眼睛。

那一刹，她有着超出年龄的沉稳。

回去时，贺一容故意落后一步，聂祯也随着她的脚步慢下来。

“你许了什么愿？”

聂祯还没说话，她就一脸得意：“一定是关于我的吧？”

“嗯。”

下坡路上她蹦跳着走。

“聂祯，你好关心我啊。”

他轻轻“嗯”了一声。

她不依不饶：“这‘嗯’是第二声还是第四声？”

聂祯微微笑着，转过脸看着她，认真地道：“嗯。”

“你又许了什么愿，许了那么久，佛能应你那么多吗？”

贺一容摇头：“没有许愿，我和佛说闲话来着。”

路口有几个人拉住过往行人：“看看相吧。”但多数行人都不予理睬。

那几人中有个眼尖的看见他们一行人气质不普通，撂下他前一秒还在纠缠着的行人就往他们这边迎来。

“看看相吧，你们一看就非富即贵。”

贺一容是几人中唯一的女孩，他将她当突破口，紧跟在她边上：“小姑娘旺夫呢。”

徐知度回头暗讽着笑道：“十个女孩在你嘴里十一个都旺夫。”

那看相的也不生气，笑堆在褶子上。他摇头道：“这不一样，不一样。”

他又补了一句：“小姑娘旺夫，但有一点不好，要改的，有些任性了。”

徐知度大笑，拉过贺一容：“往路上扔块石头，砸到的姑娘都任性。但这个你说错了，我妹妹她不任性。”

贺毅林比赛的时候，除了聂祯和贺一容，徐知度也跟着去了。毫无意外，他带的三人组以绝对优势获得了第一名。

这是一个他们都不太了解的世界，徐知度这个不学无术的纨绔，也是第一次意识到知识的重要性。等贺毅林随意地提着奖杯下来时，徐知度小跑着迎上去，围着他转了两三圈。

“兄弟，牛啊。”

一口地道的南城话，贺毅林也听得笑了。他掂掂手里的奖杯，看着贺一容走过来，有些歉疚地说道：“我接下来半年应该不会忙了，以后有什么事都和我说。”

明明也没什么事，贺一容却被他诚恳的态度搞得有些感动，好像自己真的受了什么委屈似的。她低下头不说话，圆圆的脑袋在贺毅林眼前，他顺手就摸上去。

刚碰到还没揉两下，贺一容就被聂祯拉着胳膊往后退。

聂祯看一眼贺毅林，暗示意味明显。

贺毅林想起与聂祯的那次深夜长谈，想起他们谈到的那些贺家人都没注意到的贺一容的小心翼翼，还想起了他的提醒。贺毅林觉得他说得有道理，贺一容年纪大了，要和哥哥们保持些距离，再不能穿弯腰就能看见腰身的短衣在家里到处跑了。

以前贺毅林也没当回事，被聂祯这样一提醒，才意识到，家里的小妹妹真的长大了。

徐知度带着三人在南城又逛又吃地玩了两天，才依依不舍地把人送上飞机。这次贺毅林担起了哥哥的责任，又给贺一容提包，又把她护在靠窗的位子。他坐在边上，虽然不怎么说话，但贺一容稍微动一下他就看过去，倒真像是个爱护妹妹的好哥哥。

聂祯一个人坐在后面的位子上，手向上摊着，于虚空中抓了抓。他心想，他是不是用力过猛反而伤及自身利益了。

贺毅林回去先是当着陈姨的面跟贺一容讲："我看你在南城吃得香，家里的厨师不正宗就再换一个。"

话不是从贺一容嘴里说出来，陈姨也不好说什么，只是讪讪地道："之前让小容自己挑的，她就看了一眼说随便。"

贺毅林"哦"了一声："挑厨师谁能看面相挑？"陈姨还没说话，他就补了一句，"不然就和爸爸说，让他帮忙找个正宗的南方厨子来。"

陈姨没敢再说什么，退了下去。

贺毅林插着兜有些尴尬地解释："我妈妈去世得早，家里的事情都是陈姨张罗着，做的时间久了难免有些……"

贺一容笑笑不当回事，她知道陈姨是爸爸之前的夫人带过来的阿姨，所以那些若有似无的敌意她都可以理解。

贺毅林果然如他所说的那般闲了下来，不仅陪着贺一容拼乐高，还时不时地敲她门送些水果和牛奶。

他又端了碗冰镇西瓜进来。

"这西瓜是放在井水里冰着的，和冰箱冰镇的不一样，你试试。

"你不知道吧，后面有口井，很多年了。"

贺一容扣下手机屏幕，盖住和聂祯的视频画面。

她想，她早就知道后面有口井了，聂祯早就带着她逛过了，她还知道贺毅溯小时候从井边掉下去过，所以他到现在都很怕水。

她受宠若惊，对贺毅林这些突如其来的"哥哥爱"极不适应。

她顿了顿，道："三哥。"

贺毅林抬起头来，她极少这样叫他，忽然这样一听，感觉好像不错。

"女孩生理期不能吃凉的东西，西瓜要是常温的话我还能吃……"

她话没说完，贺毅林就红了脸，端起西瓜走了。

聂祯的声音传出来，有些低沉："我怎么不知道你到了生理期？"他记得月末才是贺一容的生理期，所以那几天的牛奶他都要替她提前热好。

贺一容把手机翻过来，转了个身翻到床上去，脸凑到屏幕前嘟着嘴。

“他这一整天十分钟敲一次门的，我都没法去找你玩。”

聂祯也觉得贺毅林转变得太快，做得也有些过，把属于他的时间挤没了，又一次有些后悔自己的教导用力过猛。他看着贺一容跷起小腿，随意地将双腿搭在一起，白嫩得晃眼。

“找我玩什么？他不是陪你拼了乐高？”

贺一容“哎呀”一声，白他一眼。

聂祯的心跟着她的眼波晃了晃，女孩长大了，娇嗔时也和以前不一样了。他盯着屏幕里放大了的脸颊，透着晚霞般绚烂的颜色。

“你过来吧，找我玩。”

贺一容跳了起来，又觉得自己显得太过兴奋：“他等会儿敲门发现我不在……”

聂祯诱哄着她：“不会去找你了。”

贺三他最了解，被贺一容刚刚那句“生理期”一吓，估计三天都得躲着贺一容走。

贺一容觉得只多睡了两天的觉，暑假就过去了。

她如愿进入北城的老牌大学——北城师范，学英语专业。很巧的是，离聂祯的学校只有几千米远。

她还蒙蒙地没反应过来，聂祯就问她：“想要什么开学礼物？”

她“啊”了一声，大脑慢半拍地反应过来。和醒来就结束了的暑假一样，也是倏地一下，十九年的时光浓缩成一点，快速掠过，她终于要成为大学生了。

她嘴巴还微微张着，车玻璃上折射的光铺在聂祯头顶，将他罩在一层模糊的光圈中。温暖的手掌覆上她的眼睛，张开的嘴巴也被他用手指轻轻捏紧。

“想什么呢？”

她笑了一下，聂祯很喜欢把她的眼睛盖住。有时候聂祯给她讲题时她一直盯着他看，他也会这样盖住她的眼。

“贺一容，不要一直盯着我看。”

她明明不想说这种听起来就像是刻意说的话，可她满心只有一句话——

“不要了，我有你了。”

聂祯看着她被自己盖住眼睛，微微摇头。她说得坦然真诚，聂祯只觉得自己的血液在血管中快速流动，“怦怦怦”，他听见了自己强有力的心跳声。那么明显，那么热切。

他放下了手，手心里还是痒痒的。

“贺三说明天开始他接送你？”

旖旎的泡泡瞬间被戳破，贺一容无力地瘫倒在座椅上。她四肢展开，双目无神：“是的呀，他要不是忙了一个通宵，刚刚出门的时候二哥担心不安全把他拦下来，他就要疲劳驾驶送我了。”

她咕哝着：“说是要练车技，那找个女朋友去天天接送啊，抢着送以后是别人女朋友的我做什么？”

她最后一句话声音很低，聂祯没听清，往她那边歪了歪头：“什么？”

贺一容没接话，嘟起了嘴唇，下巴抬起。她转过身，一副委屈可怜样儿冲着聂祯。聂祯失笑，她在自己面前越来越娇气，撒娇耍赖样样来。可他不觉得有什么，只觉得贺一容越娇气越好。像江家的江晨，杨家的杨惠卿、杨惠希那样，千千万万的宠爱捧着她们，娇气些又如何？任性些又如何？

“让他送，对你付出了时间和精力，才知道对你好。”

贺一容看一眼后视镜，钩起聂祯的小指晃了晃：“可我想要你送，有你对我好就行了。”

讨人喜欢的话她张口就来，头也凑了过来，杏眼轻眨。

聂祯躲开她的视线。

贺毅林根本没等到第二天。开学第一天报到完，贺一容刚走出学校大门，就看见路边停着自家的车。

她低下头，一只脚在台阶上踩了踩，才带着笑走过去。

“你来接我了，聂祯呢？”

贺毅林一只手搭在车窗上，轻甩一下头，额前的发丝扬起，露出他细长清澈的眼睛。

他示意贺一容坐后面去，等贺一容上了车才说：“聂祯和我说我总熬夜，早上起不来，不如以后早上他顺便送你，下午我来接就好。我觉得有道理，这样安排最好。”

贺一容的头藏在驾驶座后面，贺毅林根本看不清她的表情，只听到她似乎欢呼了一声：“哦！还是聂祯想得周到。”

他满不在乎地笑了一声，启动车子。

在贺毅林看不见的角度，贺一容点开与聂祯的聊天框。

上一条信息是几天前的视频通话自动计时。再往上是颇像接头暗号的——“现在可以过去吗？”“可以。”

她顺着往上翻了翻，发现大部分时间都是自己在主动找他，大事小情，都无一遗漏地告诉他。当时不觉得，现在看下来好像她有些主动过头，而聂祯始终是冷静的。

他极少与她说自己的事情，甚至明明与贺毅林已经安排好了下午是贺毅林来接她，也不会先与她打声招呼。

贺一容有些怀疑，聂祯有自己在乎他那样在乎自己吗？

她陷入了自我怀疑与否定中，夹杂着一丝委屈之意，一丝对聂祯的不满。

但她更多的还是在想，是不是因为这段关系就是因她主动而得来的，所以才导致当下这种局面的发生？

一直都是她叨叨半天，聂祯只是安静听着。

是不是也是自己要求太多，其实这些根本不算什么事，就算他不主动找自己说话，也不主动告诉自己一些事情，这些都是正常的，自己没必要想那么多？

可贺一容还是控制不住地觉得委屈。

她极力想懂事些，想站在聂祯的角度考虑，可她似乎做不到，做不到像舅妈教的那样，要善解人意、温柔懂事。

一滴泪砸在屏幕上，模糊了那行字，是她某一天晚上睡不着觉，凌晨两点多发给聂祯的消息——有你陪着我真好。

贺一容是悲观的，她努力藏起自己的患得患失，并且知道这样不好，可还是忍不住去患得患失。她用力抓紧每一份好心，希望在父亲面前永远是乖巧的女儿，在舅舅舅妈那里是懂事的外甥女，就算只是像小宠物一样偶尔被想起。

她都不贪心。

可是在聂祯这里，她贪心不已。

贺一容轻吐一口气，握紧了拳头，指甲掐进手心。就算心有不甘，她还是主动发了消息：你怎么都不说一声？

这条消息后面配了一个气鼓鼓的表情。

收拾好自己的情绪，她还是乖巧懂事的贺一容。

聂祯过了一会儿回了消息：正好我有事，给他提前表现的机会。

打了一行字，贺一容又一个字一个字删除。算了，他不是一直都不会主动告诉自己什么吗？

聂祯看着“正在输入”消失，摩挲了两下手机屏幕。他刚健完身，打字时留下了带着汗的指印。后面的人大步赶上他，跳了一下，手搭上他的脖子。

聂祯往前踉跄了一下又稳住，稍微侧下头看见黑得发亮的皮肤：“东来，你又变壮了。”

王东来给他一拳：“你不知道小姑娘现在多喜欢我这样的。”

他又低低地添了一句：“虽然喜欢你的更多。”

聂祯嫌弃地推开他：“一身汗臭味。”

王东来也觉得不公平，怎么聂祯每次训练完，身上也没那么重的汗味，头发被汗浸湿贴在额头上，别人是狼狈的，只有他是妖媚的。

他仅是眼帘稍微垂下来，就让那些女生尖叫个不停。

“喂，听说校花喜欢你。”

聂祯笑了一下：“我们这大学还能有校花？”

王东来听了这话简直要跳脚：“你都不知道？真的好看！胸又大……”

他话还没说完就被聂祯推开，王东来停下脚步：“小聂，你是不是有情况？”

王东来以前没注意，最近却觉得聂祯看手机的频率越来越高。做志愿者集中训练那阵，他每晚抱着手机，熄灯了幽蓝的光还打在他的脸上。

训练强度大，谁不是胡乱冲个澡就立马睡觉了？只有聂祯，精神满满，偶尔王东来半夜醒来还能看到他看着手机含着笑。

王东来上前拉住聂祯：“你是不是有情况？有情况那我就对校花下手了。”

聂祯站在台阶上，居高临下地看他一眼："嗯，你去。"

一米八五的壮汉在台阶下蹦起来，又怕引来别人的注意，捂着嘴观察了下四周才问道："真有情况了？"那激动劲好似他追到了校花。

聂祯突然就不想听到谁谁谁喜欢他的这些消息了，他甚至希望所有人都对他退避三舍，不对他起心思。

王东来看着聂祯突然变温柔，他的心都跟着变沉静了。

聂祯随口应道："别瞎想。"

他答得含糊，但从他的语气里，王东来听出了许许多多未曾见过的聂祯，温柔的、耐心的、极尽宠爱的。

他认识的聂祯，是军训时第一次射击训练就拿了九十多环成绩的沉稳聂祯，是在拳击运动时体格虽瘦却强悍坚决的聂祯，是就算他长得偏女相也让自己满心佩服的真男人聂祯。

聂祯走远了，王东来才摸摸自己的手臂，浑身起鸡皮疙瘩。

他追上去问，聂祯却再也不答话。直到洗澡时，他隔着水声和隔板道："聂祯，听说你要去西部实习？"

聂祯正好洗完头，甩甩水珠："是。"

王东来皱着眉，关了水龙头："那里有什么好的？经济还是赶不上沿海地区。"

他隐约猜得到聂祯家世不俗，但实在理解不了他的想法。

"你要早就打定主意在西部发展，当初就该报安西大学啊，他们学校的金融和经济管理学院虽然比不上我们学校，但也是王牌专业。"

"其实企业招人，多少是会偏向于当地学校的。"

聂祯低下头，无所谓地笑了下："有些事要过渡一下。"

他做这个选择的时候，只是希望离家近些，爷爷不会反对得那么强烈。

现在想来，他是不是那个时候心里就有想法，想要留一点时间给自己和贺一容？

聂祯突然惊醒，头上已布满了细密的汗。

梦里，贺一容泪眼汪汪，埋怨他为什么去了那么久。千言万语哽在喉咙里，他想抬手拥抱她，胳膊却似千斤重。他张开嘴，却发不出声音，喉咙干痒，他努力地大吼，却还是发不出声音。

面前的人委屈至极，眼泪越流越凶。她手里攥着个红色的香包，见他半天不说话，气得将香包狠狠摔到地上。香包的一角陷进土里，他弯下腰去捡起，细细拭去上面的尘土。他心想，这个不能扔，这是他为她求的“圆满”。

可当他直起身来时，还是做不到，无法将她拥在怀里，只轻柔至极地给她擦去眼泪。泪滴滚烫，滴进他的心里，灼烧他的心脏。

两人相顾无言半晌，贺一容才“哇”的一声扑进他的怀里。她声如蚊蚋，里头藏着万般委屈：“你都不哄我了。”

聂祯这才从梦中惊醒。

他无法解释这个奇怪的梦境，可梦里的焦急与灼热感，他却真真实实地体会到了。他捂着胸口，直起身来倚在床头。

王东来和同学们聚餐回来，见聂祯盯着手机发呆，屏幕的光射在他脸上，显得他一张脸更是煞白，额头处还有汗滴下。

最近课多，聂祯直接住在学校，却也不和他们一起出去聚餐唱歌，只自己待在宿舍。

王东来毫不客气地直接把被子甩在聂祯头上盖住。

“你小子要不要命了，三点多了还不睡觉？”

聂祯掀开被子，目光晦暗，仍是盯着手机：“我睡了，刚刚才醒。”

王东来灌了一口凉水，“咕咚咕咚”喝下去，抹了把嘴。

“骗鬼呢？你哪晚不到一两点才睡着，三点多就醒了？”

聂祯拽了拽被子躺下去：“嗯，再睡一会儿。”

王东来骂骂咧咧地关了灯：“我跟老妈子似的操心你，你还不领情。”

聂祯笑了下，又看了一眼手机屏幕才锁了屏。

黑暗中，王东来忍不住，终于问出心中的疑惑。

“你屏幕上那个小女孩是谁？

“她未成年吧？”

聂祯随手抄起床头柜上的矿泉水瓶扔过去，王东来大喝一声，闭着眼也稳稳接住，翻了个身面向墙壁，又挪了两下贴着墙。

“我就问问，是你那个妹妹吗？”

这次聂祯扔过去一瓶易拉罐装的碳酸饮料，王东来背着身，循声辨位，伸出手去接，手背却打在床沿上。

“你个阴险小人。”王东来吐槽一句，不过就是笑问他两句，他就将饮料故意往床沿扔，引得自己打到手。

第二天，贺一容心里的那点委屈全部自己消化了。听到隔壁车声的时候，她光着脚就奔出了阳台。

阳台连接处被聂祯用一排花盆挡着了，一点点高度，他却说有用，比直接把阳台连通起来好很多，不会那么惹眼，更不会让人怀疑。

贺一容走得急，一个不稳脚就踩进泥里。

聂祯进屋时听到有水声，卫生间的门半开着，他走过去就看见贺一容翘着脚在正艰难地冲洗着。

她见他进来，瞪他一眼：“一排花在那儿别人就不会多想了吗？我看你只是想拦我！”

那点高度又哪里能拦得住她？她说得没一点道理。

聂祯走进来握住她的脚，手撩着水轻轻地帮她冲洗，混着泥土的水顺着脚踝流下来，他一点不嫌脏，手掌擦过她脚上的泥泞。直到脚被洗得干干净净、白白嫩嫩，聂祯才把目光移到她脸上，却不知道小姑娘红着眼多久了。

手里还握着她的脚，他问：“怎么了？”

贺一容嘴巴一撇。

一只手给她洗脚，另一只手抚着她的后背，他柔声细语道：“怎么不高兴？”

贺一容觉得委屈：“你对我不好。”

一顶帽子扣下来，聂祯却笑了。他故意抬高她放在水池里的那只脚，贺一容的腿叉得更开了，根本站不稳。

她又不敢尖叫，继续委屈地道：“你看，你对我一点都不好。”

聂祯憋着笑，把水调成水柱状冲她的脚心。

“嗯，哪里不好？”

水柱在她脚心溅开，她咬着唇憋着笑意，脚趾都蜷起来却还不肯求饶。

“你欺负我，教我数学的时候总说我笨。你还……和我说话不主动。”

终于或真或假地把小心思说出来，贺一容觉得舒服了许多。她一双圆溜溜的眼睛直勾勾地盯着聂祯，带着些质问与委屈的意味。

聂祯在她的眼神里败下阵来，先移开目光。他关了水龙头，随手抽了纸巾给她擦脚。

贺一容有些生气，故意拿脚踢他。

“你都不主动找我的。”

脚被他猛地捏住，又被他猛地抬高，几乎贴到墙面上去。贺一容吓得抬起头来，还没说话就被聂祯蒙了层雾的眼睛吸引住。

他的眼神如此直白坦诚，贺一容似受了蛊惑一样呆在那里。

聂祯心里只有一个想法：时间不够，他的时间哪里够？

他又一次伸手盖住她的眼睛，面色凝重。

他低低地喊她一声：“小容，不要再闹了。”

她心尖颤了颤。

第十二章 约法三章

这年寒假，因为年后要办婚礼，贺毅阳说朱声声是个爱热闹的性子，于是特意让人早早装扮起来，一向奢华又冷清的贺家宅院看起来也有人气了许多。

从院门口到院后面，移植了许多新奇植物。远远望去，院里除了如伞盖一样绿油油的树，就是红的紫的各种花，各种颜色交织，竟真有了些花团锦簇的味道。

人手不够，不止贺一容、聂祯，连一早就喊着不干的贺毅林也被强行抓来。他们被安排拿着大扫帚扫去路上的落叶和灰尘，一处不落。贺毅林满腹怨气，拄着个扫帚站在一边：“也不知道扫什么，后院这里哪儿还有人来？”

贺一容跟着白老太太忙前忙后了几天，学了许多讲究活儿。她听到贺毅林的话就皱了眉：“不能说丧气话。”

贺毅林笑了，抹一把身后半人高的墙砖上的灰，跳坐上去：“聂祯你瞧瞧，她说这话像不像个老太太？”

聂祯也笑着看过来，贺一容穿着方便活动的白色棒球服，戴着顶红色的帽子，鼻头脸颊微微出汗，像荷花藏在最里面的一瓣儿，粉嫩嫩的。

这半个多月来，他第一次注视贺一容这么久。贺一容只觉得自己变成了雪人，在他的注视下一点点地融化了。

“不像，像个福娃娃。”

贺毅林嗤笑了一声。

“你现在是越来越护着她了，违背良心说话。

“我这个亲哥都比不过你。”

聂祯低头扫着地，只他一人认真干活儿。他头也不抬地回道：“那是，我手把手教出来的能不好吗？”

贺一容红了脸，贺毅林听不出来，她却觉得聂祯话里有话。

贺毅林突发奇想：“你手把手教出来的，不如长大就娶回家去。”

这话一出聂祯和贺一容都愣住了。

贺毅林摸摸脑袋，觉得大概是汗水太黏糊，让脑子也变黏糊了。平时他跟聂祯在一处，当然什么话都说，这话虽然是开玩笑，也不能当着贺一容的面说。他悄悄打量贺一容的神色，怕她生气，却见她只是愣了一会儿，捡起扫帚低着头扫地去了。他不由得在心里感叹，真是聂祯教出来的，竟学会了喜怒不形于色。

聂祯直接抡起扫帚赶他：“你今天话怎么这么多？”

贺一容躺在床上，只觉得腰酸背痛，翻个身都止不住要哼唧一声，活像个四肢快散的老太太。

扫了一下午的地，她和贺毅林本来出力就不如聂祯多，还都气喘吁吁、满头大汗，聂祯却像个没事人似的，这点活动量对他来说好像只是挠痒痒。

可以前的聂祯，也是走几步就不愿走的人。

这几年，在她不知道的地方，聂祯真的变了许多。

贺一容突然觉得自己有些赶不上他，他似乎朝着他既定的目标，飞奔起来。

而更让贺一容觉得不安的是，聂祯的这个目标，她根本不知道其中究竟。

她知道他想要与她和好，下午扫地的时候，默默分担了许多她负责的区域。就算她不理睬他，他也热脸贴冷屁股，主动说：“你回去戴个手套。这边我扫，你去歇着吧。”

她正沉浸在自己幻想出来的聂祯求和而自己坚持不理他的场景中时，收到了聂祯发来的消息：下来，从你家院子后门绕出来。

她猛地一下从床上跳起，那些疲惫酸痛感似乎瞬间不见，之前的幻想终究是幻想。她换上一套白色冬裙，甚至还拿了顶可爱的编织帽戴在头上。

聂祯倒提着一大把烟花棒，见贺一容出来，不由分说地抓住她的手腕，看着她有些发红的手心。

贺一容轻轻挣扎了两下，却被聂祯拍了一下手背：“逞什么能呢？我要扫那条路你还和我抢，让你回去戴手套也不理。又没做过事，拿着扫把这么久果然磨破了！”

“关你什么事？”她心里已经长出尾巴来，正高高翘着，可嘴上还是不饶人。

聂祯没答，从口袋里拿出特地找白老要的药膏。他手指圈住她的手腕，剜了些白色药膏在她掌心的红肿处慢慢揉捏着。

贺一容问：“你拿烟花棒干吗？”

贺一容知道聂祯不喜欢这些仪式上的东西，他不过生日，过年也不放烟花。

“你不是喜欢？”

贺一容看他一眼，用力控制着表情，可开心与得意的情绪还是爬上了眉梢。她晃晃手腕：“不年不节的。”

聂祯带着她往大院后面走：“我被抽去参加世锦赛开幕式，最近恐怕不在家。”

贺一容一听立马拉下脸来：“我去和爸爸说，让人把你从名单里撤下来。”

几年了，她每一年寒假几乎都是和聂祯一起过。

聂祯转过身来，弹了一下她的脑瓜：“我爸爸以前就很热衷于参加志愿活动，我社会实践经验到现在还是零，毕业了简历拿出去不太好看。”

或许是气氛太过轻松，他也没注意自己竟这么自然地提起了爸爸。

贺一容看见他瞳孔瞬间紧缩。她装作没发现他僵住的表情，故意闹他。

“寒假你都不陪我，那你要怎么补偿我？我还没找你要考试的奖励呢，你要欠我一堆了。”

他们从树林里穿过去，来到聂祯带她看萤火虫的地方。

两人面对面站着，聂祯用手挡着风，点燃手里的烟花棒。他的脸被白光照亮，他慢慢移开手，绽放的烟花像朵花似的被他递到贺一容面前。

“许个愿望吧。”

贺一容低着头，像吹蜡烛一样吹那支正在燃烧的烟花棒。

火花往下燃的速度更快了些，在熄灭之前。

她一字一字地道："想要你快乐。"

一盒子烟花棒还没放完，不知从哪儿卷来的大风吹得贺一容的裙子鼓起。她赶紧松了手，按住裙边。

贺一容的脸上红扑扑的，为了搭配身上的白裙子，她特意戴了顶白色编织帽，帽子边上垂下两颗毛茸茸的球，实在是可爱。

聂祯手痒，伸手握住她帽子上的两颗球，用力一抽，帽子被收紧，贺一容被带得踉跄一步，离他更近了。

他心里好像也有烟花棒，悄无声息地在燃烧。

贺家后面两个月热闹起来，每天车进车出，一箱箱的东西流水般地被送进来。

贺一容坐在沙发里，仰头看着二楼向阳处，那里打通了边上的房间，扩建成大哥的新房。

陈姨正指挥着人布置新添的东西，一着急起来她的嗓门又大了。

飞尘在明亮的光线里打转，怎么也不落下。

贺一容正在发呆，没注意贺毅林来到她的身边，不声不响地拿起她放在茶几上的习题本。

"就做对这些，你能拿到奖学金吗？"他把习题本卷起，轻轻敲一下贺一容的脑门。

贺一容捂住前额，没接他的话，却神神秘秘地问他："大哥的婚礼怎么突然提前了？"

贺毅林是知道原因的，坐在贺一容身边压低了嗓音："朱家好像有老人要不行了，说是冲喜，算了月底的日子。"

他忽然想起什么，直直地看向贺一容。

贺一容歪着头，抿嘴一笑，似乎很奇怪贺毅林怎么用这种眼神看着她。

"小容……"他语气显得很为难，移了眼神，也看向楼上忙得热火朝天的众人，"他们恐怕忘了你的生日了。"

就算他们都忘了贺一容的生日，他也知道贺一容不会闹脾气。可贺毅林心里窝着一股气，他希望贺一容能发火，撒泼耍赖都可以。可她只是转了一下眼睛，笑嘻嘻的："没事啊，大哥迎娶嫂子才是最重要的，事情多才忘记的吧，毕竟时间紧。"

贺毅林想要透过她的眼神看到她表情下的一丝裂缝，可她真的不以为意，大方接受被忽视的这个事实。他摸上她的头，贺一容没躲开，甚至往他手心里磨蹭了一下。

"谢谢你，三哥。"

贺毅林低下了头，"嗯"了一声。

贺毅阳的婚礼定在三月二十八号，双方合了八字，找人算出了这个最好的日子。

贺一容的生日是二十六号，直到她生日前两天，贺增建才想起小女儿的生日。他背着手来回走动："我记得是三月底，事情多忘了日子，一下子就二十六号了。"

他犹豫着："小容今年二……十了？"

贺毅林冷笑一声，贺一容在他边上悄悄拍他一下，抿嘴笑着站起来拉住贺增建："可不可以一直过十八岁的生日？我还不想长大。"

她给了贺增建稳稳的台阶下。

贺增建记得，贺一容的妈妈和他说过，徐家很重视孩子们二十岁的生日。贺一容的妈妈在二十岁那年收到了一辆车。

生日就在贺毅阳的婚礼前夕，肯定不适合再大操大办，朱家本来就讲究，又借着婚礼冲喜，要是大张旗鼓地给贺一容过生日，那边肯定有话要说。但贺增建总觉得委屈了女儿，又怕被徐家知道后埋怨。

他定定心思，把众人叫到一起。

"小容二十岁，我想给她买套房子。"

贺一容吃了一惊，二哥都还没有房产，怎么轮得到她？

她手晃得和拨浪鼓似的。贺毅溯抓住她的手，转过脸愁容满面："爸爸送这么大礼，我们再送什么都拿不出手了。"

贺一容推拒再三，但事情还是定下了。

聂祯知道的时候只是笑了一下："怕什么？该得的。"

就算这样他还是觉得委屈了贺一容。

“那我送你什么呢，小富婆？”

贺一容拿着手机，似乎在认真考虑。而聂祯也静静地等待她，似乎看到了贺一容正绞尽脑汁的样子。

“我好像什么都不想要。我现在很幸福，聂祯。”

聂祯万万没想到贺一容会给出这个回答。

她和他一样，拥有的东西并不多，所以得到了一些有限的，也视若珍宝小心供于心上。

聂祯得到的不多，所求也不多，但他并不觉得不开心。可是他希望贺一容能够肆意大胆地活着，得到更多的爱、更多的关心。

他没资格贪心，可贺一容值得更多人去爱。

二十五号这天早上，聂祯直接在贺家大厅里等着。

贺毅林先下来，见到他的第一句话是：“不是和你说了以后我送小容上学？”

聂祯搬出想好的理由：“我家车有些问题，要去检修。”

聂家的司机窝在车里面，抻长了脖子嗅也没闻到有什么怪味，怎么聂祯刚坐上车就说车里有奇怪的味道，让送去检修呢？

贺毅林点点头，进厨房拿了做好的三明治和温好的牛奶，走出来看到聂祯才想起来什么。

“你要不要也拿一份？小容今早怎么这么懒？到现在也没起……

“你怎么大早上耳朵就红？

“你这毛病得治，以后谈恋爱了和别人还没做什么呢，自己就先变成红虾子。”

聂祯没理他，走进厨房倒了杯冰水。

最近与贺一容少了许多单独相处的时间，他又训练了几天，贺一容昨天乍一见他，不知有多少话要讲，他竟也难得地由着她，不免就闹得有些迟……

最后还是贺毅林让陈姨上去敲门，才把贺一容叫起来。

她明显也没想到自己能睡到这么晚，着急地冲出房门，衬衫纽扣都没扣好。

贺毅林不知道是不是自己的错觉，贺一容看到聂祯时瞪了聂祯一眼。他转头看向聂祯，这个人大早上的却笑盈盈。

车上，贺毅林端起兄长姿态，边开车边教训贺一容。

“早些起来你还能吃顿像样的早饭，你爱吃的美龄粥、银耳汤，现在陈姨都常备着的……”

聂祯在边上接话：“是啊，你不是爱喝银耳汤吗？美容养颜。”

贺一容心里有气，毫不留情地掐了一把聂祯的腰。她发了狠，聂祯闷哼一声身子歪倒向贺一容，贺毅林通过车内后视镜看过来。

“聂祯，没睡醒啊？怎么没骨头似的？

“我和你说，她现在大了，就算是你也要保持距离。”

聂祯看见贺一容眼下有淡淡乌青，本来想以表心疼，这会儿也觉得自己实在不像话。

他极力忍住要与她多相处的想法。

可这事也奇怪，他越控制着不去想，那些念头就跟藤蔓似的疯长，绕住他的四肢，让他变得虚软无力，对什么都兴致缺缺，做起事来无滋无味。似乎，只是静静待着看她都是好的。

晚上，两人视频通话。

贺一容还在手机那边娇声细语：“你怎么又不说话了？”

他握着手机，语气严肃：“我们得约法三章。”

贺一容咬着唇忍住笑声，又是约法三章。

她就喜欢看着聂祯皱着眉，这样不好那样不对，最后却什么都依着她，原则全部抛之脑后的样子。

“哪三章呀？”

话到嘴边他又犹豫了，在败给贺一容之前先败给了自己。

聂祯的呼吸声通过听筒放大，贺一容只静静地听着。

她自己也不敢相信，她会对聂祯依赖到这种程度。

生日这天，贺一容照常去上学。中午时却接到聂祯的短信：带你逃课？

贺一容抬头，眼睛滴溜溜地转一圈。江晨走过来放了瓶饮料在她桌上，见她这样子也低下头来：“怎么了？”

贺一容捂住嘴，悄声说：“我下午逃课。”

欢喜都从她双眼中溢出来了，她扑闪着大眼，紧张又兴奋。江晨没好气地白了她一眼，在课堂上代替同学答到、因为睡过了头而不来上课，大学生们都习以为常。只有贺一容这个乖乖仔，连周一周三的早读课都准时到。

说是逃课，其实一点难度也没有，大大方方地从正门走出去，也没人会拦住你问。

“哎，你下节有课，怎么出去啊？”

可贺一容做贼心虚，知道下节课的老师总是踩点到校，生怕在正门口遇见她，于是和聂祯约了在学校后门碰面。

学校后面有片小树林，小树林后是年代已久的生锈的铁栅栏。贺一容知道那里有张小门，锈迹斑斑的锁早就被砸了。前一阵因为有学生吃外卖食物中毒，学校便决定不让外卖进校园，虽然最后因为学生抗议而作罢，但最开始进行管理的时候大家都是只能从那儿取外卖。

第一次逃课，贺一容兴奋不已，把书包里的书都拿出来，说是要轻装上阵，背着个空包就趁下午第一节下课时间溜走了。

正午的艳阳她也不怕了，穿过空地与操场，直奔小树林而去。

刚走进阴凉儿，她就听到男女的交谈声。她停了脚步，一时不敢向前。那女生笑声很大，似乎伸手捶了男生一下，男生笑着斥一声。

这声音熟悉，贺一容猜到是谁，也不怕打扰别人了。她挪挪脚步，小腿都麻了。她刻意地轻咳两声，那边的声音戛然而止。

贺一容又等了一会儿才走向前，与赵恩宇撞了个正着。她装作没事发生：“啊，你也在这儿啊。”

赵恩宇却笑了，此地无银三百两。

平日里的贺一容哪会理睬他？走廊里遇见了她都远远躲着他走，哪会像今天这样主动打招呼。他仔细观察她的表情，大概是在太阳底下走了几百米，她脸上有些汗，脸颊粉粉嫩嫩的，十分动人。

他感到惊奇，贺一容撞到他与女孩在小树林里私会，竟然没有羞红脸。

而且正是上课的时候，他本来是来找和贺一容同一个班级的女孩，结果因为对方有课而作罢。他不想白来一趟，转头约了明珠。明珠总是随叫随到。

上课时间，贺一容怎么会出现在这里？

“你……”

贺一容绕过他，摆摆手：“我逃课。”

明珠靠在树上慢条斯理地用手指梳着头发。上了大学后，或许是打扮得越发大胆，她越来越明艳。

贺一容走到栅栏边，被赵恩宇喊住。

她站的地方已经脱离了阴凉处，阳光刺眼。她用手挡在额前，不由得皱眉看向赵恩宇，听见他说：“我记得你生日大概是这个时候，生日快乐。”

赵恩宇看见贺一容笑了，金黄的光线笼着她，发丝都变得明亮了。

“你刚来的那年不是办了生日宴吗？十七岁的时候。”赵恩宇也露出温和的笑，“我记得。生日快乐。”

明珠也转过身来，把头发捋到一侧：“生日快乐，小公主。”

聂祯在学校后面那条几乎没什么行人的小道等着贺一容，看她含着笑蹦蹦跳跳地从小门里钻出来，扬眉道：“怎么这么开心？”

她笑着冲到聂祯面前，仰头细细打量他，踮起脚来手指悬在他的眉骨前，叹一声：“怎么又这么重的黑眼圈啊？”

聂祯甩甩头，不以为意：“最近有点忙。逃课就这么开心吗？”

贺一容走起路来脚步都在跳，边退着走边说话。

“在小树林里遇到赵恩宇了，他祝我生日快乐。我以前刚认识他的时候听了一些传言觉得他好可怕，后来接触过几次，其实赵恩宇还不错对不对？他只在我十七岁那次参加过一次生日宴就记住我的生日了……

“哎，你猜他在小树林里干什么？”

贺一容突然停住脚步，仰头碰到聂祯紧绷的下巴。

“对不起……我只是什么事都想和你说。”然后她一不小心，没刹住话。

聂祯扶着她的肩，把自己听到赵恩宇的名字时身体里瞬间涌起的种种情绪压下。

“没事，他在做什么？”

贺一容摇摇头，不想再继续这个话题：“我们去哪儿？”

小路太窄，车停在尽头。贺一容一路走下来呼吸渐重，脚步渐缓，聂祯打量她，觉得有必要对她进行体能训练。

“周末带你游泳？”

贺一容摇头，她根本懒得动。

四下无人，聂祯拉住她，看她过于懒散想要教训她。贺一容还保持着向前走的姿势，惯性使然跌到聂祯怀里，转了个身，手按在聂祯胸前。

树影婆娑，光影明灭。

聂祯带着贺一容去了游乐场。王东来说，小女孩爱去的地方除了电影院就是游乐场，一定要坐摩天轮，绕过最高点的地方最有意义。

他当时嗤之以鼻，什么必去的？什么摩天轮？什么最高点最有意义？

工作日的游乐场人很少，许多热门项目都不需要排队，贺一容却对过山车一类的项目兴致缺缺，她感兴趣的是空地上打气球换玩偶的打枪游戏。

聂祯站在她边上，看她每打一枪前都费力眯着一只眼睛瞄准。

五个中三个的命中率。打了三轮，她得了两个安慰奖。

她并没有受打击，边等着老板换子弹还边和人聊天：“您这个旧了，打出去声音不清脆，要有‘吧嗒’一声的感觉才好呢。”

老板呵呵笑着：“要赚了钱才能换啊。”

贺一容像个散财童子一样大方：“那我今天多玩一会儿。”

她第一枪就没中。她撇撇嘴，端着枪站起来瞄准目标。

聂祯看了一眼空转的摩天轮，走到贺一容身后帮她扶着手臂。他稍微抬高她的手臂，气息吐在她脸侧，吹得她发丝微动。

“这么近的距离不用看上面那个玻璃，这种玩具枪的瞄准镜都是厚玻璃，光线折射反而会影响判断。”

他找好距离，右手握上贺一容的手，带着她的手指轻轻一按。“吧嗒”一声，最边角的气球爆了。

此刻的贺一容心跳加速，聂祯那一枪像是击中了她，麻意从被他按着的手指蔓延开来。体内有什么东西也和气球一样，“吧嗒”一下炸开。

他连开数枪，最上面一排气球已经消失。

“就是这种感觉，自己打试试。”

聂祯还是从背后搂着贺一容，扶住她的手臂，只是手离开扳机，让她自己操作。贺一容瞄准的位置稍微偏了的时候，他就不动声色地带着她的手臂变化一点角度。

贺一容想要的“吧嗒”声没停，第二排气球也空了。

二十发子弹打完全中，老板笑呵呵地拿出最大的那个粉色玩偶。

“还玩吗？”再打几把她就可以换一把枪了。

聂祯接过玩偶：“不玩了，要早点回去吃生日面了。”

他刚刚在门口时看到，摩天轮的营业时间到下午五点。

老板转身又拿了个咖色玩偶：“送小姑娘的，生日快乐，越长越漂亮。”

贺一容却对坐摩天轮没什么太大兴趣，走过去的路上喋喋不休。

“好奇怪，你帮了我之后我就都能打中了，也有那种‘吧嗒’声。

“我们快点坐完摩天轮，过来再打几把好不好？老板还送了我们一个呢，得让他把钱赚回去。”

聂祯怀疑王东来告诉他的一定要坐摩天轮的说法没有经过验证。

摩天轮前，除了他们，还有一对情侣，样子像是大学生，在公共场合也黏黏糊糊地抱在一起。

他们与那对情侣隔了几个空位入座。

刚上去时还没站稳，轿厢就晃了下，贺一容跌靠在聂祯身上，又笑嘻嘻地离开。

摩天轮渐渐升高，打气球的摊位变成一个小圈。并不十分稳当的小小空间里，聂祯像脚底被吸住一样纹丝不动。

贺一容由衷感叹：“你现在变强壮了好多。”

她的手刚要摸向聂祯的胸肌，就被聂祯握住。他抬眼看着上面，数着还有多久轮到他们转到最高点。

五、四、三、二……

聂祯捂住贺一容的眼睛。第一圈转过最高点的时候，他开松手。

映入贺一容眼帘的，是白幕中炸裂的烟花，似一缕云。

“有病啊，大白天的。”

聂祯皱眉：“特地买了蓝色的，老板说就算是白天放也会有点效果。”

第二圈转过最高点的时候，她想起来刚刚要说什么。

“我刚刚……”

“小容，永远快乐。”

他深深看她一眼，掌心盖住她的眼睛。

她眨了几下眼，睫毛在他手心扑闪，同时心底狂风骤起，树叶、杂草，全部随风呼呼飘荡。

熟悉的气息靠近，原来他身上真的有他独有的味道。

贺一容闭了眼睛，富有弹性又湿润的唇盖住她的。

大脑内空无一物，只有唇上的触感，鼻间交融的呼吸，他覆着自己眼睛的掌心，以及慢慢下滑的手。

贺一容无意识地微微张嘴，呆住了。

他的唇瓣挤进来，与她的交叠。他把搂住她的胳膊一收，让她的身体贴向他，紧密无缝。

他动作变得急促而用力。

贺一容永远记得这一天。转动时吱呀作响的摩天轮轿厢，小小的封闭空间里带着春融的温暖，她比打雷还响的心跳，冰凉的金属扶手，和俯着身子认真亲吻她的聂祯。

聂祯还是怕吓着她，只浅浅地吻了一下很快就松开了她。

真碰到她了就更加小心翼翼，他怕手重了她疼，怕亲得狠了她怕。多少情绪，他都压在心里。

他深吸一口气，克制地抱住她。

贺一容的脸颊热热的，贴在他的胸口。

虽然自己也头重脚轻，血脉偾张，聂祯还是轻柔地抚着她的后背。就算他动作再轻再柔，他也担心会让她不舒服。

贺一容却啃着拳头，嘻嘻笑出来。

聂祯低头看她一眼，正好碰上她抬头打量他的目光，她双眸含水，嘴巴红红。

聂祯只看一眼就觉得身体快要爆炸般的疼。她又把头埋回他的胸前，也伸出手搂住他的腰。

“聂祯、聂祯。”她轻声喊着。

聂祯没反应，他闭着眼睛感受怀里软绵的人。

心有着处。

聂祯感受到了久违的幸福和满足，甚至鼻头发酸。

她指尖轻轻在他的后腰画着圈，又在那儿念叨：“聂祯、聂祯、聂祯。”

每一个音节都跳起来。

怎么，她也这样开心吗？聂祯微微笑着，低下头去，靠着她的头。他稍微蹭了蹭，她的发丝毛茸茸的，又软又细。

“聂祯、聂祯、聂祯……”

聂祯把她的头按在自己胸前，声音喑哑：“别喊了。”

她又被他突然吻住。

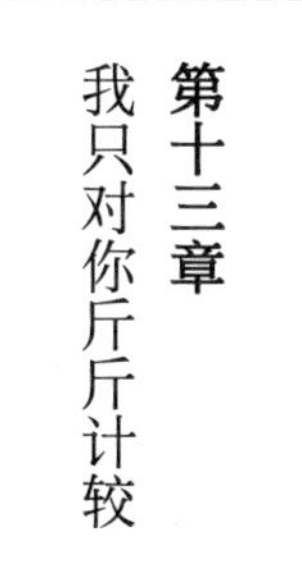

第十三章 我只对你斤斤计较

各门课程的老师已经开始划期末重点了，贺一容才忽然发现对于高数，她仍是学得吃力。

刚入学的时候，贺增建又提出在国内读两年后送贺一容出国的想法。贺一容吓得不行，立马保证自己会好好学习，不需要出国，甚至嘴巴一张一合，说自己会拿奖学金，保证会以优秀的成绩毕业。

贺增建这才乐呵呵地说："行，能拿奖学金的话，就不出国了！"

为了拿奖学金的目标，她决定临时突击。反正她有聂祯这个好军师。

可聂祯一扮起"老师"角色来就又恢复高中时给贺一容补习的模样，再一次搬出"约法三章"来。被聂祯的各种规矩约束着，贺一容安安分分做起了好学生。她最多是在伏案狂写数个小时题后，把指节处被笔硌得红肿的中指伸到聂祯面前："你看，都红了。"

眉头皱成小丘，她好不可怜。

聂祯淡淡地看一眼，伸出手快速擦过她有些粗糙的第一指节。

"歇十分钟。"

他铁石心肠，像个旧社会只会剥削工人的无情资本家。贺一容瞪他一眼，抻长了脖子等嫂子送吃喝来。

朱声声果然如贺家人所期望的那样，是个会照顾人的女主人，水果、牛奶、小点心，每天变着花样地送到贺一容的书桌上。可贺一容最喜欢她的是，每次声音比人先到："小容、小祯，我送点吃的上来。"

东西放下，寒暄两句，她出去时再轻轻把门带上。

贺一容总觉得朱声声太过聪明，她看向自己和聂祯的眼神里有些不及眼底的笑意。好像她早已勘破两人之间的关系，就算两人规规矩矩地离半米远坐着，也瞒不了她。

当然这只是贺一容的第六感，就像她猜测朱声声如果真的看出些什么，也是凭着第六感一样。毕竟他们也没有什么太过出格的举动。

书房的门又被朱声声关上。聂祯转着笔盯着关起的褐色房门：“你嫂子是不是……”

贺一容已经靠在他身上，头枕在他的肩上：“你也觉得是吧？嫂子肯定猜出来了。”

聂祯转头看着贺一容没骨头似的靠着自己：“那你还不注意点？”

贺一容晃着脑袋，满不在乎。

朱声声肯定不会说出去。她送吃的之前刻意打声招呼再出现，送完吃的之后又关上书房的门。前一个动作是提醒他们她已有猜测，后一个动作是告诉他们自己会帮忙隐瞒。

贺一容又想起聂祯最近明显健壮许多的身体，顺手摸上聂祯的大臂。她隔着卫衣布料捏了两下：“你肌肉又变硬实了。”

聂祯很想去把房门再打开，可那样会显得太刻意。他看了一眼时间：“还有五分钟。”

贺一容甩开他的胳膊，他的胳膊“啪”的一声打到桌沿。她又担心又愧疚，可倔强地不想去看他有没有伤到。她坐得离聂祯远了些，主动拿起练习本继续做题。直到天色渐沉，聂祯一只手隔着些距离拉住她的手腕。

“今天周五了……明天，就周末了。今晚你想看电影吗？反正你明天不用早起上学，今晚可以……”

他话没说完就被贺一容冷声截住。

“可以什么？是你说的周末才可以，遵守规定好吧聂老师？”

搬起石头砸自己的脚，聂祯也有些后悔自己怎么就说“周末才可以抱着睡”这句话了，明明周五晚上就可以了。

对他人严苛何尝不是对自己严苛呢？而且按照他规定的时间来的话，周五晚上也要学习到十点钟。

聂祯，你何必呢？他十分懊悔，决定及时改正。

月黑风高，洗漱完毕，聂祯悄无声息地跨过阳台，没看清脚下的东西，绊倒一个花盆。光从窗帘缝隙中透出一缕，照亮聂祯的脚下。花盆碎裂，泥土散落一地，一株月季可怜兮兮地躺在地上。

贺一容拉开阳台的门，光都泻出来，聂祯抬头看见贺一容正抱臂看着他。

“聂老师，十一点多了，你说的十二点前必须睡觉。”

聂祯大步走进来，关上阳台的门，拉上窗帘。

“聂老师，你‘知法犯法’啊。”贺一容刚说完这句话就被聂祯拽到怀里，下一秒被他吻住。

贺一容被吻得嘴巴都有些肿了才推开他。她的唇红通通一片。

聂祯一时看呆了，和外面那朵跌落在地上的月季一样，破碎又可怜，可这副样子反而让人更想困住她，让她只在他怀里绽放。

“现在我觉得可以提前到周五晚上。”

贺一容听到这话先是睁大了眼睛不敢相信，又努力憋着笑。她脸色红一阵白一阵，嘴巴紧咬着，笑意都从眼睛里溢出来。她终于“扑哧”一声，又娇又羞：“聂祯，你讲不讲道理？”

聂祯不想讲道理。

贺一容被他搂住，手推着他的胸，人往后仰的抗拒样子让他只想把人抱紧了。或许是他太用力，贺一容渐渐放松下来，懒洋洋地靠在他的怀里。她声音放低：“我是不是太黏你了？”只要看到他，她就想飞奔到他怀里去，与他搂抱着坐上一整天，时不时地侧头亲吻。她时时刻刻想与他亲近。

聂祯摇头：“不，是我黏你。”

他捧住贺一容的脸，再一次吻住她红肿的唇。

第二天，聂祯洗漱后神清气爽地下楼，在楼梯上还伸了个懒腰。正在喝粥的爷爷看他一眼，又喝了一口粥，放下碗来：“小祯啊，你来。”

聂祯不知为何，没来由地有些心虚。果不其然，老爷子开口的第一句话就是："我听老白说，上面和贺家连着的阳台被你打通了啊？"

聂祯低着头"嗯"了一声，并不多做解释。

白老看了聂祯一眼，端过一杯茶给聂老漱口。

"小容总喜欢找小祯玩，她几个哥哥各忙各的，没空管她。"

聂老漱完口，手里拐杖在地砖上敲了敲，沉闷的声音一下下敲在聂祯心头，聂老清了清嗓子。

"你自己注意分寸。"

话已至此，大家都明白。

聂祯也灌了一口苦茶，反思是不是最近露出了马脚，所以才一个两个的都猜到些什么。他想，他也一直觉得自己是有分寸的。只是最近，他快变得没分寸了。

不知道想到了什么，聂祯端着茶杯，手指轻轻抚着微烫的杯壁，站在那儿任由热气飘荡到脸上。

江家江坊过生日，照例打电话给聂祯。

就算现在和聂祯联系变少，他这个人也最讲究兄弟情义，十几年前的兄弟也是兄弟，一起喝过几次酒也能勾肩搭背。前几年的生日他都叫了聂祯，聂祯没去。

他今年却不乐意了，打电话过来的时候明显喝了酒。

"小祯啊，我叫了你四五年，你都没给过我面子，今年还不来啊？

"祯啊，人要往前看，你老这样我看着也心疼。你看以前我们多好，现在你也不和我一起玩了。

"你是不是只听季哥的话？你也别怨我，我家老头子那谨慎性子，不肯得罪人，自然不敢和你家的事牵扯上，我也没法子。"

聂祯静静地听着，贺一容趴在他边上拿他的平板电脑玩游戏，这是做了三个小时的卷子后好不容易抢来的休息时间。

她做口型问："怎么了？"

怎么接个电话聂祯一点回应都没有？

不知道那边的人又说了什么，聂祯终于开口：“知道了，地址发我。”

挂断电话，聂祯问贺一容：“明天几号？”

贺一容正掰着指头算，聂祯已经想起来：“哦，十二号了。”

聂祯屈着手指弹贺一容的脑门：“你小点声，让你嫂子听见，她就知道你没在学习了。”

贺一容根本不当回事，满不在乎地道：“嫂子才不会像你一样严格呢。”

“明天我出去，贺三可能也要出去。”

贺一容有些不高兴：“好不容易你休息，你还不多陪陪我。”

聂祯冷笑，指指她桌上摊着的试卷：“是啊，明天就周一，广义积分和定积分会了没？”

贺一容一听这话就垂头丧气地松开聂祯的胳膊：“我看了啊，大部分会做，做重复又没意义的事情干什么？除了那几道难题，其他的也都看一眼就知道怎么做了……”

她说起来总是有理的，偏聂祯也无法反驳，毕竟他也觉得纯粹的题海战术无意义。

“嗯，不做了。”他无原则地纵容她。

“但难题还是试着做一下？你们学校成绩好的人还是蛮多的。”

他又试探性地鼓励她并尝试用激将法，觉得自己操心得像个老父亲。

贺一容撇撇嘴：“得了吧，江晨还等着我的作业抄呢，最迟十点得给她。”

聂祯挑眉，倒没想到贺一容和江晨现在还有些交情了。看来江坊的生日他确实要去一趟。

江坊爱热闹，朋友一抓一大把，聂祯进了包间后几乎满眼都是生面孔。

江坊从人堆里挤出来，先抱住聂祯。

“小祯，总算看见你了。”

贺毅林在聂祯边上白了他一眼：“这话说得像聂祯出国好几年一样。”

聂祯皱皱眉，满屋子的酒气混着油炸食品的味道，一堆人凑在一块儿，屋里又开足了空调，体味都透过衣服散发出来。

他只觉得头昏脑涨，拍拍江坊的肩："我坐一会儿就走，你这儿人太多。"

江坊揽住他的肩，凑到他耳边说话："别介，哥哥我哪儿会叫乱七八糟的人过来？你待会儿喝点，结交些人。你不是要去西部吗？有益无害的。"

聂祯面无表情地看他一眼，江坊耸耸肩："谁还不知道你最近往那边跑了几次？"

他悄悄指了指一个在打牌的人："那个，周少游，西城集团周千升的儿子，我家老头子那儿的消息可是说周千升年后又要升了。嘿，千升千升，这名字起得倒好。"

江坊捅捅聂祯的后腰："你处好关系没坏处。"

江坊见聂祯面无表情，也猜不准聂祯的心思，又看向贺毅林。见他只低头玩着手机，蓝光映在他脸上显得阴森森的。

他在心底感叹，怎么个个都端着冷漠疏离的架子？他们看起来确实是有点帅，不像他三教九流的都结交，惹了一身乱七八糟的味道，再也扮不来贵公子的样子。

他贴近了聂祯，嗅嗅。聂祯推开他："做什么？"

江坊不好意思地笑："还是小祯身上香，可你这身上味道怎么变了？有点女人的味道。"

聂祯想，还不是贺一容最近又开始折腾起香来，把她屋子熏得蝴蝶飞进去都会扑棱着翅膀晕掉。他捏起指尖，放在鼻下闻了闻，舒畅了一些，又遥遥指向正在打牌的周少游："那个，你待会儿叫他过来和我喝一杯。"

周少游，他记得。

没过多久，周少游就端着杯子过来，先敬聂祯，又敬贺毅林。

"聂哥、贺三哥。"

周少游打了招呼后手举着杯子含着笑，贺毅林看聂祯一眼，以为他真的是想结交这位贵公子，也端起手边的杯子举了一下。但他没喝，又把杯子放了下来。

聂祯抱臂看着周少游。周少游心里有些发毛，他年纪还小，就算家里面现在得了势，也不敢在这帮家族在北城盘踞了多少年的人面前蹦跶。

他们抱团又护短，就算听过些这家那家小打小闹的八卦传闻，周少游也知道，真正触及这种家庭的统一利益时，他们很是抱团。毕竟现在很多财富还是被这些人牢牢攥在手里。

他壮着胆子又把杯子往聂祯面前举了一下，什么意思？不是江坊说让他过来给聂祯敬杯酒的吗？他以为打好招呼了。

可聂祯这个样子……

已经有人在打量这边，周少游有些尴尬，只觉得身上的衣服都要汗湿了。

又有人推门进来，众人的目光都被吸引过去。周少游的背脊刚放松，又瞬间紧绷起来。

聂祯站起来，拍拍他的肩："意思到了就行。"

周少游愣住了，手里的酒杯放也不是，举也不是。

贺毅阳、贺毅溯与季青林一起进来的。江坊带着他们往聂祯和贺毅林这边来，包间里明显没有刚刚那样嘈杂了，摸麻将的人都放轻了动作。

季青林直接坐到聂祯边上，看周少游站在面前有些拘谨。

"这是？"

聂祯拍拍另一边的位子让周少游坐下。

"周总的儿子，我听说和江晨、小容在一个学校，叫过来问问。"

季青林睨他一眼，什么"江晨、小容"？"小容、江晨"才对。

他有一天去找聂老问些事，看见那小姑娘从聂祯房间出来，打了个招呼后小兔子似的蹦跳着跑了。

周少游积极地接着话："是，和江晨，还有小……贺一容高中都在一个班。"他笑得有些腼腆，"现在都在北城师范。"

聂祯看他："一个学校吗？不错，你可帮我们看好了，别让有些不识数的跑上来骚扰她们俩。"

江坊走过来，添了一句："是啊，江晨那样子我总觉得她有情况，少游，你帮我看好了她。"

周少游点头，却根本不敢说江晨总爱找他说话，他却总喜欢偷瞄贺一容。他暗道：只要和今晚的这几个哥哥搞好关系，有这层关系在，贺一容指不定就和我熟悉起来了。

“江晨还好，贺一容不太和我说话。”

他先对着聂祯说，又伸着头看向贺家兄弟，希望能得到一句“回头让小容和你熟悉熟悉”。

贺家兄弟没人理睬他，聂祯却转着酒杯，笑着抿了一口酒。

贺一容做完作业听见院子里有车声，蹦跶着下楼，见哥哥们一起回来，隔着老远就夸张地捏住鼻子：“三个酒鬼。”

下一秒聂祯也进了门。她手指一偏，有些气恼：“四个酒鬼。”

朱声声知道今天是什么局，回来的时候就吩咐人煮了醒酒汤，见聂祯也进来，偷笑着看了贺一容一眼。

“来，醒酒汤早就给你们准备好了，小祯也喝了再回去。”

贺一容一声不吭，跟着朱声声进厨房端醒酒汤。朱声声从碗柜里拿出一个描金白瓷碗放在贺一容面前：“喏，小祯在我们家专用的碗。”

贺一容气鼓鼓地小声抱怨：“嫂子！”

朱声声哈哈大笑，觉得逗弄小姑娘实在是好玩，这小姑娘心思满满地都堆在眼里，还以为别人看不出来，在人前装成一副无事发生的样子。她边盛着汤边说：“你说你几个哥哥脑子是不是都是木头做的，怎么什么也瞧不出来？”

贺一容心想，大概是因为她来北城后就一直跟在聂祯后面，上学放学几年都是聂祯接送，自家哥哥们早已习惯他们俩之间如此亲近。哪天她与聂祯闹矛盾了他们才会觉得奇怪呢。

朱声声端着贺毅阳和贺毅溯的醒酒汤，贺一容端着贺毅林和聂祯的醒酒汤。贺毅林酒量不好，喝了一点就醉意明显，指着聂祯那碗：“怎么他的碗不一样？他的碗高，盛得多，你们胳膊肘往外拐。”

贺一容懒得应付酒鬼，瞎话随口就来：“他上次来我们家吃饭时自己带来的。”

聂祯咕咚咕咚喝了两口醒酒汤，他怎么不记得自己来吃饭的时候还专门带了个碗？

等几个酒鬼都休息了，贺一容才蹑手蹑脚地打开阳台的门，打算去看一眼聂祯。他今天一进屋的时候脸就红扑扑的，不知道喝了多少。

结果刚转过身她就被拥入一个冰凉的怀抱。

她尖叫出声，聂祯笑嘻嘻地捂住她的嘴巴。

看着她惊魂未定，在黑夜里瞪圆了眸子，他恶作剧得逞，开心得像个孩子：“你看，吓到了吧？我就知道你要来找我，在这儿等着你呢。”

贺一容气不打一处来，黑漆漆的夜里突然冒出个人，她真的被吓得半死。

聂祯又道：“平时见你说话轻声慢语的，这被吓着了声音倒不小。”

他不时回头，虽然刚刚自己捂住了贺一容的嘴巴，可她那一声实在尖厉，肯定有人听到了。

等贺一容魂神归位，刚要对着醉鬼生气，却发现他胳膊冰凉，不知道在外面站了多久。她瞪了他一眼，把人拉进房间。

敲门声响起，是朱声声：“小容，怎么了？”

她猜肯定没事，阳台上的秘密她早就发现了。可贺毅阳从熟睡中惊醒，非要过来看一眼，朱声声怕他撞见聂祯反而不好解释，只能按住他自己跑一趟。

贺一容语气不自然：“没什么，嫂子，看见只虫子，已经打死了。”

朱声声藏着笑：“没事就好，是只大虫子吧？我去告诉你哥让他放心。”

她说到“大虫子”时刻意加重了语气，贺一容满脸通红，只把怒气都发泄在聂祯身上，拿起手边的玩偶就扔向聂祯。

聂祯喝了酒脚步不稳，却眼明手快，一只手抓住玩偶，身体向前，却不想自己摔倒在床上，也把贺一容绊倒。

贺一容推他：“回你屋撒酒疯去。”

聂祯笑嘻嘻起身，见贺一容穿着宽松的针织衫，脖子下大片肌肤露出来。她皮肤又薄，大概被自己的头发蹭到了，有几处就像梅花一样红。

他把贺一容的衣领拉高：“今天碰见周少游了。”

贺一容瞥他一眼，等了许久也不见他说第二句话。

聂祯用手撑着头，侧身向着她，呼吸间，气息扑在她的锁骨下，温温的，有些潮湿。

“长得还行，人也懂事。”

贺一容挠挠手心，有些心虚：“我又没答应他出去玩。”

聂祯咬上她锁骨下的那片皮肤，几乎没有肉，马上就从嘴里滑出来。他哼了两声，坐起身来将贺一容压在身下，把她的手腕握住往上压。

他嘴里说着恶狠狠的话，语气却轻柔：“你敢答应他。”

他喝醉了酒，说话都有些含糊，听起来像撒娇。

贺一容的心突然就化成一摊水，此时他冰凉的身体也变暖了。

她伸手回抱住他的腰。不知出于什么心理，她道：“你说我要是这辈子就和你一个人谈恋爱的话，我是不是有点亏？”

脑子被酒精麻痹，聂祯想了一下才明白过来她的意思。

他手指作钳状掐住贺一容的腰，贺一容怕痒，“咯咯”笑着往一边躲。她认真地和他讨论起来：“你想想，如果我真的到死都没有尝试过和别的人谈恋爱，只和你在一起……”

她话还没说完，聂祯就捧过她的脸亲了一下脸颊。

“这就想着和我一辈子到死了？”

贺一容推他，聂祯突然松了撑在她两侧的手，整个人压上来。

“我不亏，不想试别人。你想试的话我可以放你去试试，反正到最后你肯定觉得其他人都不如我好。”

贺一容吸了下鼻子，将脸埋在聂祯颈间。

他偏头：“怎么了？”

贺一容摇摇头。

聂祯从未说过这样的话，他从来没有这样自负霸道过。

他主动将自己与外界隔离，贺一容知道，是因为别人那种不由自主带上的悲悯与怜惜让他不适。可他最近变了好多，贺一容迫不及待想看看聂祯会不会变回他们口中那个小时候调皮又嘴甜的恶作剧霸王。

聂祯又一次咬上她锁骨下的皮肤，含住了就松开。一次又一次，不服输且乐此不疲。

他又突然疑惑道：“我什么时候来你家吃饭还带了个碗？”

贺一容笑：“你不认识了？那是我在舅舅家喝银耳粥用的碗，去南城那次带了回来，一套两个，是我从小用到大的。”

她的言外之意是：从小用到大的，一套两个，分你一个。

聂祯只“哦”了一声，埋头在她胸口。

“你说能不能种出个爱心形状的草莓？”

贺一容翻了个白眼，喝了酒的人怎么这么幼稚？

聂祯最后执拗地在贺一容的锁骨下吸了个歪歪扭扭、不像爱心的爱心。

他得意地迎着光看，又皱了眉。

贺一容的皮肤又薄又白，被他吸得久了，变成紫红色，似乎碰一下血就会冲破皮肤。他手指不敢碰上去，绕着红痕转圈，又悔又心疼：“疼不疼？”

其实还好，可贺一容有些气他喝了酒胡闹，低着声音万般委屈：“疼啊。”

他趴上去吹气，小心翼翼的。呼出的气带着淡淡酒香，他额头贴着贺一容下巴轻轻地蹭。

贺一容渐渐心不在焉起来。

“聂祯。”她也像喝醉了酒。

聂祯迷蒙地抬起头来。

“不疼了。”小手伸进聂祯宽大的卫衣里，顺着他的腰摸到前面，在他的人鱼线那里轻轻画圈。

暗示意味明显，聂祯在这个时候脑子不晕了。他推高她的衣服，嘴里还抱怨：“你就是喜欢露个腿，天不热也要露腿。”

贺一容故意说：“你不喜欢吗？”

他含糊着回答：“喜欢。”

喜欢得不行。

少女的成熟好像在一夜之间——不动声色，悄悄长成。贺一容举手投足间有了独有的风韵，眼角含情，再也不是直勾勾盯着人看，把情绪都展开在人面前的那般莽撞模样。

贺一容嘴里哼着歌，饶有兴味地摆果盘。水果都是别人给她切好了的，她非要在盘子里摆出个花样来。

朱声声正好从外面回来，进门就看见厨房里晃过贺一容一双雪白的长腿。

她拐进去，悄无声息地走到贺一容身后，挠挠她的腰。

“呀！”贺一容果然被吓了一跳，一声惊呼也叫得像小猫叫。

“切这么多水果做什么？你哥哥们一个月都不吃一口的。”

朱声声靠在操作台上，随手拿了片切好的橙子，贺一容又放了一片进去补上那个缺口。

朱声声觉得好笑，小女生最爱仪式感。

“怎么，有什么好事？”

她虽然不常在家，却也知道，贺一容只有心情极好的时候才愿意用心捣鼓一些东西。早就听贺毅阳说过贺一容手巧，会做蛋糕，可两个月来她也只吃到过 次。

“没有。”贺一容嘴角噙着笑，欢喜藏都藏不住。

朱声声夸张地“哦”了一声：“我猜猜，是聂祯回来了才这么高兴是吗？”

她扬着眉，笑着看贺一容。贺一容满脸震惊：她怎么说出来了？

贺一容又羞又急，落荒而逃。

贺一容高中数学的基础打得不错，聂祯讲起题来比以前轻松很多。有一道大题，聂祯只是画了条辅助线，她就立马抢过试卷去。

“我会了！”

聂祯撑着头看她笔下不停，“唰唰唰”的，笔尖划上纸张的声音很好听。

演算步骤倒数第二步，她竟然写错了数字。

聂祯食指在桌面上叩了两下，不急不躁。这张书桌是古木做成的，敲击声浸在木头里，厚实悠远得像静人心神的木鱼声。贺一容疑惑地看过去，撞入聂祯带着纵容之意的眼睛里。她不由得红了脸，竟然主动移开目光。

聂祯懒洋洋地撑着头，明明是刻意提醒她，也有温柔的情意化在眼睛里。

贺一容第一次感觉到自己有被人明显地在意着，没有其他因素，只因为她是她。

她一害羞声音就有些哆：“怎么了啊？”

聂祯看她一眼，也不懂她怎么就突然露出这副娇羞样子。

“你仔细看一眼数字。”

贺一容快速过了一遍演算过程，“啊”了一声，吐了吐舌头。

聂祯侧过头去，胸脯鼓鼓的，他长舒了一口气后心跳才恢复正常。

他不仅变得没分寸，也变得没自制力了。

贺一容一张试卷很快就完成大半，遇见有难度的题就把卷子往聂祯面前一扔，自己上身瘫在桌上。她将头转过去，眼巴巴地看着他：“不会了……”

聂祯看题时贺一容就在边上感叹：“你应该去做教授。”

他握着笔若有所思的样子实在是迷人，他身上并没有什么书卷气，长得秀气，气质清冷，如果做老师的话，一定很有魅力。

聂祯在题干某句话下画了线：“你仔细看看，昨天讲过类似的题。”

贺一容抽过卷子，思考的时候眉毛和鼻头都皱起，像在处理什么世界级难题。

恍然大悟后，她顺畅地写完。

聂祯笑着揉她的头发：“真聪明。”

贺一容像撒娇的小动物似的，头在他的手心里拱了拱。

“是啊，前几天你让我做模拟试卷没做好，只是我那天状态不好。”她说得没底气，想起来状态不好的原因是前一天晚上她闹着聂祯不肯睡觉。

聂祯发了狠，直接把她甩在床上狠狠打了她屁股两下，用被子把她裹得严严实实，让她像个木乃伊一样动弹不得。

她只一颗脑袋露在外面，装着可怜样：“聂祯，你这次又一个多星期没回来了。”

彼时的聂祯心如磐石，知道一旦自己软了心肠，她便又会黏着自己不肯去睡觉。

他只能狠着心把人推出门。

聂祯见贺一容出神的样子，也想起来那次试卷没做好的隐情。他不自在地干咳了一声，好像他是罪魁祸首。

“补课不用了，现在的阶段求稳就好。以你现在的水平，稳定发挥可以考到不错的分数，想再提升的话……”他吞下后面半句话，贺一容没那么好的逻辑思维做更难的题。

贺一容摔了笔，气鼓鼓的。

“嗯？”难道她的水平就在这里这件事，不是他们之间共同的认知吗？

“要不是想和你在一起的时间多一点，你以为我愿意周末坐在这儿做题吗？”

聂祯真是榆木脑袋石头心，竟然一点都不懂。

或许是因为贺一容对学习上了心，又或许是因为聂祯的补课很有成效，贺一容在聂祯给她的第二次测试中发挥稳定，甚至也高于自己的期待，正确率很高。她喜滋滋地在聂祯面前炫耀，聂祯并不惊讶，只是揉揉她的头：“真厉害。”

贺一容不买账：“嘴上夸夸就行了吗？我要奖励。”

聂祯缓慢地收回手，像做慢动作一样。贺一容看见他脸上闪过极快的一丝苦涩与不忍，敏锐地捕捉到了他瞬间的情绪不稳，并且在脑中拉长，深深刻在心里。

即使这样，贺一容还是面上不显。

她自知自己的缺点，遇到不愿面对的事就喜欢躲避退缩。

外公快不行的时候，她在医院长椅上坐着，徐知度、徐名度两人去找她，说他们都得在边上，等着见最后一面。那时候她却笑着装傻：“什么最后一面啊？”

她笑得用力，嘴角都扯得疼，却尝到咸咸的味道。

徐知度给她擦眼泪：“小容，待会儿当着外公的面不要哭，让他安心地走。”

她早就察觉到聂祯最近有些不对劲，时常出神。有时候盯着她不知看了多久，等她抬头他又立马移开目光，把眼底的情绪遮个严实。有时候她在他身边靠着他，絮絮叨叨说些无关紧要的话。

“聂祯，你说呢？”

“嗯？”他看着她，稍显歉疚，“刚刚没听清。”

她不知道聂祯在为什么事忧心，她不想去问也不敢去问，怕这麻烦事是关于她的。

那她就永远不知道好了。她可以装作没看出他频率越来越高的抽离。

贺一容可以很聪明，也可以很蠢。

聂祯最近倒是没那么频繁地出门了，补课次数也变多。他偶尔在贺家待到很晚，等到贺增建或贺毅阳回来时，与他们站在明晃晃的车灯前谈话。

天很黑，又离得远，贺一容看不清他们的表情。

她问贺毅林："聂祯怎么突然和爸爸、大哥有那么多话要说啊？"

已是初夏，空气里都是热气，他们在外面站久了一定会出汗。

贺毅林随口答："可能在商量怎么把你卖了。"

以前开类似的玩笑，贺一容一定不让他，总会叫嚷着"你欺负我，我要告诉爸爸告诉大哥"，可现在她没声了。她抿着嘴趴在走廊的栏杆上，眼睫半垂地盯着门外的黑夜。

贺毅林嘀咕着："哟，变成熟了。"走出去一步他又转头回来，"收起你那副表情，怎么学聂祯一副死人脸的样子？"

在贺一容期末考试前一周，聂祯叫停了补课。

"不用补课了，你的水平够了。"

贺一容鼓鼓嘴，有些不情愿："你又不是不知道，我才不想补课。"

要不是借着补课的由头，每天能正大光明地与聂祯独处几个小时，她才不愿意这半个学期如此受累。

虽然他们规规矩矩，补课就是纯粹的补课。可只是互相陪伴着，贺一容也觉得无比幸福。

她从未这样幸福过，像泡在糖水里，不用加热就"咕嘟咕嘟"地冒泡，把香甜气都散出去。

可聂祯非要把在糖水表面飘着的透明泡泡戳破，甜腻的泡泡无声炸开，又融进糖水里，封存在罐子里。他抽身离开，身上不见一丝糖水的甜腻。

两人都沉默了一会儿，贺一容不喜欢这样的气氛，她正要吞下心底积攒的酸涩情绪，主动说些什么，聂祯猛地把她的椅子拉到身边。贺一容手肘撑着扶手，才没把自己的脸砸进聂祯怀里。

视线里是聂祯的黑色T恤，砸下去的话怕是正好贴到他小腹上，再往下一点，或许也会砸进他的双腿间。

贺一容有些后悔，就该猛地一下砸到他身上，让他吃痛，自己再用手撑着他的身体，慢悠悠地坐起来，埋怨他一句"做什么"。

聂祯靠过来，拉过她的手肘看："没碰着吧？"

“这次考好了给你奖励好不好？连着上次的一起给。”

贺一容分得清楚：“不行，上次的要给，这次考好了也要给，两次不能合到一起。”

聂祯握紧她的手肘，捏了一捏。

“我看贺叔根本没必要去挑一个会做生意的儿媳妇。”

贺一容疑惑，他笑了下继续说：“就该再等两年，你长大了就把家里生意都交给你，你才不会让自己吃亏呢。”

她脱口而出：“我只对你斤斤计较。”

话一出口，两人都愣住了。

聂祯的耳朵“噌”一下红起来。

贺一容只下意识要反驳他，所以说话也没过脑子，竟不小心说出这样酸溜溜的话来。她埋下头去，自己也很不好意思。

聂祯憋了半天，嘟囔一句：“都哪儿学的？”

贺一容想着，这是天赋，她从小就被外公夸嘴甜。

第十四章 非礼勿视

这天思修大课刚结束，贺一容就急着收拾包，后面传来座椅砸到椅背上的碰撞声。

动静颇大，她并不在意，拿起包就要走，今天放学聂祯会来接她。

她还没起身，眼前就晃过一道身影，大概是动作急，那身影到她面前才刹住脚，手猛地一下撑住桌子。

贺一容吓了一跳，抬头看去——是周少游。

此刻他额头上冒着细密的汗珠，手撑着贺一容的课桌，半弯着腰看着她。

同学们都还在聊天或收拾东西，除了两三个动作快的已经离开，剩下的人都被这动静吸引过来。喧闹的空间里也安静下来，越来越多的目光聚集到这边，贺一容有些不自在。

“有什么事吗？”

他深深看她一眼，垂了眸，目光凝在她揪着包带子的白嫩小手上，指头红润。今天近距离看她，他才发现贺一容长了双黑得发亮、会直勾勾盯着人看的眼睛。他积攒了许久的勇气竟然在她的眼神中退却了些。

有男生在后面吹着口哨起哄，当众表白的事大家已经见怪不怪。

贺一容对周少游了解得不多，却也知道他的爸爸是西城集团的高层。开学典礼的时候他爸爸还来讲了话，是个外表严肃、讲话内容也严肃的人。

周少游却不像他，人很温和，脸上总带着笑。可眼下的他又像极了他那位严肃的父亲，眉头皱成“川”字。

“没事的话我要走了。”贺一容并不想和无关的人过多纠缠，聂祯肯定已经在等着她了。

可她的去路被他挡得严严实实。

“我……”他停顿了一会儿，急忙说出下一句话，“贺一容，周末可以约你出去看电影吗？有部新上的电影不错。”

口哨声更大了，他目不转睛地盯着贺一容，贺一容猜得出来更深层次的东西。

学校里的人总说贺一容看起来是个人畜无害的“小白花”，实际上她却是手起刀落不给人一点余地的人。有人拿着花在走廊里拦着她，还没说出约她一起玩的话，她就说：“不好意思让一下。”

她不给人一丁点找理由的机会。

贺一容又一次斩钉截铁：“不好意思呀，我看电影口味很挑，周末也有事情。”

“那不去看电影，去……”

贺一容没给他机会说完，稍稍转过头，看见左前方江晨的身影。

江晨与周少游私下联系多，是个公开的秘密。贺一容不想让她多想，所以更加无情地道：“哪里都不想去。”她提着书包站起来，“你找别人一起玩吧。”

上前一步，贺一容看见他手背绷着，青筋暴突，然后缓慢松开了手。

她还没走到门口，江晨就追上来，和她一起走出去。

“他人不错，好像喜欢你。”

贺一容看着江晨，她没有显露出一点受伤的表情，和贺一容分析着客观事实：“他爸爸还会升，他……是个不错的选择。”

聂祯又一次点开与贺一容的聊天框。

16点48分，她说：我下来了。可现在已经是17点06分。

以往来接她放学，她总是最先跑出校门的那一个。

有人敲车窗，聂祯降下车窗。赵恩宇吊儿郎当地倚在车门边，侧头看一眼聂祯就转过脸去。

“贺一容正被人拦着，有人约她玩呢。”

他接明珠的时候路过阶梯教室时看到了，是周少游，西城集团老总的儿子。据说最瞧不上他这种不学无术仗着家里的权势作威作福的人。

赵恩宇也瞧不上周少游，一副自视甚高的样子，非要在自己和别人之间画条鸿沟，显得自己多不一样。

赵恩宇觉得有些好笑，不一样在哪儿呢？他还不是看上了贺一容，怎么不见他去约那位刚军训时就因为美貌一举成名的普通家庭出身的“小白花”？

“喂，贺一容不是你女朋友吗？”

赵恩宇见聂祯根本没反应，忍不住又回过头看向聂祯。他根本不想见到这张脸，可看到聂家的车子停在这儿，也不知道自己抱着什么样的心理，非要来告诉聂祯这件事。他心里有种奇怪的情绪。

周少游，连父亲都特意和他提过，要和周少游搞好关系。

那个聂祯现在拿什么和周少游比呢？

聂祯是长得好看，周少游也不错。

聂祯成绩好，周少游成绩也好。

聂祯家破人亡、势单力薄，周少游家庭美满，他的父亲身居高位。

可就算是这样的聂祯，自己的父亲也还是那样喜欢，喜欢到明知道聂祯心怀怨恨也想认聂祯做干儿子，喜欢到喝醉酒无数次打骂他的时候说“你为什么不是聂祯”。

“你知道周千升吗？他儿子在拦着小容呢。”

聂祯越没反应，赵恩宇就越想激怒他。

聂祯终于有了动作，他理了理膝盖上裤子的褶皱。

他今天穿着一身黑色工装服，赵恩宇刚刚没注意，现在才发现聂祯和以前不一样了，皮肤不像以前一样白嫩光滑得像小女生的肌肤，身上多了许多硬朗的气质。

乍一看，他确实比自己更像赵家的儿子。

赵恩宇刚想走，听见聂祯说：“那又怎样？小容喜欢我。”

江晨和贺一容在楼梯口道了别。她确实喜欢和周少游在一起玩，可人家对她不冷不热，她就没有一点兴致了。她不明白贺一容喜欢什么样的男生，高中几年，她几乎与所有男生都不太熟悉，也很少和大家一起出去玩。家与学校两点一线，她乖得像只被圈养的小白兔。

贺一容刚刚和江晨说，她得快点走了，聂祯在等她。

聂祯啊。江晨也是下意识地想到，聂祯家破人亡，连过年过节都很少有人去拜会聂爷爷了。

贺一容与聂祯……

她抬头，正好看见周少游在一群人的簇拥下从教室门口走出。

江晨已经很久没有想起过聂祯，看着周少游即使刚被贺一容拒绝也仍满面春风不见颓败，她心头突然冒起一股酸涩感。

很小的时候，大家都还住在一个地方，哥哥江坊和赵恩宇打架，她上去拦着，不小心被赵恩宇手里的树枝划到脸。吵闹中没有人发现她，是聂祯拉着她的手，带她去聂家，聂祯的妈妈抱着她，把她的脸洗净，轻轻地吹着她的伤口。

“晨晨不疼。”

那时的聂祯，也和如今的周少游一般，是个春风般温暖的人，善良可爱。

贺一容喜欢聂祯，好像也没什么不对。

聂祯起床后急忙奔下楼，他今天要送贺一容上学，过了今天两人又要好几天不见。聂老爷子坐在客厅里晒太阳，初夏的早晨，阳光也更明媚，透着喜人的金黄色。见聂祯下来，他就转动轮椅对着楼梯：“你过来，我有话问你。”

那边白老端出两碗雪梨汤，这架势似乎是早就在等着他。聂祯脚步顿了下，想起来前一阵在西部遇到专管生产线的高管方铭，是爷爷亲手带出来的。

“我先……”

聂老爷子盯着他，九十多岁的人了眼神也犀利：“急着送小丫头啊？过去说一声，让三小子送她。”

聂祯摇摇头，拿起手机发出去一条信息。他都能想象得到，真要过去当面说，贺一容肯定又是低着头鼓着嘴，边晃他的胳膊边拉长了声调：“那你什么时候再回来啊？”

他难以应付那种场面，总会觉得心里空落落的，即使心里有针对“什么时候”的准确回答，也难以开口。

就算只是两三天，她也惯会在他面前撒娇：“这么久啊。”

贺一容很快回过来一个扛着刀的图。

他低着头笑，将手机塞回兜里，阔步走到老爷子面前，拖过一旁的椅子。他还没坐下，老爷子就将拐杖挡在椅子前，指了指客厅的另一边：“去那边，走过来给我瞧瞧。”

聂祯个儿高肩宽，这几年结实了许多，又改了驼背的习惯，身直成一条线，步伐稳健。他走到老爷子面前时，老爷子点点头，拐杖从椅子前移开。

等聂祯坐下来，老爷子才进入正题。

“前几天小方来看我，说你在公司表现还行。你们是不是今年秋天就要准备实习了？”

聂祯点头，却没想到下一句话就让他坐立不安。

“听说你打了申请，要参加西部那边准备开展的新能源项目？”

聂祯抬眼看向自己的爷爷，他面上并未表现出过多的情绪，不知道透过自己在看什么，目光并未在他身上聚焦。

“从你报志愿那天被我打了也不改的时候开始，我就知道你心里打的什么主意。”聂老爷子长叹一声，沧桑悲凉，还有穿过十几年时光而来的无奈与妥协，“你这性子不像你爸爸，倒像我。不用再拐弯抹角地从你贺叔那儿想法子说动我了，我真要认定了不让你去，天王老子来说话也不行。”

“我就剩你一个孙子，我也没几年活的了，本想守着你让你安安分分长大，我自去地底下找你爸妈。但你确实是我聂家的种，这事要是不答应你，恐怕我到死也会心里不安。”

聂祯站起来，在聂老面前蹲下去，埋着头似悲泣地叫了一声：“爷爷！”

聂老的目光这才聚焦，满是褶子的手拍了拍他的头，浑浊的眼睛里流下泪来：“你是我孙子，你就去吧。只是不能去西部，这里头弯弯绕绕太多，我怕你折里面去了。我老了，护不住你。虽然有贺家、季家，但你知道，真出了事他们也不能为了你而不顾自己的家人。”

最后一句话，老爷子流着泪吼出来：“小祯，你既生了这副硬骨头，就得自己好好扛着！”

聂祯红着眼点头，眼神坚毅，肩颈挺直。

白老在边上默默听着，这时才端着雪梨汤送到聂老爷子面前，适时打断他越来越激动的情绪：“小祯是好的，您放心。”

老爷子喝了两口汤，才一只手拖着聂祯站起来。

“你去新国亲自带队，真的手里经过些事，能拿得出成绩，在集团里站得住脚跟，我才能放心地走，你知道吗？”

聂祯拳头握得紧紧的，新国……

因为贺一容在这儿，他从未考虑过这条路。要去西部他都是考虑再三，怕她哭鼻子。他去新国的话，没个两三年回不来。

“你真要和赵天泽斗，身上得混出点东西来，去新国的新公司好好挣个功劳回来，底下的人才服你。不然，我不放心。”

聂祯点头：“知道了，爷爷。”

贺一容……心头浮起她，他又摇摇头将情绪藏起。

聂祯要出门时，爷爷又叫住他。

聂老眯着眼睛看光影里的他：“你既早就想好了路，就该晚几年再招惹小丫头。”

到了大二，班里的人几乎少了一半，有家里管得严的还照常来学校，睡觉看小说、玩游戏打发时间。老师们也不太上心，毕竟外语学院几乎一半学生都准备参加学校与国外学校的2+2合作教学项目，再过一段时间就该出国了。

老师拖长声音懒洋洋地读讲义，一合起来又是那句：“大家自习吧，别发出声音来就行。”

贺一容反而在这种浮躁的环境中沉下心来，埋头做着真题试卷。她打算今年就把专业八级给考了。她写字速度很快，捏着笔杆的中指内侧有些痛，她也只是甩了两下手腕，眼睛还盯在试卷上。

而不远处，周少游握着笔目光温柔缱绻地盯着她，最近越发努力的贺一容在他眼里更添光彩和神秘感。她看起来是那样柔柔弱弱的小姑娘，竟也会为了自己想要达成的目标而迸发出无限力量。

周少游沉迷在这种反差感中。

距离考试时间越近，贺一容就越不敢停下来，好像只要偷一小会儿懒，等着她的结果一定就是专业成绩不够好、拿不到奖学金，被家里打包送出国。

隔壁西语老师进来拿落在讲台上的笔记本，老师见了救星似的忙拉着对方在门口讲话。

贺一容刚好做完一张卷子，对了答案后叠好收起。不经意地抬眼，她正好与门口压着声音聊得火热的老师们撞了眼神。

怜悯、不解，以及怎么也藏不住的探究神态。

她们慌张地移开目光，贺一容也低下头继续做着试卷。

大概是在讨论她家里不会费心给她挑学校送出去，编了一个私生女努力学习靠自己奋发图强的故事吧。

课间铃响，周少游从教室后面走过来，拖过贺一容边上空着的椅子，坐在她身边。贺一容侧头看了一眼，没吱声。

“昨天季哥生日我也去了，聂祯和你哥哥都拉着我说话。”

他带着浅浅的笑意，语气里有些无可奈何的意思。

贺一容抬眸看他，面带疑惑，他用得着和她说这些吗？

周少游却会错了意，笑着摆手：“我平时也不喜欢这些场合的，只是你哥哥和聂祯……”

他欲言又止的样子与他颇有深意的眼神，都让贺一容觉得不适。

贺一容转过脸收拾桌上散乱的试卷和草稿纸。

“都是和你亲的人，我肯定不能不去。”

有一张草稿纸轻飘飘地打着旋儿落在地上。周少游弯腰捡起草稿纸，却故意举高了，等着贺一容去抢。中指有些肿痛，贺一容冷着一张脸盯着周少游：“我同桌不喜欢有人动她的东西。”

周少游讪讪地站起来，把手里的草稿纸放在她桌上。

他又站在那儿半天，见贺一容也不理他，终于松了手。离开前，他瞟见草稿纸上被她写得密密麻麻的，却一片整洁。

左上角好像有个人名，她字迹工整，很是漂亮。走了两步的周少游突然停住脚，那两个字，是“聂祯”。

他想起昨天喝酒时，聂祯转着酒杯问他：“和小容亲近吗？”

他当时说什么来着？说了一句“她现在对我亲近许多”。

贺一容一直等到晚上十一点多，才听见外面车响。她安安静静地坐在床中央，等着聂祯开门进来。

他顺手开了灯，贺一容并没躲着刺眼的灯光，抬着眼皮费力地看向聂祯。

他似乎很惊讶，又瞬间觉得惊喜：“怎么过来了？”

不是她说的，考试前晚上不见面了？

瞬间倾泻的明亮光线还是刺痛了她的眼，两行泪掉下来。聂祯吓了一跳，急走两步坐在床边，抬起她的下巴问她怎么了。

贺一容也没想到自己竟被光刺激得掉了眼泪，猜想是最近用眼过度，眼睛太过疲劳了。可聂祯皱着眉轻言细语关心她的样子，又让她有些窃喜。好像在他心里，自己确实是顶重要的，掉两滴泪也能让他慌张。

她昂着头推开聂祯，配合眼泪吸了下鼻子。眼见着聂祯眉头皱得更深，脸色铁青，她才略显委屈地撒娇道：“你昨天又喝酒。”

聂祯刚想问她怎么知道，电光石火间想起周少游昨天那副遮遮掩掩难以明说的样子，说“她现在对我亲近许多”。

他心里突然就生出一股火来，烧得他难以呼吸，五脏六腑也挤成一团。

他们竟然真的亲近了许多，贺一容都能从他那里知道自己昨晚喝酒了。

昨晚的局上，他听笑话一样听周少游讲“她现在对我亲近许多”。

他何等自信？他根本没把周少游放在眼里。就算贺毅阳在回来的路上多说了一句“周少游这小子，还是可以看看的”，他也没放在心上。

聂祯放开握着贺一容下巴的手。

他躺到床上，懒洋洋地说了句：“是啊。”

贺一容不喜欢他这种语调，像电视剧里那些风流的公子哥，明明做错了事还一副“是啊，那又如何”的样子。

他仰着脸，眼神轻佻，语气暧昧，就像周少游一样不知分寸。

她又推了推聂祯："喂。"

他似乎是有些疲惫，半晌才抬起手臂，手掌大大张开遮着眼睛。

"嗯。"

"可你明明……"

聂祯转过身去，背对着贺一容，她的话都堵在胸口。委屈顿生，她的眼睛真的酸涩起来。上一次喝酒，他还在夜色里等着吓她，最后他身体都受凉了，她事后和他说了以后不要再随便喝酒。他不假思索就应了，笑着说她像个唠叨的管家婆。可现在她半真半假问他一句，他竟这么不耐烦。

贺一容想，或许是自己刚刚的语气有些硬，不太像是撒娇反而像是质问吧。她轻呼一口气，也躺下来，放柔了声音。

"哼，还是周少游和我说的。你说话不算话，之前还答应过我不随便喝酒，不再那样闹腾了。"

聂祯过了好久才不冷不淡地回了一句："昨天喝了酒不是没有去闹你吗？"

贺一容觉得心脏胀胀的，还一戳一戳地疼。她不想再待在这儿，不想再面对他这副不冷不热的样子。明明刚才还好好的，他还一进门就着急地问她怎么掉眼泪了，怎么现在自己真的眼睛酸涩，从心底流出热泪了，他反而无动于衷？可"我回去了"这几个字她怎么也说不出口，只有两人的呼吸声静静搏斗，此起彼伏。

"你回去吧，早些睡觉。"聂祯扯过被子盖住上半身，声音闷在被子里，"我也累了。"

贺一容没有应声，就在聂祯忍不住要掀开被子，按着她的肩膀质问她是不是真的与周少游那么亲近了的时候，她静悄悄地下了床。

被她坐过的地方又鼓起来，可聂祯的心还是缩成一团。他不喜欢睡这样软和的床，人压下去床垫就陷进去，人离开床垫就像进了气一样鼓起来。可贺一容喜欢，之前她只说了一次他的床上用品太硬，他就换了和她一样品牌的床上用品。

他知道自己很过分，对着她发了脾气。可她怎么就这样干脆地离开他，不对他发脾气，不大声和他说话呢？就算自己背对着她了，她也可以安安静静地躺下陪着他的。

他更生气了，贺一容说话嗲嗲的，声音又不大，任谁听了都像撒娇。

她也是这样和周少游讲话的吗？聂祯知道自己此时已控制不住地阴郁起来。

父母刚出事的那几年，他也是这样，推开所有人，将自己与世界隔绝开，用利刃对着亲近的人。他明知这样不对，明知不能放任自己在阴郁的情绪中，可他的唯一救赎，他的贺一容，怎么能和别人也亲近起来呢？

周少游昨天说不出国了，也要参加英语专业八级考试。

聂祯猜得到，他大概是因为贺一容吧？

自己参加新国新公司建设的名单已经交上去了，不出意外，夏天结束之前他就会离开。

可贺一容呢？

聂祯想了许多天也没想出一个好方法，也想不出该怎么和贺一容说。

在和爷爷谈过话之后，他被许多人许多事推着往前走，一切都超出了他原来的预想。在他的预想里，他去西部参与新能源项目，最早也是明年春天过去，还可以时常回来看看她。

虽然不比现在，但起码他们也是可以见面的。可现在新国新公司急着落地，他九十月份就要走。

聂祯在被子里蜷起来，捂出一头的汗，浑身燥热也比不上他这些天内心的煎熬。还有半个月贺一容就要考试了，他该怎样和贺一容说，说自己要离开两三年，说两三年里他们很少能见面呢？

他不敢想象贺一容的反应，也不知道自己该以何种面目去面对她。

聂祯有些泄气，他一个一无所有，明天不知道在哪儿的人，凭什么绑着她？她那样好，乖巧懂事，藏着机灵，小鹿眼一样的眼睛眨巴两下就能眨进你的心里。可他浑身泥泞，却拉着她一起陷进来，偏偏还舍不得放开她。

聂祯掀开被子，大口喘着气。

他想，等贺一容考试一结束，他就告诉她。

她虽然会哭会闹，但应该也和他一样，舍不得放开他。

贺一容心里憋着气，梦里都还在和聂祯闹情绪。她迷糊着抹去眼角的泪，翻了个身想着聂祯真不是东西，还跑到梦里欺负她。

外面惊雷乍响，贺一容睡了又醒、醒了又睡，这一觉折腾得她脑子混沌，精神松散。

早上七点，闹钟响，外面倾盆大雨，哗啦啦的声音把闹钟的声音也盖住。她摸过手机，看到聂祯六点多发了条信息：最近有事，大概半个月。

公式化的交代，他只字不提昨晚两人心照不宣又暗暗较劲的矛盾。火气“噌”地一下上来，贺一容摔了手机。手机砸到床尾软绵绵的被子上，又顺着丝滑的被面滑下去，“吧嗒”一声摔在地板上。

敲门声响，陈姨“咦”了一声探头进来。

天灰蒙蒙地压着，廊上灯都开着，贺一容望了一眼又把头缩进被子里。

陈姨脸上堆着笑：“我还怕你没起，在外面等了一会儿，听见声音才知道你起了。”

她转着脑袋找是什么掉地板上去了，才发出那样大的声音。

她走到床尾捡起手机送到贺一容枕边：“手机怎么踢掉了？还好没坏。”

贺一容声音闷在被子里：“嗯，怎么了？”

陈姨很少大早上的在她门外等着她。

“董事长出门前说你讨厌下雨天，最近学习又累，让你今天干脆别去学校了，在家歇着。”

她掖掖贺一容的被角，把手机也放进被窝里去。手机贴在贺一容的脸边，冰冰凉凉的。

“再睡一会儿吧，起了吃美龄粥，厨房熬着呢。”

贺一容没吭声，疲惫地合上眼。

陈姨正要关门出去，就见贺一容掀了被子起来：“不了，我还是去学校。”

陈姨笑：“毅溯和毅林上学的时候，两人加起来也不如你用功呢。”

第十五章 故意

贺家人都知道贺一容的一些小毛病，不喜欢艳阳天，也不喜欢下雨、下雪。贺毅溯有一次故意逗她：“别的女孩都喜欢下雨、下雪，多文艺。”

贺一容皱着眉一本正经地道：“脏。”

这模样逗得一家人哈哈大笑。

可今年的台风竟要吹到北方来，预报正好是贺一容期末考试的那几日。

聂祯走了一个多星期，只发了两条无关紧要的消息来：刚刚拍到了雨后的彩虹。

配图是一条完整的彩虹，完美的半圆形状。

第二条：贺三说你前天下大雨也上学去了？

贺一容都没理他。

隔了两三天，聂祯也没再发消息来。

期末考试前一周，学校已经停课。贺一容待在家里还是时时手里拿着笔记本，她如此紧张让贺毅林看得头疼，恨不得上去把她的笔记本抢下来撕掉。

“聂祯学习最偷懒，从不做重复功。

“怎么把你教成个喜欢做重复功的？你手里那个知识点前天我就看你背过了。”

贺一容乍一听他提起聂祯，放下笔记本听了两句，又面无表情地举起本子，继续她的重复功。

“我答应爸爸要拿奖学金的。”

她的手机放在酒柜边的吧台上。手机振动了两下，掉转了个方向。她看了一眼，又继续低头，翻了一页笔记本，看完后才走过去。

聂祯的消息：还生气呢？

她伸手关闭手机屏幕，还是不理他。

轻飘飘的一句话他就想把事情揭过去，哪儿那么容易？

晚饭时贺增建颇感好笑地提起："小容最讨厌下雨，可巧今年考试的时候要碰上台风了。"

贺一容鼓鼓嘴，她确实可烦下雨天了，路上又脏又湿，空气里也潮潮的，十分难受。

贺增建手一指："你二哥负责接送你。"

贺毅溯嘴张成圆形，怎么没人通知他这件事？

贺增建觉得自己的安排很妥当："你不仅要负责接送小容，还要负责让她开心，不能因为下雨影响考试时的心情。"

贺毅溯很想说自己没有这个本事，他深知女人是最难哄的动物。

贺增建一副大家长做派，迫不及待地开始安排贺一容的假期。

"小容考试后想去哪儿玩？想让你哪个哥哥陪你？"

聂祯西装革履地进来，头发也向后梳起，露出光洁的额头。整个人英姿挺拔，气质硬朗。

贺增建笑着招呼他："小祯有些样子了，真的要到新国独当一面去了。"

聂祯还站在玄关处换鞋，听到这话抬起头来，顶灯照得他脸色苍白。

贺一容好像还没听懂，只端着水杯看着他，因为他提前回来嘴角忍不住翘起。与聂祯对视一眼后她又含笑垂眸。

"哦，对了，小祯，今天的董事会结果怎么样？你是两个月后去新国新公司吧？正好小容考试后你们几个一起出去玩。"

聂祯眼里的贺一容成了慢放电影里的角色。

她呆了一瞬，缓慢地抬起头来看向贺增建。嘴巴张了又张，她好像半天才找到自己的声音。她极力控制着，可声音还是发着颤："新国新公司？聂祯要去新国啊？"

聂祯再也迈不出一步。

为什么隔着这么远的距离，他还是能看见她眼底的红？

贺一容不知道自己是怎么离开饭桌的，她明知道自己刚刚的表现会让人觉得奇怪，可她已经管不了那么多了。

聂祯要去新国了。

其实她知道，哪里需要什么董事会？只要他想去，他就一定会去。可聂祯不知道她为了两人不分开有多努力地在学习吗？她其实一点也不喜欢做数学题。她以为最多就是现在这样，隔十天半个月就能见个面。可是他若去了新国，两年三年，他们能见到一面吗？

贺一容并不生气，只是陷入了深深的无力感中。

她坚信这不是聂祯的本意，可是他们都无力去改变它。

聂祯来找她时，拉开阳台的门，站在那里半天。他的影子被落日余晖拉长，然后在黑夜里无声消失。

贺一容坐在桌前，桌面上摆着记了密密麻麻笔记的本子。许久许久，她一页也没有翻动。她只需要安安静静的，聂祯就觉得千军万马从他身上踱过，一寸都不再是自己的。

不伤皮肉，痛彻心扉。

她终于转过身来，用力地扯出一抹笑："聂祯，你不对我那么好就好了。"

他这才得了号令，敢向她走来，蹲下去，握住她放在膝头的手。

她是他的公主，让他进便进，让他退便退，只要让他在她身边就好了。

她手掌变了个方向，与他手心相贴，水葱似的手指塞入他的指缝中。

"聂祯。"她又低声叫他一声。轻声细语，聂祯却被压得无力抬头。

"你不对我那么好的话，我就不会像现在这样离不开你。"她晃晃他的手，"那样多好是不是？"

滚烫的热泪砸在聂祯的手背上，散开。聂祯觉得自己的心也被人从高处扔下，落地，散开，再不成形。

"两年，你等我两年。"他仍旧低着头，声音可怜，乞求她的谅解，乞求她的宽恕。

贺一容抽出手来，擦了擦眼睛，再也没有一滴眼泪流出来。她明明撒娇的时候哼哼唧唧都能流出一汪水潭似的泪。

“我不想等。

“是你先离开我、先放弃我的。

“聂祯，你知道我……我胆小又悲观，我不想等。

“你结束之后，再来找我吧。”

他睁大了双眼，努力抑制住那股酸涩感。

他知道的，他该知道会是这样的结果。或许是因为得到的少，她更吝惜自己的情感。

他有想过，贺一容会如何舍不得他。

但这样也好。这样她的难过会少一点，这两年过得也会容易些。

聂祯吸了下鼻子，红着眼睛和鼻头，抬起头来。隔着朦胧的夜色看着她，他笑着道：“好，你等我去找你。”

贺一容拉他起来：“再给我讲讲这题吧，现在我只有最后一题不会做了。”

第二天，贺增建出门前被贺一容拦下。

她红肿着眼睛，贺增建皱了眉，刚要问些什么，却被贺一容攀住胳膊。她紧紧地抓住他，话刚出口泪就要流下来。

“爸爸，我不想考试了，帮我安排和三哥一起去Y国吧。”

贺增建看着小女儿流着泪的执拗样子，将她揽入怀里。

“好。”他什么也没问，只是安抚性地拍着她的背。

贺一容最后还是去参加了期末考试，她只参加了高数一门的考试。

贺毅溯送她，家里人谁都不知道贺一容是怎么回事，突然要出国，突然情绪低落。

他小心翼翼地问：“小容？”贺一容无言地转头看他。他吞咽了一口唾沫，“我给你讲个笑话？”

贺一容白他一眼，抽出包里的试卷来：“我看一会儿题。”

贺毅溯想问：为什么都决定不参加期末考了还要来考数学？为什么只考一门数学还认真成这副模样？

他又吞咽了一口唾沫，决定还是什么都不问为好。

贺一容只看最后一题。她解了一半题的字迹边上，有聂祯拿着蓝色笔写下去的解题过程。

数字在眼前变成重影，贺一容转过脸去。她又一次在想，要是聂祯不对她那么好该多好，那她现在也不会这样难受。

数学题并不难，更偏向于考查学生学得扎不扎实。满分一百五十分的数学卷子，贺一容考了一百三十二分。

贺增建知道后还觉得可惜："小容说不定还真能拿个奖学金。"

贺一容没说话，看着同学发在群里的答案。原来她没做出来的最后一道大题，与那天聂祯给她讲的那题差不多。只不过她脑子不灵光，竟没看出来两道题有异曲同工之处，白费了聂祯一步不落细细讲题的十几分钟。

贺一容回南城舅舅家过了一个半月，回北城这天带回来的礼物还没分完就被朱声声拉着坐下。

朱声声剥了个橘瓣递给贺一容，抬眼瞧她，看着都好，乖乖巧巧的，一如往常。贺一容低声道了谢，拿着那瓣橘子，细细地扯去每一条橘络，才送到嘴里去。

朱声声也学着她，边撕着橘瓣上的橘络边话家常似的不经意提起："你没在家这一个多月家里可冷清了，你二哥不着家，你三哥又组了个小团队也不知道在忙些什么，待在家里我也见不到人的。"

她把橘瓣放在贺一容面前的白瓷碟里："还好你回来了，不然我去南城逮你去。难怪以前老听奶奶唠叨说，孩子大了就见不着面了，我现在都有这种感觉。"

朱声声顿了一下，意有所指道："小祯好像也一个多月不见了，你大哥说是在公司呢，万事开头难，小祯肯定累坏了。"

她又摇摇头，似乎只是无意提起聂祯，轻飘飘地揭过："等你和你三哥都去Y国了，我这日子肯定无聊。"

朱声声说话爽利清亮，明明说着埋怨的话也带着笑意。

贺一容拦住朱声声又要去剥橘子的手，与朱声声一对比，她的声音小了许多。

“嫂子，不吃了，胃酸。”

朱声声拍拍她的手，欲言又止许久后终究没憋住，情绪复杂：“不急，慢慢来。”

她端着碟子离开，自言自语般落下一句：“是个可怜孩子。”

贺一容不知道朱声声说的可怜指的是聂祯还是她。

一个多月没见没联系，再提起聂祯这个人，她有些恍惚。

遥远的被浓雾笼着的人形，她看不清了。

只是她闭上眼睛，他的面容依旧清晰，像刻在心头一样。

聂祯在七月底披着夏夜的凉风走进贺家。

“我那丹城的同学家里寄了白梨来，我送两箱过来。”

贺一容正站在酒柜边上的吧台前，侧背着身子，没有回头，和贺毅林玩按鳄鱼牙齿的玩具。

贺毅林许久没见聂祯，扔了鳄鱼玩具就奔聂祯而去，把人用力搂住：“你怎么又壮了点？”

朱声声听见动静从二楼书房出来：“丹城的秋白梨吗？可惜了，我和小容都不怎么吃梨，你这几个兄弟更不吃水果。”

聂祯任由贺毅林七十公斤的人挂在他身上，手里还能稳稳地端着两箱梨子。他目光扫过贺一容那自他进来就僵直的后背，又看向朱声声：“嫂子也不爱吃梨吗？熬成梨汤喝吧，小容……不怎么吃梨，但一到秋天就爱喝梨汤。”

贺毅林接过梨子放到一边，拉着聂祯往吧台边走。

“喝什么梨汤？来玩这个，谁输了谁喝酒。”他兴致勃勃，还不忘问，“你这次待几天走？九月份出发吗？”

贺一容一个人在那儿把鳄鱼的一排牙齿从左到右按过去，按到倒数第二颗牙齿的时候，鳄鱼嘴“吧嗒”合上咬住她的手。

贺毅林拍手笑："喝！你自己玩的也算数！"

聂祯一惊，吧台上有个顶灯，贺一容桃红色的脸颊在灯下更显红。

她并不看他，眼里亮晶晶地折射着光："我自己玩的凭什么算数？"

聂祯这才看见贺一容面前只放着果酒，却没想到百分之三的酒精浓度也能让她喝红了脸。他不赞成地看向贺毅林："你是不是最近太闲了？"这人怎么还带着贺一容喝酒？

贺毅林面前的那瓶酒下去了不少。

贺毅林摇头："我哪里闲？小容非拉着我玩，我又不爱拼乐高那种东西，就玩这个了，鳄鱼牙齿多有趣。"

聂祯不能理解鳄鱼牙齿比乐高有趣在哪儿，他一点兴趣也没有。

"小容，上次你期末前我给你讲题，钢笔是不是落在你桌上了？"

贺一容这才看向他，难以置信。他怎么会想出这样一个理由？未免也太拙劣了。朱声声正让陈姨把梨子收起来，听到这话也回过头来，捂着嘴"扑哧"一笑。

贺一容又羞又窘，又气又烦躁。

贺毅林还在那儿嚷嚷："等会儿再找，先玩鳄鱼玩具。"

贺一容撒气一样扔了鳄鱼玩具，头也不回地往楼梯那儿走。

进了房间，贺一容侧了下身，让聂祯先进门。带上门后她抱臂靠在门上，微抬眼看他，眼里带着明显的不耐烦。

哪有什么钢笔？聂祯从来就没有钢笔。

少了贺毅林在边上插科打诨，聂祯看起来难得地有些局促。他扯了椅子坐下又站起来，直直地对上贺一容的目光，只静静地看着她不说话。

贺一容心里也不是滋味，侧过头去避开他黏人又灼热的目光。

两人一个多月没见，好像是路归路，桥归桥，再见面却是这样尴尬。

可是她只是听到他的声音、见到他的人，心里的委屈与痛楚就如野草疯长一样，缠得她浑身动弹不得。

她想躲，也有些不耐烦。

他去新国已是定局，她也不想自己陷入苦苦等待，整日哀怨，心神都系在远在天边之人身上这般可怜的境地。她不会像妈妈一样，守着一句“局势稳了就来接你”，等到自己抑郁而亡。

或许他们有以后，她也期待他们有未来。

外公教的，当断则断。

外公教的，不要让自己陷入被动的境地。

外公教的，万万不能学妈妈那样子。

贺一容觉得口中干涩，想要灌一口冰凉的果酒，温柔细密的气泡在嘴里上下跳动，她也能得了一瞬的轻快。

“阳台怎么封起来了？”

聂祯本想悄悄过来，虽然也不知道见了面要说什么，可总想看她一眼。

他走出阳台，却看见那一排被当作形式意义上的隔断物的花盆，整整齐齐地摆在他家这边。

新砌的砖高高垒起，真正意义上地隔断了两家相连的阳台。

深灰色的砖，水泥还半干。可能他用力踢一脚，这堵隔墙就会塌了。可他根本没力气抬起腿，站在那墙面前缩腰弓背，几乎要落下泪来。

贺一容没答话，头垂下去，两侧的头发长了许多，就这样散着，遮住她大半张脸。

聂祯只看见她半截白润的下巴。

他想问她一句为什么把阳台封起来，可那也不过是明知故问。他只不过想找个理由好好看看她，与她说两句话。

他还是坐了下来，转向桌子，随手拿起一支笔。

“走之前教你游泳吧。之前答应你的，起码这个要做到。”

贺毅林等得久了，正要上去逮人被朱声声拦下来。

“两个人都要走了，让他们俩说会儿话呗。”

“他们俩能有什么话要说？”

贺毅林输得次数多，喝了不少酒有些微醺，说话的腔调也像小孩。

朱声声拉他坐下，笑道：“兄妹俩玩都能玩醉。”

贺毅林讪讪：“小容运气好，玩这些我玩不过她。”

怕朱声声不信，他又强调一遍：“嫂子，她真的运气好！”

朱声声半晌才回一句：“是吧。”

贺一容不知是因为有些怕水，抑或是不想和聂祯单独相处，站在池边半天不下来。

聂祯跳进池子游了两圈，慢慢游向她。

贺一容不知什么时候坐了下来，白嫩的小腿伸进池水中，晃呀晃的。她盯着聂祯宽厚的背部看，不由得想起刚来北城的那年，聂祯还是又高又瘦，竹节似的瘦削身形。

她小腿伸直、踢高。水珠被她挑起来，正巧落在聂祯的肩膀上。

“你知道吗？我刚认识你的时候觉得你可好看了。”

聂祯笑了下，拨水向前，在贺一容反应过来之前就以极快的速度来到她面前，双手撑在她身边的石壁上。

明显的一个占有姿势。

“现在呢？”

贺一容没来由地紧张，低下头去看水面，可他的胸肌起伏处正隐在水下。水波荡漾，挡不住他现在处处彰显着力量的身体。

她连手都不敢伸出去，只用脚踢踢：“你让开，我下水。”

她刚一动作，小腿就被人抓住，他猛地用力。

贺一容轻叫一声，滑向池底。一如从前，她还是在第一时间下意识地搂紧了聂祯的脖子，双腿圈住他的腰。

聂祯看向她送到自己眼前的耳朵，小小一个，圆润可爱。有水珠沾在她的耳垂上，滚成珍珠形状。他伸手揩去水珠，可还捏着她的耳垂，轻轻揉捏。

贺一容身体后仰，躲开他的手，却看见他翘起嘴角，目不转睛地盯着她。

“变漂亮了。”他的声音很轻，像羽毛一样扫着贺一容因为紧张而格外敏感的情绪，让她觉得又痒又舒服。

聂祯张开手臂，搂住她的腰背，轻轻地将她按向自己胸前。

贺一容张开的十指慢慢交叉，手放在胸前，稍稍隔开她和聂祯之间的距离。她不敢再看他，声音越发低：“你干什么？”

聂祯头低下来，吐出的气息绕在她的颈间：“贺一容，是你先招惹我的。”

他伸手把贺一容的脸转过来，她只呆呆地看着聂祯沉静的眼眸，温柔而带有蛊惑的意味。他手捧着她的脸，手指轻轻摩挲，慢慢诱导，就像给她讲数学题时那样耐心十足。

“所以……等两年可以。但有些事现在要说清楚。”

聂祯的身体贴上来，他跨步向前，把贺一容抵在坚硬的大理石上。

“我喜欢你这件事，你记清楚。”

聂祯的声音与自唇舌间传来的气息，似从四面八方而来，如惊雷，缓慢坚定地在她身体中炸开。

八月底，聂祯回家碰见贺毅溯正从车里搬酒下来。

贺毅溯老远就招呼聂祯：“聂爷爷不是爱吃甜的吗，这果酒拿去给他尝尝？”

他又貌似忧愁地笑道：“小容爱上喝果酒了，也不知道百分之三的酒精度能喝出个什么味来。”

他揽住聂祯的肩，先是惊了一下：“你肩膀现在这么宽了？”

他又自顾自地道：“女孩还是好哄，昨天我说小容晒黑了点不好看了，她就和我甩脸子不理我。今天打电话回来说带果酒给她，就高兴得忘了这回事。”

贺毅溯嘴碎，没人拦着是不会停的。

聂祯往日里搪塞两句就跑了，今天却耐心十足，破天荒地回应他：“是吗？”

贺毅溯彻底打开了话匣子：“是啊，你别说，小容真是个好女孩。你之前给她补课那阵我还以为小容有点喜欢你，我还高兴来着。”

他捣捣聂祯的肩：“唉，要不是你要去新国，我还真想撮合你们俩。”

他半个身子探进后备厢去找东西，声音有些低：“她最近老往外跑，三天两头地搞同学聚会，我猜都是周少游那小子攒的局，他司马昭之心，路人皆知。”

贺毅林终于把最里面的那箱酒搬出来了，聂祯接了一把。

“我不喜欢那小子。”

贺毅溯点头：“我也不喜欢。”

贺毅溯带回来了三种口味的果酒，有一种是贺一容没喝过的梅酒。他告诉贺一容加点冰块喝味道好，贺一容试了果然喜欢。

她开了一罐又开一罐。

贺毅溯笑：“你最近倒成了小酒鬼，冰箱里塞得满满的。”

贺一容尝了一口冰，被冰得缩脖子。她吐着舌头道；“这叫微醺，微醺了特别容易睡着，往床上一躺就睡着了。”

陈姨在边上接话：“还是少喝点，你最近感冒还没好呢，董事长早上还问了一句。”

贺一容撇撇嘴没理她，又灌了一口果酒。

她平时晚上最多喝一罐果酒，今天喝了两罐，头更沉了些。

贺一容想，她真是不中用，人家是微醺，她喝两罐就半醉。

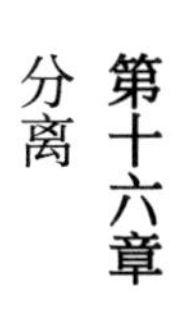

第十六章 分离

聂祯躺在床上，头枕着手盯着天花板发呆。

他想起来是贺一容曾经嘟囔过一句他这屋的灯太刺眼，他才换了这暖黄色的。

短暂急促的振动声响了三次。聂祯懒得动，他的手机好像放在包里了。

以前他出门一天总会收到好几条贺一容发的消息。

贺一容也不管能不能及时收到回复，自顾自地跟他讲很多事情：和他讲太阳很大，她装不舒服躲了体育课；讲贺毅阳和朱声声感情越来越好了，她早起碰见贺毅阳出门前与朱声声拥抱；偶尔又会因为长时间没有收到聂祯的回信，半真半假地说他像个手机宠物。

他很久没有收到贺一容的消息了，可她的聊天框一直是被他置顶的。只要贺一容不发消息给他，他的手机就和个冷硬的石头一般，再无动静。

他确实是个手机宠物，贺一容养的手机宠物。

聂祯无数次点开聊天框，只是静静地看着。

他想，他活该受着这些。他凭什么要求贺一容在很少能见到他的情况下，还要心甘情愿地等他两年？她要过得好一点才行，比他好才行。

手机又“嗡嗡”两声。聂祯终于翻身起来，光着脚走到桌边，提起包摸到手机。

他睁圆了双眼——

聂祯，怎么今天喝了酒也睡不着？

聂祯，你好烦。

两年好久，有没有喝了能失忆的酒啊？我先暂时忘掉你。

最后一条：等你结束了来找我，我再想起来就行了。

他颤抖着手，直接拨了电话过去。

那边的人很快接起，她“咦”了一声。

聂祯呼吸漏了一拍。他是有多久没有听见她这样柔声呢喃了？

“聂祯，你在哪儿呢？”

像在梦里一样，他听见自己用无比轻柔的语调说：“我在家呢。”

她似乎翻了个身：“你好久没来看我了，你怎么不来找我啊？”

“好，你等我。”

心跳如擂鼓，血液澎湃，聂祯像个未经人事的毛头小子。

他突然明白过来为什么阳台的隔墙砌得高高的，但顶上却还留了半个身子高的空间。她给他们之间留好了余地。

聂祯轻轻松松地爬上去，悄然无声地落地。他拉开阳台门，贺一容正坐在地毯上，见他突然出现愣了一下。

她又扬着笑脸看他走过来，手脚并用地抱住他。

两人毫无隔阂地见面就拥抱。

胳膊如有千斤重一般，可聂祯还是半蹲着弯下腰，用身体罩住她。她像只树袋熊一样扒着他，脸埋在他的胸前，来回蹭了两下，头顶的头发毛茸茸鼓起一片。

她念叨着：“聂祯、聂祯。”

他用指做梳，理顺她头顶的头发，“嗯”了一声。

陌生又熟悉的场景让贺一容想起什么。她放开他，手向后撑在地毯上，表情变严肃：“不对，你要走了。”

聂祯沉默着。

她又补充一句：“嗯，我也要走了。”

贺一容伸出手指来戳聂祯的心口，手指软乎乎的，他却觉得像利剑似的，每一下都戳出血肉来。

她慢吞吞地躺回地板上，像发誓似的。

“我才不要傻乎乎地等着你，你知道吗?

“我才不像我妈那样，她太傻了。”

聂祯难掩痛苦之色，却还是应了她。

贺一容又翻坐起来，笑嘻嘻地在他的脸颊上印上一吻，话出口又落下泪来。

“聂祯、聂祯，你再亲亲我。像……上次那样亲亲我。”

她捧住他冰凉的脸，又在另一边脸颊上吻了一下。她闭了眼睛，泪水从睫毛上掉落，顺着聂祯的脸颊流下。

她只掉了两滴泪，又像没事人似的，轻轻一推就把聂祯推倒。也不知道怎么了，她就哈哈大笑起来。

她半晌才爬起来，咕哝着爬到聂祯身上压着他，又似女将军那样威武，撑起身子坐在他身上，蛮横地扯他的衬衫，半天也扯不开，又撇了嘴嚷着手痛。

聂祯的脖子都被勒红了，他轻轻地握住她的手。

“要做什么？”

贺一容歪头一笑：“分手礼。”

聂祯转过头去，他不想听到这个词，冷冷纠正她：“不是分手。”

贺一容眉头鼻尖都皱着，她似乎想不明白，手一挥：“哎呀，随便，那就是分别礼！”

聂祯吐出一口浊气：“别胡说。”

贺一容低下头来，发丝落在聂祯脸上，她还在纠结怎么也解不开的纽扣。

“知道啦。”

聂祯抬头看她，她的脸颊就像上次她喝的桃子果酒那样粉嫩嫩的，很可爱。他只纠结了一瞬，眸色便变得深沉。

他带着她的手去解自己的衬衫：“我帮你。”

贺一容觉得被聂祯握着的手指在发烫，她碰到他胸前肌肤的那一刻心尖都在发颤。

胸肌随着呼吸起伏，她的心里也被什么东西充满，头晕的她想不明白那是什么，只知道自己现在高兴了许多。

他带着她的手缓慢地扯开衬衫，露出大片肌肤。

她手腕失力，半张脸砸在聂祯硬实的胸肌上。

聂祯叹了口气，捧起她的脸。

她鼻尖撞得红了，一副楚楚可怜的样子。他安慰的话还没说出口，下一秒她一巴掌拍在他胸上：“石头做的，这样硬！”

他失笑的同时也冷静下来，自己怎么能趁她半醉半醒的时候哄着她做这些？她还在与他生气，狠了心要与他断了情意，要是她明天后悔，更生气了怎么办？

聂祯强忍着想要拥她入怀的冲动，坐起身来，搂着她让她枕在自己的臂弯，像哄小孩一样晃着她。

贺一容看他一眼才轻轻合上眼，紧紧搂住他，脸贴在他胸前。

“到床上去睡好不好？”

贺一容不答应也不拒绝，只是将脸紧紧地贴在他胸前，用力呼吸。

聂祯早就痛碎了的五脏六腑此刻都痉挛着，他根本无力把她横抱起来。

他突然闷哼一声，贺一容正闭着眼，手搭在他胸口，胡乱地掐。他还没从被掐痛的感觉中回过神来，又被她毫不留情地咬了一口。

贺一容看见聂祯瞳孔微缩，恶狠狠地瞪了她一眼。天旋地转，自己被他按倒在地毯上。

贺一容有些喘不过气，笑着往前爬。

他的呼吸也时轻时重。

“作弄什么？

“嗯？喝醉了还在这儿作弄什么？”

贺一容被酒精麻痹，轻轻松松地把这些事抛入脑后，他却是清醒的。

她怎么可以这样欺负他，欺负完拍拍屁股就走？

明天她或许可以选择不记起，或者当一场梦，可他呢，要在心里记多久？

此刻，聂祯心底有止不住的想法在叫嚣着。他明知不应该，但自私的占有欲在这分别前夕达到顶峰，他的理智与自制力彻底崩溃。

他稍稍离开贺一容的身体。

他的唇蹭着她的后脖颈，有液体滴落，流到嘴里又苦又涩又咸。

贺一容转过头，寻求更多。

聂祯揽着贺一容的腰，变为与她侧身相对，应她所求，捧住她的脸，虔诚地吻上去。

一声喉间的滚动声更是在他心里点了火，将她带得离自己更近。

贺一容仰起头，承接他的爱欲。

直到贺一容被亲得晕乎乎，觉得嘴唇都不再是自己的了，才把聂祯推开。

她眼里带着粼粼水光，聂祯也没有好到哪里去，微喘着气，发丝凌乱，眼里的贪恋未尽。

他胸脯起起伏伏，贺一容又看呆了。

事后，她餍足地躺在他的身旁，又像突然清醒似的，盈盈的眸子里透着机灵劲。她如奖赏一般吻他的心口，然后懒洋洋地闭起眼睛回味。

聂祯却躺在那儿一动不动。

呼吸间久久不散的味道，浑身舒畅的感觉，身旁软成一摊水似的贺一容，无一不在提醒他刚刚发生了什么。

不知在地毯上坐了多久，聂祯才有力气抱着贺一容去洗澡。

她已经累极，眼睛都懒得睁开。她只是在刚被抱起来的时候看了他一眼，辨认了一下才欣喜地笑："聂祯，你好久没找我了。"

然后她靠在他的肩头，放心地将自己交给他。在聂祯脱她衣服时她似乎又清醒过来，冷冷道："想得美，现在你别想碰我！"

聂祯手拍上水面，像颗惊雷般，水面炸开，水珠落了贺一容满脸。

贺一容缩了缩头，把脖子浸入水里，又用脚踢他的心口。

"我冷了，也好困，要睡觉。"

聂祯却俯身，紧盯着她的双眸，一字一句地道——

"可以暂时分开，暂时不联系。

"但你不许和别人一起。

"不准别人与你走得近。

"记住了吗？"

风从海上吹来，带着咸湿的空气。

聂祯翻了个身，贪婪地拾起记忆里与贺一容有关的画面。他想不起离别时故意放纵自己与她发生亲密关系时的心境，可细节在他心头过了千万次。

他到新国后，本来公司选址是在新市，结果赵天泽从中作梗，当地政府迟迟没批复，最后他舍近求远，定在另一个偏小的港口城市。聂老知道后气得发笑："手都能伸得这么长，要是在西部不得被他玩死？！"

分公司初创，是集团进军海外的第一站。琐事繁多，又要在短时间内做出成绩，聂祯忙得几乎脚不沾地，好似变成一台昼夜不歇的机器，偶有喘息时机，那夜的记忆便是最甜蜜又酸涩的疗养剂。

另一边的Y国首都，贺一容在冲着贺毅林发脾气。

"贺毅林，为什么吃完比萨盒子你不知道扔掉？"

贺毅林对此也颇有微词，本来他要找阿姨来照顾起居，毕竟他是个生活自理能力很差的人。可贺一容兴致勃勃，说不要阿姨，要趁这个机会好好锻炼厨艺。

两个月来，贺毅林只吃到过加热后的速冻包子、速冻水饺。他唯一一次吃蛋糕，还是因为贺一容自己生日，大发慈悲地烤了一个小蛋糕，换走他给她买的一个手包。

贺毅林正对着电视机屏幕疯狂地操作游戏手柄，有些气贺一容的出现打乱他的节奏。他牢记着聂祯说的话，贺一容年纪小，在Y国只有他这么一个哥哥。

他调整呼吸与游戏节奏："好的，我等会儿扔。"

贺一容还在嘟囔："一大早起来屋子里就一股比萨味道，我的香薰味都闻不见了，你降低了我的生活品质。"

游戏里的人物被打败。贺毅林扔了游戏手柄，逆着光看贺一容，不想理她，于是丢给她一个难题。

"从哲学角度解释一下我不扔比萨盒的行为。"

他想起来什么，从沙发上跳起来："贺一容，你好意思说我，九寸的比萨你一个人吃了四分之三吧？为什么不是你扔？"

贺一容叉着腰怒目而视。

贺毅林嘟嘟囔囔坐下。

“都是聂祯那小子，说你小小年纪在异国他乡肯定会想家，要我让着你。

“让着你让着你，竟然脾气越来越大了。

“看谁敢要你。”

过年那天，聂祯他们终于休息，核心团队十几个人闹着要出海。远离城市、一望无际的海面上，有人把胳膊伸出游艇外，不停变换位置找信号。

他不免被同事笑话：“小刘这是等不及和女朋友联系了吧？”

被叫小刘的人摸摸脑袋缩回半探出去的身体：“这鬼地方，不是说能收到信号吗？”

聂祯躺在甲板上假寐，听着后面的人闹腾着要看小刘手机里女朋友的照片。他突然被点名。

“你学学聂总，人家也有女朋友，怎么没像你这么着急？”

众人起哄。

“是啊，聂总才是把人拿捏稳了，你看你这猴急的样儿，好像晚一会儿没信号女朋友就跑了似的。”

聂祯平时不怎么说话，要求又高，眼光毒辣决断迅速，有着超出年龄的魄力。一开始这几个人都有些怕他，但做出些成绩后，也一起庆功喝酒，渐渐地便也有人敢开他的玩笑。

小刘趴过来，拍了下聂祯的肩。

“聂总，你走之前女朋友闹吗？我家那个闹得可凶了，非要分手，说我耽误她的青春，订了婚才没再说什么。”

他有些不好意思，又摸了摸脑袋：“其实我回去肯定是要和她结婚的啊，可我怕自己万一白忙活……等我做出成绩回去了成功升职，再谈这些不是更好？”

聂祯低头笑了笑：“我不如你，她不理我了。”

只剩海风掠过，呼呼作响。众人缄默，都知道聂祯的背景，也知道聂祯想夺回聂氏集团大权有多不容易。谁也不敢多问。

有人拿了冰饮料过来：“怎么出海了还这么热？”

突然，振动声和铃声交替响起。

数聂祯口袋里的手机振动得最频繁，别人的都渐歇了，他的手机还在嗡嗡响。

众人笑：“还是聂总人气高，这么多消息。”

“女朋友吧？要脾气归要脾气，真走了还是想呢。”

大家都低头看着自己的手机。

聂祯掏出手机，是贺毅林的未接电话，还有几条未读消息，一条来自季青林，剩下的都是贺毅林发来的。

被置顶的贺一容的对话框，安安静静。

他不信邪地点进去，里面最新的内容还停留在临走前他给她的留言：等我去Y国接你。

手指摩挲着屏幕，他半天才关掉对话框。

他十月份的那次失踪，家里面应该得了消息，不然不会动用那么大的力量来找他。

失踪半个月，他虽然九死一生，可好在最后还是把事办成了。

其实聂祯知道，那次去缅北遇上意外大概是有赵天泽的推动。他有些搞不明白赵天泽的心理，既想折磨他，又舍不得他死。那么大的动静，他受伤躺了半个月，贺一容不会不知道。可小姑娘狠心，竟然一个字也没问。

聂祯觉得心里破了个洞，唰唰地流出些东西，可有关贺一容的，他还是搂得紧紧的。

点开和贺毅林的对话框，最下面一条消息是：都是你让我让着她，脾气越来越大了。

上面一排的炸弹表情，“砰砰砰”地炸开。

聂祯没再往上翻，嘴角却翘起，忍不住想着脾气越来越大的贺一容会是个什么样子，回了个问号过去。

聊天框上显示正在输入中，过了好久又没动静。

聂祯没再理会，看到季青林给他发来的消息：章融被调去做张氏新国分公司负责人。他上次调外后就与赵天泽关系淡化，可妥善利用。

再往上，是十月份的一条消息：这次你失踪，赵天泽也发了话，保证你安全为第一。

章融之前一直是聂祯父亲的副手，那次随聂祯父母一起出差，随行人员都是按照计划回国，只有聂祯父母提前一天回去，随后发生“意外”。

贺一容手里握着贺毅林的手机，藏在身后红着眼睛看他。

贺毅林一副凶极了的模样，他平时就没什么表情，现在横眉怒目，贺一容一时不敢说话。

他盯着贺一容：“给我。”

贺一容眨巴两下眼睛，努力弄出些眼泪汪汪的感觉。

“你别给我这样！”

贺一容摇头：“哥哥，不关他的事。”

贺毅林气笑了：“你也有脸说？你自己偷偷喜欢他还有脸说？！”

来回转了两圈，贺毅林几乎跳脚，想起来就生气。

前一阵听说聂祯失踪，他急得嘴上一天长了两个火疮，却没想到贺一容失了魂似的，反常到就算迟钝如他也觉察出不对。他细心留意着，才发现贺一容枕头下偷偷藏着聂祯的照片。

在他的逼问下，她才承认她喜欢聂祯。

她喜欢谁不好，竟然喜欢聂祯？

喜欢就算了，还是暗恋。

贺毅林觉得他在聂祯面前输惨了。

一晃一年半过去。

日子过得说慢也慢，有时候觉得一天有十年那样长，从城东到城西，再从城西回城东，太阳几乎没变角度，走过上百个来回，才抓住一些时间流逝的真实感；有时候却也很快，开个会一天就过去了。聂祯时常拿着手机看贺一容在春节时发给他的那段视频。

七秒的视频他来来回回看了无数次。

烟花棒在她手里燃烧，火光变大再慢慢熄灭。连她手指关节上的纹路有几条聂祯都记得清清楚楚。

他发一条“新年快乐”，她回一个烟花棒视频。

她矜持又骄傲，可爱得很。

他在贺毅林那儿旁敲侧击：习惯Y国的生活吗？

贺毅林回：有什么习惯不习惯的，在哪儿不都一样？

他问：周少游不是也去Y国了吗？有一起玩吗？

贺毅林发了个疑问的表情：和我有什么关系？他倒是老找小容，小容也没出去过几次。

聂祯没再回话。

过了一会儿贺毅林又发过来消息：他贴上来又有什么用？小容喜欢的是你。

聂祯还是没回话。

贺毅林：你也吓到了是不是？死丫头，我在她枕头底下看见你的照片，气死我了。

贺毅林说起来没完，聂祯这边再没回复。

贺毅林：你又忙了？抓紧结束吧。活死人一样，神龙见首不见尾的。

聂祯却没能抓紧结束。

项目进展受阻，集团那边掌着权的几位又不愿意看到他这个聂家独苗真的做出一番成绩。内忧外患，让好脾气的聂祯都忍不住说了粗话。

贺一容又一次被周少游堵在学校门口。

他手肘伸出车窗，头发梳得一丝不苟，穿着旧英伦风的马甲，乍一看还真有几分贵公子的模样。

“你家司机我让他回去了。”

贺一容在心里翻了个白眼，他上次这样做的时候她已经表达出不满了。

周少游看她脸色变了，赶紧下车，瘦高的人显得有些无措。

“不是，我……”

路过的同学笑着与他打招呼，他尴尬地点点头。

“我们先上车好不好？”他伸出手去就要拉贺一容的胳膊。

贺一容退后一步：“我该说的都说了对不对？你上次让Amelia（阿米莉娅）约我出去的时候我都说过了。”

周少游摊手，无奈道：“好好好，我知道你有喜欢的人，可是他不在这里对不对？所以我们先去吃顿饭，朋友而已。”

贺一容突然就没了耐心，没来由地感到烦躁，不想管他是不是哥哥们的朋友。

“你知道我喜欢谁吗？”

周少游耸耸肩，一副无所谓的态度，是谁他都不在乎。

贺一容扬起的眉毛垂下来，她可能自己都不知道她随意提起的时候是这副小女儿情态，娇羞中带着俏意。

她的声音和那晚霞一样，有让人沉醉的力量。

“聂祯。

“我喜欢他很久了，我以为你知道的。”

周少游先是愣住，然后记忆中的画面全部在脑海中闪现。原来竟是这样。聂祯每次见他，提起贺一容时都是一副复杂又充满玩味的表情。他现在想起来，聂祯与他的谈话内容，每一句都不离贺一容。

他踉跄了一下，自己这两年的努力竟然是个笑话。不知出于什么心理，他脱口而出：“有人不会让他好过的！你和他在一起没好处知道吗？”

贺一容似乎真的认真思考了一会儿，歪着头笑：“可我喜欢他。”

周少游低头许久又抬起头来，面无表情：“可他丢下你去新国了。”

贺一容浑身透出来的甜意这时才被打破。她抿着嘴不说话，有些气愤地看向周少游。

周少游也生气，冷着脸道：“他不够喜欢你。”

“不是。”

虽然聂祯从来没有与贺一容提过，但贺一容隐约知道一些事情。她无法自私地以自己为理由去要求聂祯什么。

聂祯过得从不轻松，他偶尔看电影或陪她看书时睡着，只要她稍微动一下他就会惊醒。

贺一容想，就算她有一些委屈，有一些不情愿，可她既然无法帮他卸掉那些负担，就不该以爱为名做自私的事。

爱从来都不该是枷锁。

还好，这一切马上就结束了。

那天贺毅阳打电话过来，提起聂祯，说他在新国做得很不错，现在有能力回集团掌权了。

她的那点委屈、那点不情愿，马上就不复存在了。

第十七章 监守自盗

可贺一容等过了这年漫长的夏，聂祯还是没有回来。

她在和父亲打电话时装作漫不经心地提起，得到了含糊其词的回应。

“聂祯啊，大概快回来了吧。”

她又耐着性子等过了一个秋。

他们说：“聂祯啊，可能还要晚一点吧。”

圣诞节，Y国首都已经飘起雪。

就算已经在这儿待了两年多，贺一容仍然不习惯这里雾蒙蒙的天气，像永远被罩在一个大玻璃罩中，阳光间或透些光亮进来。

她快步走进机场，不满地回头看向贺毅林，以眼神催促。

司机脱帽致敬，弯腰施礼，与贺一容对上目光，温和地点点头。

贺一容极快地弯了下嘴角，又看向两只手各拖着一个行李箱的贺毅林。贺毅林假装看不见她的不满，走过她身边时故意冷笑一声：“你少冲着我，有本事冲着聂祯去。”

他想了很久，才想明白贺一容这半年来为什么脾气一天比一天差。

与贺一容朝夕相处两年多，贺毅林算是终于看清了这个同父异母的妹妹。

她最大的缺点就是欺熟。上一秒还扮着乖巧接父亲或大哥大嫂的电话，下一秒就叉着腰皱着眉喊：“贺毅林！”

贺毅林走出几步才意识到贺一容没有跟上来。她穿着白色的大衣，领边一圈毛裹住她的脖子，将一张脸衬得更加小巧。自动感应门来来回回地开合，她就站在门外，那圈毛茸茸的衣领被风吹得立起，打在她的下巴上。

贺毅林放下行李箱，走过来拉她："好了，是我说错话了。"

贺一容摇摇头，显得茫然："不是。"

临近毕业的课业压力，终于清晰明白的未来……贺一容忙得很。乍一听贺毅林提起，她才惊觉，她已经许久没空想起聂祯。

记忆深刻的是回到贺家后最开始的那几年，她像小跟班似的跟在他身后，两人一起上下学，一起去白奶奶那儿吃饭，补数学时他被她气到说不出话。她记得这些年少情谊，却快忘了自己暗生情愫时的那些脸红心动。

她不得不承认，曾经自以为很深刻的爱情，随着距离与时间逐渐远去。

明天聂祯出现，她也不见得会有多惊喜。明年聂祯不出现，好像她也可以过得很好。可她又止不住怀疑，没有聂祯，她真的会过得好吗？为什么想起这个人，她还是会止不住地感到悲伤？

贺毅阳和朱声声来接机。

朱声声与贺一容坐在后座，她感叹贺一容越发白了。贺毅林插嘴："多雾，晒不到太阳，我也白了许多。"

朱声声笑："三弟现在话多了些。"

贺毅林变了脸色又转回去，后知后觉自己习惯了与贺一容斗嘴。

朱声声见前面两兄弟在谈话，才看向贺一容。

"爸爸才得的消息，聂祯在缅北谈合作时又被他们的当地非法武装扣押，不过政府正在做交涉，应该不会有事。"

贺一容点点头，她的不安焦灼与漫长等待都用尽了，她懒得再去想这些。她当然有过被情绪压得喘不过气的时候，但是现在好像都没那么重要了。她有看不完的书、写不完的论文，还有偷闲时细心研究的香水配方，时间都被安排得满满当当的。

而聂祯，只是时间长河里深刻存在过的记忆。

朱声声看她一眼，似乎也懂了什么，凤眼弯着："小容长大了。"

将爱情当作一切的年纪，仅限年少时。

朱声声看向认真开车的贺毅阳，他有分明的下颌线，笑起来时表情微小到难以分辨。

朱声声突然想到自己十几岁时的初恋，那时候，她也是将爱当成天与地。可那个人长什么样子，她现在竟然已经想不起来了。

贺一容休息了一会儿，趁着晚饭前的时间，去隔壁看了下聂爷爷。

老人咳嗽的频率越来越高，不止变得瘦弱许多，连头发也稀疏不少。

聂老拉过她，迎着光打量了半天，才笑着问：“丫头，还做不做我孙媳妇了？”

贺一容趴在他膝上，佯装生气：“我才刚回来您就开我玩笑呢。”

聂老咳了一阵，贺一容听得心都揪起来，好一会儿才慢慢平复。

摇椅慢悠悠地晃着。

“你别怪他，是我让他去新国的，他离得远远的才能安全做事。

“你懂吗？小丫头。”

贺一容还没回答，又听得聂老笑着与白老说：“你看小丫头，长大不少呢，刚来的时候小豆芽似的。”

贺一容回到家，坐在地上整理行李，随手要将钱包放在一边。目光突然凝在钱包上面，她又拿过来打开，抽出夹层里的照片。

这张照片是她趁聂祯睡着时拍的，偷偷藏了许多年。怎么这个人睡着了也要皱着眉？

聂祯在春天的时候，毫无预兆地出现在紧邻着晤姆士河河岸街上的某幢房子前。或许也不是毫无预兆，贺毅林这个鲜有表情的人，已经好几天按捺不住欣喜。

他一见到贺一容就抿着嘴，眉毛抬高，眼睛睁大。贺一容疑惑地看过来，他又自顾自地说了句“没什么”，摇头走开。

贺一容懒得理他，毕业论文就够让她焦头烂额了。所以在见到聂祯的那一刻，她架着黑框眼镜，套着因洗了多次而变得柔软松垮的卫衣，头发刚被她烦躁地胡乱抓了一通，鸡窝似的顶在头顶。

她正要下来给自己做杯咖啡，差一点从楼梯上滑下来。她不知道手上用了多大的力气，才稳住要跌落的身体，狠狠抓住栏杆。

贺毅林领着聂祯进门，正好见到她下来，表情变得丰富多彩。

聂祯，两年半没见的聂祯。精神利落的寸头，小麦色的皮肤，他再也不在与她对视时先移开目光，从进门起，目光就牢牢地将她锁定。

他胸有成竹，志在必得。

这样外放情绪的聂祯，让贺一容的心脏不受控制地快速跳动起来。她转身的同时没忘记骂一句贺毅林："贺毅林，你脑子有毛病吗？"

聂祯低头轻笑出声。

贺毅林捣他一拳："这丫头现在脾气越来越大，都是你当时说我要承担起哥哥的责任照顾她，你看，稍微对她好一点就变得这样蹬鼻子上脸的。"

聂祯"嗯"了一声。

他声音变了许多，低沉嘶哑。

"嗯什么嗯啊？"

聂祯看向她用力摔上的门，目光缱绻。

"确实是对她好一点她就蹬鼻子上脸。"

贺一容并未耽搁许久，她不想让聂祯以为自己在特意打扮，只是将头发扎起，换了身衣服就再次出现。

聂祯站在楼梯口，手遥遥伸向她，在她离自己两级楼梯远的时候想要牵住她的手。

如他所料，被避开。

他盯着她的眼睛诚恳认错："对不起，我迟了许多天。"

贺毅林觉得气氛有些奇怪，却又说不出哪里不对劲。从他的角度看去，只看到贺一容冷漠又平静的面容，而聂祯伸出去的那只手还在半空举着。

不对劲，贺一容不是喜欢聂祯吗？而且她在他的逼问下承认了的。所以他才将聂祯这天要来的消息藏了许久。

而聂祯紧跟着贺一容，自她下来之后眼里就只有她。

贺一容坐下，他坐在她身边，隔着一拳半的距离。

贺一容伸手要拿矿泉水，只是轻轻一抬臂，根本没有要伸长了胳膊去拿的意思，聂祯就替她拿过来，在手里拧开瓶盖才递给她。

被服侍得妥帖的人，没有一点不自在的感觉，自然地接过，连声谢谢也没有，且半个眼神也没有给过他。

贺毅林后知后觉，聂祯的眼神实在是不能不让他多想。

他想到几乎没可能的可能。

“你们……”

“你不是说下午还有课吗？不去上课吗？”

贺毅林的思绪被打断，贺一容仰着头喝水却用眼睛瞟他，一副“你怎么还不走”的样子。

“我不是和你说了请假了？我说你们……”

“你去上课吧，不用请假。”

聂祯终于舍得分一点注意力给贺毅林。他晒成小麦色的脸上竟然出现貌似红晕的颜色。

“我要哄女朋友了。”

贺毅林接收到这个信息后，快速在脑子里过了一遍。他猛地站起来走向左边，又走向右边：“你们！”

他终于站住，怒不可遏：“聂祯，你这个浑蛋！”

贺毅林说什么也不愿意去上学，直接拖了把椅子，在地板上拖出又尖又长的声音。他看什么都烦躁，猛吹一口气把贺一容点在窗台上的香薰蜡烛给吹灭，心里的火气才下去些。他回头将椅子摆在两人面前，将手放在膝上坐得端正，调整了一下呼吸：“女朋友？”

聂祯很想把贺一容的手握住。

他挠挠沙发：“是。”他又有些怜爱有些无奈地看向贺一容，“只是她现在应该是有些生气。”

贺一容冷哼一声，头转向另一边：“我可没有。”

她这是变相应和聂祯对“女朋友”这个问题的回答。

贺毅林艰难地回想，可根本想不起来面前的两人在过去的几年中有什么不同寻常的地方。

“你只是送她上下学，后来补过数学……”

他还是不解："什么时候开始的？"

聂祯噙着笑低头回想的模样让贺毅林很是不爽，自己最好的朋友和自己的妹妹在一起了。虽然也没什么不妥，但他竟被瞒了这么久，以他的聪明才智竟然没发现，他感觉自己被背叛，顿生挫败感。

"倒也没有真的开始，但我们也不差这么个形式。"

聂祯承认得干脆，再也不需要顾忌影响不好，轻快地在贺一容哥哥面前承认，他早已在所有人都不知道的时候就喜欢上了贺一容。

贺毅林又猛地站起来。

椅子被他带倒，聂祯顺手搂住贺一容，不满地看向他："别把她吓着。"

贺一容白了聂祯一眼，挣开他的胳膊。

贺毅林气得很，指着聂祯"你你你"半天也说不出一句完整的话。

他有必要这么母鸡护崽似的吗？

贺毅林咕咚咕咚灌了一瓶矿泉水，才平复了情绪。

"我记得当时把小容扔给你，是让你接送她，把人看好就行。

"你还贼喊抓贼地整天在我面前说周少游那小子不行，总打小容的主意。

"聂祯，你真是坏透了！

"你监守自盗！"

聂祯毫不在意地耸耸肩。

"我是善用资源，将敌人从内部击垮。

"问完了吗？可以走了吗？

"我要哄女朋友了。"

他把"女朋友"三个字咬得极重。

贺毅林被聂祯推出门后，聂祯在玄关处站了半天，也不知道自己要开口说什么。还是贺一容先站起来，走到楼梯处回头看他。

"过来啊。"

聂祯眼眶发热，穿越了时光，想起许多次贺一容像小鸟一样急急地奔向他，开口还是像这样轻言细语："聂祯啊。"

她还是自己珍藏在记忆里的人，可还是有些变化。

他跟在贺一容后面上楼，她的脚步稳了许多，再也不一蹦一跳的。她走动时腰带动臀，手臂自然而然地垂在两边轻轻摆动，曲线优雅成熟。

她再也不是小姑娘。

贺一容侧身让聂祯先进去，没有带上门。她先是走到墙边半人高的柜子那儿，点燃一支造型像玫瑰花的蜡烛。香气从火苗中挥发出来，初闻时香味淡淡，再闻却层次丰富。

聂祯不懂这些，只知道贺一容喜欢。

“自己做的？”

手肘撑在柜子上，她将变黑的火柴棍放在有些发旧的银盘中。

“嗯，名字是old flame（旧情人）。”

聂祯下意识看向贺一容，见她只是盯着跳动的火苗，并没有多余的表情。他也走过来，半米长的柜子，他站在另一边。低头见这柜子上有些明显的痕迹，还有因时间长久而变得发沉的颜色。

贺一容顺着他的视线看过去，莞尔一笑。

“这柜子是vintage（古典）。”她炫耀一般拿过那个已经有些旧的银盘，精致又复杂的花纹绕在盘边上。

“这个也是，我跑了一条街淘到的。”

聂祯接过，小小的银盘在手里有些分量，大概是很有年头的东西了。

他笑：“怎么，现在喜欢旧物件了？”

“也谈不上喜欢，就是觉得很好看，和现在的设计都不一样的，Y国有好多这些店，专卖……”

聂祯逼近她，胸口抵着她的胳膊。她搭在柜子上的手慢慢滑下，手掌用力地握着柜子角，圆钝的边角有些硬。呼吸吹起她耳边的发丝。

“那喜欢旧情人吗？”

贺一容心跳漏了一拍，大叫不好，竟拐到这个弯上来了。她装作自然地伸出手去轻轻推开聂祯，转了个身就要离开。她刻意忽略衣料摩擦、肢体接触，好像根本不在意。

“新是暂时的，旧是暂时的，事物是不断向前发展的。”

胳膊被聂祯握住，她再难向前一步。

他在她身后笑出声。

“看来认真学习了，可以用哲学来解释新旧了？”

他的手向下滑，握住她的手腕，再牵着她的手。

“我老师的思想是哲学不可以解释事物，它只是一门研究事物关系发展方向的学科，只是受时间影响更小，过时得更慢，所以在当下看起来是有智慧的。”

她不磕绊地说完整句话，说完自己也恼，这是在做什么？

“你到之前我是要下去弄杯咖啡的，忘记了。

“你自己随意，阳台上可以看见晤姆士河。”

她东一句西一句的，好像这样就可以盖住自己打雷似的心跳。她以为自己可以很平静地面对重逢，她确实努力这样做了，可为什么他只说了不轻不重的几句话，她就方寸大乱？

贺一容想，一定是困得脑子不清醒了，她需要去做杯咖啡。她一定可以很自然地、平静地、如自己无数次设想的那样对待这次重逢。

聂祯突然心软，不想再用自己的急切逼迫她，于是松开她的手。

“你刚刚叫我上来是想问什么？”

她这才找回一丝清明，背对着聂祯整理好情绪。再回过身，她又恢复了刚刚见面时的那份平静。

她语气自然：“上衣脱了。”

“我……”她看见聂祯骤缩的瞳孔，和因为惊讶而张开的嘴。

她虚虚地点点他的左脸：“看见伤口了，看看身上有没有。”

聂祯摊开手，笑着看她，手已经放在上衣下摆处。

“确定吗？我身材更好了，你真的要看？”

贺一容面不改色：“我看过更好的。”

聂祯抓着上衣下摆的手倏地松开，脸色冷下来：“看过谁的？”

贺一容手指又在半空不耐烦地点了两下：“别打岔，快点。”

她终于找回她设想好的阵地。

聂祯背着光，上前一步，轻轻抓住她的手，先是捏了捏才放在嘴边亲吻。

他手心似有薄汗，潮湿却温暖。

他说："我想亲你。"

他并不看她，说悄悄话似的说出这句话。贺一容想反驳，可被他亲了几下手背，听他低声细语地讲话，就手脚发软，连话也说不出。

他又走近一步，坏笑着："不抓紧时间你哥就要回来了。"

贺一容这才恼羞成怒，猛推他一把。聂祯没站住，退了两步碰到椅背上。他手撑着桌子，微弓着腰，额头上都沁出些汗来。他死死按住贺一容拽着他衣角的手，避着她的眼神，还在耍嘴上功夫。

"想旧情人了？"

贺一容瞪圆了眼睛就要恼，他弯腰从下往上吻住她。

时间凝在这一瞬。

唇瓣交叠，呼吸相闻，聂祯久久没有动作。

心跳漏了一拍，贺一容认命一般闭上眼睛。

爱与欲顷刻迸发，聂祯难以自持，如梦中一样，落得满身狼狈。他含着她的嘴巴念她的名，箍住她的身子。她眼睫不停地颤动，扫在他的颧骨上，终于安静地闭合。

她的手还紧紧拽着他的衣角。他摩挲着她的脖颈，含着她的唇瓣。

她的舌尖浅浅地伸出来，刚碰到他就缩回去。他紧追不舍，细腻温柔，与她共舞。

他渐渐用力，也更急迫，按着贺一容的脖颈不让她后退。火热侵袭，他有种不同以往的强势，贺一容只觉得舌头都麻了。

她在他怀里酥了骨头，软绵绵地靠着他，他喜欢极了这样乖巧的她。等会儿她肯定是眼里带着水光，似恼非恼地看他一眼，轻飘飘、直勾勾的眼神，勾得他魂不知归处。

他忽然弓腰，却已挡不住。伤口被她的指腹触碰，还有些痛意。他睁开眼，看她眼底清明，哪有什么又羞又怯的样子？哪有什么潋滟的水色？

她移开唇，扯出银丝。她满不在乎，冷笑一声退后。

他小腹上一道长长的伤痕，刚拆了线，粉嫩的新生皮肉凹凸不平。这道伤痕几乎斜着横跨整个小腹，斩断了那块腹沟明显的地方。她冷着脸皱着眉，目光顺着那道疤看——从隐入裤子里的地方倾斜着延伸到另一边肋骨下方，笔直的一条。

聂祯将衣服扯下盖住那块狰狞伤痕。她并没有反抗，乖巧地顺着他的动作放下手。他伸手来捉她，她摊开手掌挡住，这才看向聂祯，歪着头笑："是挺性感的。"

聂祯也笑，装作毫不在意："是啊，你可能看着可怕，其实一点事也没有。"

贺一容摇头："不可怕，多有意义的一条伤疤。"

聂祯这才觉出不对，可他一时也不知道要说什么。

"真没什么事，只是缅北那帮人下手有点狠。"

他小心翼翼看着贺一容的脸色。

"他们用刀威胁，我给一位长辈挡了一刀。

"他以前……是我爸手下的人，这次被绑对我也挺照顾的。"

他上前来不顾贺一容挣扎，抓住她的胳膊。他看到她的眼里去，一字一句地道："小容，多亏了这一刀，我有证据了。"

他眼圈发红，死死地盯着贺一容。

贺一容当然知道他指的证据是什么，和他选择去新国一样，她知道自己没有立场对这件事发表任何评论。这是压了聂祯这么多年的枷锁，她应该替他开心才对。

于是她扯着嘴角："真好，挨得值。"

可聂祯的眼神慌乱起来，他捧住她的脸，一下下地亲着她的眼角眉心，不停说着"对不起"。

贺一容却想，有什么对不起的呢？他做的选择都是对的，无可指摘。可为什么那道疤好像也长在自己心头了，皱皱巴巴的一条，真的有些疼。

没过多久，贺一容就推开他，利索地抹去脸颊上还挂着的泪。

"急着跑来做什么？你以为你这样能做什么吗？"

她目光落在聂祯那还未偃旗息鼓的地方，挑衅意味十足。聂祯确实有心无力，那道伤痕连着腰腹连着胸下，他几乎没办法活动上身。拆了线就坐飞机赶过来，五个多小时的行程，他已经腰酸背痛。

可并不是没有办法。

“像你喝醉了那次一样，记得吗？”

他边说边靠近贺一容，看她低下头去脸颊变红，再也不张牙舞爪。

“据说那样更容易些。”他也跟着她低下头去，在她红了的耳畔轻声道。

聂祯不知道该怎么告诉贺一容自己方方面面的急迫。他就是想在第一时间勾起贺一容的所有回忆，他并不喜欢她这副冷淡自持的模样，这是他所不熟悉的贺一容。

他怕他补不上这两年多的空缺。所以，就算是用这种手段……他也要逼迫着她想起以前。

贺一容终于收起浑身的别扭劲，嘟囔着：“你乱想什么呢？”

“我又不是那个意思。”

她抬起头看他，不知何时又泪凝于睫。她红着眼睛一脸委屈样，说话的语气却很凶。

“我还生气呢，你还没哄好我，乱想什么呢？

“还有，谁答应做你女朋友了？”

聂祯的眼神里充满了爱恋。看，她还是那个又乖又凶的小姑娘，可爱极了。

聂祯想起他与贺毅林的共同感受——“对她好一点她就蹬鼻子上脸”。

嗯，他终于找回些记忆里让他捧在手心放在心尖的贺一容。欺熟、蹬鼻子上脸、扮猫吃老虎，他爱惨了这样的贺一容。

她终于掰着手指开始算账：“我外公说，把人丢下的男人都不是好东西，让人等的男人都不是好人。”

聂祯点头：“外公说得对。”

她又昂着头：“可我没等你，那你也不算差劲到底的。”

聂祯点头：“你说得对。”

贺一容瞪着眼睛看他，他这副样子她还怎么算账？而聂祯目光炯炯，等着她说下一句，他继续点头认错。

她终于想起什么，走到床头把红色香包拆下。手腕一抖，扯出藏在香包里的纸，她捏着边角：“你做什么好人好事呢？”

聂祯看着她捏在手心的纸，那是他藏进给她求圆满的香包里的，却不想被她发现了。

“若有佛，不必度我，度她于我便是圆满。”贺一容说着便哽咽起来，“什么叫不必度你？”

贺一容泄愤一样撕了那张纸，极小的碎片飘扬落下。她几乎是吼道：“所以你就糟蹋自己，在战场上也不要命？你觉得你出了什么事，就能和佛达成交易了？”

贺一容丢下手心里最后一个碎片，上前两步轻轻地环住他。

“等会儿你捡起来。一个个捡。”

聂祯回抱住她，他飘荡的心这才落回实处：“好。”

贺一容在他胸口拱了拱，直到把自己的头发弄得乱糟糟的。

“然后烧掉。”

聂祯笑：“怎么这么迷信呢？”

“你要哄我，哄好我了我就原谅你。”她声音低低的，有些不好意思，“其实我不生气，只是心里有些不痛快。”

又怕聂祯误会什么，她极力证明自己：“我没有很想你，我很忙的。”

聂祯将头埋在她的颈窝，深吸一口气：“我知道，是我一直很想你。”

贺一容当然不会真的让聂祯去一个个捡起碎纸片，他不能弯腰。

聂祯抱着她躺在地上，贺一容不敢压着他，手肘撑在他身侧。聂祯伸手去捡满地的碎纸片，看着她笑：“你这样……”

贺一容疑惑，他将人拉下，下巴抵着她的头顶。

“你这样让我心猿意马，做事不专心。”

说着，他将手里的纸片塞入贺一容的衣领，贺一容这才发现自己春光大露。

聂祯哪儿还有心思去捡碎纸片？

贺一容仍低着头从衣领看进去。她从来没有在这样的角度看过自己的身体。她想起自己曾搜索到的中东的相关信息，眨巴着眼睛好奇地问：“新国美女是不是和国内不一样，更辣一点啊？”

聂祯陷入沉思。

“怎么说呢？”

贺一容手已经伸到聂祯的伤口处，只等着他说出下一句话。

“忙得脚不沾地，看不到美女。”

聂祯笑着慢条斯理地躺下来，脸颊上痒痒的。他细细去寻才发现是她掉落的一根头发沾在他的下巴上。他半闭着眼，疲惫慵懒，手掌向上捧着那根细细的发丝。

贺一容手下用劲，他似乎不适，咬着牙倒吸一口凉气。他这才睁开眼，满目春色，引人入胜。

贺一容突然就被这副模样的聂祯唤起沉寂已久的情欲。他眼睛里蒙了一层薄红色的雾，好像轻轻一吹就能吹散。他双眼饱含着思念看过来，眼底的红沉下去，越来越深，她只觉无力。

她根本无法拒绝他的邀约，隔了两年半之后。

天还没黑贺毅林就赶了回来，从楼下一路小跑上来，“咚咚咚”的脚步声很重。他冲到贺一容门前见她的房门大开，风起，把晤姆士河的潮湿水汽也吹进来。

贺一容抬起头看他，除了脸颊上有些未褪的红，也没什么不妥。

聂祯坐在桌边，手里拿着个橘子，正一条条地扯去上面的橘络。一个橘瓣被剥得干干净净，才被送至贺一容嘴边。她侧头张嘴接过，没一点不自然。

贺毅林下意识地道：“她不喜欢吃橘子。”

可眼看着贺一容又张嘴接过聂祯手里的橘瓣，他说到后面没了底气。

聂祯连一个眼神都没给他：“她嫌剥橘络麻烦。”

他又嫌贺毅林没照顾好她，有些责怪意味地道：“平时都给她吃什么了？好好的嘴里长溃疡。”

贺一容舔舔嘴巴里又痛又麻的地方，也不懂他是怎么发现的。瞥见贺毅林气鼓鼓的样子，她仰着脖子幸灾乐祸。

“你讲不讲理，她这么大人了长个溃疡也怪我？”

贺毅林觉得委屈，穿一条裤子长大的哥们儿老为着半路杀出来的妹妹责怪自己，偏偏始作俑者还是他自己。更可恶的是这两人早已暗通款曲，贺毅林觉得自己又受到了背叛又被欺骗，可怜得不行。

聂祯轻轻扳过贺一容的下巴，往她嘴里又塞了一瓣橘子。橘汁在嘴里爆开，酸酸甜甜，刺激得溃疡面有些疼，贺一容缩缩脖子。

聂祯擦擦手站起来，揉了下贺一容的脑袋：“别欺负你哥。”

话虽这么说，可贺毅林就是听出来“欺负他也没事，我帮你兜着”的意思。

贺毅林极不情愿地跟着聂祯和贺一容出来吃饭，聂祯开车，贺一容坐在副驾座上。她兴致勃勃地给聂祯指路：“前面左拐。”

聂祯捉住她的胳膊，手慢慢滑下握着她的手放在自己腿上。贺一容嘻嘻一笑，侧过身趴在中间的扶手箱上看他。

贺毅林在后面声音低低地道：“我要打电话告诉家里。”

贺一容头也不回：“你当别人不知道呢？”

这话说得巧妙，既说明有人知道，又没明说到底是谁知道。

贺毅林“啊”了一声，陷入自我怀疑中。是不是因为其他方面太过优秀，才显得他情商有点低？

吵嚷的街道上，有着中国特色的红与黄绚烂相接。聂祯护着贺一容走在里面，贺毅林走在他右侧。

贺一容晃着聂祯的手，指着路中央那座角楼式的建筑。

“我就是想吃那家，是这里最正宗的南城口味了。”

角楼顶上挂着红灯笼，只一楼有着透明的玻璃窗，二楼三楼都是木制雕窗。

“你知道吗？他家竟然有美龄粥，而且很正宗，只是稍微甜了点。”

聂祯捏捏她的手心没应声。

有人见他们过来，快步下楼梯迎出来，走近了聂祯才认出这是周少游。他先是目光落在贺一容身上，语气亲昵：“前几天聚会你也没去。”

他又和贺毅林打招呼：“毅林哥，好久不见。”

贺毅林对他倒没什么意见，只是想起这个人一直对贺一容有意思，于是饶有兴味地看向聂祯。

周少游这才看向三人中间的聂祯，目光平和，似有惊喜。

周少游一直是个做事圆滑、滴水不漏的谦谦君子形象，对聂祯很是恭敬。

“聂哥回来了。”

聂祯也没有贺毅林想象中那样冷脸相待，只握住周少游主动伸过来的手，语气淡淡：“嗯，没想到在这儿见到你。”

周少游笑得坦然：“心之所向。”

他没再细说，热情地拉着他们到角落的包间里去。

“这家很火，我们也等了半天的位，只是刚刚看到你们过来，就把我的朋友们赶走了。”

聂祯也不客气，看向他：“那就却之不恭了。”

贺毅林跟在后面腹诽，情敌见面说话这么酸溜溜的。

聂祯牵着贺一容的手，又细心地给她拉开凳子。而周少游对这些恍若未觉，并没有明显的神色变化。

贺毅林不由得多看他一眼。周少游之前对贺一容有多热情他一清二楚：隔几天就找个由头拉贺一容出去聚会，持续了好一阵每日不断送鲜花，也不知道贺一容后来和他说了什么才断了。

菜陆续上桌，贺一容埋头喝着美龄粥，也没注意听他们在聊什么。只是周少游说了一句话，谈话声戛然而止。

她用勺子搅着粥，也不敢发出声音，此时才后知后觉，周少游刚刚说的是——“章融被撤职了。”

她不知道章融是谁，只是聂祯脸色骤变。

季青林醒来收到聂祯发来的消息：她说美龄粥甜了点。

季青林打了个电话，助手在那边战战兢兢——他实在想不明白为什么两年前突然要在Y国首都开个南方口味的中国餐馆，也想不明白老板不管不问两年后，为什么突然又提起来菜品要改进。

贺一容半夜醒来，身边的聂祯倚在床头，一只手轻柔地穿过她的发丝，一下下捋着。她咕哝一声，侧身揽住他的腰，懒得再睁开眼睛：“怎么还没睡？”

好像也不需要聂祯回答，她睡得香甜。过了一会儿，温软的手伸进聂祯的睡衣，指腹描画小腹上的疤，新生的皮肉很软，她轻轻触碰，像吻一样落在上面。

她声音显得还不太清醒：“是不是伤口疼得睡不着？”

聂祯低头亲她的额角：“不是，我想些事情。”

贺一容揽着他的脖子，蛮横地把人拉倒在床上，腿横在他腰间。

“先睡再想。”

聂祯无奈，由着她把自己的眼睛盖住。他忍不住眨了几下眼睛，又长又直的睫毛扫在贺一容的手心。

半醒未醒的贺一容脾气很坏，手心往下压。聂祯轻笑一声，也环住她的腰，轻拍手掌，安抚她继续入梦。

聂祯睡了很长的一觉，醒来时头脑昏沉，睁着眼想了好一会儿才把睁眼时那些潮水般退去的梦中记忆寻回。

梦里，他看见了爸爸妈妈。

他是小时候的模样，贺一容却是现在的模样。她端着蛋糕走出来，好多人围在他身边唱歌鼓掌。贺一容走到他面前，邀功似的：“聂祯，我亲手做的蛋糕。”

他明明是小时候的模样，却有二十多年的记忆。

妈妈弯腰抱着他：“小祯，吹蜡烛呀。”

梦里的他闭上眼睛，明明贺一容比他高许多，他不踮脚也能轻松将蜡烛吹灭。明知是梦，他却在想，妈妈也在，贺一容也在，活在梦里也没什么不好。

外面传来脚步声。贺一容轻手轻脚地打开门，见聂祯似乎怕光一样将手臂挡在眼前。她跳上床，聂祯的身体也跟着床的抖动晃了两下。

她亲上聂祯挡着眼睛的手臂。

“我让贺毅林去买昨天那家餐厅的菜了，我们在家吃。”

他声音低低的，闷在嗓子里：“嗯。”

“你昨天都没吃几口。”贺一容小心翼翼地试探着，“章融是谁啊？他被撤职了有什么问题吗？”

聂祯过了好一会儿才坐起身来，顺便将趴在他身上的贺一容拉起来。

他似乎是眼睛痒，低着头揉眼。

他再抬头时眼睛红通通的，贺一容“哎呀”一声凑上前去。

“不要揉，我给你吹吹。”

她的五官在面前放大，卷曲的发尾扫在她胸前晃晃荡荡。

贺一容又转为半跪在床上，攀着聂祯的肩，轻启嘴巴，细心温柔地吹着他的眼睛。

聂祯忽然开口：“章融是我爸以前的秘书，出事后被赵天泽挖走，带走不少资源。”

吹气的动作停住，贺一容眨巴着眼睛想了一会儿。

“你给他挡了一刀，所以换来了他的证据？然后赵天泽也知道他透露了什么，所以直接给他撤职了？”

聂祯拉下她放在自己肩头的手，合在掌心里：“差不多吧。”

章融近些年越来越不合赵天泽的心意，在聂祯去新国前已经连降两级，逐渐边缘化。把他调去做新国公司的总指挥，其实是聂家贺家一起努力的结果。幸好赵天泽被一些事情缠身，无暇顾及这种小事，才让聂祯得了机会。

那一刀其实完全可以避开，可聂祯还是撞了上去。只是后来他才知道，章融本人为了能调到新国也做了一些努力。

大概章融也是良心发现吧。

她问他便说，但里面许许多多乌七八糟的事情，不必让她知道。

聂祯听到楼下有车声，突然翻身将贺一容压倒，在她惊讶得嘴巴张开时乘虚而入，又飞快撤出。

“走，吃饭去。”

贺毅林两手提着打包盒站在桌边，正不知如何收拾，见聂祯和贺一容携手下来，气不打一处来。

“凭什么他睡到大中午，我却要跑半座城去打包菜？”

贺一容义正词严：“他受伤了，你也受伤了吗？”

贺毅林摆了满桌子的菜，竟多数都是聂祯爱吃的。

贺一容依旧捧着美龄粥，贺毅林抢了半碗还被聂祯拦下。

“你和她抢什么？”

贺毅林几乎是将碗砸在桌面上："我也喜欢吃这东西！一盆呢，我半碗也分不到？"

聂祯这才松了手，有些奇怪："小姑娘家爱吃的，你怎么也喜欢？"

贺一容尝了一口，喜道："没那么甜了！"

贺毅林直接端起碗挨过去，挑衅似的看着聂祯，又盛了半碗。

"是没那么甜了，有你舅妈家的那种味道。"

聂祯没吃几口手机就响了，他去了书房接电话。门虽然敞开，但贺一容也听不清他在说什么。贺毅林敲敲她的碗："别看了，喝你的粥。"

他把还剩半盆的黏稠香甜还冒着热气的粥都放在贺一容面前。贺一容仍盯着聂祯的后背，只是接个电话他都挺直了身子，脖颈和后背连成一条直线。

许久以前，聂祯习惯弓腰低头。

贺一容慢悠悠地搅着粥，突然觉得去新国也没什么不好。

习惯藏于人后、匿在角落的冷漠之人，终于变得勇往直前、意气风发。

贺毅林又不耐烦地敲贺一容的碗："还搅呢？你不喝给我。"

贺一容笑，想起自己刚到贺家的时候白老说"你有三个哥哥，谁能让你受欺负？再不济还有祯小子"，聂祯也拿筷子敲桌边，被白老呵斥。

许多片段风吹似的掠过，有些微小的记忆却被她珍藏。

也是这么一个下午，阳光洒在桌角。聂祯不耐烦地抬起头，额角的头发有些长，遮住眼角，与她对视后他嫌弃地移开目光。

那时候她只觉得他眼睛长得风流多情，浅浅的双眼皮在眼尾处变宽下垂。他一旦垂眸就显得温柔。

聂祯并不知道，早在贺一容喜欢上他之前，她就喜欢盯着他的眼睛看，更喜欢与他对视后他躲避自己的眼神。那时她会有些得意，觉得聂祯也没什么了不起的。

她停了搅粥的动作："白老说拿筷子敲东西是要饭呢。"

贺毅林扬起的手腕停住，又转向作势要拿筷子敲贺一容的头。

聂祯刚好挂了电话走出来："贺毅林，你有做哥哥的样子吗？"

贺毅林这才想起来："好啊聂祯，我终于知道你之前是哄我呢，什么她在Y国只有我，我要担起哥哥的责任来。你小子坑我呢？我就该早点发现你们俩……”

想了半天却没想到什么合适的词，贺毅林只能用手指指聂祯，又指指贺一容，觉得自己被骗得好惨。

贺一容回头盯着聂祯，他阔步走来，皮肤晒成小麦色，眼眸深深，再也不躲开她的目光。

坐下来时他顺手揽住她：“看什么呢？”

贺一容仍目不转睛：“看你帅呢。”

贺毅林把碗敲得更响了。

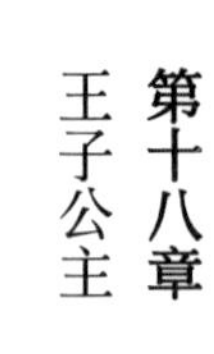

第十八章 王子公主

聂祯接了第三个电话后，贺一容停下笔。

她幽幽道：“要不你先回去吧？”

话说出口了，她又有些后悔。好在聂祯摇头，她才隐隐欣喜。

他走过来摸摸贺一容的脸颊，她顺从地将脸贴近他的手掌。

聂祯笑：“好乖。”这才接起她的话，“不急。”

那股胜券在握的自信与不自觉露出的狂妄，让贺一容看傻了眼。

贺一容突然想起来什么，打量着聂祯的神色。

“去年我收到赵恩宇寄给我的生日礼物了，他说前年忘了，去年特意送了一份大的。”

聂祯似乎并不当回事，把她的头发扯在手里玩。

“嗯？送了什么？”

她倏地就松了一口气。

“也没什么，就是一款限量版的包。去年江晨生日他也送的这个，可江晨喜欢这些，我倒是觉得一般，稀有皮也难护理，只能摆着看。”

聂祯点点头：“那他生日你也要回他一份大的，他对你还不错。”

贺一容要拉着聂祯去衣帽间看那个被摆着的鳄鱼皮包，聂祯兴致缺缺，催促道：“快点把你的毕业论文写完。”

贺一容撇嘴：“以前给我补数学的时候你就是这个表情。”

聂祯笑，认真回忆着以前是不是对她有些凶。

“那时候你皮肤白，生气了也好看。现在晒黑了，生气了凶神恶煞的。”

聂祯的笑僵在脸上，板起脸来，手插在兜里慢慢俯身压向她。

贺一容盯着他的眼角“扑哧”一笑，就算皮肤晒黑了，剪了寸头，脸颊上多了一个小疤，他的眼尾也还是那样，垂下来时温柔多情。

聂祯抬起她的下巴，目光凝在她饱满的唇上，以前不觉得，现在却发现她的唇长得有些……容易撩起他的某些欲望。

她说话时不自觉地嘟起嘴巴：“你要做什么？”

她笑着往后躲，却被聂祯一把握住脖颈。他猛地咬在她的下巴上，牙齿却舍不得用力，贺一容只觉得被他弄得有些痒。她低头看见聂祯半合的眼睛，抱住他的腰。

“我有没有说过，你的眼睛长得很漂亮？刚认识你的时候我就喜欢看你的眼睛。”

聂祯伸手盖住贺一容的眼睛，却忘记捂住她的嘴巴。

“哎呀，聂祯，你又捂我眼睛，我看到你耳朵红了！”

她猛地被人抬起，聂祯单肩扛起她，将人扔到床上。他边解腰带边压下来：“你写论文不认真。”

她“咯咯”笑着往床头爬，嘴上还不停：“你看，我说你现在凶吧？”

聂祯没有忘记关门，并且将门锁上。

贺一容躺在床上撑着头看他：“我哥几乎不来我这屋的，昨天大概是第二次来。”

她指着聂祯：“他昨天为什么过来呢？是不相信你。”

她又指向锁起的门：“大白天的你欲盖弥彰。”

聂祯拉着她的脚踝把她拖向自己。贺一容“咯咯”笑着，手拽着床单，却根本抵不过聂祯的力量。

她嘴巴又被捂住。

“你话真多。”他转头看了一眼天色，“久一点就不是大白天了。”

这话说得暗示意味明显，贺一容脸颊绯红。

他放开捂着贺一容嘴巴的手，直接双手扯下贺一容的衣服，贺一容挪着屁股往上躲，晚霞映在她眼里，与脸上的红艳争辉。

“你怎么……”

声音细若游丝，偏偏聂祯还追问：“嗯？”

他不依不饶：“刚刚不是话还很多？”

贺一容恍惚间觉得又回到了聂祯给她补数学的时候。

他坐在她身边，由看着她做题变为看着她写论文，她稍微一走神，他就板着个脸皱起眉头。他山根高挺，皱眉的时候鼻子连着眉头纠成一团。贺一容最怕他这个表情。

不同的是，以前他是说“做完这张卷子今天就结束了”，现在他是说“快点写完带你出去玩”。于是她也更有动力，两三天下来竟真的完成个大概。

只差最后一段总结，贺一容愁苦了许久。转头看见聂祯又要皱眉，她嫌弃地快速转回脸。她语气不耐烦：“你别在我边上看着我。我在想总结，又不是一下子就能写出来的，脑子乱死了。你去楼下找贺毅林去。”

聂祯悄悄起身，一点动静也不敢发出来，明明他什么也没做。

聂祯刚拉开门就见贺毅林风风火火地冲过来。他越过聂祯看向贺一容，大喘气几下才平静下来。

“我小姨和外婆来了，刚打电话给我说要过来。”

贺一容“啪”一声合上笔记本，明显一副心情欠佳的样子。

“那我和聂祯出去转转。”

贺毅林求救一样看向聂祯，不知道贺一容是不是因为他的话不开心。

“不是。她们知道你也在这儿，电话里还问了一句。”

贺毅林的外婆早就随着他小姨定居加国，逢年过节的也没回过国，只是贺家兄弟们会时不时地打个电话过去，这么多年也就只有贺一容初中时贺家兄弟们去加国陪他们的外婆过过年。

贺一容当然不认为贺毅林的外婆会想要见她，说到底也是没关系的人，只是要是刻意避着不见面的话又显得她这个小辈不懂礼数。

贺毅林拉着聂祯手忙脚乱地收拾沙发，杂物都抱在怀里往书房丢，客厅变得敞亮起来。

贺毅林又站在那儿环顾四周，而后顺着窗台、壁柜、桌子，一路收起贺一容的各种香薰。

贺一容一直抱臂在楼梯拐角上面无表情地看着，见此才“喂”了一声。

贺毅林把三四个形状各异的器皿丢在聂祯怀里。

“小姨家的表妹也来了，她好像对什么花过敏，我怕你这里面……”

他抬头打量着贺一容的神色，明知道她不高兴了也顾不得那么多：“我又不记得她到底对什么花过敏，就都先收起来，你是不知道我小姨那个性格……”

眼见着贺一容脸色越来越不好，贺毅林拉过聂祯挡在身前。

“聂祯，你记得我小姨吧？”

聂祯一脸难色，思虑再三对贺一容点点头：“他小姨真的有点难搞。”

贺一容没理他们，直接转身上楼。

房门几乎是被她摔上的，贺毅林摇头：“我就说吧，她现在脾气越来越大了。”

贺一容在听见楼下的停车声时下了楼。

聂祯朝她看去，见贺一容换了身米白色的齐膝裙子，显得优雅大方。

她冲着聂祯皮笑肉不笑地扯了下嘴角，聂祯笑着走过来迎她，拉过她的手在她耳边说了句：“他小姨脾气确实有点怪，到你的地方来，你稍微忍一下？”

一行三人快要进门，聂祯松开贺一容的手，与她一起走上前。

穿修身吊带裙的女生见到聂祯时夸张地捂住嘴，还没等贺一容反应过来，就见她扑过来抱住聂祯。

“小祯哥哥！”

聂祯不动声色地拿下她揽着自己脖子的胳膊，稍稍拉开距离。

“珍崎，好久不见。”

“哎呀，小祯，过来给我也抱抱。”

贺一容刻意忽略那貌似不经意扫过却满是审视意味的眼神，脸上挂着淡淡的笑。

聂祯上前两步：“韩姨。”

他主动地倾身上前，手刚碰到女人的肩膀又站直了身子。

保养得当的中年女性，就算嗔怒也是好看的。

女人扬着素手在聂祯面前一晃：“小时候都叫我岁岁姨，小祯小时候嘴可甜了是不是？”

贺毅林扶着老人往沙发那儿去，贺一容侧过身让了下路，与老人看过来的目光撞了个正着。

贺毅林的小姨手指在空中画了个半圈，指向贺一容。

“小林，这是……”

贺毅林一个头两个大，她明明心知肚明，非要装腔作势这样问他一句。他扶着外婆坐下后又走到贺一容身边，拉过她揽着她的肩。

“小姨，这是我家的小妹妹。”

他又弯腰迁就贺一容的高度：“小容，这是我小姨和表妹。”

他也没等贺一容说话，就按着她的肩让她转了个圈。

“来，和外婆打招呼。”

贺一容跟着贺毅林喊了声“外婆好”后，老太太点了点头，也没什么多余的表情。

老太太拍拍身边的位置：“小祯啊，你也过来坐。”

聂祯走过来，也不顾这么多人看着，拽住贺一容的手腕拉着她坐在自己身边。

贺毅林的小表妹睁大了眼难以置信，似乎又觉得是自己多想了，很快掩下奇怪的神色。她挽着她妈妈的手扭腰摆臀地走过来。贺一容看了一眼，好一双性感的腿。

珍崎站在贺一容右侧时似乎对于落座问题犯了难。

贺毅林很快从老太太的另一侧站起来。

“小姨、珍崎，你们坐这边。外婆，我们这儿没有茶，矿泉水您喝吗？”

老太太点点头：“给珍崎拿可乐吧，这丫头就爱喝这东西。”

老太太转头问聂祯：“你爷爷还好？”

聂祯笑道：“还是些老毛病，没您身子硬朗。”

老太太点头，拉起聂祯的手放在手掌上轻拍着。

“你爷爷啊，当初我嫁到韩家，还是他做的媒呢。后来他又撺掇着贺家和韩家结亲。”她轻笑一声，似感慨似悲怨，“这老头子，就爱张罗这些事。”

聂祯也不好接话，毕竟韩姨早逝，白发人送黑发人的事落在谁身上都是剜心般痛的。

另一个韩姨却来了兴致，隔着老太太伸着脖子看向聂祯。

“小祯儿，你爷爷给你张罗了吗？”

还不等聂祯说话，她就拍手笑道：“我一直为珍崎的事发愁呢，今天看到你才想起来，亲上加亲多好！”

珍崎笑着轻拍她妈妈的胳膊：“您又乱说什么呢？”

可这语气里听不出一点埋怨与尴尬的意思。

贺毅林怀里抱着好几瓶喝的，用腿抵上冰箱的门。贺一容见状要起身去帮他一下，刚站起来却被老太太喊住。

“丫头……”贺一容回身，见老太太看她的眼神似有疑惑，弯腰低头准备听她说什么。

“你坐。”

贺一容只得坐下。

“你今年多大了？”

“二十三了。”

“还没过生日吧？”

“三月份刚过完生日。”

贺毅林正好拿着喝的过来，可乐摆在珍崎面前，乌龙茶摆在贺一容面前，其他人都是矿泉水。

老太太看了一眼乌龙茶：“哦，那你是毅林他妈走了三年后出生的。”

贺毅林的小姨又伸着头看过来：“哎，那你妈妈是生了你之后多久去世的？”

聂祯握住贺一容的手。不止贺毅林不高兴，连老太太都有些不高兴。老太太回头瞪她一眼，那和珍崎似姐妹的韩姨才撇撇嘴坐直了身子。

贺一容倒没生气，只是觉得这个人确实是有些怪。

“可能是我出生后三四个月吧。”

老太太点点头，紧接着问：“你舅家是南城徐家？”

贺一容渐渐觉出不对来，怎么贺毅林都拿饮料回来了，老太太还逮着她说话？

“是的。”

老太太拉长了一声“哦”，又添上一句：“你家在南边可以的。”

贺一容没再接话，她不想再与她们谈论这些。

“你爸爸给你买了房，集团股份也分你了？”

贺一容终于明白，她们此行的目的竟然是她。

贺毅林也出声，想要制止这类似盘问的谈话：“外婆！”

可老太太只是淡淡看他一眼，又面向贺一容。

“我家老大嫁给你爸的时候，嫁妆丰厚，贺家本来只是平平常常的富户，要说真的起家，还是在和我家老大结婚后才慢慢起来的。”

她头发花白，精神矍铄，说话间不见苍老之色。

“你徐家也算是家产丰厚的，应该也有你一份吧？”

贺一容刚想说话，就被聂祯拉着站起来。他冲老太太点点头：“外婆，我们还有事，我先带她出去一趟。”

手掌交握，贺一容被他突然拽起，几乎是倒在他的胳膊上。这样的情形，众人自然是看得分明。

老太太笑了笑，根本没当回事似的，又抬头看向聂祯。

“小祯，你别急，好好考虑清楚了。小时候和珍崎玩过家家不还是王子公主的吗？你也知道小孩子的事作不得数。”

聂祯点点头就要拉着贺一容离开。

老太太讲话再不留情面。

“小丫头，我随你爸怎么疼你，我韩家带过去的东西都是他们哥仨的，你心里要分得清楚，什么该要什么不该要。”

贺一容还没做什么反应，贺毅林却站了起来。他先是看向贺一容，又飞快地移开目光看向脚面。贺一容只是站在那儿宽慰地冲他一笑，他就足够难堪了。

“外婆。”悲愤克制地喊了一声，贺毅林才抬头看向老人。

花白的头发一丝不苟地梳在脑后盘成个半球形，耳鬓的碎发也被细心整理好；宽松的灰色套装隐隐泛着光泽，同色系的花纹精密整齐；手腕稍动，袖口处进了风，看似轻盈的布料却落下来，贴着腕子挡得严实，只留了色泽极好、温润厚重的镯子露出来。

老太太处处低调，也处处讲究。

贺毅林只说了一句："小容是我妹妹，和您说过的，她很乖。"

贺一容侧过头偷笑，再转头时面上笑意未散，眼睛弯弯。她松开聂祯的手，稍微走上前一步。

"您放心，我本来也没想要什么。"

老人点头，或许是因为贺毅林的态度，或许是因为贺一容表了态，她语气也缓和很多："我也知道你是个好孩子，他们哥仨也疼你，但这些事上不能讲兄妹感情。"

刚刚被聂祯激起来的火气渐渐消失，这些小孩子就是沉不住气。她懒得再计较，说完后摆摆手："你们去吧。"

珍崎拽了下母亲的胳膊，却见聂祯忽然回头。

"外婆，我没记错的话，这幢房子是小容外公给她的。"

言外之意，贺一容不需要去分贺家的东西。

老人并不惊讶，她大概也听说过贺一容妈妈产后抑郁的事，当时的老太太甚至有一些痛快，自己的女儿死后不到三年，贺增建就着急忙慌地找新人，说不恨是假的。

只是活的时间久了，悲意与恨意都像是上个世纪的事情。直到珍崎妈妈在她耳边叨叨，贺增建给那个小女儿买了套房产，她才想起来有这么个人。

贺毅溯、贺毅林都还没有房产，贺毅阳结了婚也还没搬出去住。她不得不多为他们打算。

韩姨站起来拉住聂祯，要把他往珍崎身边带："走什么呀？这么多年没见了，和我没话说和珍崎也没话说吗？"

可聂祯哪里是她能拉得动的？她又来拉贺一容的胳膊。

"这房子你外公给的啊？还给了你什么？"

老太太咳了一声打断她的话，不赞成地看过来，她自己也实在想不通这个女儿怎么四十多岁了还长着这么蠢笨的脑子。

“小祯啊，我刚刚说的话有些不好听，你别往心里去。”

聂祯弯弯腰，也没再理旁人，带着贺一容出门。

贺毅林这才坐下来，一言不发。他小姨坐到他身边：“小祯真的和这个丫头在一起了啊，图什么？她家又帮不到小祯什么，你和他说说道理，和我们珍崎在一起多好，以后我们也能帮一把。”

说完这一通，她又思索着道：“要不过两年再看也行，万一他不成器也不能委屈了我们珍崎，毕竟他家现在也就一个老爷子了，过两年老爷子没了……”

“你闭嘴！”老太太又气又急，没了外人终于发出火来。

“我刚刚说那丫头，你还当真了？没见他们俩手就基本没松过吗？没脑子眼睛也瞎？”

贺毅林揉揉脑袋，疲惫地往后倚去，随她们说些什么。

聂祯拉着贺一容沿着晤姆士河走。他脚步很急，牵着贺一容走在前面。贺一容快步跟着，一个踉跄扑到他背上。他这才回过头来，见贺一容大口喘着气，脸蛋红扑扑。

贺一容轻推他的胸口，借力站直了：“你气什么呀？我都没生气。”

聂祯抿着嘴不说话，只是脸色稍微好起来。贺一容牵着他的手晃了两下：“站在她的角度，那样做也没什么错。”

聂祯盯她半天，河边的灯刚好亮起来，光映在她小鹿眼似的眼睛里，灵动娇俏。他只有一个想法，把贺一容带到他身边，带到他家里去，再也没有这些乱七八糟的亲戚，也没人会再欺负她。

可这样的话只有结婚才可以。她还小，他不知道她会不会愿意。而且，他也还不够格。

聂祯突然有些急起来，他一直很有耐心，一步一步的，做什么事都不急不躁。可再见到贺一容后，他就很急，怕来不及补上他缺失的时间。

现在他更急了。他得快点，再快点，早一些把贺一容带到他身边。

天色慢慢昏暗下来，金黄色的灯光与又黑又蓝的天空相接，人也跟着沉静下来，融入静谧柔和的低垂夜幕里。

河对面有个乐队在表演，十几个人围着，平和温柔的晚风把音乐送过来，贺一容靠着河岸栏杆倾听，回头见聂祯只盯着她看，风也静了，音乐也远了，连河面上的轮船都停了。

贺一容在他热烈的眼神里变得害羞，悄悄打量周围：“你干吗呀？”

聂祯摇头，终究是什么也没说。他将这一幕刻在心里，她安静地倚栏，含羞睨他，世间美好都在她身后化为背景，她是画面里最令他记忆深刻的那个。这一刻他止不住地想：早点把她带到自己身边。

手机振动，贺毅林发来消息：她们走了。

贺一容歪头看聂祯的手机，忽然莞尔而笑。

“聂祯，他真的把我当妹妹。”她晃晃聂祯的手，开心的情绪溢于言表。

聂祯也笑，这个难哄的，竟直到现在才觉得贺毅林真的把她当妹妹吗?

谁料她又站到他面前，仰着脸盯着他，一脸审视。

“你和珍崎小时候还玩过家家呢？”

聂祯心一惊，表情不免僵硬起来，贺一容见此更是冷了脸。

“王子公主？”

他避开重点：“你知道的，小时候我长得好看，过家家的时候他们都让我扮王子，贺毅林喜欢扮将军。”

贺一容点头，牵着他的手往回走，似乎这个话题就这么揭过了。

两人到家时贺毅林已经点好外卖等着了，甚至在贺一容刚进门时就拧开她爱喝的乌龙茶递过去。

“逛累了吗？”

贺一容接过瓶子：“哥，你小时候玩过家家都扮什么角色啊？”

贺毅林虽然疑惑，也没多想，更没注意到聂祯的眼色，注意力都在贺一容身上。她很少叫“哥”，多数时候都是直呼他的名字，只有长辈在的时候才装乖。

他诚实道来：“我小时候不玩这个，就是聂祯长得好看，总被惠希和江晨她们拉着玩过家家。”

他一脸嫌弃，露出完全理解不了这个游戏的样子，难得一次性对着她说这么多话："那时候珍崎也常常一起玩，她脾气大，抢着要当公主。"

贺一容松开聂祯的手，他去抓也没抓住。

贺毅林这才看明白什么，勉力补救："都是不懂事的时候玩的，谁还记得啊？"

其实他记得清楚，因为聂祯长得好看嘴又甜，长辈们都喜欢他。

这个问："小祯长大后给我做女婿好不好啊？"

那个抢："小祯答应了要给我做女婿的。"

干干净净、漂漂亮亮的聂祯是香饽饽，其他人都是狗尾巴草。

贺一容哼了一声就走开了，聂祯做口型骂了贺毅林一句，急急追上去却是话也不敢讲。

聂祯在一旁端茶倒水、换盘递叉殷勤得很。

贺毅林乐得看戏，故意提起："小姨让我和你说，考虑考虑珍崎，韩家能帮得上你。"

贺一容扔了叉子，起身就走。

聂祯气急："你有情商吗？"

聂祯进屋还没把气鼓鼓的贺一容抱到怀里，口袋里的手机就嗡嗡振动。他拿出来刚想挂断，贺一容瞥见是季青林的来电，知道他们这两天在商量事情，道："你接吧。"

他当着她的面接起电话，算起来是第一次在她面前与人通话。

他一边拿着手机还一边讨好地牵起她的手，"喂"了一声后将她的手放在嘴边亲了一下。

虽然没发出声音，但贺一容还是脸微红。

不知道那边的人说了什么，聂祯的神色有些冷淡："嗯，我叫人看着了，他心里更恨，有些等不及。"

贺一容细心听着，聂祯抬眼看她："赵恩宇……"他犹豫了下又说，"他要自掘坟墓我们也没办法。"

贺一容睁圆了眼睛看聂祯，他却低下头去低声道："连累你了，季哥。"

他笑得冷漠，再抬头时却是一脸不容置疑的坚定神色：“是，会千百倍地还回来的。”

他挂了电话，贺一容松开他的手。

“其实她说得对，韩家能帮到你。”

她懂得聂祯多年的隐忍和艰难，她不是不知道夜里醒来的时候，他仍是清醒的。她总是装作不觉，刻意忽略这些她不愿意直面的事情，一想到就心疼得要落泪的场景。

那个时候，她如梦呓一般喊他一句，再搂住他的脖颈，他环住她轻拍着，直到他也终于呼吸平缓，似是睡去。

她不忍想起这些，也不愿和他提起，似乎就可以装作这些事不存在一样。

可就算她不与他提及这些事情，装作忘记装作不觉，努力想让他能得到片刻的松快，她也不得不承认，聂祯很难，他需要更多的助力。

聂祯含笑看她，明知道她气不顺才会说这种话。他倾身上前拾起贺一容落下的一缕头发，用发尾搔她脖颈下面薄薄的皮肤，惹得她歪着身子要躲了，才一把把人抱着。

“怎么？你舍得？”

贺一容哼了声：“我又没跟你玩王子公主的……”

她话没说完就被人堵住了嘴。

聂祯理亏，又不愿她一直念着这件事，只能强硬地把人圈在怀里，含住她整张嘴，不顾她牙关紧闭，强硬地用舌抵开唇瓣。

她宛如待宰的羔羊，在他怀里没有一点反抗之力。

羔羊的手攥成拳抵着他的肩，他就更往下倾身。贺一容往后弯腰，身子越来越低，脚步不稳，差一点要跌倒。

聂祯紧跟一步把人向上搂紧，唇还紧紧贴着，舌还眷恋不舍。

这一踉跄，贺一容才松了手，向后撑住桌子，不知道打落了什么，有东西“哐当”一声掉在地上，又滚了两下。

她心里想着是什么被碰倒了，聂祯带着她转了个身，让她背靠着桌子，边亲她边将她往下放，直到她上半身躺在桌面上。

他手一挥，桌面上七零八落的东西被秋风扫落叶一样挥开，争先恐后地落在地上，响起细碎的、清脆的、沉闷的声响。

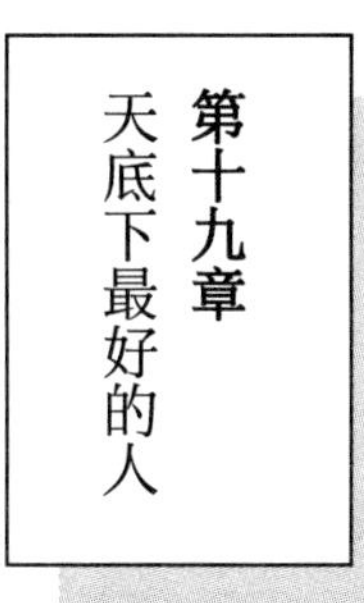

第十九章 天底下最好的人

聂祯又在夜里起身接了两个电话，或许是三个，贺一容记不清楚了。她只记得自己闭着眼睛起身，搂住在阳台上接电话的他，以及被风吹久了而变凉的身子。

聂祯低头亲亲她的额角，然后歪着身子轻拍她的肩背："睡吧。"

困意绑着她无处脱逃，在他哄小孩似的拍打中她眼皮又沉下去。

可天一亮，她蹦跶着下楼，只有贺毅林站在桌边喝粥。

他总是端着碗两三口咕噜咕噜喝下去，就算吃完了，整个过程也不过几秒。见贺一容下来他先冲她招手，急急咽下最后一口粥。

"聂祯早走了，死小子舍不得叫你，把我叫醒，说有急事要回去一趟。"

一开始他的声音还有些堵在喉咙里，逐渐变得清晰。

"我问了一句，好像是赵家的事吧？前些天家里打电话来，爸也说让我们最近别回去，叫你论文交上去没事做就去其他地方玩玩，我猜大概是出事了。"

他说这话的时候掩不住得意畅快的神色。贺一容在南城的时候就听舅舅提起过，贺家近几年在有些领域一直被赵家压着，赵家又是个只要拿到了领头地位就不会分旁人一口汤的霸道作风，因此两家暗地里斗争得很激烈。

"喂，我和你说话呢。"贺毅林讲了半天也不见贺一容有什么反应。

"嗯，我听着呢。"

她却在想，自己早就打算好了，终稿一过就和聂祯一起先回国，反正答辩还有大半个月。她可没有要去其他地方玩玩的想法，这两年多，欧洲她几乎都逛遍了。

聂祯一落地就收到贺一容的消息：又不是不让你走，怎么还偷跑呢?

四个小时后，她又发来好几条——

我这两天应该就能忙完，我也回去。

可我爸前几天打电话说让我们最近别回去，我得瞒着他，你不许告密啊。

快点找个秘密窝点给我，我可不敢回家去。

聂祯一只手拉着行李箱，一只手握着手机敲键盘。他个高腿长，昂首阔步，光是气质就惹人注目。路过的女性总要盯着看几眼，待走得近了看清楚脸，更是驻足回头，与身边女伴交换着目光。

他只敲了六个字：卖给我，不告密。

嘴角微扬，他将手机随手塞进兜里，迎上正向他走来的人。

“你怎么自己过来了？”

季青林拉过聂祯手里的行李箱：“早点见面早点说事。”

他斜着眼打量聂祯，就算这个人已经在刀锋上滚过很多回，在他眼里也还是个毛头小子。

“怎么？要不是那个王老板跑了，你打算多久再回来？”季青林恨不得踢他一脚，“我这儿水深火热的，你在那边怀抱佳人。”

聂祯笑笑：“我心里有数，就等着看他什么时候跑了再什么时候回来。”

季青林看他一眼，却不知道这事原来是聂祯下的套：“快点，车上讲。”

刚坐上车，聂祯口袋里的手机振动两下，他拿出来看了一眼，手指“嗒嗒”地敲字。

季青林不耐烦地敲敲手下的方向盘：“我说，要不事情结束了你就提亲去？虽然你们还年轻。”

他见不得聂祯这种看着手机屏幕都化成水似的眼神，这小子从小就长这么一双含情的桃花眼，水灵灵的，似会勾魂。

聂祯收起手机：“嗯，有这个打算。”

季青林乍一听这话笑了，捶他一拳：“好小子。”

说完，季青林又摸摸下巴，开始感叹：“你是不知道，结婚那才是真……”

他瞥见聂祯那双水灵灵的会勾魂的桃花眼正求教似的看着他。

“说正事！那王老板是你设的套？”

聂祯轻笑一声：“当然。现在也算是明着来了，都知道对方手上有什么牌，章融那边他下手了，这边肯定也要下手。”

“视频记录和实名举报信都有了，证据都在我们手里，赵天泽把人抢去对我们也没什么损失，就算……”对面的车子发动，车灯明晃晃地射过来，季青林眯了下眼。

聂祯：“就算赵天泽把人灭口了，他手里又多了条命，还是与他直接相关的，对我们也有益无害。”

季青林把空调温度调高，却怎么也没想到，自己看着长大的小孩，现在却也变得会分析利弊，理性冷血。

“他太着急了，整天闹着要去举报，万一他偷跑出去真把事闹出去了，影响了我们的计划，不如就把他放给赵天泽。”

“赵恩宇已经被警方的调查组锁在海城了，赵天泽不能不急。”

“他急了，我们赢面才更大。”

贺一容顺顺利利过了毕业论文的终稿。

三年的本科时间凝结在几张纸上，她不免有些感慨万千，将几张纸翻来覆去数了好多次，六千多字的内容，八张半的A4纸。

贺毅林的毕业论文却没那么快完成，他两三台电脑上整天写满了贺一容看不懂的东西。

贺毅林的生日在四月末，贺一容提前煮了碗面给他。

“先说生日快乐，我过两天就出去玩了。”她托着腮看贺毅林面无表情地嚼着面条。

他本来是想三口吃完的，可贺一容非说这是她用心煮的，要用心品尝。他也不懂超市里买的面在开水里煮熟，会有什么特别的味道。

贺毅林故意把面吸溜得响，面条一下子滑入喉咙里去，汤汁在嘴边溅开。

一滴汤汁落在自己的胳膊上，两滴打在贺一容的左脸颊上。明明是故意的，他还皱眉道："谁叫你离这么近说话的？"

贺一容也没发脾气，拿纸先将贺毅林胳膊上的汤汁擦了才擦自己的脸。她刚刚突然想到，赵恩宇好像也是四月份生日。去年他特意寄了个包给她，今年她得还回去。可那款包虽然定价不到三十万，但是实在难买，江晨说没点人脉的话大几百万都拿不到。贺一容名下虽然有些资产，现金却少，真要自己一下子回个同等价值的东西出去，也有些难。她不免有些为难，又暗骂赵恩宇干吗送这么贵重的东西给自己，现在还礼都难。

贺一容发消息去问江晨，江晨很快回过来。

贺一容点开语音，那边吵吵嚷嚷，还有男人的声音。

"管他做什么？该送什么送什么，谁像他一样整天'搜刮民脂'，身上肉甩一下都噼里啪啦地有金子掉下来？

"滚开，我发消息——不过我前阵子听我哥提了一句，他好像出什么事了？也没多问。

"但咱还是该还礼还礼，过得去意思就行。"

江晨是正经八百的北城人，说话直来直去，这个圈子里也就她会和贺一容说几句话。她曾经揽着贺一容的肩道："那帮丫头，别理她们，也不知道整天哪来那么多优越感，往上数三百年，谁家又是正经的厉害角儿了？"

与江晨一比，贺一容不免觉得自己想得太多，这种小事上也思虑半天，着实是不够洒脱。她当下也放宽了心，回了语音过去："行，那我就放心了。"

话落，她才后知后觉，自己也学着江晨的语气说话了。

贺一容很快收拾了行李，临走前贺毅林倚在栏杆上冲她挥挥手就要进屋。走了一步他又回过头："你别回去找聂祯啊，爸说了不让我们最近回去，有点乱的样子。"

贺一容点头："我知道的。"

她心里却想，也没什么大事，爸爸怎么就这个样子？当年他也用这种由头把妈妈扔下，好像远离他反而让他安心。

可她归心似箭。

之前一直没和聂祯联系，心如止水，波澜不惊的，似乎一下子失去了恋爱兴趣，别人对她表白，她走过去也就抛之脑后了，唯一能记得的就是一个长得很像某个Y国男明星，皮肤又白又透，和她表白时红了耳朵的男孩。

现在想想，那个男孩长得也没有那么像那个男明星，不过是有与聂祯相似的眼神，以及很容易就红的耳朵。

聂祯再回来，不过短短几日。她就已经忍受不了爱与欲，只要他轻轻一撩，就全部激发出来。

青春期时就藏着并等待着的情感，一朝迸发，汹涌而来。

贺一容在机场买了块表，不到十万元的经典款，想来就算加钱买那块满是钻的，赵恩宇应该也不会戴。她不想去细细搜罗，或者是找人定做，她只想快点回到聂祯身边，连多花一天时间去逛街都不愿意。

她上飞机前发了条消息给赵恩宇，不知怎么的突然想起点进他的朋友圈。几乎每天都更新动态的人，快有半个月没更新了。

动动手指发了条消息过去，上一条消息还是赵恩宇看似群发的新年祝福语，她当时猜想是群发，也就没有回复。

她发了条消息给他：给个地址？寄生日礼物给你。

聂祯没空接贺一容，派了辆车过来，贺一容认出司机是聂家的，他不常出现，这么多年她只见过几次。

车直接往市里开，才出去几米就堵了许久。

贺一容问了句："这是去哪儿？"

那年岁已大的司机回头："去安定广场那儿，先生和夫人以前常住那里。"

贺一容愣了一下，才回味过来，他指的是聂祯父母。

到了目的地，司机帮她把行李拿下，开了门后将钥匙放在玄关处的柜子上："都提前打扫过了，日常用品也换了新的。"

他点点头就安静离开。

贺一容一时不知如何自处，她没想到会被带来这里。老式的装修不显陈旧，看得出来是日常爱惜着的。眼前的客厅不算大，小小的几上放着台欧式电话，铺着白色的桌布，花边轻轻坠下，一眼望去，都是过时的东西。但这些物件都被保养得很好，时间似乎在这间屋子里被定格。

下沉的玄关处，拖鞋已经摆好，贺一容换了拖鞋在那儿站了半天。看着聂祯父母时常住的地方，她竟然生出些紧张感来，怕自己破坏了长久珍藏在年岁里的某种记忆，久久迈不出脚。

身后门响，她吓了一跳。

聂祯进来，看她在这儿站着不免扬眉，走上来边换鞋边搂着她。

“怎么像个小傻子似的站在这儿？”

贺一容乍一见他顿觉惊喜，几乎是跳到他身上去，刚刚那点觉得住在这儿不太好的小心思瞬间无影无踪。

力道猛了，聂祯不免脖子倾向她，两人几乎脸贴着脸。

他踢了鞋，将贺一容盘在自己身上的腿往上抬了抬。

“这么着急？”

话落，他就把她欲说话的嘴用唇舌包裹住了。

他漫不经心，随意吻着，还有心思将贺一容手里的包拿下，放到柜子上。

贺一容气他接吻还不专心，睁开眼瞪他。

聂祯低低地笑着，很快就放开了她。他又拍拍她的屁股：“不急，先吃饭？”

贺一容从他身上跳下来，又扭捏起来，牵着他的手一副为难的样子：“我住这儿不好吧？”

聂祯胳膊卡在她的肋下，直接把人提起来：“有什么不好？”

他从背后环着贺一容，打量四周，指着墙上挂着的妈妈的照片：“你看，只有这个房子还记得他们。”

他说这话的时候并没有什么哀戚之色，甚至还带着些笑意。

贺一容将手放在他的手背上，又被他抽出来盖住她的手，两人乐此不疲，小孩似的玩了许久。最后，聂祯抓住贺一容的手不再让她动，贺一容急了跳起来挣脱，脸蛋儿红扑扑，气喘连连，粉粉的舌尖露出个头。

聂祯转过头去看了一眼时间。他只盯着无声转动的长针，再也不敢看她一眼。

“我做饭给你吃，吃完……我们快点。”

他捏她指腹，暗示意味明显："晚上还要再出去一趟。"

贺一容终于能甩开他的手，仰着脖子又气又笑："你说什么呢？"

她转头看见聂祯妈妈的照片，脸红了个彻底。

房子里连冰箱都是老式的那种，白色的外壳已经有些发黄。老式的电器功率都很强，刚一打开门，冷气就扑面而来，贺一容躲在聂祯身后，看他熟练地从各个区域拿出要用的东西。

"我妈的习惯，水果放在最上层，蔬菜放在第二层，酱料放在第三层，我小时候想吃水果都够不着，整天偷吃花生酱。"

可他还是按照妈妈的习惯来摆放物品。

贺一容心脏像被攥住似的，轻轻地长呼一口气，不知怎样才能让聂祯卸下身上的枷锁。这么多年，他也该放过自己了。

聂祯做了碗面，不像贺一容只会做那种清汤寡水的，他做的面面汤都是乳白色，冒着香气，不知情的人还以为是炖了多久的骨头汤。面条整齐的旋在上面，青菜和荷包蛋一左一右摆着，最上面冒着点油花。明明都是最简单的食材，他却做得有模有样。

"尝尝，我妈的独门秘技。"

贺一容喝了口汤，惊喜地抬起头来。聂祯逆着光，面容不甚清晰，可贺一容却看得清楚，这一刻的聂祯笑得开心，是从未有过的轻松惬意。

贺一容吃面的时候，聂祯接了个电话。

贺一容抬眼看他，他探身过来，隔着桌子揉贺一容的脑袋，另一只手拿着手机听电话。

"嗯，那我就不过去了。"

眼看着贺一容眼睛发亮，他没忍住笑了下，又说了两句才挂了电话。他露出有些可惜的样子："如你所愿了。"

贺一容没怎么懂，又吸了一口面，汤汁溅起来，打在她下巴上。还没等她伸手将油渍抹去，聂祯就已经弯腰，隔着桌子将她头搂近，很自然地伸出舌头去舔。

她大吃一惊往后躲，聂祯却笑起来，搂着她的脖子又在她唇上亲了一下才放开。

大概是喝了汤嘴上有油，他的唇上也油汪汪地发亮。

“哎呀！”

聂祯绕过来挤在她身后坐着，学她的腔调也“哎呀”一声。

贺一容气极了，伸手打在他的胳膊上，他搂她更紧，见一碗面被她吃了大半，汤汁仅剩可怜的一点。猜想大概是因为他特意做的面，她有心想要吃完，可她向来饭量小，恐怕现在已经撑着了。

“吃饱了就别吃了，抓紧做正事？”

贺一容转脸瞪他：“你抓紧做正事才对。”

聂祯将头搭在她的肩窝处，边蹭着她的脖颈边往前挤，温热气息落在她锁骨上：“不是说如你所愿了吗？等会儿不用出去了。”

贺一容这才明白过来，气得要将筷子打在他胳膊上，怎么就如她所愿了？搞得像是她怀着坏心思急不可耐似的。

聂祯倒是一点不怕的，还故意攒劲把胳膊抻紧了，青筋鼓起来，性感有力。

贺一容却是下不去手，只是骂他一句：“越来越像个浑蛋了。”

聂祯笑着往后倒，手环在她腰间轻轻捏她腰间的肉。贺一容也笑，背靠着聂祯感受着他胸前的起伏，却突然意识到，他今天是真的开心，所以言语举止都有些随性，又小孩子气又放荡。

她却没想到他的动作竟真的放荡起来。

贺一容又气又羞，挣扎着要走，被聂祯死死扣住。腿一蹬，他怀抱着贺一容连人带椅子往后退。他摸摸她鼓起的小腹，轻轻拍打两下听响：“嗯，吃饱了，可以做正事了。”

话落，他把贺一容抱起来，贺一容吓了一跳紧紧搂住他，却也有些吃惊于他现在这么强壮，轻轻松松腿一顶就把自己抬高了。

摸到他结实的手臂，贺一容不免有所遐想，忍不住捏了又捏。

被聂祯逮到她的小动作，颠小孩一样颠她：“喜欢吗？”

贺一容红着脸，又捏了一下他的手臂，把脸埋在他胸前：“喜欢。”

聂祯又笑，他今天总是笑。

他用脚踢开门，带着贺一容进了卧室。贺一容还没来得及看清房间里的布置，就被他扔到床上，紧接着他又饿虎扑食一般扑上来，控制着力道没让贺一容觉得疼，却压迫感十足。

贺一容顺从地伸出手去揽住他。聂祯心情好，她也跟着心情舒畅，隐隐有了个想法，想要他更开心些。

聂祯起了个大早，进院子的时候身上沾了一身的朝露。

聂老这半年来身体每况愈下，也不像以前那样常扯着嗓子咳半天，连咳嗽的力气都没有了似的，像被抽干了水分的枯木，干瘪枯黄。

“你从哪儿来？”

聂祯快走两步进去，半蹲下去接过白老手里滚烫的毛巾给爷爷擦手，顿了一下才答：“安定广场那儿。”

聂老长长地“哦”了一声，才接上下一句话：“我昨儿梦见你爸妈了，你长得像你妈，好看。”

聂祯仔细擦着他的指缝——皮松垮垮地搭在骨头上，摸不着一点肉。

“你妈妈还是那样好看。”

聂祯没搭话，聂老突然像个调皮的小孩似的笑起来，高高的颧骨处也泛起红光。

“小丫头也好看。”

聂祯侧过头去低低地笑起来，把聂老和白老都逗笑了。

“小丫头回来你们就把事办了吧，也不知道我能不能看到了。”

这话说得悲凉，白老截下来：“您说的哪儿的话？”

聂祯也说：“还早呢。”

歪在躺椅里的人不知哪儿来的力气，突然坐直了，精神矍铄。

“还是你们俩玩散了？前阵子毅阳他外婆还打了个电话来，我听那意思是想撮合你和珍崎呢。”

他又回过头问白老：“是叫珍崎吧？我记得小时候个子就苗条。”

白老应声：“是叫珍崎，您记性好着呢，这小丫头也长得俊。”

聂老笑了一声又躺回椅子里，拉起聂祯的手让他站起来。

“你和小容那丫头虽然也配，但要是有韩家在你身后助着你，多一重助力，我更放心些。”

聂祯垂着头也没说话。

他又叹了一口气：“散了也就散了，珍崎也不错。”

聂祯这才搭话：“爷爷，您想哪儿去了？就算是散了我也要把她绑回来，不要别人的。”

两个老人对视而笑，聂老气喘不上来，又咳了一阵，脸异常红。他笑骂道：“和你爸一个样！”

聂祯出了家里又急急往安定广场去，路上打包了贺一容喜欢吃的淮扬菜。

不料人睡得正熟，他轻手轻脚进去，把她散乱在脸颊边的头发撩到耳后。

贺一容掀开沉重的眼皮，看到是他又闭上眼，似乎呢喃了一声“好困”，又蜷着身子睡过去。她大概是长途飞行累了，又和他好一通折腾，这一觉睡得久。

聂祯趴下身子在她耳边道：“菜放在冰箱里，醒了热一下。”

见贺一容毫无动静，他弯起嘴角亲亲她的额头：“我下午有事。”

贺一容这才不情不愿地睁开眼，见他满脸笑意，直起胳膊没好气地推开他：“知道了！”

她把自己裹进被子里，生怕聂祯再来吵她睡觉一样，翻过身背对着他。她熟睡前脑子里还冒出个疑惑：这人怎么昨天那么高兴，今天还笑眯眯的？

聂祯果然又笑，在她额头和脸颊上亲了又亲。

贺一容懒得睁眼，挪挪身子离他更远，把头都塞进被子里去。

日光正盛，聂祯站在客厅里许久。

折射在玻璃上的阳光刺眼，但他眼睛也一眨不眨。他小心翼翼地拉开陈设柜的门，捧出个相框，又拿起母亲常用的那块洗得有些褪色的绸布擦了擦几不可见的灰尘。

“妈，我去接您和爸爸一起好不好？”

那时候他还小，不知道是谁说的，突然意外死亡，又是这样面目全非的，夫妻俩不好埋在一起。江家做主把他母亲埋在她最喜欢的那座山上，依山傍水的，那里总有最好看的晚霞，层层叠叠多种颜色，绚烂艳丽，把天边都盖住。再后来，赵家买了那块地，在半山腰建了庄园。

就算年纪小，他也知道什么叫屈辱，气得双眼通红，拿了小时候父亲给他买的还没开刃的剑，就要找赵天泽拼命去。爷爷费了好大的力气拉住他，明明他已经病了许久。

那时候贺叔一下子打掉他手里的剑，说："等你有本事再说！"

他这一等就是十几年。

他恨自己不能长得再快点，恨赵天泽隔三岔五地说要认他做儿子，也恨旁人避得远远的，可总要压着嗓子讲关于妈妈的流言。

这次迁坟，他看似是随意挑了一个日子，实际却是等了过去十几年间的日日夜夜。他耐着性子，却等不及真的尘埃落定的时候。他迫不及待想看看赵天泽的表情，是不是也如当年年少的他、年迈的爷爷一样，万般苦痛无奈，都只能撕碎了往下咽。

那样屈辱的日子，那些压在身上的流言，他经历得够多也够久了。

北城已经成立了专门调查组，赵恩宇目前罪证确凿，还被关押着。赵天泽也被带去谈话，虽然还未逮捕，可最近几次集团的重要会议他都没有露面。

今天是聂祯为母亲迁坟的日子。

早上的阴凉一直持续到下午，中午短暂的明亮日光落下后，云层重卷而来，竟比晨起时更厚重些，带着湿气灰蒙蒙地压下来。

季青林与聂祯并排站着："昨天下午赵家的淮余集团清算了。"

聂祯轻轻"嗯"了一声，又笑道："他手里的项目都被你吃下去了？"

季青林也笑："赵恩宇在西边步子迈得太大，这两年来他们资金一直周转不开，年初淮余拿的那个环保项目，上个月就开始吐出来了，死咽下去也只能撑死自己。赵天泽倒是会审时度势，也有断腕求生的魄力，只是……"

聂祯低头踢开脚前的小石块，石块飞得高高的，又蹦跶两下才落在几十米开外顺着山势滚下去。他眯眼看着："只是我们比他更快。"

水汽凝结成水珠，重重地落下几滴来。工人仰头看了看，犹豫地问了句：

“这怕是要下雨？”

聂祯只盯着碑上母亲的笑脸看，那么温柔的一个人，冰凉坚硬的石碑也被她融了几分似的。他不在乎下不下雨，也不在乎什么迁坟的讲究。他抬了下手，语调平平：“开始吧。”

沉重的石砖被人合力抬起，墓穴不算深，聂祯不用靠近就看得到那块红布。

不远处响起汽车轰鸣声，季青林侧头看了下，一路扬起的尘土几乎连成线。聂祯头也没回，他们都预料得到，赵天泽很快就会得到消息。

他上前几步，弯腰将包裹着红布的盒子轻轻抱出来，又细心地理了下边角，将褶皱扯平。再抬头时，他看到赵天泽跌跌撞撞地爬上来。赵天泽佝偻着背，似乎也老了许多，看到聂祯手里的盒子时就再也不移开目光。

贪恋、热爱、欢喜、悲切。

脸颊上的皮肉颤抖着，赵天泽扯出一个似哭似笑的表情来：“小祯啊……”

当眼往上抬看到聂祯那像极了已去故人的面容时，他又飞快垂眸，不敢再看。他喃喃道：“小祯啊，这事得挑黄道吉日，有讲究的。”

他身上再也没有多年前的意气风发，在这凉意沁人的山顶，他失去了浑身的力气。他目光凝在聂祯手里的骨灰盒上，即使被红布包裹得严严实实，也能隔着岁月看到温柔的剪影。

聂祯侧过身，清楚地看到赵天泽的口型——“怀瑜”。

他不想再让赵天泽用这种眼神盯着母亲的骨灰盒，更不想面对赵天泽这副怀念母亲的神态，转身要走。

赵天泽终于收起刚刚失魂落魄的模样，又摆出一副温文尔雅的长辈模样。

“去吧，你妈妈一个人在这儿也孤单。”

聂祯经过他身边时，他又笑着补了一句：“小祯，什么时候有空去我那儿坐坐？你对我有些误会，还是要当面给你讲清楚。”

聂祯从头到尾像是当没这个人存在一样，一个多余的眼神、一句回应都不给。

他们能有什么误会呢？只不过是他没想到母亲也会在那辆车上。他罔顾流言、不顾场合地表达对母亲的爱慕，更是几次三番要认他做儿子。明知大家猜忌，他非要将浑水搅得更浑浊。他的求而不得让聂祯家破人亡。

他或许也算是个人物，为北城甚至于地区性的经济发展做出了贡献。可他感情极端、自私自利、心狠手辣、欲壑难填。

聂祯眼含热泪。

他受的许多苦难，终于都要过去了。

等云开月明，他还有许多重要的事要做。

再过不久，他就可以与这段压着他喘不过气的过去告别，然后，怀抱他的暖阳。

贺一容正和于瑗瑗打着电话，于瑗瑗抱怨和男朋友同居久了没了新鲜感。贺一容听了一句，就自动联想到自己身上，费力弯着腰给脚指甲涂指甲油。她腿长，几乎要上身叠下去才够得着。

“你呢？你和聂祯也这么久了……”

贺一容手顿住，敷衍着：“我们……和你们不一样。”

于瑗瑗在那边艳羡：“是啊，你们这分开这么久了，好不容易真的在一起，肯定正热恋呢。”

“小容，你要吸取我的教训，不能早早同居，这些男的到手了新鲜劲过了就想要个人空间了。”

她语气不免委屈：“也不想想当初是谁贴上来的。”

贺一容耳热，她与聂祯的关系，当初贴上去的好像是她。她半哄半骗，硬拉着聂祯上了她的贼船。

外面“哐当”一声，似乎是门被大力带上。心突然一紧，她竖耳听着，不由得紧张起来。这里对她来说是完全陌生的环境，另外两间空着的房间她都没有进去过。除了吃饭和去卫生间，她一下午就缩在昨晚住的卧室里。

她百无聊赖间想约于瑗瑗出去逛逛，于瑗瑗却兴致缺缺，苦恼于感情生活没有之前那样甜蜜。她手下一滑，粉色的指甲油涂到脚趾边缘。外面的动静这样大，不像是聂祯弄出来的。

听声音，鞋子几乎是被甩出去一样。

贺一容正要起来出去看看，卧室门被猛地推开。

是聂祯。

夜幕低垂，他整个人却在发亮。他不是个情绪外放的人，现在却将欣喜与激奋写在脸上，或许还有一扫阴霾后的爽利。

“你……”贺一容还没问出来话，就被聂祯饿虎扑食般地跃过来压倒。

“哎呀，我在打电话。”她艰难地从聂祯胳膊里挤出脑袋，又被聂祯抓回去。他揪着她的脸颊，一边给了一个响亮的亲吻。他像小孩子那样，将她脸上的肉吸起，又猛地松开。她脸上被吸过的地方沾着光亮的口水。

聂祯手脚并用，挤开贺一容的腿，搂住她的身子，头枕在她的肩上。

“小容小容，我好高兴。”他像在撒娇。

贺一容还没听清耳机里于瑷瑷嘟囔了一声什么，就传来急促而规律的“嘟嘟”声。她拿下耳机，轻捶一下聂祯的肩膀：“昨天就看出来你好高兴了。”

聂祯猛地把她抱起，也不知道他怎么做到的，抱着贺一容就能利索起身。

他颠了她两下。

贺一容腿盘在他腰间，又被他高高抛起。她惊呼一声搂住他的脖子，落下来的时候被聂祯侧头含住耳垂。

耳朵又湿又热。

“宝贝，饿了吗？”

他抱着她走向桌子，将她放在上面。他眼神渴求：“饿了也等会儿再吃晚饭好不好？”

聂祯不知又在忙些什么，早出晚归的。可他总记得中午时回来看一眼贺一容，多数时候打包那家淮扬菜馆的饭菜回来。

贺一容久不吃地道的中餐，刚开始还喜欢，可连吃了几次便也腻了。偶尔从聂祯电话里听到几句，知道他是跨城过来看她一眼。她心里甜丝丝的，可喜悦过后她又清楚地知道这是多么不值当的一件事。

她故意板着脸，筷子在那儿戳了半天也不吃进去一口菜。聂祯半趴在桌子上：“不好吃吗？明天换一家。”

贺一容捧起少得可怜的几粒米饭进口，慢条斯理地嚼着。

聂祯当即站起来，拉着她就要走："我们出去吃。"

贺一容鼓着嘴："你再这样我回Y国去了。"

见聂祯低着头不说话，她才笑着拍他胳膊，又竖起手指数着："我在这里又不会跑了，开一个多小时的车过来陪我吃午饭，下午去南边又要一个半小时，你这一天路上来回的时间就四个多小时。"

她伸着四根手指摆到聂祯眼前，聂祯转过头去不看，她又跟着转过去，非要把四根手指摆在他眼前。

"嗯？聂董事长？"她想要装得凶一点，可嘴角翘着压不下去，"你忙你的我忙我的，我最近在研究新香呢。"

几根纤细的手指在聂祯眼前晃着，他一把抓住，放到嘴边咬了一口。

"知道了。"

贺一容这才坐回去，喝了一碗汤后就不想再吃了。她仰躺在椅子上不顾形象："真想回家啊，喝白奶奶煮的鱼汤。"

她又故意装作才想起来的样子："哎，要不我回南城吧？好久没见舅舅舅妈了，舅舅舅妈应该也不会说错话告诉爸爸我回国了……"

话音未落她就见聂祯脸色变了，他一副凶样，两步上来就把她搂在怀里。她"咯咯"地笑倒在聂祯身上，聂祯才知道她是故意逗他的。

"过一阵陪你去。"

分开两年多的时间，整天放在心头想着念着的人，他恨不得时时刻刻把她拴在跟前，哪里能放她走？

聂祯口袋里的手机又不停振动。

贺一容推开他："去吧，我下午约了江晨逛街。"

聂祯心里有些不是滋味，再见面时她身上多了些温和沉静，似乎对他也是淡淡的。她似乎真的做到了她说的那样，分开的时间里不会想着他，思念在她那里被果断地按了暂停键。她的注意力不再只放在他身上，写论文烦躁的时候她会赶他离开，研究香的时候她也会嫌他在边上碍事。她再不是以前那样，做着数学题也拉着他不让走，眨巴着眼可怜兮兮，软着声音讨好他，好像只要他坐在身边就如有神助。

小姑娘终究是长大了。

可在聂祯这里，感情被时间拉长，夹杂着日日夜夜的想念，沉重悠长，他饱受相思之苦。少年时压抑着的情感，忽如火山迸发，他自己都抑制不住那种热烈。

聂祯将贺一容的头按在自己胸口，深吸两口气藏起种种情绪，又用力按了一下。贺一容不满地挣扎，他才蹲下来一缕一缕地顺着她的头发。

“江晨不错，你该在这个圈子里有个朋友。”

贺一容点点头：“我们还约了晚饭，你不用急着回来。”

看了一眼桌子上几乎没动的饭菜，她歪着头笑：“我要化妆去，你走之前把这里收拾了？”

聂祯漫不经心地点头，心里想的却是怎样才能让贺一容变回以前那样，眼里心里都是他。

江晨过来接贺一容，大红色的敞篷跑车停在这里很是扎眼。

贺一容感觉到边上行人偷着打量，快步上了车。

江晨拿下墨镜，先是抬头看了一眼小区，皱着眉：“聂祯怎么把你带到这座老房子住？车子都不好进来。”

贺一容却不在意这些：“应该是他爸妈以前住的地方。”

江晨便不再说话。

车开出去百米远，她才感叹似的道：“真是没想到你们俩还在一起。”

贺一容笑，似乎是考虑了一下，才很慎重地说出一句话：“喜欢他的时候我就觉得会是一辈子。”

那个时候的聂祯对她来说是什么呢？

他是天底下最好的人。

仔细想来大概也没什么特别的，可是年少的贺一容却觉得，这是她唯一想用力抓住的。

第二十章 女大不中留

江晨约贺一容逛街是为了给赵恩宇挑礼物。本来她想的也是买块表，看起来精美不说，价钱也合适。可被贺一容抢了先，又是临近赵恩宇生日这两天她才想起来这回事，一筹莫展间只好把贺一容拉上。

“我早就想好买块表最合适，被你抢去了，你今天非得给我挑出个东西才行。这人好烦，没事送限量包为难人。”

贺一容笑：“是谁说过得去就行的？”

“那你不如直接打钱方便。”

明明是呛人的话，在贺一容嘴里过了一遭再轻柔吐出，一点杀伤力也没有。她说这话时仰着脖子轻瞄过去，模样灵动娇俏。

江晨不免也多看了两眼：“难怪聂祯喜欢你。”

两人目标明确，进门就把广告牌最大、位置最好的那几家店给逛了。江晨拉着贺一容走马观花似的看了一圈，偶尔伸出一根手指挑起东西看两眼，又随手扔下。可怜那销售顾问跟在后面捧着手在半空接下价值十几万的东西，偏一点就怕落到地上去。

“男人的这些东西看来看去就这几样。”

江晨嫌贺一容动作慢，手伸进她的臂弯挽着她。贺一容愣了一下没推拒，在Y国的时候江晨常托她买些限量的东西，一来二去的，两人关系竟是比初高中时要热络许多。

江晨皱着眉指向模特身上的套装：“你们家这个去年不是出过类似款吗？”

还没等销售顾问答话，她就嗤之以鼻：“新换的这个设计师就会炒冷饭。”

贺一容拉拉她的胳膊：“这商场里的顶级奢侈品牌只剩这一家了。”

言外之意是她们再没有别的可挑。

江晨嘟囔了一声，转过头来：“要不真的打钱给他吧？”

贺一容“扑哧”一笑，拉着江晨往里面的展柜走去：“其实也不用急着这两天，我前几天发消息问他在哪里，让他给个地址我把东西寄过去，到现在也没回我。”

江晨掏出手机，不想再为这么点事烦恼：“我打电话问他直接打钱行不行，他这两年越来越花哨，审美和我不在一个层次上，不如打钱。”

贺一容却被里间展柜上的短靴吸引，乍一看很像聂祯刚到Y国时穿的那双靴子，却比那双多了许多设计感，皮质看起来也更硬实些，被擦得光亮摆在玻璃柜台上。

它在这灯光明亮、处处精美的地方有些格格不入。

贺一容看得出神，想象着这双鞋穿在聂祯脚上会是什么样子。

江晨走过来：“怎么电话关机，微信电话也没人接？”

她顺着贺一容的视线看过去，那样一双笨重硬实的短靴。

“聂祯顺利掌权了吧？”

贺一容心不在焉：“是吧。”

江晨笑着捶她肩膀：“什么是吧？你都不问他？”

贺一容这才转过头来，垂眸想了一会儿才答：“问他做什么呢？”她极少过问聂祯的事情，只要两人在一起，那其他什么事都不重要。

江晨一脸不赞同，又突然想起：“那你去年和我说申请F国那什么香水学校……哎呀，不重要。聂祯知道吗？”

贺一容一本正经地补充了学校的名字。

江晨瞪她一眼，她才抿嘴笑了下：“录取通知书还没收到呢，收到再说吧。”

她转头抬手指着展柜上的靴子：“麻烦把这双鞋包起来，嗯……”

聂祯的脚多少码来着？高中时是四十二码半，可不知道现在还是不是这个码数。

贺一容讪讪，江晨想明白后笑得弯下腰去：“嗯？问他做什么呢？”

贺一容不好意思地冲销售顾问点头：“等我问了尺码，明天再来买。”

那销售顾问也笑：“给您留着。”

江晨笑了半天还是觉得难以理解：“你们这是什么奇怪的恋爱模式？好歹也是青梅竹马。”

贺一容张口就来：“老夫老妻。”

话一出口她就红了脸，好在江晨手机正好来消息没听见。

她正要去男士饰品区看一下，被江晨拉住：“小容。”

向来大大咧咧的江晨面容严肃：“打不通赵恩宇的电话我就问了下我哥，他说赵恩宇犯了事，被抓了。”

贺一容突然就明白过来聂祯为什么最近这么忙了。

赵恩宇……说起来她和他也没什么特殊的交情，因为家里和聂祯的关系，她一开始就有意离他远远的，只是他一直能记住她的生日。

贺一容记得有一年聂祯带她逃课，遇到在小树林里的赵恩宇，他说“生日快乐”。

去年他又突然想起来似的给自己寄去一个包。

江晨却和赵恩宇更熟一些，扯着嘴角要笑不笑的：“现在也不用打钱给他了。”

贺一容怔怔地点头，再一抬眼看见个熟悉的人。她伸手将江晨拽到身前，缩起身子，做完这一系列动作忽觉不对。

有人人未到声先到。

“小晨。”那人远远地打招呼。

是了，她躲在江晨后面有什么用呢？

朱声声正觉奇怪，江晨身后露出半个身形的人看起来与家里小妹妹一般高。一张脸从江晨身后缓慢移出，抿着嘴笑，只看了一眼她就低下头去。

这不是贺一容又是谁？

她又惊又喜，伸着手指一指，还没喊出名字，就想起来是怎么回事。旋即她又沉了脸色，做出长辈的样子，站在那儿停住了不说话。

江晨这才回过头来：“怎么？你偷着回来的？”

贺一容拽拽她的衣袖，又羞又臊，再看见嫂子那变了表情的脸，声音怯怯，讨好着：“嫂子。”

她从江晨身后走出来，垂着头，双手交叠着放在身前，不安地绞着手指头。

朱声声甩了一下胳膊，只觉好笑，却又不得不表情严肃地冷着声音道：“爸爸刚打过电话，千叮咛万嘱咐让你们俩都别回来。”

贺一容脸红耳热的，又怕嫂子告到爸爸那里去，一时慌了神。

家人眼里乖乖巧巧的小姑娘，忽然被逮着错了，不知道该做何反应，又担心大家会怎么看她，是不是就此觉得她不听话不懂事了。

贺一容急了，上前两步拉住朱声声的手，微微晃着，竟把在聂祯面前才有的小女儿情态露出来：“嫂子——”她拉长了声音，见朱声声故意转过头去，又追过去。

“嫂子，聂祯才回来……”她声音好不可怜，“您帮帮我别告诉爸爸。”

见朱声声还没反应，贺一容也急了：“我和聂祯……您都帮我瞒着！”

朱声声憋不住笑了，听听，这是怎样的蛮不讲理、无理取闹？她也只是吓一吓她，却没想到小姑娘这样不经吓。她又恨又气又觉好笑，手指戳上她的脑门：“姑娘长大了不中留！回去和爸爸说早点把你嫁了！”

贺一容心里一时间五味杂陈，她少与人亲近，一直以来与朱声声也是客客气气的，不过她知道嫂子是个好人，哥哥也是真心照顾她。

时时刻刻记着那些区别的，好像只有她自己。别人掏出一颗真心对她，她却还要思考一句话后面有没有三层意思，观察表情后面有没有不满意。

朱声声这一指头戳得她感动又羞愧。

江晨在一旁看着，明白过来大概是因为最近情况有些乱，贺家人不让贺一容回来，她家里人也嘱咐她好几次在外面少惹事。

又看贺一容一副羞得找不到地洞的样子，江晨也帮她说话。

“嫂子，您就可怜可怜她。”江晨笑着挽住贺一容的胳膊，另一只手又竖着两个指头，“这都分开两年多了，您是不知道她和聂祯以前是怎样形影不离的，我们背地里都说她是小跟屁虫呢。”

朱声声又恨铁不成钢地戳了下贺一容的胸口：“和好了？”

贺一容头都快埋到地里去。

朱声声摇着头，看向江晨："小晨，你可别学我们家这个不争气的，哄两句就好了。"

她两根手指捏在一起："对男人啊，得会拿捏。"

聂祯发了消息给贺一容，却久久没得到回应。他猜测她是和江晨一起吃晚饭，于是拍了张自己面前的东西发过去：我吃这个。

简单的工作餐盒饭。

对面季青林叹道："搞不懂你们小情侣。"

盒饭有什么好拍的?

他低头也发了条消息给老婆：买了新玩具，回家试试。

聂祯忙完又等了半天，贺一容还是没回复。手在方向盘上敲了两下，他拨了电话出去，这都快十点了，他再不急着回去也要回去了。

他只是问问，也不算是催她吧?

没想到电话"嘟"了三声后被挂断了。聂祯挑眉，车里蓝色的氛围灯照得他有些阴郁。他正要再拨过去，贺一容的消息跳出来：学习驭夫之术呢，别打扰我。

聂祯坐在车里又等了小半天，歌单里仅存了七八首歌，已经又回头开始放了。

消息框里跳出贺一容的消息。他系上安全带就准备去接人，再随手点开消息详情：在回去的路上了。

聂祯心里头那积攒多时的小火苗被浇了盆凉水，一下灭了个干净。他打开车窗让冷风灌进来，风呼呼地吹起他的袖口。他感叹着姑娘长大了。

江晨把贺一容送到楼下，两人抬眼望了半天，确定屋子里没亮灯。

江晨看了一眼时间，晚上十一点过一刻，于她来说夜生活才刚开始："不是睡了吧？"

贺一容摇头，挥挥手目送江晨走，想着聂祯不会扔下她自己先睡，一定是等她等得久了，故意不开灯等着吓她呢。

刚转过身去她就听见暗夜里响起"嘀嘀"两声。她回头看见江晨那辆跑车在路口处停了一下，有车转个弯过来，车灯照亮贺一容的周围。

她眉眼弯弯，小鸟似的从楼梯上蹦下去。

站在路边等着聂祯将车停好，她又退一步退到楼梯上，等着人走过来。

“你也才刚回来啊？”

聂祯随意地点头，三两步跨上来搂住她。

贺一容也伸手揽着他，“呀”了一声又缩回手：“怎么身上这么凉？”

聂祯见她躲，更贴紧了她，把冰凉的耳朵塞在她颈边，惹得她边笑边躲。趁着没人，黑夜里更显暧昧，他贴着她的耳朵问：“学了什么驭夫之术？嗯？谁是你的‘夫’了？”

贺一容这才想起自己之前的话，心跳忍不住快了一拍。

大概真的是久别重逢，她总会被聂祯不经意的一句话就逗得心慌意乱的。自以为这几年学着他的冷静淡然，已经有七八分样子了，可一碰上他，什么冷静什么自持，都扔脑后去了。

贺一容推开聂祯向前跑去，可哪里又跑得过他？她几步间被人抓住，两人一齐进了电梯。

聂祯眼角带笑，俯身看她，而她跑了几步，脸颊红扑扑的，双手撑在他胸前，呼吸不稳。

她总觉得时间过得很快，白驹过隙似的，以前的年少时光快得抓不住。可这一刻，面前的聂祯似乎还是那副模样——眼尾藏笑，带着只有她能读懂的温柔，看起来整个人都是浅浅淡淡的。

一进屋聂祯就被贺一容推着去洗澡，她叉着腰装凶：“别洗冷水澡，要洗得热热的，不然待会儿别想抱着我。”

聂祯照例拿出他母亲的相片擦了擦才放进去，喃喃着：“妈妈，给您找了个霸道的儿媳妇。”

贺一容跳脚，捂着脸躲进屋里去。拿起手机时，她才看到江晨十分钟前发来的消息——

我说刚刚从大路拐进来的时候，路边停着的车有点眼熟呢。

原来是聂祯的啊，要不是小路上碰见他，我都没认出来。

你家这个就是个不显山露水的，肯定在那儿等半天了。

贺一容拿着手机在床上滚了两圈，心里觉得好笑，又有些甜丝丝的。

贺一容敲了敲浴室的门，故意问道："你今天怎么这么晚？"

里面的水声果然停了，半晌才传来他不自然的声音："哦，有些事。"

贺一容哪里肯放过他？她轻轻推开门，热气熏她一脸。她隔着白雾望过去："是吗？可江晨说拐进来的时候在路边就看到你的车停在那儿了呢。"

他果然变了脸色，打开水龙头，水流"哗哗"地砸在地上。

贺一容总是喜欢蹬鼻子上脸的，见聂祯不理他，更是起劲。

"你是不是在车里吹半天冷风了呀？"

下一秒水溅了她一身，她惊叫着要躲开，被聂祯连拽带抱地拉了进去。温热的水从她胸口浇下去，瞬间湿了全身。她又气又笑，刚要恼，聂祯调了水速，又细又急的水流准确地击打在她的身上。

她张大了嘴，难以置信，怎么还能这样？

聂祯抿着嘴，明显神色不自在："叫你话多。"

贺一容如待宰的羔羊一般站在那儿，头发湿漉漉地落在肩头，衣服已经贴在身上，水流浸透了布料，又重又湿。

聂祯拿着花洒，存了心要治治她，可她嘟起嘴来，鼓起两腮，隔着白蒙蒙的热气看他，眼睛里都带了水似的。聂祯哪儿还有刚刚那样狠心？

怕水流太急打得她痛，他伸手把人拽过来。贺一容赌气抵抗着，又推不动他，脚步不稳滑了一下，栽在他怀里。

聂祯看也不看，手伸到身后去拧开关，水流变缓，细雨一样温柔。

她声音也低哑起来，带着无限情欲。

"嗯？学了什么驭夫之术？还没告诉我呢，学了什么？"

"学了，男人要用好话哄着……嗯……"她再难说下去。

第二天江晨又约贺一容出去玩，贺一容刚挂电话就见聂祯垂了眉毛，欲言又止地看过来。

他只是稍微表露点情绪，贺一容几乎就要举手投降。

隔着桌子拉住他的一根手指，她软着嗓子撒娇："就吃个饭，我昨天说起来好久没吃辣了，她说有一家好吃的湘菜馆子，带我去尝尝。”

聂祯有些吃味，怎么没和他提想吃辣?

他又懊恼让季青林开在Y国的那家南城餐馆全是南城那边的偏甜口味，难怪她吃腻了。

贺一容见聂祯低着头也不理她，眼睛一转，竖起三根手指发誓似的说：“今天一定不会让你在冷风里等着。”

聂祯扔了手里的东西作势要过来打她，贺一容笑嘻嘻地歪头躲过去。

“我告诉你，我昨天遇见嫂子了，她没怪我，说不定我回家去我爸也不会怪我。”

聂祯瞬间气势弱了，低声道：“没事，我今天也忙。”

贺一容想，恐怕聂祯根本不会忙到很晚，只是给他自己找台阶下。临出门前她又回头抱住他：“我早点结束，你也早点回来。”

果然，聂祯眼睛一亮，抱着她的胳膊都紧了些，淡淡回了句“知道了”。

贺一容伏在他怀里“咯咯”地笑，终究是没说破他的心思。

聂祯第三次接到赵天泽的电话。

他将见面地点约在季青林的公司，对此赵天泽并无异议。

他来的时候是晚上，公司里人都走光了，赵天泽身后只跟着一个司机、一个助理。进屋前，赵天泽挥了挥手让他们留在门外。

他还是见人三分笑，但精神不如以往，头发也稍显凌乱，不像常出现在电视里时那样有派头。他环顾一圈，先是看向季青林：“这帮小的里面就你最有出息，没败了家业，反而撑起来了。”

季青林给他倒了杯茶，不咸不淡地说：“都是托您的照顾。”

这话一语双关，赵天泽笑了笑没当回事，又看向聂祯：“你妈那边都安排好了吗？”

聂祯插着兜站在窗边，头也没回：“和我爸在一起，总算安稳了。”

赵天泽急急地咳起来，拿起茶杯不顾茶水滚烫灌下去两口。

季青林看着他放下茶杯时手止不住地颤抖，茶水洒出，烫红了手背，他浑然不觉似的，远远看着聂祯的身形，半晌不说话。许久，他才又赞又叹："你长得很像你妈妈。"

夜幕更黑了，季青林调亮了室内的灯光。赵天泽抬起手背遮了遮，眯着眼适应了一会儿，见聂祯还是站得远远的，终于开口："你想知道的我都告诉你，恩宇那边，放他一马……"

聂祯听到这话却笑了，插着兜转过身来，人靠在桌沿，似乎离赵天泽近一点都是一种屈辱。

"这会儿想起他来了？"

赵天泽脸色青一阵白一阵，他低着头摩挲着茶碗："他也可怜，如果有可能，我想让你当我的儿子……"

这话没说完，聂祯抄起手边的东西砸过去，正好打在赵天泽手中的茶碗上，茶碗破碎，茶汤溅了他满手。

季青林皱眉看着滚到他脚边的麒麟摆件，天然的黄玛瑙，费了好大一番劲才从江坊那儿骗过来的。

赵天泽只是随手拿起边上的纸擦了擦，继续说下去。

"其实我和你妈之间没发生什么，只是当时我故意说要带你去做亲子鉴定，你爸……"

他笑了一下。

"他果然不相信怀瑜。你一定不知道吧，因为这件事他们当时闹得凶，但当着外人还是一副恩爱样子，他又是什么好东西？一样的虚伪！

"我人前人后两个样子，他就不是吗？你妈受他多少冷落，可对外他们还装出一副琴瑟和鸣的样子，你是不是一直以为你爸妈恩爱到死？都是假的！"

赵天泽站起来，睁圆了眼，腰背弓起，像一只要进攻的豹子。

身体紧绷了许久，他才大喘着气将自己砸在身后的沙发上："章融告诉你多少？"

聂祯像听与自己无关的故事一样，并没有什么情绪波动。他像是在看着赵天泽，却也像在盯着他身后的壁画。

"说了他知道的，却也够了。"

赵天泽大笑起来："你爸就不是做生意的材料，他不够心狠。章融这狗崽子当时想攀着我，现在人过半百又良心发现了？"

他指指聂祯，又指指季青林，声音大起来："你们都记着，人心最不可信！"

赵天泽拿起茶壶，直接灌了几口茶，激动的情绪像是又缓了下去，语气幽幽。

"怀瑜当时过得苦，我想只要他死了，事情就解决了，怀瑜我接过来，也把你当儿子养着。

"可谁知道……谁知道……"

他头埋下去，失声痛哭："我知道怀瑜和他一起回来的时候，已经迟了……迟了啊……"

贺一容等了很久也没等到聂祯。

她特意换上逛街时新买的吊带睡裙，这间老房子里没有地暖，虽然已是初夏，但夜里还是有些凉。她缩在被子里，想着聂祯回来时先装睡，等他掀开被子看到自己时……不知会是什么反应。

她小猫似的缩在被子里，将头也缩进去，不一会儿就被自己呼出的热气熏得又热又湿，再猛地拉开被子感受凉气，猛吸几口气又缩回去。

她重复动作，乐此不疲。多来了几次后她才觉得无聊，看了下时间竟然已经晚上十一点多了。

贺一容气鼓鼓地踢开被子，套上常穿的家居服。

卫衣套装，宽松柔软。脱了的吊带裙被她藏在柜子的最深处。

"你活该。"

说了早点回来，亏她还以为他也期待着呢。

贺一容又想起嫂子前天讲的驭夫之术，要会"拉扯"，不能事事让他如意，该拒绝的时候就要拒绝。

她暗下决心，再不能他随便哄几句自己就晕了头，什么都顺着他了。

只看见被子里的人烦躁地踢高被子，撒气一样动了许久，才钻出个头发乱成一团的脑袋。

贺一容拿起手机，看时间已经十一点四十分，她自言自语："聂祯，你完了。”

她光着脚跳到床下拉开窗帘：“我就要看看你几点才知道回来。”

眼神一转，她又呆住。

聂祯的车停在楼下不知多久了，路灯映着他的轮廓，不甚明显。可她隔着这么远的距离，却清楚地看到他手里的那一点火光。

他胳膊伸出窗外，点点红光燃烧着。她的心也像被烧着一样，坚硬瓦解，只剩一吹就散的灰烬。她在聂祯面前，哪有什么决心呢？不过就是他转过脸来喊一句，把她抱在怀里揉揉头，她就巴巴儿地将满腔爱意奉上。

可她更见不得聂祯失意的模样，千万根针往她的最痛处扎去，又酸又痛，又麻又涩。

她的聂祯，她唯一想抓紧的聂祯，她在这世上唯一完整拥有的聂祯。

泪珠滚出来，她心头酸痛难忍。

她又坐下去抱着自己的膝盖，大口呼吸几次，才擦干眼泪，若无其事地站起来。

聂祯被手里夹着的烟烫到，呆了几秒才想起来痛感来自哪里，甩甩手将烟头扔下。点了半包烟，他好像还没抽几口。他明显感觉到自己身上沉沉的凉意，只怕还沾着散不去的烟味。算了，再待一会儿吧，他不想贺一容见到他这副模样。

小姑娘在他面前最会拿腔作调，眉头一皱他就没法子。只怕她又要嫌弃他冻得像块冰，他再待会儿，烟味散一点后先去洗个热水澡。她说了，要洗得热热的才能抱她。

副驾驶座的车门突然被拉开。

“你一个人乘凉也不叫我！”

下一秒，软软的身子靠上来，她竟爬过中间的扶手箱，直接坐到他腿上。

聂祯嘴巴张了张。

她头一仰，手在他身上乱摸：“手机呢，你是不是躲在车里和什么Yuki、什么Sarah偷着打电话呢？”

聂祯握住她的手，她身上也不暖和，他怕把凉意过给她，身子往后退。

贺一容眼睛睁圆了看过来，嘴巴一撇：“好啊，你果然……”

他只得把人抱住，关上窗子，打开空调：“什么Yuki、什么Sarah？”

他又注意到她只穿了件宽大的外套，长腿露在外面，腿根处似乎是一圈蕾丝边，像是裙子。正在想她什么时候有这样的裙子，他忽然听见她笑了。她自己似乎也不好意思提起来，头埋在他胸口。

“江晨说现在那些专傍你们这种公子哥的都取英文名，问起来都是留过学回来的。”

他拿手挡了挡出风口的风，不让暖风直接对着她吹，随口应着：“是吗？”

“喂！”贺一容推他一把，扭着屁股跨坐在他身上。

他顺手摸向她的屁股，外套堆在臀上，手下又滑又顺的触感，不像一般的布料。

目光移下去，果然——那种吊带裙，绸缎布料，紧贴着身体，曲线尽显，胸口处和裙摆处都缀着蕾丝边。

他心脏猛地跳了几下，不经意地移开目光，将她的外套拢起，又往下拉了拉，可只能盖住腿根。

贺一容似乎是不满他的反应，刚要说话，却被聂祯猛地推到方向盘上。无暇顾及后背被硌得难受，她用手揽住他的脖颈，笑嘻嘻地要献上吻。

聂祯贴在她耳边：“你就这么穿着出来？”

她的腰被掐住狠狠一扭。

“下来时有人看到吗？”

事情该是这样发展的吗？贺一容半抬着眼瞪过去，他怎么这样无趣？第一反应竟然是问她有没有人看到。

背着路灯灯光坐在他身上，她眼睛却很明亮，半怒半嗔，头发散在两边。她像还未经人事的少女一样娇俏可爱。

她拱了拱身子，像只温顺的小猫小狗似的趴在聂祯胸口。两只手从他胸口处往下摸，到肋下时按着她记忆里疤痕的走向，隔着T恤斜划了一下。这伤疤明明早已不痛不痒，只有她还当回事。

聂祯不愿她再想起来，抓住她的手指。

贺一容毫不费力就将手指从他手心抽了出来。她脸侧着抵在他胸前，胳膊在他身侧抵开他的胳膊，揽住他精瘦的腰身，两只手在他身后交叠。

“你在这儿坐多久了啊？”她终于还是憋不住问了一句，可再多的她也没有问。

聂祯低低“嗯”了一声，随意应着：“没多久。”

贺一容一口咬上他的胸肌，含混不清，更显埋怨：“说谎。”

在她的记忆里，聂祯没抽过几次烟，十几岁的时候被聂爷爷打过一次，那段时间他更沉默了些，偶尔和她笑笑都像是强撑着力气。她送蛋糕给他的时候碰见他在阳台上抽烟，身上沾着酒气。

她讨厌烟味吗？并不。她的初吻，甜甜的蛋糕味混着淡淡的尼古丁香。这个味道她记了许久，甚至调制出一款类似的香料。

对调香有了研究之后，她才知道有一个专业名词叫“普鲁斯特效应”。是指闻到以前闻过的味道，就能回想起那段记忆，这种效应发生时回忆起的场景往往极其生动形象，而且饱含情感。

她做出那款香的时候用过扩香石，也曾将它混在蜡烛里点燃，但总感觉少了点什么。后来她想明白了，聂祯唇上月下松石似的微凉感，是她怎么也复制不了的。

贺一容稍微直起身，低头吻住他。他下意识地张开嘴唇，又被她用唇合起。他只是轻轻贴着，小心翼翼又温柔至极地蹭了两下。她忍不住眨了两下眼睛，就如多年前那样。

聂祯，她情窦初开时就视为皎月的聂祯。

她想把他拉下来，让他落入人间，欢乐悲伤都能与她共享。她又觉得他好像生来就该是皎洁明亮的，高高悬于夜空，独属于凉意渐起、寂静无声的深夜。

聂祯按住贺一容的后腰，仰着头追她的唇。他霸道又直接，张开嘴含住她的唇。成年人的热情与爱，从不含蓄。

他有些急躁，不给她一点喘息的机会，有力地吻过她的嘴巴，不留一丝空隙。舌尖绕着她的舌头转动，他非要邀她与自己一起共舞。

怎么会有这样的人？唇瓣微凉，嘴内火热，他看着清冷疏离，特定的时候却也烫得人心慌。

手背弓起，手指舞动，没一会儿贺一容便弯腰缩背，身体更贴向他。

他无暇再顾及其他，此刻眼里心里都只有一个贺一容罢了。

后来贺一容是被聂祯抱着上楼的，身上穿着聂祯的T恤。

聂祯拿着自己的外套将她下身紧紧裹了一圈半，包得像只毛毛虫，让她动弹不得。

可这样一来，聂祯的上身就光裸着。

她脸上潮红未褪："那我也不想让别人看见你啊。"

她毫无意外地被聂祯瞪了一眼。

电梯里有一面不太清晰的镜子，贺一容让聂祯转过去面对着镜面，看着镜子里自己被包裹得严严实实就觉得好笑，又看边上的聂祯，只觉得他这样又帅又有野性。

他也不看自己，只默默地和镜子里的她对视。

贺一容不知怎么想的，虽然身体有些僵硬使不上劲，却还是奋力一挣，吻在他下巴上。聂祯抬眼看了下角落里的摄像头，将贺一容转过来对着电梯门："有摄像头。"

夜里，贺一容睡眼蒙眬地醒来，聂祯把她抱得太紧。她摸上他的胳膊，迷糊道："松一些。"

可聂祯恍若未闻。贺一容又拍拍他的手，在他怀里艰难地转过身与他面对面，这才发现聂祯根本没睡。

黑夜里看不清他的脸，贺一容顺着他的下巴摸上去："怎么了？"

他将失意藏起，可她还是发现了。她故意不提，因为她知道聂祯也不愿意提。

深夜或许能够将人的情绪放大，她更清晰地感受到聂祯此刻的不愉快，而黑暗也给了她勇气。贺一容突然就不想考虑那么多，不管他是不是愿意提，愿不愿意与自己分享，她只想要他轻松一些，不再把许许多多事压在心上。

聂祯呼吸渐重，又把贺一容的身子转过去，然后抱她更紧，头埋在她脖颈间。许久后，他才哑着声音道：“他说我爸妈吵架，我爸冷落我妈。”

贺一容抬手覆上他的手背，静静地听他说下去。

“我记忆里……”他顿了一下，再出声时有些哽咽。

“记忆里他们感情很好的。可能是我自己也故意忽略那些，他们走之前那半年，确实很少说话了。

“妈妈常常躺在她喜欢的那张躺椅上发呆，我那时候以为她是身体不舒服，小时候又调皮又爱玩，在她身边转悠着说好话，也是为了能玩得久一点。看到妈妈笑得开心，我就想，今天可以玩到天黑了。”

贺一容听得几乎要掉眼泪，可她不能。她故作轻松，用臀向后抵着聂祯的身体，讨好一般地蹭蹭。

“你想太多啦，我都听哥哥讲过，江阿姨……是最温柔最美丽的妈妈。他们都喜欢她，她那么爱你，就算你调皮些也没关系的。”

聂祯没接话，贺一容正要转过身去又被他按住。

“你别看我。”

他的表情一定丑陋又可怕。

“那时候已经有流言了，说赵天泽要认我做儿子，说我可能是他的种。”

聂祯像是咬着牙说出这些话。

“我气极了可又没办法，整天和赵恩宇打架。他小时候很胖，压在我身上我动不了，我就拿石头砸他。

“他没落到好，我也没赢。

“然后……然后我就和妈妈生气，回去赌气不理她，不吃她做的饭。”

贺一容觉得有液体从她脖颈边流下。

“我后悔了，没几天我就后悔了。

“我还没讲好听的话哄她开心，他们就一起出差去了。

“我很想妈妈，也想爸爸。打电话时让他们提前回来，因为我在妈妈床头抽屉里找到了她给我准备的生日礼物，我想她一定不会和我生气的，等我生日的时候我会好好哄她开心。”

贺一容努力睁大了眼，也尝到了咸咸的味道。她心如刀割，也不知道是心疼聂祯更多，还是更惋惜于他爸爸妈妈的逝去。贺一容只觉得自己糟透了，不能给他安慰就算了，自己还在这儿泪流满面。

聂祯从后面紧拥着贺一容睡去。

贺一容迷糊间只觉得自己稍微动一下，聂祯就又靠了上来。他身体紧贴着她的，结实又温暖。睡梦中他也抓着她的手，两人都姿势别扭，贺一容却不敢动，忍着半边身子传来的僵硬感，在他平缓的呼吸中也渐渐熟睡。

贺一容再醒来时聂祯却不见了踪影，眼皮上的肿胀感却是清晰明显，不用照镜子她都知道一定肿成了半大个核桃样。她抱着被子呆坐半晌，然后忽然跳下床去，光着脚走到放着聂祯妈妈照片的橱柜面前。

照片里的人笑容浅浅，目光温柔，一头浓密的黑发卷成那个时代最流行的样式，五官大气，乍一看上去像某个二十世纪的港星，可明星身上没有这样温和的气质。

她一定是极爱生活又很讲究的人吧？房间里瓶瓶罐罐，长桌矮凳，目光所及的物品，都被盖上尺寸正合适的白色盖布。

贺一容已经很多年没见过这种东西，记忆里在自己小时候，舅妈也会用这些，可她逐渐嫌麻烦，总是掀开就忘记再盖上，一屋子的盖布最后都进了垃圾桶。

贺一容难以想象，聂祯是如何爱惜维护，才将这些极容易显旧的物品保存完好，极易泛黄的白色盖布也没有发黄。

他艰难地挨过时光，将不为人知的孤苦，和他对父母的爱与歉疚，一起封存在这套仅一百平方米的房子里。

在聂祯心里，许多事情早已按下暂停键。

贺一容又流下泪来，她有些后悔了。在父亲早说要把她接过来的时候，她为什么不同意呢？

如果再早一些认识聂祯，她就算不能分担他的苦痛，也能陪在他身边与他共度那些时光。

她竟然直到现在才能感受到一些他的情绪。深夜的难眠，多数时候的寡言，与别人相处时的疏离，他早已将自己与现实世界割裂开，长久地留在旧时光里。她是有多幸运才能得他爱怜，做他在现实世界里的唯一牵挂？

贺一容忽然觉得自己矫情得可笑，与聂祯比起来，她的那点不圆满又算什么呢？

在爱里长大的她，却敏感多疑，小时候时时记着自己与表哥的区别，长大了回贺家，又时时记着自己与哥哥们不一样，明明活在周围人的关爱里，却自怨自艾、谨小慎微。

聂祯却好好地长大了，成为一个在她眼里几乎没有缺点的人。

他是要多么温柔，才能与命运和解？

聂祯打电话过来，贺一容整理了一下情绪才接起。

可她才说一句话就被他识破了。

“怎么了？”

她扯着谎：“没什么，还没喝水，嗓子有点干。”

聂祯沉默了一下，才道：“这两天你先去海市好不好？最近会忙一些，顾不上你。杨家惠卿姐和你一起去。”

贺一容很快就明白过来，他们在顾虑什么。她明明想待在聂祯身边，可正陷在对聂祯怜爱的情绪里的贺一容说不出“不”字。

她答应着：“好。什么时候呢？”

聂祯转过身来，看向面前的文件。他攥紧了手机：“下午可以吗？”

聂祯可以想象得到，贺一容一定是皱起眉头鼓起了嘴。他正想着怎么哄她，她却答应下来。

她今天怎么这么好说话？他原以为她会不愿意，自己要费一番工夫。

“那你要现在赶回来和我见一面，再送我去机场。”

聂祯笑了，她果然还是她。

两个多小时的车程，他想都没想：“好，我现在回去。”

不顾面前季青林睁大眼作势要将文件摔在他头上的样子，聂祯拿着手机声音温柔。

挂了电话后，贺一容点开与聂祯共享位置的软件，也惊讶于他今天竟然在那么远的地方。她不免有些后悔，可心里头还是有溢出来的一些得意，只要她撒个娇，聂祯多远都会跑回来，不计时间成本。

她退出软件，再看看其他的消息，过不了两分钟又打开位置共享。她既迫不及待地想见到他，又不想他把车开得过快。无论如何，她在他心里总是最重要的。

第二十一章 他对我很好

贺一容与杨惠卿落地海城时，风卷着热气扑面而来。

大概是年纪比贺一容大一点，杨惠卿很照顾她，下了台阶还回头将手伸向她。

贺一容抿着嘴笑，轻快地蹦下来：“谢谢惠卿姐。”

两人虽然没什么联系，也就是杨惠卿回国后逢年过节时才见过几次面，但的确是实打实的表姐妹关系。贺一容本来有些拘束，却见杨惠卿与杨家二表姐杨惠希性格不同，好像更容易相处些，渐渐也放开了。

憋了一路的话，这时她才敢说出来：“惠卿姐，你好白。”

她没头没尾地突然来了这么一句，杨惠卿也被逗笑。

以前见面时杨惠卿只觉得贺一容是个安安静静的小姑娘，从季青林那儿得知她和聂祯在一起后也是吃了一惊，没想到看起来乖巧的小姑娘也会做出这样大胆的事。

杨惠卿不由得多看了贺一容几眼。

Y国多雾，北城也少有清朗天气。乍一到这天蓝水清的岛上，贺一容抑制不住地兴奋。一到杨惠卿的海边别墅她就急忙换了衣服。

杨惠卿下来时见她穿着吊带热裤，坐在高脚凳上晃着一双长腿。

贺一容见杨惠卿下来，回头笑：“惠卿姐，我们出去晒晒太阳吧？”

话出口，她又发现杨惠卿遮阳帽、防晒外套、防晒面罩，一套准备得很齐全。贺一容只当是杨惠卿怕晒太阳，尴尬地吐出舌尖：“不晒也行。”

杨惠卿还没回话，两人就被门口的动静吸引了注意力。

这片是私人海滩，人少不说，沙子也比别的地方更细软些。大概是边上别墅的人路过门口，一点不避讳地向她们看来，有个轻佻大胆的竟吹起了口哨。

杨惠卿遮得严实，那几人的目光便都落在贺一容身上——青春靓丽，娇俏可爱。

杨惠卿笑："怪不得小祯说让我帮他看紧你。"

贺一容"哎呀"一声，一双小鹿眼似的眼睛转过来，连杨惠卿也艳羡她这股纯洁灵动劲，竟不由自主地真心喜欢上这位小表妹，她想，原来自己也是个看脸的。

那一行人走远了，太阳又下去一点。落日落得快，海边晚霞却美丽绚烂。杨惠卿也不想错过这美景，便拉着贺一容出去。

刚在躺椅上躺下，去而复返的人又映入眼帘。他们动静颇大，目标明确，直奔她们而来。

贺一容转头看了下，不屑地哼了一声。

杨惠卿笑："我记得你二哥还是三哥，总喜欢这样。"

她却学不会，费力去模仿了也哼不出那种神态。

贺一容脸红，自己竟然没意识到，不知不觉间也学了这句口头禅，回想起来，确实是和哥哥如出一辙的语气和神态。

杨惠卿将自己身上的遮阳披肩递给贺一容："把腿盖上吧。"

有人驾着摩托艇出海归来，两边划出直直的白线，浪追在他身后。似乎也是因为看见她们，他转了个急弯直冲这边而来。

那只离她们十米远不到的一行人，似乎是犹豫了半天，又再次转身离去。

杨惠卿见贺一容拿起遮腿的披肩站了起来，盯着那由远及近的人看。

贺一容张了张嘴巴，似是难以置信。

"赵恩宇。"

她口袋里的手机适时振动。她机械性地拿起手机接通，聂祯在那边语气带笑。

“我才想起来，那片都是私人的地儿，是不是有什么爱玩的人在那儿度假呢？

“你要记着，旁人再好的腹肌也没有我的好看。”

贺一容看着赵恩宇从摩托艇上下来，笑得开怀，直奔她们过来。

“是，他们都没有疤。”

赵恩宇高高举起手打招呼，贺一容眼尖地看到海滩上本来远远坐着的几个人站了起来，也向这边走来。

那些人看似随意，却是把赵恩宇锁定在视线范围内。

她根本没听清聂祯说了什么，强行镇定下来，与杨惠卿对视，见她也无声摇头。

“我和惠卿姐看晚霞呢，先挂了。”

聂祯笑骂了句：“小没良心的。”

贺一容的手机还没放下，赵恩宇已经走到跟前。

两三年没见，他瘦了些，更黑了点。

贺一容突然想到江晨和她提起的，他这些年好像犯下不少事。

贺一容手往身边乱抓一下，碰到杨惠卿的胳膊。她也不知道哪来的力气，将杨惠卿往身后猛地一拽，带得她踉跄了一下。然后她半挡在杨惠卿面前。

“你怎么在这儿？”贺一容出口毫不客气。

赵恩宇却笑了，根本没当回事似的，直接拿起她躺椅上的毛巾随意擦擦头发，大大咧咧地坐下。

他先是看向贺一容，才侧头看向她身后被她挡住大半的杨惠卿。

“前些天才知道这幢房子是小嫂子的。”

也不等人回话，他自顾自地又说起来：“我刚刚看到这边有人，倒是没想到是你们来了。”

他是真的欣喜，能在这儿遇见熟悉的人，倒勾起他许多回忆来。

“你快毕业了吧？去年送你的包还喜欢吗？”

贺一容紧绷的身体渐渐放松下来，他好像真的就把自己当成一个旧识般叙起过往。她的语气也放缓：“嗯，你送的礼过重了，我和江晨前一阵还为这事发愁，不知道回什么礼给你。”

赵恩宇哈哈大笑起来，笑了好一阵子才停下。

“你不知道江晨还不知道吗？我这些年……不缺什么，哪里还用你们费心回礼？”

说完，他手向后撑着，仰头看向天空。

贺一容觉得他话里有话，却也没多问什么。杨惠卿拽了拽贺一容，向前一步与她站在一起。

杨惠卿看向赵恩宇：“你……”

赵恩宇晃晃脑袋，还沾在发丝上的水珠飞溅，有几滴打在贺一容的胳膊腿上，冰冰凉凉的。似乎知道她在担心什么，赵恩宇自嘲一笑：“小嫂子你别怕。”

他直起身来，手指向离他们不远的几个人。

“这边，还有这边，都是便衣，他们看我好久了。

“本来是要从这儿出海去港城的，都上船了被他们抓下来了。

“也怪我自己，有个小情人养在这儿，非要在走之前来见一面，结果坏了事。

“不然我早跑了，色字头上一把刀，哈哈哈。

“其实我这人坏事做了不少，但我觉得我也不算坏透顶了，起码我重情义是吧？”

或许是一个人憋闷太久了，又或许是看到了头，他毫无顾忌，什么都说出来。

贺一容和杨惠卿都只静静地听着，谁都没搭话。他转过头来皱着眉，看看这个又看看那个，气恼一般甩了下毛巾。

“唉，算了。”

他这才又抬起头来，收起之前轻松的神色：“北城那边怎么样了？形势紧张才把你们俩送过来的吧？”

杨惠卿和贺一容对视一眼：“我嫌北城天气不好，过来度假。”

赵恩宇似乎是信了这个解释，漫不经心地点点头：“也是，我都快忘了小嫂子你从小身体就不好。”

他回头看了看海边。

贺一容也随着他的动作看过去，似乎只是一瞬，黄澄澄的硕大的太阳就被天边蓝得发黑的深海吞灭掉大半，连艳红一片的晚霞都失了光彩，变得灰暗。

赵恩宇站起来拍拍身上："起风了，晚上凉，小嫂子身体不好，你们还是先进去吧。"

贺一容的手机又响了，她犹豫了下还是接起。

赵恩宇就站在她面前，饶有兴味地观察着贺一容这副紧张的样子。

"我才想起来，海城天气热一些，但你别贪凉吃冰的。"聂祯好像走了几步，才低声道，"快到生理期了，吃痛了有你受的。"

不知那边有谁隔着一段距离喊了句什么，聂祯笑："季哥求你帮个忙，看着惠卿姐多吃点，他说吃胖了就送你颗红宝石。"

季青林的下一句话贺一容却听得清楚，他吼着："我明明说的是公司这季的新品钻石项链，怎么就变成红宝石了？"

贺一容抿着嘴笑，随意应了几句就挂了。

赵恩宇看她半天，突然来了一句："聂祯对你还好吗？"

贺一容回答得干脆："他对我很好。"

赵恩宇点点头，直接转过身就走，手在头顶挥了挥。

确实起风了，贺一容和杨惠卿拾起椅子上的衣物准备进屋。

赵恩宇喊住他们。

他背着光，贺一容看不清他的神情。

他的声音却随着风清楚地传过来。

"小容，回去后帮我告诉聂祯，小时候是我不懂事。"

贺一容坐在阳台上，海风确实很大，吹在身上湿湿的。窗帘被它吹起鼓得很高，把贺一容整个人都藏在白色的、飘扬的布料中。

她懒得用手挡开，任由窗帘一次次打在自己身上。

晚上十点钟，聂祯果然打来电话。

贺一容洗完澡本来有些困，却知道聂祯肯定会在睡前与她通话，心里又有许多事压着，也就忍着困劲等着。

聂祯打来视频电话，贺一容变了一下方向，让自己对着光。

那边聂祯看着屏幕上出现的人，“扑哧”一笑，脸凑近了，五官在贺一容的屏幕上放大。

她看得到他刚洗完澡从头上掉下的水滴，以及他过了热气后一定会变红的耳朵。明亮灯光下，他显得唇红齿白，明眸俊颜，真正的秀色可餐。

贺一容侧了侧头，只露出半张脸，嘟囔了一声：“你怎么在视频里这么好看？”

聂祯好像没听清，只认真盯着她露出来的半张脸和身后不断扬起又落下的白色窗帘。他不免笑道：“扮小龙女呢？”

贺一容却突然问他：“事情怎么样了？”

话出口自己的心也突突地跳，她从不过问聂祯的事情，而且，这应该算是机密。

聂祯却没当回事，看了她一眼后嘴角一弯：“嗯，快解决了。如果不出意外的话，明天……应该就会把人带走。只是你知道，百足之虫，死而不僵。他有什么后手我们都不知道。”

他说得轻松，可就算是贺一容也知道，这后面多方势力博弈，有着怎样的惊涛骇浪。她按着心脏越跳越快的胸腔，海风呼啸，有浪不停地打在海滩上，可她明显能听到自己的心跳声。

她没来由地说：“你来接我。”

她不想与他分隔南北，只想两人在一起，无论纷扰动荡。

聂祯的声音不由自主地软下来，眉眼也垂着，是他自己从不知道的温柔的模样。

“嗯，明天，最迟后天，就去接你好不好？”

他总是说“好不好”“可不可以”，就让贺一容一点脾气也没有了，她鼓着嘴半天不说话。

聂祯换了个姿势，靠在床上，拿起贺一容枕过的枕头抱在怀里。

“或者我们在海城玩几天，当作陪你度假？我最近反正是假期，时间还充裕。”

贺一容“嗯”了一声，然后不动声色装作无意地提起：“赵恩宇是不是也会进去啊？”

贺一容敏锐地捕捉到聂祯瞬间沉下去的脸色，刚想转开话题，又听聂祯说道：“是吧，他应该会比他爸更严重点。”

大概率是死刑，不论其他，出了人命，就够判他的。可赵恩宇对贺一容还算不错，他不想将那些事告诉她。

贺一容大概知道自己的表情有些不自然，故意提高了音量：“啊？他犯什么事了，这么严重吗？”

聂祯警告性地看了她一眼，她立马捂住嘴：“知道了，不问了。”

反正有人在看着赵恩宇，应该不会出什么问题。明显北城那边的情况更紧张，贺一容不想让聂祯分心。如果让聂祯或者季青林知道赵恩宇和她们在一处的话，估计这两人会连夜赶来。

那样会乱了他们的计划。

如果事情顺利，明天就结束了，所以她和杨惠卿的一致意见是，暂且不提。

杨惠卿是觉得赵恩宇被那么多人看着，就算有心也无力。但贺一容更多的是了解赵恩宇这个人。如他自己所说的那样，他不算个坏得透顶的。

仅有的几次交集中，在这个所谓的圈子里的二代们都在观望她或看她笑话的时候，赵恩宇恍若未觉她对他退避三舍的态度，多次在班级里帮她解围。

贺一容到现在都记得的，她唯一一次逃课，在学校后面的小树林里遇见赵恩宇，他说：“我记得你生日大概是这个时候，生日快乐？”

贺一容眼眶有些热，转过头去：“我想睡觉了，明天还要和惠卿姐挖海鲜呢。她不能出海，我们刚刚研究好久怎么挖海鲜，正好涨潮，明早一定能收获满满。”

她语气轻快，听起来真像个对明天充满期待的小女孩。

聂祯笑着：“好，怪我这么迟才打电话。”

她一如既往地顺杆子就往上爬：“哼，你还知道。”

聂祯站起身来，手按在桌上那张亲子鉴定书上。十几年前的鉴定文件，被赵天泽好好地收在保险柜里。不知他是出于什么想法，藏在隔板最底层。要不是去搜查的人细心，大概会遗漏掉这张薄薄的纸。

大家都没想到，赵天泽泄愤一般说出的话竟然是真的。赵恩宇竟真的不是他儿子。他卖起这个便宜儿子来一点都不心疼，挪用的公款全在赵恩宇名下郊区的一幢房子里，一点不过他的手，怎么也查不到他的身上去。

聂祯不由得再一次感叹赵天泽这个人是有多心狠狡猾。要不是聂祯故意放了那个实名举报的王老板到赵天泽手里，他们很可能一点把柄也抓不住。

没想到王老板这个看起来被吓破了胆的、什么都肯说的中年人，被警察找到保护起来时，也保留了许多。直到赵天泽被正式逮捕后，王老板才没有后顾之忧般竹筒倒豆子似的吐出一堆见不得人的东西。

除了非法监禁之外，垄断市场、不当竞争、出卖国家信息等罪行也查实了，多少也够判他个无期徒刑。聂祯却不解气，请出自家爷爷，季青林也将季老请出来，两位老人把章融交出的当年聂祯父母的事故是人为的证据交给了有关部门。

谋害这一条罪名，虽不能向大众明说，但不能不记上去。

聂家一老一小这么多年的苦难，好歹有个说法了。

聂祯站在空旷的广场上，有几只鸽子飞过。他仰头看着，眼睛被太阳光射得酸疼。他以为到了这一天，困住自己的枷锁才能卸下，可为什么没有想象中那么轻松？悲痛悔恨仍在，痛楚难忍还是清晰，这些东西像是混在了他的血肉里，再难去除。

那又怎样呢？就算把赵天泽送进了监狱，让他接受法律的制裁，又能怎样呢？

什么都回不去了。

聂祯盯着广场上哨兵挎着的枪，怒火中烧。他只想握着一把枪，从下到上把让他家破人亡的人打穿，他只想为枉死的父母报仇。

口袋里的手机振动了许久，聂祯才掏出来。

季青林在那边着急道：“赵恩宇在海城。”

陷入黑暗的聂祯这才如梦初醒。

不行，他还有牵挂，有他怎么也舍不得丢下的牵挂。

他动用了私人飞机，三个小时的飞行时间缩短至不到两个小时。

季青林难得有些不安，聂祯却明白，赵恩宇不会伤害她们。

可大概是赵天泽被抓的消息还是传到了赵恩宇耳朵里，明知难逃一死的赵恩宇决定做最后一搏。

果然不是亲父子，赵天泽和赵恩宇性格迥异，那边赵天泽还心存侥幸，希望多年苦劳能抵过，这边赵恩宇却知道自己必死无疑。

他特地穿了身正装，觍着脸在贺一容和杨惠卿这里蹭饭吃。他点了盘红得都要冒火的辣子鸡，边吃边冒汗，可还是拣着辣椒往嘴里塞。

贺一容和杨惠卿坐在他对面，面色犹豫，却都说不出话来。

赵恩宇又猛塞了一口辣椒，用力地嚼着，泪水从眼中滚落。他胡乱一擦，艰难地吞咽下去后对着她们一笑。嘴唇一处被辣得红肿，看起来十分滑稽，额头上不停流着汗，眼角有泪溢出，他甚至吸了下鼻子免得鼻涕滑落。

“你们吃啊，我来蹭饭的，一个人吃多不好意思。”

他也不等两人有反应，话比昨天刚见面时还要多，似乎以后再也见不到似的，要把一辈子的话都讲完。

“小嫂子，别的不说，季爷爷调教的厨子是一绝，可惜你不吃辣。

“你嫁给季青林我觉得是你亏了，该要他多少你都别心疼，他这两年赚得多呢。

“说实话，小时候爬树去偷看你，也没觉得你有多好看，后来见到小容……”

他看向贺一容，嘻嘻一笑。

“第一次见这么水嫩的南方姑娘，小容是我青春年少时的白月光呢。

“只是年纪大了，越来越知道女人的韵味……”

他止住话头，脸上竟显现羞怯之色，也没好意思把话再说下去。

他一拍桌子：“总之，惠卿姐你真是人间绝色，便宜季哥了。”

赵恩宇或许自己都没意识到，他脱口而出了多少年没叫出口的“季哥”。

杨惠卿有些听不下去，他这些话说得粗俗，一点面子也不顾。

她冷了脸就要起身，赵恩宇又突然转了话头。他不再调笑，语气颇为诚恳："姐，陪我吃了这顿饭吧。"头再抬起来时，他已是满脸的泪，"最后一顿了。"

杨惠卿停下了要拉贺一容的动作，贺一容也愣愣地看向赵恩宇。

他说"最后一顿了"。

下一秒，赵恩宇踢翻凳子，不知从哪儿摸出一把枪，对着两人。一滴泪正顺着脸颊滚下来，眨眼间他就跟换了一个人似的，头也不回地大吼，面部表情因为用力吼叫而显得狰狞。

"我要出境，给我准备飞机！"

屋外一直远远守着的人此时才冲进来，又不敢离得太近，只领头的那个立马把枪对准赵恩宇："赵恩宇，我警告你，你现在做的事情只会加重你的罪行！"

他似是听到什么笑话一般："你哄谁呢？反正都是死！"

话音未落，他跳上餐桌，一桌子碗碟争先恐后般砸到地上，各种颜色的汁液混在一起，脏污中有着奇异的绚烂感。

赵恩宇顺手扯过离他近些的杨惠卿，胳膊肘抵住她的脖子。他这才转了向，面对着几个便衣警察，明明有两把枪对着他，他却一点不怵。

贺一容也还镇静，见赵恩宇侧头在杨惠卿耳边说了什么，她走上前一步。

"惠卿姐身体不好，换我吧，说到底也是赵家和聂家的事——"

她话还没说完就被赵恩宇恶狠狠地打断："是不是聂祯把你卖了你也替他数钱呢？还没嫁给他呢就把自己当聂家的了？！"他说这话时双目圆睁，吐出的浊气都打在杨惠卿的脸上。

贺一容眼尖地发现杨惠卿正握着拳，极力地控制着呼吸。她也顾不得赵恩宇是不是真像江晨说的那样有躁郁症，对他喊："你快放开她！"

她又扒着他的胳膊，不管枪就在眼前："你别卡她脖子！"

赵恩宇这才冷静下来，观察着杨惠卿的状态，声音低沉："忘了你是要小心护着的。"

他又急忙对贺一容道："快找药去！"

贺一容眼睛通红，飞快往上跑，踉跄一下差点被台阶绊倒。直到暂时脱离了那个场景，她的心慌才涌上来，泪糊了眼她也顾不上擦，推开门就扑上前，跪坐在杨惠卿的床边找药，手却止不住地颤抖。

她不停地告诉自己要冷静、要冷静。

她不知道自己是为了什么哭，是为了惠卿姐还是为了赵恩宇，又或是为了自己。

她也不知道是什么药，只把桌子上放着的两三个小瓶都握在手里，然后深呼吸几次，扶着床头柜站起来，竟又是一副从容不迫的样子。

杨惠卿拿着喷雾吸了几口，才从窒息感中挣脱。她失了力，往后仰着，头搭在赵恩宇箍着她的胳膊上。

赵恩宇的暴躁感渐渐消失，垂着头许久不说话，又观察杨惠卿半天，怕吓着她一般缓声道："惠卿姐，是我对不住你。"

他转了下手腕，枪口离开杨惠卿，举枪的手向贺一容招了招。

便衣立即有动作，两个人扑上前，只是赵恩宇反应也快，立马又将枪口对着人。

他也不看他们，竟带着笑意教训起来："你们也太心急了点。"

他看了一眼外边的天色："商量好了没？我说我要出境。"

领头的人很快回话："同意你的要求，但你必须确保人质安全。最近一班直飞约市的飞机在晚上九点，还有五个多小时，有人要从北城过来跟你谈话，已经快到了。"

赵恩宇笑了，漫不经心地点头。他似乎也累了，将大半个身子靠在杨惠卿身上。

"惠卿姐，借我靠靠。

"没事，你老公要来了。"

他又突然想起来，转头看向贺一容。

他撇了撇嘴，又有泪流出来。

"小容，还是你陪我上飞机吧，我不会对你怎么样，你知道的，等我一落地就放了你。你知道的，我爸爸完了，我一进去就是个死，什么事都是经我的手办的。我没想做那么多，只是想向他证明我不差，他交代我的事我都办好了……可是，我肯定没命了小容。"

贺一容咬着唇转过头去，她知道不该同情他。

“小容，就当还我的情，你还记得吗？当初你刚到学校时，那帮不长眼的欺负你，都是我护着你的。”

贺一容本来就想用自己换杨惠卿，打断他的话不想听他再讲下去。

“你放了惠卿姐，我陪你去。”

季青林和聂祯在太阳落下海平面之前赶到了。

季青林一进来就掷了个东西砸到赵恩宇额角，赵恩宇躲都没躲，血汩汩流出。

“季哥，要是我躲开了砸到小嫂子怎么办？”

聂祯看了贺一容许久，确认她毫发无损，拉了把椅子坐下。他本来还犹豫着要不要按下亲子鉴定书的事，可他的火气在听说赵恩宇挟持了贺一容的时候便旺了起来，破坏欲强烈。

“在你爸保险箱里找到一份亲子鉴定书。”

赵恩宇果然变了脸色，扯着嘴角，却怎么也不像笑。

“你说什么呢？”

“十三年前的文件，那时候你多大？”

赵恩宇颊边的肌肉止不住地抖动起来，他忍不住在想，十几岁的时候父亲开始会骂他“你不是我儿子”“我没有这样的儿子”。

那时候妈妈已经去了，他每一次被打骂都是趴在地上揪着父亲的裤子：“爸爸我错了。”

可他每说一句都会迎来更猛烈的鞭打和更大声的“你不是我儿子”。

可他只知道认错，一次次地求着爸爸。

赵恩宇用力笑着，血和泪混在一起。他不想在聂祯面前这样，可他忍不住。

原来真相竟是如此。

他自以为是天之骄子，除了没有聂祯漂亮也不比他差什么。

聂祯长得漂亮又嘴甜，那他就做不一样的，做最勇敢胆大的小朋友。可是为什么爸爸还是那么喜欢聂祯？每一次看到他们，爸爸都是弯下腰来摸聂祯的脸，直起腰来冲着他喊：“你为什么不学学小祯，爱干净些？”

他握在手里的蛇都还没拿出来，爸爸就带着人走了。

他想说，他很勇敢，抓到了一条蛇，各家爷爷都夸他。

江阿姨，爸爸一直喜欢的江阿姨也夸他，说“恩宇真勇敢”。

赵恩宇陷在回忆里，痛苦得抽不出身。

猛然感觉自己颈边有凉意，像是尖锐物品。他转头，看到贺一容惨白着一张笑脸，手里握着碎掉的盘子。这个傻姑娘，抓错了边，锋利的那一边握在她自己手心里。

他笑了笑，很想摸摸她的头。明明他轻易就可以挣脱开，她对他造不成任何威胁，可他还是放下了拿枪的手。

一群人蜂拥而上制住他。

混乱中她划伤了他。他笑着对贺一容说：“不错。”

她扔掉手里的碎片，竟然落下泪来。

聂祯抱住贺一容。

她转头看了他几眼，才缓过神来，不停地擦泪。

“你来了。

“你怎么才来?

“我觉得他不会伤害我们，所以没告诉你。

“就算跟他上了飞机，他也不会伤害我们。

“他只是……”

贺一容渐渐平静下来，发现自己竟然在为赵恩宇找理由。

他虽然可怜，却也罪孽深重。虽然他所犯的罪行与她们无关，可他始终是有罪的。

赵恩宇被制住，半跪在地上，正被人搜着身，再没有一点挣扎的意思。见贺一容看过来，他竟朝她笑了下。

贺一容挣开聂祯的胳膊，走过去也半跪在地上。她将衣袖拉长，将布料攥在手心里擦着他颈边的血——被自己划出的血迹。

如他所说，在最开始的时候是他护着她。如她自己相信的那样，赵恩宇从来没想过要伤害她。可她还是将他划出了血。

赵恩宇笑着看她："小容，刚刚对不住。"

他又转头看向杨惠卿："惠卿姐，刚刚对不住。"

贺一容不受控制地又落下泪来。

赵恩宇被拉起来的时候，又回头。他看了一眼季青林和他怀里的杨惠卿，突然说了一句："小时候季爷爷还夸我呢，说我最大胆，要是在战场上，这帮孩子里就我最不怕死。"

他又看向聂祯和贺一容。

"我是没办法参加你们的婚礼了，小祯，好好对她。"

聂祯紧了紧抱着贺一容的手臂："要你管。"

贺一容下飞机时是被聂祯抱下去的。她似乎累极了，上了飞机就将毯子罩在身上，头也蒙住，不露一根发丝出来。好在她人瘦，腿蜷起来，不大的薄毯把她遮了个严实。

聂祯舍不得吵醒她，连人带毯子一起抱住。

贺一容将头露出来，透过乱糟糟挡在眼前的发丝看出去，她被聂祯抱着等在舱门口的位置，前面季青林半搂着杨惠卿下舷梯。她又将脸蒙住，脚在毯子里一伸，赌气一般往空气里踢了一脚。

聂祯抱着她的手紧了紧，看了下前面两人已经走出一段距离。他掀开贺一容头上的毯子，也挤了进来。

他隔着乱糟糟的发丝吻她的额头。

这般举动倒是把贺一容吓得眼睛一眨一眨，盯着他怔住。

怎么能？他怎么能掀开毛毯把头也伸进来？

因为捂了许久，潮潮的热气糊了她满脸，闷得脸也红扑扑的。

聂祯只亲了她一下，就快速退出去。毯子落下前，贺一容看到他胸口处的衣服有褶皱。

自从他真正成为聂家产业的掌权人后，穿衣服讲究了许多。衬衫都是手工定制的，采用的是最挺括的面料，因为她窝在他怀里睡了许久才起了褶皱。

贺一容伸出手去轻轻抚平，心里那些复杂到自己也理不清的情绪，好像也被抚平。她长长呼出一口气，热气打到薄毯上又被打回来，尽洒在她脸上。

早有人开车来接，季青林远远朝聂祯挥了挥手，急忙将杨惠卿拥进车里就走。

贺一容坐进车里，才突然想起什么，猛地掀开一直罩在身上的毯子，张望半天不见杨惠卿。

“啊，我和惠卿姐说好到了以后去吃夜宵的。”

聂祯细细理着她背后因为毯子拿开起了静电、毫无章法地立在半空的头发。他抚平了发丝又将手指插进去，理顺打结的头发。他看了一眼后视镜，对一直默默没出声的司机仰了仰下巴：“麻烦您，安定广场。”

贺一容转过脸来气鼓鼓地看着他，聂祯笑出声，下巴搭在她肩上。

“我和季哥累了好几天，熬不动夜了。

“夜宵先攒着，以后吃好不好？”

他一说“好不好”贺一容就无法拒绝。他看似给了选择的机会，却是用最温柔的方式让人说不出“不”。

外面路灯昏暗，贺一容还是能看清聂祯的胡楂。

他大概是像他妈妈，平常极爱干净，贺一容从没见过聂祯脸上有胡楂，大概是真的忙得很。

她的手摸上他的脸庞，感觉刺刺的。

想着他着急地飞去海城，又马不停蹄地飞回来，还有许多事情要善后，之前提的去海城度假也泡了汤，贺一容不免有些心疼。她从来都藏不住情绪，聂祯只看她眼角垂下来，眉头轻皱，就知道她在想什么。

她心疼自己，自己又何尝不心疼她？他一直有心要护好她，所以在这紧要关头把人送走，不想阴错阳差让她直面这些。

贺一容跪坐在地上给赵恩宇擦被她划出的血迹那一幕，化成利器刺上聂祯心头。要不是因为自己，他们也能算得上是朋友。他也清楚，许多事情算不到赵恩宇的头上。他捧在手心的人，却被自己送入危险中，不得不直面人性的复杂，并被逼着上前亲手割破幻想。

他知道她是难过的。

如果可以，如果能重来，他希望贺一容永远是天真的，永远用善意面对世界。可她终究在自己缺席的时光里长大了，经历了他没有与她共同经历的事情，长成了他也不是完全了解的样子。

他怎么也没有想到，贺一容会一跳而起，找准机会用碎瓷片抵住赵恩宇的脖子。她怎么会这么勇敢？

聂祯突然想起，刚认识贺一容的时候，小姑娘胆小得可怜。他脸色稍微一冷，她就不敢上车。他带着她去白老家吃饭，她远远地跟在后面。过了好长一段时间，她才敢小心翼翼地试探自己。

像壮着胆子冷不防突然上来挠你一下的小猫，还没等自己有反应，她就快速溜走，躲在角落里低着头笑眯眯。

聂祯心里有些空落落的，也不管路程已过半，他难得地任性起来。

“回头，去家里。”

贺一容吓了一跳，攀住聂祯的胳膊急道：“现在回去我爸爸知道了也会生气。”

聂祯抿着嘴不说话。

她更急了，拍打他的胸：“喂！他会气我先斩后奏的！”

聂祯握住她的手按在自己胸前，另一只手将她揽得紧紧的。他也不知道自己为什么要这么做，他脱口而出内心的想法：“把你藏在我那儿。”

他又补了一句：“你家人发现不了。”

贺一容僵直的身体这才放松下来，她半靠在聂祯身上低头沉思。半晌后，她抬头莞尔一笑：“也不是不行，甚至我偷摸着溜回我自己房间，估计也没人发现得了，嫂子最近不是又投了个大项目吗？她肯定忙得很，爸爸和大哥就更不用说了！”

她竟是觉得有趣，隐隐期待着。

她越想越开心。

听贺一容这么一说，聂祯也不免起了歪心思。毕竟他现在心里只有一个想法，让她求饶，听她可怜兮兮地求自己。

在特定的时候，她还是自己心里一直记着的那个小姑娘。

他能够完完全全拥有的小姑娘。

快到门口时，贺一容饶有兴味地演起谍战剧。

她趴在聂祯腿上，用他的外套把自己遮住。她头埋得低低的，再一次向聂祯确认："不明显吧？"

聂祯看她露在外面的屁股，睁着眼说瞎话："嗯，一点也看不出来。"

贺一容神经紧张，默数着还有多远的距离经过门口的保安室。她喃喃道："你不知道，我爸没事就和他们唠嗑，都是退伍军人来做保安的，警惕性又高，万一认出是我，和我爸提起来，我就完蛋了。"

贺一容仍在奋力压低自己，浑圆的屁股就在眼下晃着。聂祯盯了半天，还是没忍住，一巴掌拍上去。贺一容捂住屁股回过头来，压低声音："你干吗呢？"

聂祯也无法解释自己的行为，跟着她压低声音："躺好了，快到了。"

路过保安亭，两个保安行礼放行。见车开出去好远，两人才对视一眼："聂少爷怎么不高兴？"

光影摇晃，可聂祯那沉如墨的脸色还是让人心惊。

另一个人捣捣说话的人："大概是赵家的事吧，算是报仇了，可好歹也是和赵家那个一起长大的，多少有点情谊在。这事，唉……"

问话的那个保安也点点头，感叹道："聂少爷不容易啊，就算报了仇，现在也有建树了，可是他家只剩个老爷子，大概也没人愿意嫁进聂家来。"

两人叹气，不由得为聂祯的婚姻大事担心起来。

第二十二章 提亲

飞机落地时就已是深夜，现在院子里更是一片寂静，只有寥寥的路灯不甚光亮。尽头那个还坏了，藏在树枝里诡异地一闪一闪的。

聂祯突然就觉得，太冷清了。不想老人家活在这样寂寥的环境里，就算这么大的院子只有他们祖孙俩相依为命，也要把日子过得像样才行。

他拉着贺一容摸黑上楼，贺一容做贼似的踮着脚，听到聂老咳嗽一声就吓得不敢动，抓紧了聂祯的手。

聂祯笑道："我爷爷现在耳朵有点不好了，听不见的。"

他靠近贺一容，意有所指地在她耳边吹气："弄出再大的动静他也听不见。"

贺一容推他一把，逃也似的飞奔上楼。

聂祯放她三秒，然后紧跟上去。还没走完楼梯，贺一容就被聂祯扛沙袋似的扛在肩头。他从没这样粗鲁过，贺一容惊诧之余竟觉得好笑。

她被聂祯扔在床上时那笑意还没退去。

聂祯拉着她的腿把人拉到床边，手搂着她的腰利索地将人翻了个身。贺一容觉得自己在他手里像个毫无反抗之力的布偶娃娃。男人的重量和气息让人无处逃遁，可她又喜欢极了这种力量感与压制感，嘴上却不承认："你现在越来越坏了。"

聂祯身子贴上来："是吧。"

他好像再也不想克制自己了，挣脱了束缚一般，想尝尽以前没尝过的滋味，想知道肆意妄为的日子又是什么样的。

可他已经长成这样的聂祯，又怎么会真的肆意妄为呢？

他话锋一转："你呢？"

贺一容刚要下床就被他拉住，身子倒在他的腿上。他这样直直地俯视下来，轻柔地撩开她额边碎发："你现在越来越胆大了。"

贺一容下意识以为他说的是穿得大胆，刚要反驳又反应过来。眼睛滴溜儿一转，她嫌弃一般推开他的胳膊："身上好黏，我去洗澡。"

又被聂祯拉倒在他身上，贺一容嘻嘻笑着，转身抱住他的腰。她用手指戳了戳，暗恨着："你可真有劲儿。"

聂祯懒得和她兜圈子，正了脸色："问你话呢，你怎么敢的？你不知道他手里拿着枪吗？"

贺一容停住了动作，也收起脸上的笑。她眼睛垂下去盯着他腰上的疤，伤疤因为缝合过，比边上的皮肤稍微凸起来一些，也更白一些。

"他不会……"

聂祯猛地起身将她压下去，两只手用力扣住她的肩膀。他胸膛起伏着，大喘几口气，似乎是气急了。贺一容也被他这副样子吓到，一时不知做何反应，下意识想要服软，却不知道说什么。她不免带了些委屈惊惧的神色。

聂祯认命一般闭上眼睛，再睁开眼时那股吓人的气势好歹收了一点，可手还是紧紧地扣住她的肩膀。

"他手上有人命，在你面前他是好人，可在其他人面前，他是杀人凶手。"

贺一容点头，小声回话："我知道。"

聂祯声音猛地拔高："那你怎么还敢？！"

他原以为她不知道，可既然知道赵恩宇手上有人命，她为什么还敢那样做？在飞机上他回想了无数次那个场景，贺一容的力度根本不足以控制住他，位置也不是最好的位置，只要赵恩宇扳开她的手腕躲过去……

那个距离，就算他反应够快，贺一容也会受伤。

聂祯越后怕，说出口的话就越不管不顾："你知道吗？他弄死的那个也就十七岁，和你一般瘦……"

他越说声音越大，见贺一容瞬间红了眼流泪才止住话头。

他动作僵硬地给她擦眼泪，指腹上的湿意越来越重，可他狠了心，继续说下去。

“别人对你好一点你就想千百倍去回报，赵恩宇对你好一点你就对他完全没有戒备心，知道他手上有人命也觉得他不会对你怎么样。

“我承认在很多时候他不会伤害你，但是在已经持枪对峙的情况下，在他殊死搏命的时候，你是有多自信才觉得他不会伤害你?

“贺一容，我怎么不知道你什么时候变这样胆大了呢？胆大到自己的命都不要了？”

贺一容眼泪越流越多，她喃喃道：“我不是……是惠卿姐在他手里……”

聂祯自嘲一笑。

“是啊，因为惠卿姐对你好，所以你想回报她是不是？想帮她解围，可你呢?

“你有个万一的话，我呢？”

贺一容心蓦地一酸，直到此时她才知道聂祯和她说这些话的目的。

聂祯终于松开她的肩，任由自己的重量压在她身上。

“我把心都掏给你，可你还是不懂什么是爱。你要我怎样对你？你怎样才能不这么战战兢兢？”

他的手顺着她的手臂往下，与她十指交叉。

“你的爸爸、你的哥哥，包括你嫂子，都是对你好的，不要去猜想他们为什么对你好，你大着胆子去接受，这是亲情，也是爱。

“你舅舅、舅妈和表哥，就算对你是有些怜爱之情在，但他们也是真的爱你、关心你，你不用卖乖讨好的。

“大家都是因为真的喜欢你才会对你好。爱是不求回报的，知道吗？”

贺一容“哇”的一声哭出来，挣脱开聂祯的手紧紧抱住他。

她哭得厉害，眼泪流不尽似的。

聂祯也不是没见她哭过，但她都是红着眼睛无声流泪，小兔子似的可怜，这样的放声大哭却是第一次。聂祯有些后悔，自己话说得太重了，又不留情面地揭开了她一直小心藏着的心思。

他正想着怎么哄，却听贺一容打了个响亮的嗝。

她勒紧聂祯的腰。

“我不知道。

“你爱我，外公爱我，我不知道……

“爸爸有哥哥们，舅舅舅妈有表哥，我和他们不一样，我只有你。”

聂祯忽然就不想纠结这些了，是他的要求有些过分了。就这样也行，有他全心全意爱着她就行。

他难以想象小时候的贺一容，听着表哥叫爸爸妈妈，看着与自己一般大的表哥在妈妈怀里撒娇时，是怎样的心情。就算她外公再爱她，缺少了爸爸妈妈的陪伴还是不一样的，她会不会半夜偷偷在被子里哭？她会不会在没人的时候也悄悄喊几声“爸爸妈妈”？

他真想去抱一抱她。

他后悔了，不该对她有这种要求的。只是她舍身去救杨惠卿的举动，实在是让他心痛。他是自私的，他不愿意贺一容身陷危险之中，更不愿意她为了回报别人对她的好而让自己处于危险中。

他希望贺一容能够自私一点，他希望她能够坦然接受别人对她的好，能够不再时时刻刻想着怎么回报别人，怎样做能让别人更喜欢她。

可是现在，都不重要了。

他爱她就够了。

就算贺一容一辈子都这样也没关系，在他这里，他会给足她被爱的自信。

聂祯捧起贺一容的脸，吻去她满脸的泪水。

“对不起，是我不好。我不应该把你放在危险中。”

聂祯顿了一下，终究还是加了一句话：“只是万一有下次，先考虑你自己，再考虑别人好不好？”

贺一容吸了吸鼻子，委委屈屈地点头。

贺一容洗澡洗了许久，她不由得回想刚刚聂祯说的那些话。

她一直深知自己的性格缺点，可她改不掉。

在青春期时，和二哥三哥打打闹闹，有聂祯在身边，她也觉得那是无比幸福的时刻，有家，有哥哥，有喜欢的人。她也有过大着胆子任性的想法，可爸爸对她总是和颜悦色，小容长小容短的。但她明知道爸爸对哥哥们要求高，说话时总是板着一张脸，贺毅林高中时逃课甚至被他打了一顿。但对她，他从来都没什么要求，甚至说她考不上好学校也没关系。

不是儿子女儿的分别，是爸爸想借着对她的宠爱，弥补对妈妈的愧疚，弥补她十三年来缺失的父爱。

就连父亲对她都是这样小心翼翼的，她又有什么资格真的去任性呢？

她和他们终究是不一样的。成长环境造就人的性格，恐怕她再也改不掉。

贺一容裹着毛巾出来时，聂祯已经睡着。她蹲在床边看了他许久，然后躺在他身边，身体与他侧身相对。

聂祯似乎是有所察觉，睡梦中伸出胳膊搂住她。

贺一容将头埋在聂祯怀里，又觉鼻尖酸涩。她不想要很多的爱、很多的幸福，此刻在聂祯怀里她就已经无比满足。

“你再说一遍。”在他这里，她总是有资格撒娇任性不讲理的。

他果然被吵醒，睡眼惺忪地亲她的眼角，声音有着刚醒时的喑哑：“嗯？”

“再说一次……我很好也很可爱，你爱我，把心都掏给我。”

脱离了那个环境，单拎出来说这几句话，贺一容也觉得脸红。

可她就是想听聂祯再讲一次。

聂祯抽走手臂，装作看了一眼天色，可窗帘关得十分严实。

“天快亮了，你先睡，我去洗澡。”

贺一容只觉得才睡了一小会儿，就感觉到聂祯小心翼翼地要起身。她胳膊一横，搂住他的腰，眼也没睁地耍赖道：“再睡一会儿。”

聂祯只得停住起身的动作，别扭地卧着侧向她那边，将她的头搂在怀里。直到她颤动的睫毛又垂下去，呼吸变得平稳缓慢，他才小心地挪动身体离开。

贺一容再醒的时候是听见楼下有人声。也不知道睡着时怎么能那么清楚地听到两个女声，她倏地就从睡梦中惊醒了。

聂家本来就少有人来，更何况是女的。

她抱着被子竖耳听了半天，除了最开始提高了嗓音的笑声和几句见面的客套话，就再也听不见什么了。

过了许久聂祯才推门进来，正巧日光打在贺一容脸上晃了一晃。

“醒了？”

他带着笑进来：“我悄悄端饭进来给你吃，还是你下去？”

聂祯抱臂倚在门上，挑眉道。

贺一容却没被他吓住，掀了被子就走过去：“聂爷爷疼我，就算看到我了，我求他两句他也不会告到爸爸那儿去，怕什么？”

眼看着她真要开门，聂祯拦住她，一把将她抱在怀里。他埋头在她肩上深闻一下她身上的味道：“小坏蛋，哄了我还要哄我爷爷。”

贺一容推推他：“拦着我是不是楼下有什么人不想让我见呢？”

她听得清楚，一老一少，小的那个声音娇滴滴的，只听其声就能想象出是个怎样鲜活的女子。

聂祯笑倒在她身上。

“你听见了？是有人，你哥哥们的外婆。

“你哄得了我爷爷，却哄不了你这个外婆，转头就把你卖到贺叔那里去。”

贺一容睨他，故意板着脸道：“你现在和我说话也说一半留一半了？”

说到后面，她竟委屈起来，撑着手推开聂祯，聂祯赶紧又把她搂住。他想着，果然是大了，不像小时候那样好糊弄。

“还有珍崎，大概是……”

看他犹豫着，贺一容哼了一声：“大概是想亲上加亲？”

聂祯捂住她的嘴巴不让她再说下去，贺一容瞪圆了眼。

“什么亲上加亲？我和你才亲。我们才是亲上加亲。”

贺一容用力张着嘴巴想咬他的手心，却根本张不开嘴，只唇舌乱蹭，像亲吻似的蹭湿了他的手心。

聂祯一急，把心里的想法说了出来。他自己愣了一会儿，看贺一容还是执着地要咬他，根本没听进去似的。不知哪里来的冲动，他一下就把贺一容按在椅子上。

他力气用得有些大，像是生气了似的。

贺一容还没说话，他半蹲下来，握着她的手按在她的膝盖上。他的眼睛像是一潭平静无波的湖水，清澈明净，可怎么也望不到底。

聂祯深深看她一眼："你放心，我爷爷知道我早就喜欢你，他一直等着你给他做孙媳妇。"

他不放过贺一容脸上的表情变化，她先是快速看他一眼，又低下头去。总喜欢睁着小鹿眼似的眼睛直勾勾看人的贺一容，也有不敢与人对视的时候。

她没说话，可背着光的脸颊被照得透亮，一团红不知从哪儿冒出来，浅浅盖住她的皮肤。

"外婆也不是不讲理的人，她只是替珍崎问一问，我爷爷……"

贺一容"啪"的一声打上他的手背："好啊，所以是珍崎自己想和你亲上加亲？也是，你们从小玩过家家时还是王子公主呢。"

聂祯怎么也没想到她竟会提到这上面来，一颗心悬得高高的等她的反应，她竟然翻起陈年旧账。他想也不想就说："小时候哪里算数？小时候各家阿姨都喜欢我，都要我做女婿，我答应了那么多，哪里当得真？"

一长串话说完，他差点想咬了自己的舌头。

贺一容果然嘴巴一鼓，眉头一皱，就要抽开手。聂祯紧紧抓住她的手，急着向前又没有支撑的东西，右膝跪下去才稳住身体。

贺一容看了一眼，张了张嘴终于什么也没说。她侧过头去咬着唇，又让头发遮住大半张脸才敢露出点笑意，一听聂祯说话又赶紧抿起嘴角。

"哎，不是。

"我小时候不懂事，那时候哪里知道有你？

"早知道有你的话……"

他止住了话头，想不出一个合适的词。

贺一容追着问："早知道又会怎样？"

聂祯牵起她的手轻咬她的手指："早知道就早点金屋藏娇了。"

贺一容没忍住笑出来，依旧想板着脸，可嘴角翘得高高的，环视四周一点面子也不给他。

"你屋里哪里有金子？"

聂祯此时后知后觉，自己这姿势竟真像是单膝下跪求婚的样子。他干脆一不做二不休，脸也不要了。

“心比金诚。”声音低下去，他晃着她的手诱哄着她，“那你要不要做我爷爷的孙媳妇？”

要是少女时期的贺一容，一定受不住聂祯微微笑着做出满脸深情的样子。他眼角稍稍扬着，用低低的、温柔至极的声音和她说话，她一定是什么都说“好”。可现在的贺一容却能硬着心肠不回应他，也能转过头去不看他。

聂祯随着她的身子转过来，手指塞进她的指缝，十指相扣。

“好不好？”

他也知道每一次自己这样软着态度哄她，加一句“好不好”，她都不会拒绝的。

“嗯？做我爷爷的孙媳妇好不好？”

贺一容一直没反应，他也不由得紧张起来，觉得手脚都是冰冷的。

贺一容终于抬起眼来看他，没有感动之色，没有羞怯之意。刚刚在她脸上的红晕似乎是云彩一样，刹那间被风吹走，无影无踪。

她稍显疑惑：“你爷爷有几个孙子？”

聂祯愣了一下，收紧手指，恶狠狠地一字一字地说：“贺、一、容！”

她扑哧一笑，任由手被他牵着，身子向后靠在椅背上。

“你换个说法让我听听。”

这会儿轮到聂祯不说话了，他的耳朵以肉眼可见的速度红起来，然后红意蔓延到脸颊边。

她晃晃脚，碰到他跪在地上的膝盖。

“怎么还……”她脚点了点他的膝盖，暗示意味明显。

她惊叫一声。人被聂祯拉下椅子，椅子“哐当”一声砸在地上。她整个人栽倒在聂祯怀里，横坐在他支起的大腿上。跪着的右腿还是跪着，他就像个骑士一般。

“贺一容，你翅膀硬了。”

可骑士才不会说这样的话。

贺一容鼓了嘴，真的有些生起气来。怎么会有他这样求婚的？

“嗯，你嘴巴也硬了。”

“你还想嫁谁？”

“看你爷爷有几个孙子。”

果不其然，话音刚落她就被聂祯压倒在地。他气呼呼地喘着气，可贺一容昂着头平静地看他。呼吸终于平缓下来，聂祯认输一般将头抵在她的颈窝，用又直又硬的头发蹭她。

“我过几天假期就结束了，要去公司了。”

贺一容点头：“嗯，我过几天也要回Y国准备答辩了。”

两人你来我往，谁都不服输。

聂祯泄气一般咬她的锁骨：“毕业了就结婚。”

贺一容推推他的头，非要他一字一字说清楚：“你说什么？”

聂祯吻住她，在她嘴巴还没合上的时候就乘虚而入，让她不得不大大地张开嘴迎合着他。

直到她呼吸急促，身体也不由自主地贴向他，手攀住他的肩膀，整个人软了下来，他才舍得放开她，舍得说出：“嫁给我好不好？”

贺一容眼一热，只觉自己要落下泪来，却死死抑制住这股冲动。可她现在这副模样，就算说出什么气人的话来，也是一点杀伤力都没有。

聂祯还要再说话，她揽住他的肩，头靠上去。

“我申请了去专门的香水学校学习，没问题的话大概这几天录取通知书就要下来了。”

她声音怯怯，可聂祯还是手下用劲，狠狠握住她的腰。震惊、气愤、不解，甚至还有一丝怀疑，他怀疑贺一容是在编谎话骗他。

“你看，你让我等了两年，你也要等我两年才公平。”

这话说得霸道又没道理，可她憋了许久的气，似乎直到说出这句话来才散尽。

聂祯一点反应也没有，贺一容又讨好着将腿盘上他的腰。

“是不是？

“而且你现在又忙，我得有自己的事业呀，不然我不是成望夫石了？”

聂祯还是没反应。

贺一容晃晃他，几乎挂在他身上撒娇耍赖。

聂祯却突然抓住重点：“望夫石吗？”

贺一容这才察觉自己失言，扯住聂祯的嘴角不让他笑。可她自己忍不住笑了：“你再说一次，再说一次我就答应你。”

“嗯，说什么？”嘴巴被扯住，他不能笑，眼睛却弯着。

“再说一次我很好、很可爱，你很爱我，把心都掏给我。

“然后再求一次婚。”

贺一容骄傲极了，拍他胸口：“不许再说什么孙媳妇。”

聂祯却在想，他好像没说过“很爱”。这丫头在胡乱换词。

贺一容磨了半天，聂祯只含笑盯着她看，时不时帮她撩一撩落到她脸颊边的发丝。他却再难说出“把心都掏给你”这样肉麻的话。

可贺一容耍起了性子越发难缠，执拗地非要听他再说一次。她骑在聂祯身上按住他的胳膊，力气又没有他大，他转动手腕轻而易举就挣脱了钳制。她泄气一般躺在他身上，也喘着气歇了半天。

“你要是非要……”他眼睛往下看到她拱着颗圆圆的脑袋在自己身上乱蹭，也有些心猿意马，“那也不是不行。”

贺一容气得捶他：“我什么时候非要……”

楼下传来叫声：“小祯！”

聂祯翻身起来，贺一容被他抱小孩似的抱在怀里。他利索地下床，将贺一容轻轻放在床边，倾身吻在她的额头上：“我下去一趟。”

午间阳光暖洋洋地笼在他身上，贺一容逆着光看他，感觉到一种柔和的静谧感。

阴郁的、常常轻皱着眉头的、多数时候话不多的聂祯，现在神情都是温柔的，和她说话时眉眼舒展，嘴角微翘。

她不由得心动。就像多年前她在书桌上睁眼醒来，眼前是聂祯浓密的睫毛，以及压在手背上压红了的脸颊。他的呼吸打在她的脸上，痒痒的，她却一动不敢动。心脏像个皮球似的被人高高丢下，还没从失重感中回过神来，它就一跳一跳的，越来越快，越跑越远，她再也抓不住。

情窦初开时心动的感觉，她在成年后再一次感受到了——

对着同一个人。

贺一容想，就算没有以前的种种，就算年少时没有心动，此时此刻，她也一定会爱上面前的人。

聂祯已经走到门外，扶着栏杆往下大声应了一句，又回过身来，探进头来冲贺一容笑笑，才轻声带上门离开。

聂祯下来时没见到珍崎，心里明白爷爷是把话说清楚了。

韩老太太和爷爷一南一北坐着，爷爷正说着不知道这会不会是最后一面的话。

韩老太太见他过来，笑弯了眼冲他招手："小祯啊。"

她又握着他的手仰头打量他半天，半晌才说："你是个好孩子。珍崎守不住苦，她也不配你。只是我就这一个外孙女，她一直闹腾我也没法子。"

八十多岁的人手还是雪白的，只是皮肉有些松垮。她轻拽一下聂祯的手，开玩笑道："可别怪外婆人老了脑子也不好了啊。"

聂祯嘴上说着没有，心里却在盘算着待会儿怎么悄悄带贺一容出门去吃饭。

聂祯送韩老太太出门时，韩老太太回头看离聂老的房间远了声音才低下去："你要是真的认定了那小丫头，就抓紧定了。你爷爷年纪大了，前面那事尘埃落定，他也再没什么求的了，你知道……"

韩老太太顿了顿，又拍着他的手，声音悲切："年纪大了就靠着一股劲，现在这劲一松……"

话没说完，聂祯却明白她的意思。其实他也吃惊，最近爷爷老得飞快，他早上在爷爷身边喊了两声，爷爷半天才慢吞吞地转头回应他。这种感觉，像是枯树又被压了一层雪，毫无生机感。

聂祯提高聂老膝上滑下去的毯子，老人只是半抬起眼皮看他一眼，又缓缓闭上。长年坐轮椅，他的双腿已经退化得不成样子，聂祯蹲下来给他揉着。

想起平时这些事情都是白老做得多，他这个亲孙子竟连给爷爷揉揉腿的机会都少。

聂祯侧头咳了一声，掩住嗓子里的哽塞。

他语气欢快，又充满期待地说："爷爷，您帮我去贺家提亲好不好？"

聂老这才来了兴致，撑着身子坐直了。聂祯笑着扶稳他，还没说话就被聂老费力抬着眼皮白了一眼。

"小容被你藏哪儿了？安定广场那儿是吗？"

聂祯一惊，却没想到爷爷竟然早就猜到了。

"我是把珍崎那小丫头得罪狠了，她差点没哭着跑出去。"聂老斜了聂祯一眼，鼻子哼哼。

可身下摇椅一晃一晃的。

"你们俩好是好事，只是我们家虽然和贺家亲近，但你也知道……"聂老声音沉下去，带着自嘲，"我们家早就不像以前了，就算现在……我没多少时间了，到时候就剩你一个人，这些人家的丫头也不会想着嫁给你。"

聂老房间里只开了半扇窗，阳光被切割开来，聂祯垂着手立在阴影处。

祖孙俩一坐一站，许久都没说话，只有摇椅慢悠悠地吱呀作响。

"我会对她好的。"聂祯只说了这一句。

聂老伸出手来，颤巍巍地握住聂祯的手，耷拉下来的眼皮遮住大半个瞳孔，可眼神还清亮。

"你们俩说好了就行。"

他笑起来，脸颊皮肤随着动作皱巴巴地挤在一起。他说话时不免有些骄傲："我孙子也是现在难有的好小子！是我聂家的好小子！"

聂祯悄悄打量爷爷的脸色，见他有精神了许多。

"小容在楼上呢，我让她下来和您打个招呼？"

贺一容正有些饿，又气又觉得委屈，要不是聂祯半夜发神经把她带回家，她也不会像现在这样做贼似的。

听见聂祯跑上来的脚步声，她正要板起脸，他却大大咧咧地敞开门。

他伸头冲楼下喊："好的，这就下来。"

再转头向着贺一容，他明显有些心虚：“爷爷知道你在这儿。”

贺一容捂住嘴巴，眼睛睁得圆圆的。

聂祯走到她面前，把她捂着嘴巴的手拿下来。她呆愣愣的，第一反应竟然是：“是不是昨晚被听见……”

聂祯面色犹疑，不说是也不说不是：“也不一定，爷爷现在听力不太好，可能是司机告的状吧。”

贺一容又羞又恼，气得手脚并用，又捶又踢的，都落在聂祯身上。

“都怪你，你说爷爷听不见的！”

他还说“弄出再大的动静也听不见”。

聂祯把人搂在怀里，就算她现在凶得像只小老虎他也觉得可爱。

“爷爷说他为了我们把珍崎得罪了，他以前还挺喜欢珍崎的，现在正难过呢，你去哄哄他？”

贺一容这才从聂祯怀里钻出个脑袋，鼻尖红红的，好胜心起来也不管刚刚还在烦扰的事情了，张口问道：“比起我呢？爷爷难道更喜欢她吗？”

聂祯故意做为难状，被贺一容冷哼一声后推开。

聂祯追着她的背影出去，看贺一容一口一句“爷爷”地喊着，蹦蹦跳跳下楼去。他立在楼梯尽头想，这是不是就是美好生活？

聂老强打着精神，笑呵呵地接住贺一容伸过来的胳膊。贺一容像以前一样，半蹲在他腿边，讨好地给聂老敲着腿，手下不停，可嘴巴一鼓佯装生气。

“您是喜欢别人不喜欢我了。”

聂老更是笑得开怀，远远地看一眼聂祯，知道肯定是自己孙子捣的鬼，他又哪里不知道聂祯的心思？

他摸摸贺一容的头顶：“我最喜欢我孙媳妇，小容要不要给我做孙媳妇啊？”

贺一容将头深深地埋下去，想着他们这一老一少，哄骗人的腔调都是一样的。

“我那儿收着好多好东西，小祯都不知道，全给我孙媳妇，小容要不要啊？”

聂祯走过来，和自己爷爷对视一眼，合起伙来“坑骗”扮鸵鸟的贺一容。

他扶起贺一容，在她身后低声道：“快答应爷爷呀，好东西都给你留着。”

聂老握着贺一容的手：“这就去你家提亲好不好？”

贺一容一急，将手从聂老手中抽出来。她不懂这祖孙俩打的什么主意，只知道自己回家去肯定要被骂：“我……我不能回家去的，爸爸不知道我回来了……”

聂老一听这话，笑了：“哪里需要你回去？我带着小祯去你家走一圈就行了。”

他又强调道：“有我给你打掩护，你爸爸不会知道你在这儿。”

说完，他也不管贺一容做何反应，直接喊着：“老白，打电话去，让小容他爸今天回来一趟，就说我有事要和他商量。哦，毅阳小子那里也去个电话。”

安排好这些，他好像费了许多力气，又躺回躺椅上去，咳了半天。

聂祯和贺一容在边上一个捶背一个端茶。

聂老再握住贺一容的手的时候，她回握住，心里一惊，下意识看向聂祯。

聂老的手竟瘦到这种地步，皮包着骨头似的硌人。

老人噙着笑意看了贺一容半晌：“看你们在一起了，我才能放心闭眼。”

到了年纪的人，比任何人都清楚自己的身体状况，油尽灯枯，一天天守着时间。

“你别担心，我们家底子还在。”聂老垂眼笑了笑，又看向聂祯，“我儿子是个好儿子，我这孙子也是个好孙子。”

聂老又牵过聂祯的手，将两人的手交叠在一起握着：“有你陪着小祯，我放心。”

聂老带着聂祯去贺家的时候，聂祯落后一步。

趁爷爷被白老推到院子里去，他牵起贺一容的手，像以前很多次那样捏捏她的手心。可这次他揉捏了许久，却只是抿着嘴笑，一言不发。

贺一容看到白老和聂老已经到了院门口，侧过身笑呵呵地看着他们。

贺一容低声催促：“快去啊。”

她抬手要挣开聂祯的手，可两人拉扯几次，她的手还是被聂祯紧紧握着。

贺一容正站在窗外透进来的夕阳下，这天的夕阳也炽烈，贺一容只觉得靠着窗的那边脸颊热腾腾的。现在，她的心尖都烫起来。

聂祯忽然用力拽贺一容一下，贺一容扑倒在他身前，手撑着他的胸膛。她正在猜想这个姿势在聂老的眼里是不是像拥抱，聂祯就真的将她搂住。

他只是轻轻一拥，就放开了她。

“我过去了。”

聂老三人还没进贺家的院子，贺增建就听见动静迎了出来：“我正准备喝口水过去呢，您有什么急事？叫我一声，怎么还到这边来了？”

贺增建心里不禁有些打鼓，这么多年来，有事要商量都是他过去聂家，怎么今天聂老还亲自过来了？

接过白老手里的轮椅，他亲自推着聂老，又转头和聂祯说：“你最近不在家，不知道你爷爷身体不太好？怎么还让他出门？吹着风不好……”

话音未落，他看到聂祯手里捧了个长方形的红木盒子。

贺增建只觉眼熟，一时也没想起来，也就没当回事，又低着头和聂老讲话：“我今天开会，说小祯他们新国那边干得红火，一帮人羡慕呢，吵着我们也要进军海外。”

聂老没什么反应。

进了屋，朱声声笑着端上茶水来，聂老用盖子拂去茶水上的茶叶碎末，开了口。

“增建啊，当初合伙干的这帮人里，我和你爸最投缘，以前就住在一起，后来买了这院子也要靠在一起。这些年我们两家涉足的产业不一样，没有竞争，一直感情好。”说着他喝了一口茶，开玩笑似的，“小祯如今也掌权了，遇到什么事你多帮着把把关。我可把我这孙子交给你了。”

贺增建笑：“您这说的是哪里的话？从那时候……”贺增建顿了一顿，“您又不是不知道，我早就把小祯当儿子看了！”

聂老招招手，接过聂祯手里的盒子：“当半个儿子看就行。”

朱声声何等聪明的人？她听到“半个儿子”这句话，又看聂老今天亲自上门来，心里早就猜出个大概。她藏着笑看向聂祯，正巧看到聂祯转过头来，遥遥望向楼上。

朱声声也顺着他的视线看过去，看到贺一容的房间正悄无声息地开了一掌宽的缝。

聂老打开盒子，是一副精致的象棋。

贺增建也笑："我想起来了，我爸爸在的时候可喜欢您这副象棋了，要过好几次您都不肯给他。"

聂老冷笑一声："他还偷过两次呢！"

聂老又"吧嗒"一声合起盖子："这个就给你了，随你留着玩还是烧了给你爸……"

贺增建赶紧站起来："这可不行！"

亲眼见证过当年父亲是什么法子都使了也换不来这副棋，他何尝不知道聂老是惜之如命才舍不得给？

聂老眼睛一抬，声音一冷："坐下！"

贺毅阳和聂祯对视一眼，忍着笑看着一直威严的父亲在聂老面前听训。

聂老拉过聂祯："我这小子怎么样？"

贺增建有点丈二和尚摸不着头脑："小祯很好，比我家的小子都强。"

聂老又眉头一皱，斥道："怎么，你是嫌毅阳不好还是毅林不好？虽然老二爱玩，但他的机灵劲也是你一家子加起来都比不上的。"

贺增建哈哈笑着，乖乖答"是"。

聂老眼珠一转，轻咳一声："既然我家小祯你觉得好，就给你家做女婿吧。"

他说着将聂祯往前一推，倒把贺增建吓了一跳。贺增建又站起来，似乎是没反应过来，先是看向自己的大儿子，见贺毅阳也一脸惊讶之色。

谁都没想到这一层。

贺增建好歹是见过风浪的，很快便冷静下来，拉着面前的聂祯坐下，才掂量着用词，小心翼翼道："这是好事，您不说我也想求着小祯做我女婿呢。"

见聂老一脸骄色，他才继续说道："只是您也知道，现在这些孩子主意大着呢，我就小容这一个闺女，心里想宠着她却也不得空，虽然有心吧，也没地方使去。小容这孩子，又和她哥哥们不一样，十几岁才接来的，她的事我不敢做她的主……而且，肯定要和她舅舅那边说一声，她的事也要那边同意了才行。"

他话说完，果不其然，聂老的脸色冷了下去。

贺增建不敢再说话，一时间气氛尴尬起来。

聂祯整整衣服，站起来面向贺增建："您是看着我长大的，知道我是什么样的人，我虽然性格不算好的……家也不算家，但您是知道我的，我算个稳妥上进的。我可能不善交际，但对身边人是用心的，对感情更是从一而终。您放心，小容那儿……"

聂祯向上看了一眼，那道门缝里已经挤出一颗圆滚滚的脑袋，见他看过去立马小耗子似的缩回去。他低头笑了一下。

"贺叔，不怕您生气，我和小容在一起挺久了。

"我喜欢她许久，一直真心爱护她、宠着她，她很好很可爱，我很爱她……"

聂祯觉得一股血冲向脑门，浑身都热起来，脚跟站不住似的，他想逃，可还是忍住了。他又抬头看向那个方向，浑身的燥热冷却下去："我把心都掏给她了。"

聂老似乎骂了一声，贺毅阳也用拳头抵着嘴角，似乎难以想象这会是聂祯说出来的话，他都不敢看向聂祯，这一定不是他熟知的那个对人冷漠疏离，感情淡薄的聂祯。

贺增建也一时间不知道说什么，既震惊于聂祯与贺一容已经在一起这个事实，又震惊于聂祯居然会当着他们的面如此直白地表达情感。

好在朱声声拍手打断了这诡异的沉默。她笑嘻嘻地看向自己的公公："您也别怪我，他们俩的事我早就知道，小祯对小容好着呢，我们一家子加起来也比不过的。您是不知道，我嫁过来之后就眼看着小祯在各处照顾小容，更别说我嫁过来之前，听毅阳说都是小祯带着她上下学的。"

朱声声又情不自禁地拍掌道："这不就是青梅竹马的感情吗？登对着呢！"

贺增建还能再说什么？他整理好各种情绪后，只能苦笑着道："我本来还想过几年退休了有时间好好补偿小容，弥补一下父女之情，可真是女大不中留啊！"

他犹豫着："小容今年，二十……"

聂祯答话："明年春天就是二十四岁的生日了。"

贺增建突然就觉得自己无话可说，如朱声声所说的那样，或许聂祯对贺一容的用心，真的是他们一家子加起来也比不过的。

他心里那点不痛快也没了。

“什么时候结婚你们俩自己定吧。”

聂祯回去后没见到贺一容，找了一圈才发现她在阳台上。

在他去新国那年，贺一容闹脾气，把已经打通了的阳台又封上，墙砖堆得高高的。现在她就坐在上面，一双腿垂下来，脸也被头发遮了大半。

她安安静静的，不知在想什么。

聂祯怕突然出声吓着她，刻意加重脚步走到她面前，伸手握住她光着的脚踝。

“怎么不下来？”

贺一容双手一伸朝他撒娇：“有点高，不敢跳。”

聂祯扬眉：“那你怎么爬上去的？”

明明之前拆了的栏杆还更高一些，那时候她大半夜也敢爬过来。

贺一容努努嘴：“踩着那个上来的。”

聂祯低头看着脚边，那儿放着一个箱子，乍一看有些眼熟。他没多想，正要说“抱你下来”，在贺一容挑衅的眼神中想起青春年少时的事情。

哦，是这个箱子……装满了女同学给他的信，没想到她留到现在。

聂祯神色明显不自然起来。贺一容刚要踢腿，却被他拽着脚踝一使力，从上面跌落下来，惊叫声还在嗓子眼，就被他稳稳抱了个满怀。

她在他怀里还不知道收敛，昂着头找碴儿：“我刚刚忘了翻，不知道有没有新的放进去。”

聂祯明知道贺一容那么多放书的箱子不拿，非要挑出这个，就是想做文章，他不想接招还不行，于是愤恨地道：“果然‘唯女子与小人为难养也’。”

陈谷子烂芝麻的事，亏她也记得。

贺一容憋着笑看他：“嗯？现在就嫌我难养了吗？”

聂祯微蹲下去，再猛地一颠，把贺一容抱得更高：“你又是女子又是小人，你最难养。”

说完他环视四周，似乎是要寻找合适的位置。走到窗台边，他把贺一容放上去。

贺一容刚要跳下来，聂祯却上前一步，贴得紧紧的。两情相悦的爱侣，只这一个简单的压制性动作，就渲染出无边暧昧来。

聂祯缓缓把脸贴在她的脸庞上，轻轻蹭了蹭：“你是害羞呢还是紧张呢？”

他的小姑娘，只有在紧张的时候才会此地无银三百两似的使这些小性子。

贺一容听完这句话，下巴搭在他肩上许久没动。眼前是聂家又大又宽阔的书房，她和聂祯在这里席地而坐看电影，她也在那张宽大的桌子前被聂祯用笔敲过不少次脑门。

过往那些珍贵的记忆，不过是时间长河里一丁点细碎的经历，可她珍藏于心上好多年。

聂祯见她许久没动静，正要托着她的头放在眼下，仔细看她的表情。

贺一容却躲过他的手，又按住他，这才说话：“我来这边后，只有最开始的时间是信我三哥的。后来，他让你带着我，慢慢地我就越来越亲近你，越来越信任你，后来……”

她故意省略掉时间节点：“喜欢你，就一直到现在。”

话锋一转，既有些害羞又有些紧张的贺一容又开始要起小心思。她用胳膊环住聂祯的脖子，坐在窗台上正好能够与他平视：“那你呢？什么时候开始喜欢我的？”

聂祯不答，只是低头一笑，又靠近一点。贺一容身子往后仰，贴在冰凉的玻璃窗上。

她果然脖子一缩，神情紧张起来，到处乱瞟：“你……你干吗呢？”

聂祯头低下去，抵着她脖颈上薄薄的皮肤说话，嘴唇张张合合，像在漫不经心地亲吻。

“爷爷忙了一天，又说了一天的话，他累得回来就睡了，听不到声音。”

贺一容想逃，可不仅腿被他抵住，肩膀也被按得死死的。她挣扎着：“想什么呢？我和你好好说着话呢！”

刚刚在自己房间门口偷听了定亲全过程的贺一容，正一腔柔情地想要好好表达一番。按她的设想，接下来应该是互诉衷肠。

聂祯轻轻吻着她的耳垂，咕哝着：“你说，我听着。”

新月初升，夜色正好。与贺一容定亲的喜悦刺激着他的身体，他只想在这白缎般的月光下奋力挥洒一番。他着急地想要通过这种方式来宣泄情绪。

贺一容不满：“我刚刚问你箱子里……”

聂祯用湿热的吻堵住她的唇：“你帮我收着这些信的时候，我就会梦见你。”

他目的明确，动作便强势而有侵略性。大概是心潮澎湃，他竟然一改以前徐徐图之、温柔撩拨的作风。贺一容仰头接着他的吻，大大地张开嘴巴，感受到的尽是他的火热。

他贴得紧，她一寸喘息空间也无。

贺一容稍稍挣扎，聂祯这才想着先放开她，正意犹未尽地要结束这个吻，刚睁开眼就对上她含嗔带怒的眼神——不知道她什么时候就睁眼了。他吻得难舍难分的，她却心不在焉，聂祯想到这儿不免生气，狠狠抓了她一把。

贺一容轻叫一声，人向聂祯怀里倒。她被吻了半天，声音已经带上娇媚：“做什么呢？”

聂祯低头咬住她的手指，含着指尖，无比认真地道：“你说呢？”

贺一容张了张嘴，竟难得地在聂祯面前笨嘴拙舌了一次。她咬上他的肩膀，心里气他过分，身体反应与思绪竟如割裂开来一般，肩膀以下完全不受她控制。

心尖都随着那块被撩拨的地方紧缩起来，酥麻一片。

当初她无意识地撩拨了他的心，闯到他的梦里，让他做了那样的梦，让他醒来后自责愧疚许久。

那她呢？

“嗯？我发现我看错了你，你是不是一直藏着掖着装乖呢？”

贺一容眼前蒙上一层薄薄水雾。

番外

“我又气你又气自己……贺一容，你说，你是不是太过分了？”

当贺一容再次缠着聂祯问到底是什么时候喜欢上她时，聂祯也再次用其他方法解决，把她折腾得浑身没了力气，再也没多余的心思揪着这个话题不放。

她搂着他的胳膊沉沉睡去。

他靠在床头，拉高被子，把她包得紧紧的。她只有一颗脑袋露在外面，脸颊潮红，嘴唇红润亮泽。她不声不响地窝在他的身侧，乖巧得像个橱窗里的娃娃。

他是什么时候喜欢上她的呢？

聂祯不喜欢回忆过去，他的过去没什么好回忆的。可贺一容大概是他不愿意回忆的过去里，唯一还有些色彩的吧。

初见贺一容时，他只觉得很烦，满心的烦躁不满，满心的抗拒与不耐烦。贺家一家子都不想管的小丫头，凭什么就扔给他？可贺毅林求他半天，又搬出贺叔来。他想，如果真如贺毅林所说的那样，贺叔对这个小女儿很上心的话……

他迟早要求贺叔办事，先卖个人情以后便更好开口。

贺一容的性格一点也不像贺家人，她被他冷言冷语吓了两次就不敢离他太近，走路远远地跟在后面，坐车时也离他很远，乖乖巧巧一声不吭，倒是个会看眼色不会给人添麻烦的。

车过了一条减速带，贺一容脑袋猛地砸下去。她赶紧坐直了，双手放在膝盖上，装作什么事也没有发生似的直直地端坐着目视前方。

目睹了这一切的聂祯忍不住想笑。

他转过头去看向窗外，突然想起贺毅林和他念叨过——

“我家这个新来的小妹妹有点怪，明明昨晚两三点钟房间的灯还亮着，今早还脸不红心不跳地对我爸说睡得好。

“你是没看到她说话时的那副样子，装乖卖巧的，把我爸哄得那叫一个舒心，出门时一步三回头呢！”

她的身世，聂祯也大概听过一些。

贺毅林是个傻愣子看不出来，可聂祯也不得不承认，十几岁的年纪，难为她能处处留心，小心地讨人喜欢。

带着贺一容上下学几天，就算难相处如他，也挑不出这丫头一点错。

他真正对她上了点心的时候，大概是她明显被欺负了那次之后。她手臂上有伤，可还对着白老太太说是不小心磕着了，又壮着胆子求他，眨巴着眼问：“能不能不要告诉我哥？”

聂祯当时看着她可怜兮兮的样子，心里想的是：贺三真不是东西！

要是她的妹妹，就算是捡来的妹妹，他也不会让她被欺负了还不敢说。

可他没想到的是，稍微表现出一点善意，就被这丫头抓着不放。他更没想到的是，她是个别人对她稍微好一点，她就会千百倍还回来的人。

他至今都记得，他被爷爷打了之后被罚跪，贺一容哭哭啼啼从阳台上爬过来给他上药。之后的许多个夜晚，聂祯都没有睡好，他怎么也想不出一个合理的解释。为什么那一刻的他，出现了自己也感到陌生的温柔情绪。

他是什么时候喜欢上她的？比她以为的更早。

可聂祯永远也不想告诉她。

相处已久，贺一容的性格他早已摸清，要是被她知道在那么久之前，早在她喜欢上他之前，他就喜欢上她了，不知她的尾巴会翘到哪里去。

聂祯甚至都能想象得到，她动不动就会拿着这件事说事——

“你居心不良！

“后来我喜欢上你一定是你引诱我的！

“你步步为营，你居心叵测，你老奸巨猾！”

……

聂祯又拉高了被子，盘算着到底要怎么做才能让贺一容彻底忘记这回事，再也不提。

在聂祯离开的前一天，贺一容收到了香料学校的录取通知书。

他正带着贺一容逛商场，漫无目的地从一楼逛到三楼。贺一容似乎是对那些被射灯照耀得明亮精致的商铺不感兴趣，路过几家就算是聂祯也有所耳闻的、现在女孩们很喜欢的奢侈品店，贺一容也一点要走进去看的想法都没有。

聂祯塞在裤兜里的那只手，手指搓了搓。

他今天带贺一容来逛街是有明确目的的。昨天和季青林提了一句已经定亲这件事，那个三十多岁的男人一惊一乍，问他怎么连戒指都没准备。

他解释说两家说好了，年底再举行订婚仪式。

可季青林说仪式归仪式，戒指是一定要的。被老大哥一通教育下来，聂祯也有点自责后悔。这件事是自己做得鲁莽冲动了，什么都没准备，说话间就定了下来。

聂祯苦思了半夜，才想到带贺一容来逛商场，逛到珠宝店时进去看一看，顺其自然地就把戒指给买了，也算是不动声色、自然而然地找补回来。

可他万万没想到，贺一容对什么都兴致缺缺，走马观花。

他们刚进来时已经错过了门口那家招牌最大的，据说是现在女孩们很喜欢的一生一枚的品牌。

眼前又是另一家国际品牌店，聂祯来之前已经做了功课，说实话他心里更倾向于这个牌子，钻石更大，款式更多。他想，再不进去看看就又要错过了。

贺一容挽着他手臂的手突然拽了拽他。

聂祯一喜，皱着的眉头舒展开来——她终于有兴趣了吗？

“嗯？”他转过头来，露出他以为的最柔和又不刻意的笑容。

她要进去看看吗？

贺一容晃着手机屏幕，举到他眼前，一脸欣喜。她明显压抑着心情，可脚还是情不自禁地踮了两下，大概她更想跳起来。

“聂祯、聂祯！”她晃着聂祯的胳膊，开心的情绪溢于言表。

她压低了声音，可难掩的欢欣，像是五线谱上要飞出格线的音符：“我收到录取通知书了！”

亮着光的屏幕在聂祯眼前晃动，他稍稍眯了眯眼，因为她的动作根本看不清上面的字，可那个学校的标识很明显。

知道贺一容申请了这个学校后他就去搜索过，世界上三分之一的调香师都出自这里，包括世界上很著名的闻香师。

他该为她高兴的，可说实在的，他没那么高兴。

他曾默默在心中规划过许多次关于他们的未来，这一项并不在其中。

聂祯不得不再次承认一个事实，贺一容在他不知道的时候长大了，有了许多自己的主意。毕竟，他在和贺叔谈话的时候，听到这个消息的贺叔更是一脸震惊。

聂祯想他该庆幸，他更早知道这个消息。在贺一容这里，她确实把他放在比自己家人更靠前的位置。

他将贺一容的手从胳膊上拿下来，与她十指相扣。

“嗯，你真棒。”

他的目光再次掠过不远处那家光彩熠熠的店，橱窗里陈列的珠宝闪烁的光芒都晃到他的眼睛里了。

聂祯低下头，意有所指地摸摸她无名指的位置——好像这里确实是空了点。如今他事务繁多，不再方便随时出国，没办法时不时地飞去看她。

季青林说的话是有道理的。

“买个东西奖励你好不好？”

贺一容昂着头骄傲地道：“好啊，买个商场里最贵的。”

聂祯一直悬着的心这才放下来，指着他已经瞄了无数次的珠宝店：“那里有最贵的。”

贺一容顺着他手指的方向看过去，笑了，挠挠他的手心：“其实刚进商场的时候我就收到录取通知了。”

她又用一副感慨的语气道：“你真是……什么都瞒不了我，刚进商场的时候你的眼睛就盯着珠宝店呢，上了这层楼更是看了这家店无数次吧？”

两人停在走道上，迎面有人走过来，眼看要挡着人家的路，贺一容拉着聂祯就往店门口走。

“快点谢谢我，终于给你机会说出口了。”

聂祯正埋头在办公室看着项目总结报告，心头窝了一团火，堵在那儿烧得他口干舌燥。

他站起来撒气一般猛地拉开窗子。

已经夜深，一弯弦月孤零零地挂在天边，凉风带着桂花香气飘过来。他深吸两口气，却像助长了体内火苗的气焰似的，火燎得更旺了。

虽然掌权了，可聂家集团内部纷争不断，这么多年早就分裂了，不知多少个小帮派在互相竞争。

那些仗着年老功高的人，不想着怎样将利益最大化，整天眼睛盯着哪个团队拿了多少多少预算，哪个地方能捞油水，背靠着聂家这座大山跷着二郎腿养老。

他要想彻底掌控集团，不受任何人掣肘，还需要些时日。

办公室电话铃声突然响起，把他从烦闷的情绪里拉出来。

聂祯插兜站在那儿看听筒振动，扯了扯衬衫领口，才慢悠悠地接起。他心里也在猜想，这大晚上的是哪位打内线电话?

却不想接起来后听到贺一容音调婉转的嘟囔：“聂祯，你怎么不接电话?”

他这才发现，是白色的普通电话响了，并不是红色的那部内线电话。

聂祯紧绷的身子倏地放松下来，手臂往后撑着，懒洋洋地靠在桌沿。把听筒拿近了，她的呼吸声通过电流清晰地传过来。

聂祯觉得嗓子眼更干了：“下午开会手机静音，放兜里忘记了。”

他伸长胳膊去拿自己的外套，摸出许久没碰的手机，金属外壳冰凉，毫无温度。屏幕亮起，果然有好几个未接电话，隔半个小时一个，都来自贺一容。

自从贺一容走后，他拿手机的频率骤减，聂祯正想着要道歉。

贺一容好像并不在意。她压低声音，似乎是在被子里滚了一圈，窸窸窣窣的，混着她轻浅的呼吸声。

鼻尖的桂花香气越发浓了。

聂祯觉得堵在胸口的那团火躁动不安起来，有火星跳起，升起来又“啪”地炸开，火势终于喧嚣起来，烧着了他全身。

她藏着笑意，声音越发小，听起来像是在耳边呢喃：“国内晚上十点多了。

“你身边没人吧？”

聂祯朝窗外看了一眼，何止是身边没人？这个时间大概除了门口的保安，方圆几里都没人。

“嗯。”

贺一容沉默了几秒，手指扯着被子，头窝进温暖的被窝里，呼吸潮热，转个弯再打到她的脸上去。她从嗓子眼发出一声轻吟，聂祯没听清是“嗯”还是“哼”。

聂祯转了个身坐在椅子上，把话筒拿远了，长长地呼出一口气。

“我睡了个午觉，做了梦……”

聂祯顺着她的话问下去：“嗯，做了什么梦？”

她“嘻嘻”笑着，又翻了个身：“白日春梦。”

纵然是深夜，聂祯的脑子也一片清明。

他稍稍整理一番，去了室内卫生间。再出来时他神清气爽，带着忽略不了的隐隐笑意。愤懑一扫而光，他抽出文件来，洋洋洒洒，一气呵成。

项目审核意见，却满篇阴阳怪气，可细看又揪不出一点错。

他满意地将文件收起，要关抽屉的手却忽然僵住。

刚刚，最后……她叫了什么？

潮水退去后倦意来袭，贺一容刚要睡熟，被手机嗡嗡个不停的振动声吵醒。

“你刚刚叫我什么？”

她蜷着身子，躲进被子里，耳朵红脸也红，自己也想不通那个关键时刻怎么就脱口而出喊了一声“老公”。

可这个时候她怎么也不能承认：“什么啊？”

她咕哝着打了个哈欠：“好困，我熬到好晚，刚刚又……做梦醒了，你别吵我让我睡觉。”

她用完就扔，好没良心。

聂祯却笑着放过她：“嗯，你睡，电话不挂，我听着你睡。”

贺一容看了一眼时间：“这么晚了？还不睡？”

“嗯，再忙点事。”

“什么事？”

“研究一下结婚的黄道吉日。”

图书在版编目（CIP）数据

欺熟 / 既望著. -- 长沙 : 湖南文艺出版社,
2024.1
ISBN 978-7-5726-1563-4

Ⅰ. ①欺… Ⅱ. ①既… Ⅲ. ①言情小说－中国－当代
Ⅳ. ①I247.5

中国国家版本馆CIP数据核字(2024)第010171号

欺熟
QI SHU

作　　者: 既　望
出 版 人: 陈新文
责任编辑: 李　阔
出版统筹: 邓　理
选题策划: 谌　俊
装帧设计: 张娅君
内文设计: 杨　露
出版发行: 湖南文艺出版社
（长沙市雨花区东二环一段508号　邮编: 410014）
网　　址: www.hnwy.net
印　　刷: 湖南天闻新华印务有限公司
经　　销: 新华书店
开　　本: 880mm×1230mm　1/32
字　　数: 319千字
印　　张: 10.5
版　　次: 2024年1月第1版
印　　次: 2024年1月第1次印刷
书　　号: ISBN 978-7-5726-1563-4
定　　价: 45.00元